결혼 먼저

결혼 먼저

"이 결혼이, 장난 같아?"
"장난에 인생을 거는 사람도 있을까요?"

요안나 장편 소설

DAHYANG ROMANCE STORY

contents

부탁이에요. 더는 나를 속이지 말아요.

— 까미유 끌로델

"갤러리 벽은 전부 하얀색이었으면 합니다. 세기 화랑 3층에 자연광이 잘 들어오는 자리가 있다고 들었는데, 이 작품은 거기에 걸렸으면 좋겠군요."

나지막한 목소리는 엄한 어조를 띠었다. 날카롭지만 어딘가 나른한 눈빛에는 예술가의 관능이 어려 있다.

마주 앉은 남자는 얼마 전 인애가 기획 전시를 제안한 신진 화가다. 증권가에서 저명한 애널리스트로 일하던 그가 돌연 회사를 그만두고 그림을 그리기 시작한 게 2년 전의 일이다.

그는 여러 투자 활동을 통해 부를 쌓았고, 그중에서도 수년 전 헐값에 사들인 인터넷 동영상 업로드 업체가 대박을 터뜨리면서 거부의 반열에 올랐다. 요즘도 그의 투자 활동 소식이 매스컴을 통해 심심치 않게 흘러나왔다.

그림을 그린다는 이야기를 어디선가 들은 적이 있기는 했지만, 그가 주목받는 신진 작가의 반열에 올라 있을 거라고는 상상도 하지 못했다. 당연히 이 자리에 그가 나올 거라고도 예상하지 못했다.

그가 본명과는 다른 필명을 쓰기도 했거니와 공식 석상이건, 비공식 석상이 건 얼굴을 내비치는 일이 없어서 이 바닥에 소문이 없었던 탓도 있었다.

"죄송합니다. 그 자리에는 초대 관장님께서 처음으로 수집하신 작품이 갤러 리 개관 이후로 쭉 걸려 있습니다. 단 한 번도 다른 작품이 걸렸던 적이 없습니 다. 대신 2층에 마련된 전시관을 둘러보시는 게 어떨까요?"

그는 보란 듯이 미간을 찡그리며 헛웃음을 내뱉고는 물었다.

"그거 얼마나 합니까?"

한껏 예의를 차리지만, 깔보는 듯한 인상을 주는 사람이 있다. 이 남자가 그 랬다.

"그림, 말씀입니까?"

인애는 최대한 정중히 물었다. 그가 다시 미간을 찌푸리며 입가를 비틀어 올 렸다. 남자의 잘생긴 얼굴이 이상한 모양으로 일그러지며 기분 나쁜 웃음기가 입에 물렸다.

"아니요. 그깟 그림 몇 푼이나 한다고. 그 갤러리, 얼마나 합니까?"

남자는 절대자의 권력이라도 등에 업은 것처럼 오만하게 굴었다. 돈이 권력 인 세상에서 투자로 천문학적인 돈을 벌어들이고 있는 그였다.

그는 세상 물정 모르는 애송이를 바라보는 듯한 거만한 심문자의 눈빛으로 인애를 바라보았다.

"내 회사에서 하루에 업로드되는 동영상이 몇 건인지 압니까? 그중에서 특 출난 조회수로 어마어마한 광고 이익을 얻는 동영상은 몇 개나 되는지 압니 까?"

인애에게 대답을 바라고 물은 말은 아니라는 듯이 남자가 재우쳐 말을 이어 나갔다.

"그 회사의 최대 주주가 나예요. 투자뿐만 아니라 트렌드를 사로잡는 기술 역시 나한테 있다는 거죠. 내가 최근 케이옥션에서 가장 큰 거래를 성사시킨 신진 화가이자, 4차 산업을 선도하는 기업의 최대 투자자인 게 밝혀지면 그 파급 효과는 어떨 거라고 봅니까?'

인애가 남자에게 연락했던 것은 케이옥션에서 그의 그림이 팔리기 전의 일이었다. 인애가 단독 개인전을 제의하고 얼마 지나지 않아, 그의 그림이 케이옥션에서 신진 화가치고는 놀라울 만한 가격으로 팔린 것이다.

남자의 질문에 인애는 잠시 머뭇거렸다. 예술을 좇는 직업이지만, 갤러리스트는 갤러리의 절대적 이익을 위해 움직여야 한다. 헝그리 정신은 옛말이다. 요즘 세상에는 풍족하면, 풍족할수록 좋은 결과물이 나오는 법이다.

이제껏 정체를 숨기고 활동했던 그였기에, 자신의 존재를 드러낼 거라고는 생각하지 못했다.

이번 전시를 통해 그를 미술 하는 동네 중심뿐 아니라, 세상의 중심에 세울 수 있다면 이야기가 달라진다. 인애가 세속적인 미소를 머금었다.

"관장님과 거래를 해야 할 것 같네요."

"거래 조건은?"

"이번 전시와 관련한 사항 전부, 그리고 향후 1년간 강 화백님의 일정은 제가 맡겠습니다."

당신이 원하는 것을 손에 쥐어 줄 사람이 앞에 앉아 있다고 말하는 거나 다름없었다. 이번 전시로 이목을 끈 뒤 규모 있는 아트 페어에 내보낸다면, 스토리의 흥행은 보나 마나다.

"그럼, 내 그림은 3층 햇볕 아래 걸리는 겁니까?"

"오랑주리에 있는 모네의 작품만큼 근사하게 걸릴 겁니다."

그는 한쪽 입꼬리를 들어 올리며 흡족하다는 듯이 웃었다. 하얀 벽이니, 자연광이니 할 때부터 그가 프랑스 오랑주리 미술관의 모네를 염두에 두고 있다는 것을 눈치챘다.

이후 남자와의 미팅은 순조롭게 진행되었다. 그가 원하는 바를 정확히 간파

한 인애의 통찰력에 남자는 의심을 거두고, 진지하게 회의에 임했다.

긴 회의를 마치고 나오는 길, 인애는 이제껏 무음으로 해 두었던 휴대전화를 꺼내 들었다.

"네, 관장님."

부재중 통화가 무려 다섯 통이나 된다. 이번 미팅에 관장 또한 지대한 관심을 쏟고 있었다.

— 어떻게 됐어?

처음 인애가 신진 화가 무리에서 그를 콕 집어냈을 때, 관장은 뜨뜻미지근한 반응을 보였었다.

굳이 개인전을 제의할 만큼 능력이 출중한 그림쟁이는 아닌 것 같다느니, 될 성부른 떡잎이면 벌써 이 바닥에 소문이 파다해야 하는데 그런 끼가 없다느니.

그냥 솔직하게 돈이 될 것 같지는 않다는 말을 했으면 좋겠는데, 관장은 아티스트라는 자부심이 굉장한 인간이라 이마에 쓰여 있는 속물근성을 소리 내 표현하는 법이 없었다.

그런데 돈이 될 것 같지 않았던 강 화백의 작품이 케이옥션에서 거액에 팔리면서 콜렉터들이 눈독을 들이기 시작했다. 똑같은 제품이라고 할지라도 가격표에 천 원을 붙이면 안 팔리지만, 브랜드 인지도를 얻은 뒤 천만 원을 붙이면 갑자기 명품이 되는 게 시장 속성이다.

"하겠대요. 앞으로의 1년간 일정도 저한테 맡기기로 했고요. 그 대신⋯⋯."

— 그 대신?

공용 주차장으로 향하기 위해 서교동 골목을 빠져나가던 인애는 모퉁이를 돌려다 우뚝 멈춰 섰다. 얼른 벽 뒤에 몸을 숨긴 인애는 숨을 흡 들이켰다. 갑작스레 심박동이 빨라지면서 관자놀이가 팔딱거리는 게 느껴졌다.

최휘욱, 그 남자다.

— 그 대신 뭐? 윤 과장!

"잠시만요, 관장님."

인애는 목소리를 낮추고 속삭이듯 대꾸했다. 보통의 목소리로 대꾸한다고 해도 들릴 만큼 가까운 거리에 그가 있었다.

— 빨리 말해! 뭐! 강 화백이 뭐랬는데?

휴대전화 너머의 관장은 숨이 꼴깍 넘어갈 것 같았다. 인애는 모퉁이 너머로 고개를 빠끔히 내밀어 한식당 앞에 서 있는 남자를 바라보았다.

한 치의 오차 없이 딱 떨어지는 검은색 슈트, 반듯한 이마 선을 따라 매력적으로 흘러내린 앞머리, 깎아지른 듯한 콧날과 선명한 인중 아래 붉은 입술까지 손에 잡힐 듯 선명하게 다가온다.

내내 앞에 선 누군가를 바라보며 깍듯이 예를 갖추던 남자의 시선이 갑자기 인애가 숨어 있는 모퉁이 쪽을 향했다.

깜짝 놀란 인애는 얼른 다시 몸을 숨겼다. 어깨를 하도 움츠려서 뻐근할 지경이다.

'자는 사람 얼굴에 무슨 짓을 한 거야?'

순간 나직한 울림이 있는 그의 목소리가 선명하게 되살아나서 귓불이 불에 덴 듯 뜨거워졌다. 인애는 머릿속을 잠식한 목소리를 털어 내려 얼른 머리를 뒤흔들었다.

그러고는 남자가 그새 자리를 떴나 싶어서 다시 한번 모퉁이 너머를 빠끔히 내다보았다.

주차장까지 가려면 반드시 그가 서 있는 한식당 앞을 지나가야만 했다. 하지만 죽어도 그의 앞을 지나고 싶지는 않았다.

'신효 짝으로 휘욱이가 좋겠구나.'

마른 어조로 읊조리던 조부의 목소리도 불현듯 되살아났다.

짝사랑했던 그에게 고백의 내용을 담은 편지를 보낸 날, 조부 댁 앞마당에서 사촌 언니 신효와 그의 정혼 소식을 들었다. 조부는 손자, 손녀 중에서도 신효를 특히 귀애했다. 이설 그룹의 후계 구도에서 살짝 벗어나 있는 그와 신효가 정혼하게 된 데에는 신효의 뜻이 크게 작용했다고.

그에게 반한 신효가 몇 년 동안 조부를 조르고 졸라 정혼이 이루어진 것이었다. 대신 두 사람이 공식적으로 결혼식을 올리기 전까지 정혼은 비밀에 부쳐졌다.

이후 그와 여러 번 마주치기는 했지만, 대부분 사람이 많은 모임 혹은 연회였기에 그에게 일말의 변명을 내비칠 기회조차 얻지 못했다.

치기 어린 나이에 멋모르고 저지른 철없는 일이었다고 수습을 해야 했지만, 어릴 때는 그런 유연한 사고를 하지 못한 것도 사실이었다. 그 편지를 그가 봤는지, 보지 못했는지조차 알 수 없었다.

시간은 속절없이 흘러만 갔고, 어정쩡하게 지내 온 지 벌써 10년이다.

사실 신효와 그가 결혼한다고 하더라도 피하려면 얼마든지 피할 수 있었다. 신효의 아버지인 큰아버지와 인애의 아버지는 배다른 형제였고, 서로 소 닭 보듯 하는 사이였다. 가족 간의 화합을 논하며 사촌 형부와 화목하게 지낼 따위 없다는 것을 의미했다.

더 정확히 말하자면, 그는 인애의 아버지와 척을 지는 쪽에 서 있는 거나 다름없었다.

— 아, 윤 과장! 여보세요? 윤 과장? 여보세요? 아, 왜 전화가 안 들려!

성격 급한 관장은 통화 연결에 문제가 생겼다고 생각했는지, 전화를 먼저 끊어 버렸다. 안도의 한숨이 흘러나온 순간, 문자 수신음이 연속으로 크게 울려 댔다.

다시 무음으로 바꾸려고 황급히 조작하는데, 휴대전화가 손바닥에서 주르륵 미끄러져 바닥으로 곤두박질쳤다.

시선 끝에 검은 구두가 걸렸다. 기다란 손가락이 느릿하게 박살 난 휴대전화를 집어 들었다. 순간 머릿속이 하얗게 탈색된 것만 같았다.

14

강산이 변하고도 남을 정도의 세월이 흘렀는데도, 그에게 고백했던 순간으로 되돌아간 듯한 착각이 일 만큼 심장이 거칠게 반응한다.

그가 천천히 상체를 일으켜 세웠다. 남서쪽으로 기울기 시작한 해가 그의 큰 키와 수영 선수처럼 떡 벌어진 어깨에 가려졌다.

갑작스럽게 진 그늘 안에서 인애는 바짝 긴장했다.

그는 그때 그 시절을 잊었을 수도 있다. 하지만 흑역사를 쌓은 쪽은 죽을 때까지 이불 킥을 하게 되는 법이다.

"기자라도 붙은 줄 알았네. 오랜만이다."

그가 웃었다. 지난 10여 년간 볼 수 없었던 낯설고도 익숙한 미소였다.

슬픔은 버리는 것이 아니다.

— 오귀스트 로댕

십수 년의 시간을 단숨에 거스르는 눈부신 미소에 인애는 잠시 머뭇거렸다.

정혼 이야기가 흘러나온 이후로 그가 인애에게 먼저 말을 걸어온 적은 없었다.

오랜만에 그와 근거리에서 마주한 탓에 착각한 것일까?

그의 미소가 왠지 모르게 친근하고 살갑게 느껴졌다.

착각이겠지.

기자가 붙은 줄 알고 긴장했다가, 10년 전 얼치기를 떠올렸을지도 모를 일이다.

"오랜만이네요."

인애는 평정을 유지하려 노력하며 태연한 목소리를 냈다.

"망가졌네."

그는 화면이 완전히 박살 난 휴대전화를 건네며 여상한 목소리를 냈다. 세월이 무색할 만큼 자연스러운 그의 태도는 인애를 더욱 당황스럽게 했다.

아무런 대꾸 없이 휴대전화를 건네받았다.

"잘 지냈어?"

인애는 천천히 시선을 끌어 올려 그를 올려다보았다. 그의 등 뒤에서 다홍빛 노을이 흘러내리고 있었다. 배경이 가진 색감 탓인지 그의 질문이 어쩐지 따스하게 느껴졌다.

"네, 잘 지냈어요."

하지만 형식적인 물음인 것 같아서, 그에 상응하는 형식적인 대답을 내놓았다. 때론 공간을 둘러싼 색감이 분위기를 착각하게 만들기도 하는 법이니까. 아마도 세상을 따뜻하게 물들이는 노을빛 때문에 그의 목소리가 따뜻하다고 착각했을 것이다.

"갤러리에서 일한다고?"

그의 어조에서 부정적인 분위기가 희미하게 묻어났다.

재벌가에 속해 있지만, 인애는 드물게 원하는 삶을 살고 있었다. 그것은 자유를 뜻하기도 하지만 저들의 세계에는 낄 수 없다는 배척을 의미하기도 한다. 그들은 견고하게 쌓아 올린 성안에서 생활했고, 전혀 이타적이지 않았다.

자신들은 성 밖에서 생활하는 이들과 다른 종이라고 생각하는 족속이다. 특히 자신들과 같은 성안에 머물면서 자유의 낭만에 물든 이들을 증오한다.

인애 같은 사람.

개성을 죽인 채로 부의 흐름에 따라 움직이는 마리오네트와 같은 삶을 살아야 하는 재벌가 자제들과 달리, 인애는 스스로가 프리즘이라도 되는 것처럼 총천연색을 드러내는 삶을 살고 있었다. 그래서 그들은 인애를 대할 때, 증오와 부러움이 뒤섞인 혼란스러운 시선으로 바라보곤 했다.

그런데 그는 재벌가에서 태어나 왜 그러고 사느냐는 한심함이 담긴 물음이 아닌, 원인을 알 수 없는 안타까움이 섞인 물음을 던졌다.

"네, 갤러리스트로 일하고 있어요."

인애는 의아한 마음을 숨기고 연한 미소를 머금으며 대꾸했다. 겉으론 의연한 척했지만 심장이 빠르게 뛰어 댈 만큼 이 상황이 당황스러웠다. 하지만 우왕좌왕하며 속을 드러내던 10대 소녀는 타들어 가는 속내를 감추고, 우아한 미소를 머금을 수 있는 스물일곱 어른이 되어 있었다.

"그거 큐레이터랑 비슷한 건가?"

"큐레이터는 박물관 혹은 미술관에서 일하는 학예사고요. 갤러리스트는 갤러리에서 일하고요."

"뭐가 달라?"

그의 물음에서 순수한 호기심이 묻어났다.

큐레이터와 갤러리스트를 구분하지 못할 사람이 아닌데.

그가 내비치는 호기심의 방향이 어느 곳을 향해 있는지 알 수가 없어서, 인애는 솔직하게 답하는 쪽을 택했다.

"갤러리스트는 미술 시장을 움직이는 사람들이죠."

시장을 움직인다는 것은 돈의 흐름에 따른다는 것이다.

"나랑 비슷한 일을 한다는 건가?"

그가 고개를 비스듬히 기울이며 물었다. 그는 이설 그룹의 전무이자 이설 자동차의 대표 이사직을 맡은 경영인이었고, 기업 경영의 목적은 이윤 추구다. 그러니 이윤을 추구한다는 면에서 비슷한 일을 하는 거냐고 묻는 거였다.

인애의 얼굴에 숨길 수 없는 의문이 떠올랐다. '비슷한'이라는 말이 목에 걸린 생선 가시처럼 불편했다.

"비슷하다고 볼 수도 있겠죠."

"시장을 움직이는 사람이라……. 시장은 돈으로 움직이는 거잖아, 그렇지?"

딱히 대답을 바라고 한 말 같지는 않아서 인애는 그를 물끄러미 올려다보기만 했다. 그의 눈동자는 갈색과 진회색의 수채화 물감을 풀어 놓은 것처럼 투명하면서도 깊었다. 엄격하고 진지해 보이지만, 순수한 소년미가 느껴지는 건 저 눈동자 때문일 것이다.

"그럼 이해가 더 쉽겠네."

그는 마치 인애에게 이해하라고 말하는 듯했다. 그가 지금 무슨 말을 하는 건지도 이해할 수 없는데, 이해가 더 쉽다?

"가 봐야겠다. 또 보자."

무슨 말을 하는 건지 모르겠다고 물으려는 순간, 손목시계를 확인한 그가 작별 인사를 건넸다.

"가는 데까지 데려다주고 싶은데, 내가 회의가 있어서. 조심히 가."

두 사람의 관계를 되짚어 보건대, 지나치게 다정한 작별 인사일 수도 있지만, 그저 예의상 꺼낸 말일 가능성이 더 컸다.

"저도 차 있어요. 걱정하지 마세요."

인애는 산뜻한 미소를 머금으며 선을 긋듯 대꾸했다. 그의 표정이 미묘하게 일그러졌다. 좁혀진 미간에 미세한 주름이 잡혔다.

또다시 귓가에 맴도는 목소리.

'자는 사람 얼굴에 무슨 짓을 한 거야?'

가슴 떨리던 그 순간과 똑같은 표정을 짓고 있다. 마음에 들지 않는 게 있을 때 짓는 표정일 것이다.

"운전을, 직접 해?"

한 박자 끊으며 묻는 그의 어조에서 불편한 심기가 그대로 드러났다. 기사도 없이 혼자 다니냐는 질문이었다.

"네, 제 월급이 기사 부릴 정도는 아니어서요."

그가 한쪽 눈썹만 쳐올리며 인애를 내려다보았다.

"생각보다 고생이 많겠는데, 앞으로?"

그의 어조는 타인의 삶에 대한 막연한 짐작이 아닌 가까운 미래에 대한 꽤 자세한 예측에 가까웠다.

"운전을 꽤 잘하는 편에 속해서, 고생이랄 건 없는데요?"

윤씨 집안 가계도가 어떻게 구성되어 있는지 그가 모를 리 없었다. 그러니 신효와 결혼하기도 전에 다정한 형부 노릇을 하려는 것은 아닐 테고.

지나친 참견이 녹아 있는 그의 어조가 어쩐지 불편했다. 그래서 그랬는지 내내 평정을 유지하던 인애는 딱딱한 목소리로 되묻고 말았다.

그리고 문득 아무것도 모르던 시절에 고백 한 번 한 게 무슨 중죄인가 싶은 생각마저 들었다.

정글처럼 얽히고설켜서, 결혼하고도 다른 이성과의 관능적 관계를 끊지 못하는 습성을 지닌 이들이 많았다. 재벌가의 혼맥도는 결혼 당사자 간의 진정한 사랑이 아닌, 금전적 이득에 따라 움직이기에 그러한 관계들이 묵인되고, 지속될 수 있는 것이다.

하지만 인애는 뼛속까지 그들과 다른 사람이었기에 수치심과 묘한 죄책감마저 느끼고 있었던 거였다.

그러니 불순하고, 불건전한 관계가 난잡하게 이어지는 곳에서 순수했던 고백 한 번으로 주눅이 들 필요는 없지 않은가?

의도를 알 수 없는 그의 친근한 태도가 거슬린 나머지, 과거의 일은 자연스레 흐릿해지는 듯했다. 그와 동시에 묘한 반감이 일기 시작했다.

"운전을 잘한다고?"

그가 어이없다는 듯이 되물었다. 인애는 대답 대신 그를 빤히 올려다보기만 했다.

"그렇게 노려보지 말고. 앞으로 나 노려볼 일 많을 것 같은데, 지금부터 그러면 힘 빠져서 고생스러울 거야."

그렇지, 그가 모를 리 없지.

신효와 결혼하게 되면 서로 적대적인 관계에 놓이게 될 거라는 것을 아는 눈치였다.

"그렇죠? 그럼, 최휘욱 씨가 저한테 운전을 잘하냐, 이해가 더 쉬울 거다, 뭐 그런 말 하는 거 아이러니한 것도 아시겠네요?"

그가 피식 웃었다.

"최휘욱 씨?"

그가 자신의 이름이 세상에서 가장 재미있는 단어인 것처럼 발음했다. 그의 뒤를 졸졸 따라다니며 얼굴을 붉히던 시절만 해도 그를 꼬박꼬박 오빠라고 불렀었다.

"형부라고 불러 드려요?"

그는 웃음기를 머금은 얼굴로 고개를 한 번 내젓고는 한숨을 내쉬었다.

"어쨌든 또 보자."

그는 '또 보자'라는 말을 남기고 돌아섰다.

전형적인 작별 인사라고 하기에는 어딘가 개운치 않은 구석이 있었다.

그가 떠난 자리엔 다홍빛 노을로 물든 세이지 향이 맴돌았다.

———————— ● ————

모퉁이 너머에서 조용한 인기척이 느껴졌다. 휘욱은 본능적인 불길함에 발걸음을 옮기면서 오만 가지 생각을 다 했다.

기자가 따라붙은 거면 어떻게 수습해야 하는지, 어디까지 알고 있는 것인지, 얼마나 쥐여 줘야 할지. 모든 수단과 방법을 동원해서 엿듣고, 엿본 이의 입을 틀어막아야만 했다.

그런데 모퉁이를 돌자마자 발견한 사람을 마주했을 때, 휘욱은 하마터면 헛웃음을 흘릴 뻔했다.

'형부라고 불러 드려요?'

그녀는 고까운 질문을 맹랑하게 잘도 던졌다. 휘욱이 한정식집 앞에서 먼저 들여보낸 사람이 누구인지 보지 못한 것이 확실해 보였다.

의미심장한 인사를 건네고 돌아서는데도, 그녀는 황망한 얼굴만 하고 있었다.

휘욱은 성큼성큼 걸어서 한정식집 솟을대문 안으로 들어섰다.

"안채에 모셨습니다."

지배인이 다가와 정갈한 음성으로 휘욱을 안채로 안내했다. 안내에 따라 식사실 앞에 선 휘욱은 지배인을 향해 선선한 미소를 머금으며 말했다.

"식사는 30분 후에 한꺼번에 들여 주셨으면 합니다."

앞으로 30분간은 방해하지 말라는 의미였다. 50대 중반쯤 되어 보이는 지배인은 믿음직한 얼굴로 긍정의 표정을 지어 보이고는 물러섰다. 마당 저편까지 멀어진 지배인의 뒷모습을 확인한 휘욱은 그제야 식사실 문을 열었다.

"죄송합니다. 기자가 붙은 것 같아서, 확인하고 오는 길입니다."

수행 비서, 운전기사도 모두 물리고 당사자들만이 은밀하게 만나는 자리였다.

"기자가 붙었다고?"

마주 앉은 윤동혁 교수의 얼굴이 차갑게 굳었다.

"안심하십시오. 기자는 아니었습니다."

당신 딸이었다는 말을 하면, 윤 교수가 곧 기절할 것 같은 분위기여서 휘욱은 길고양이의 기척이었다는 말로 대신했다.

"사람 참, 길고양이한테도 신경 쓸 정도로 오늘 일이 신경 쓰이나 보군."

누가 할 소리를 하는 거냐고 되묻고 싶었지만, 휘욱은 그러는 대신 엷은 미소를 머금으며 대꾸했다.

"조심해서 나쁠 건 없지 않습니까?"

윤 교수는 긍정도 부정도 하지 않은 채로 연하게 우러난 작설차가 담긴 잔을 집어 들었다. 맑은 차를 한 모금 넘긴 윤 교수는 잠시 고민하는 듯하다가 입을 열었다.

"그래, 자네가 원한다는 조건이 뭔가?"

윤 교수의 눈빛이 그 어느 때보다 진중했다. 휘욱은 감정 한 자락 묻어나지 않는 무미건조한 목소리로 대꾸했다.

"따님, 윤인애 양과의 결혼입니다."

"자네 지금 뭐라고 했나?"

윤 교수가 황망한 목소리로 되물었다. 검은 눈동자에 분노가 일렁거렸다. 식당 앞 모퉁이에서 마주친 여자의 눈빛과 지나치게 닮은 모습이다.

"다시 한번 말씀드리겠습니다. 저는 윤인애 양과의 결혼을 원합니다."

"없었던 일로 하지."

부정적인 반응을 보일 거라고 예상하지 못한 것은 아니었다. 그렇다고 물러설 휘욱이 아니었다. 휘욱은 슈트 재킷 안주머니에서 사진 한 장을 꺼내어 내밀었다. 윤 교수가 헐벗은 상태로 강남 모처의 모텔 침대에서 여자와 함께 누워 있는 사진이었다.

테이블 위에 오른 사진을 곁눈질로 보던 윤 교수의 눈빛에 공포감이 어리는가 싶더니, 분노로 파르르 떨리는 음성이 흘러나왔다.

"설마 자넨가? 나한테 이런 짓을 한 작자가?"

얼마 전부터 윤 교수는 누군가에게 협박을 당하고 있었다. 그 당사자가 휘욱이냐고 묻는 말이었지만, 안타깝게도 휘욱은 범인이 아니었다.

"아닙니다. 저는 이 사진을 언론사에 넘기려고 한 놈을 잡았을 뿐입니다."

윤 교수의 안색은 이미 희게 질려 있었다.

"이걸 언론사에 제보하려고 했다고?"

"모자이크 처리 된 사진을 언론사에 먼저 흘린 뒤, 모 대학 교수의 사진이라는 기사를 게재해 윤 교수님을 겁박하려고 한 것 같습니다."

한숨을 내쉬는 윤 교수의 이마에는 식은땀이 흥건했다.

"아마 이건 시작에 불과할 겁니다."

이어진 휘욱의 말에 윤 교수는 허망한 얼굴을 했다.

"내 평생 이런 일은……. 이날도, 이건."

"압니다. 명례 건설 관계자와 이설 건설 관계자를 함께 만나는 자리였다고 들었습니다. 깨어나시고 보니, 모텔 침대 위였겠죠."

윤 교수는 의심스러운 눈초리로 휘욱을 바라보았다.

"다시 한번 말씀드리지만, 저는 아닙니다. 이설 건설은 제 큰아버지인 최태진 부회장의 큰아들이 사장으로 있는 곳입니다. 제가 그쪽에 우호적일 리 없다는 것은 잘 아실 거라 생각합니다."

사실을 전달하는 휘욱의 목소리는 고저 없이 명료했다.

"그건 내 알고 있다만, 그래도 핏줄 아닌가."

휘욱은 비소를 머금지 않으려 노력하며 되물었다.

"명례 건설의 사장직은 윤 교수님의 조카가 맡고 있지 않습니까?"

윤 교수를 함정에 빠뜨린 사람도 핏줄이 아니냐는 의미였다.

"하아, 자네 정말."

짙은 한숨을 내쉰 윤 교수는 말을 잇지 못하고 찻잔만 만지작거렸다.

"사진은 시작에 불과할 겁니다. 이것부터 보시죠."

휘욱은 태블릿 PC 화면을 켜고, 암호화된 보안 문서를 실행한 다음 윤 교수에게 건넸다. 윤 교수는 피로한 눈빛으로 문서를 훑기 시작했다. 안쓰러운 얼굴이 차츰 어두워졌다.

"국가로부터 지원받은 연구 자금을 빼돌렸다는 허위 금융 기록이지만, 보시다시피 감쪽같습니다. 수사가 시작되면 검찰에서 가족들의 금융 기록까지 전부 조사할 겁니다."

"아니, 이건 아니지 않은가?"

"수년 전 진행된 명례 그룹의 병원 건설 건과 관련하여서는, 윤 교수님께서 압력을 넣어 부실 공사를 했다는 증거 자료도 있습니다. 모두 허위 자료지만,

정교하게 만들어진 탓에 검찰에서도 거짓 자료라는 것을 밝혀내는 데는 시간이 오래 걸릴 겁니다."

윤 교수는 이마를 짚으며 한숨을 몰아쉬었다.

"자네는 이걸 어떻게 얻었나?"

"이설 건설 임원진 중에 제 사람이 있습니다."

휘욱이 길게 설명하지 않았지만, 이 바닥 생리를 잘 아는 윤 교수는 고개를 주억거렸다.

"그래서 자네가 날 도와서 얻는 게 뭔가?"

스산한 목소리로 되묻는 윤 교수의 어조에서 휘욱은 거래가 거의 성사되었음을 감지했다.

"다시 한번 말씀드리지만, 제가 원하는 것은 따님인 윤인애 양과의 결혼입니다."

"자네 진심으로 하는 소린가?"

딸에 대한 윤 교수의 각별한 애정을 모르는 바가 아니었다. 완벽하게 같은 편이 되려면 뼛속 깊이 동류의식이 박힌 사이이거나, 아킬레스건을 쥔 사이여야 한다. 갑자기 없던 동류의식이 생길 리는 없고, 휘욱은 윤 교수의 아킬레스건을 잡는 방법을 택했다.

경영 일선에서 물러나 학자의 길을 걷고 있는 윤 교수의 아킬레스건은 가족이었다.

"진심입니다."

윤 교수는 허망한 얼굴로 잠시 허공을 응시했다.

"선택은 윤 교수님이 하시면 됩니다. 허위 스캔들과 비리는 제가 막겠습니다. 대신 저는 윤 교수님의 사위가 되는 겁니다. 만약 그게 어렵다면."

휘욱은 긴장감을 더하기 위해 잠시 숨을 고르고 말을 이었다.

"포토 라인에 서시게 될 겁니다."

윤 교수는 돈보다 명예를 중시하며 살아온 사람이었다. 그리고 아내와 하나뿐인 딸을 목숨처럼 아끼고 사랑했다. 사진이 공개되면 아내의 신의를 저버린 남편이 될 것이고, 비리가 공개되면 불명예 퇴진은 물론 법적 책임까지 져야 할 것이다.

"제 큰아버지인 최태진 부회장과 윤 교수님의 맏형인 윤동근 부회장은 포토라인에 서신 윤 교수님이 죄를 인정하게 만들 겁니다."

이미 검찰 수뇌부에까지 그들의 힘이 닿아 있었다. 두 사람의 협공이라면 윤 교수 하나쯤 없애는 것은 너무 쉬운 일이었다.

"대체 우리 인애랑 결혼해서 자네가 얻는 것이 뭔가?"

윤 교수는 진심으로 궁금하다는 듯이 물었다.

"저는 윤 교수님과의 신뢰를 바탕으로 한 연대를 원합니다."

뜻밖이라는 듯이 윤 교수가 미간을 찌푸렸다.

"그리고 그 연대를 저들이 알았으면 합니다. 저는 앞으로 최태진 부회장과 맞설 생각입니다. 그런데 저 혼자 싸우기에는 힘이 부족하거든요. 그래서 윤 교수님께 힘을 빌리고자 합니다."

"그래서 자네는 권력을 얻고, 나는 내 자리를 지키고?"

윤 교수가 씁쓸한 어조로 물었다. 학자의 길을 걷고 있다고는 하나, 윤 교수 역시 재벌가의 사람이었다.

"명례 그룹 내에서 윤동근 부회장을 견제할 세력으로 윤 교수님이 꾸준히 거론되는 것은 아시리라 생각합니다. 판도를 바꿀 수 있는 주식을 보유하신 것도 사실이고요. 명례 건설의 사외 기술 고문을 비롯한 명례 산업 개발의 사외 이사직도 맡고 계신 것으로 압니다."

"나는 경영 일선에 나설 생각이 없네."

"이젠 그럴 수 없게 된 것 같습니다."

휘욱이 단호한 어조로 말을 이었다.

"경영 일선에 나서시기 전에 저들이 먼저 움직여 공격을 해 왔습니다. 평생을 윤동근 부회장의 그림자처럼 사셨습니다. 앞으로도 그럴 생각이십니까?"

윤 교수는 긍정도, 부정도 하지 않은 채로 생각에 잠긴 듯했다.

"윤 교수님을 무너뜨리는 데 실패한다면 그다음 차례는 누가 될 것 같습니까?"

낯빛이 어두워진 윤 교수가 한숨을 내쉬었다.

"결혼 생활은 2년간만 유지하겠습니다. 허울뿐인 결혼이 될 겁니다. 그리고 2년 후에는 명례 그룹 부회장직이 바뀌어 있을 것 같습니다."

휘욱이 의미심장한 미소를 머금자, 윤 교수의 눈빛이 어둡게 가라앉았다.

"근데 자네는 신효와 결혼하기로 되어 있지 않은가?"

윤동근 부회장의 딸인 신효와 정혼이 이루어진 것은 수년 전의 일이다. 신효가 윤 회장에게 조르고 졸라서 이루어진 정혼이었다. 당사자인 휘욱의 의사는 전혀 반영되지 않았다.

정혼을 유지하는 것만으로도 휘욱은 보이지 않는 방어막을 구축하고 있는 셈이었다. 최태진 부회장이 휘욱을 공격한다면 그것은 윤동근 부회장을 향하는 거나 다름없는 신기한 구조였다.

"신효와 결혼하는 편이 자네가 얻을 게 더 많지 않겠는가?"

윤 교수의 낯빛에 진심 어린 의문이 떠올라서 휘욱은 기분이 슬쩍 상하고 말았다.

"그렇게 과소평가될 만큼 윤 교수님께는 제 저력을 보여 드릴 기회가 없었던 것 같습니다."

은근한 미소를 머금고 대꾸하자, 윤 교수도 심기가 불편하다는 듯이 미간을 찌푸렸다. 평생을 윤 부회장에게 맞서지 않고 살아온 자신의 삶을 반추하는 것도 같았다.

"제가 신효와 결혼한다면 아마 평생을 이설 자동차 사장으로만 살아야 할 겁니다. 윤 부회장의 사위가 되었으니, 저를 쫓아내지는 않을 겁니다. 다만."

"다만?"

윤 교수는 스산한 어조로 되물었다.

"윤 부회장의 친우인 큰아버지에게 대들 수 없으니, 더 높이 올라가는 것도 불가능할 겁니다. 물론 큰아버지는 제가 더 크는 것을 원하지 않으실 테고요. 하지만 친우의 사위이니 깎아내리지는 못하시겠죠."

"그래서 자네가 궁극적으로 원하는 게 뭔가?"

휘욱은 표정을 부드럽게 풀며 맑은 시선으로 윤 교수를 응시했다. 윤 교수 역시 진중한 눈빛으로 휘욱을 바라보았다.

"저는 기업 경영의 정상화를 원합니다."

윤 교수는 허무맹랑한 이야기를 들었다는 듯이 어깨가 들썩일 정도로 헛웃음을 지었다. 지나치게 선량한 기업가 정신이었다.

"그럼 지금은 두 회사가 비정상이란 말인가?"

"이설 그룹에서는 제가, 명례 그룹에서는 윤 교수님이 경영의 정상화를 위해 함께 노력했으면 합니다. 공리주의적 견해에 심취한 이들이 기업의 최고 통수권자가 됐을 때 나타나는 부작용은 심각한 수준입니다. 무분별한 대량 감원, 비정규직 양산 등 사회 병폐의 주범이 되고 있습니다. 비정상 맞습니다."

휘욱은 진중한 어조로 말을 이어 나갔다.

"그렇다고 사회적 책임만을 논하자는 것은 아닙니다. 기업 경영의 목표는 이윤 추구입니다. 하지만 그 방법이 불법적이고, 경영자 개인의 영리를 위해 일부가 착취당하는 구조라면 비정상 맞습니다."

윤 교수는 조금 전 헛웃음을 내비쳤을 때와는 다르게 진중한 눈빛으로 휘욱을 바라보았다.

"어떻게 하시겠습니까?"

"신효나 윤 부회장 쪽에서 파혼을 받아들이고, 인애와 결혼하는 걸 잠자코 지켜본다는 게 말이 되나?"

맹점을 집어내는 윤 교수는 이미 휘욱의 제안을 수용하기로 한 것처럼 보였다.

"아마 신효가 먼저 결혼할 수 없다고 나올 겁니다. 윤 교수님의 부친이신 윤 회장님께서는."

"아마도 내 딸 인애를 그 자리에 대신 세우려고 하시겠지. 최 회장님과 집안끼리 약조한 사항을 지키고, 이익을 도모하려면 그게 최선이라고 생각하실 걸세."

"따님 털끝 하나 건드리는 일 없을 겁니다."

윤 교수가 눈을 지그시 감았다가 떴다.

"그런데 신효가 먼저 결혼할 수 없다고 난리를 칠 거라는 말은 대체."

윤 교수의 성격이 깐깐하다는 것은 알고 있었다. 원리·원칙주의자인 그에게 오늘 모든 절차를 설명하게 될 거라는 것 또한 예상 못 한 일은 아니었다.

"오늘 저녁에 저로 추정되는 스캔들이 SNS를 통해서 퍼질 겁니다. 물론 일반인에게까지 일파만파 퍼지는 양상은 아닐 테지만, 신효의 귀에는 충분히 들어갈 겁니다."

신효는 모든 것을 오롯이 홀로 차지해야만 직성이 풀리는 포악한 성격이었다. 거기에 장단을 맞춰 주기 위해 휘욱이 이제껏 여자를 만나지 않은 것은 아니었지만, 신효는 자신과의 결혼을 위해 그가 정절을 지키는 거로 착각하고 있었다.

만약 그런 휘욱에게 여자가 생겼다고 하면, 신효는 대번에 사나운 성정을 드러내며 뒤로 나자빠질 것이다.

멀쩡한 남자가 결혼 전에 연애 한 번 했다고 문제 될 것은 없었다. 사실 이 바닥에서 남녀 간의 사랑을 논하고, 신의에 대해서 왈가왈부하는 것 자체가 의미 없는 일인지도 모른다.

하지만 휘욱을 자신만의 소유물로 여겼던 신효는 분개할 게 뻔했다. 그리고 이상한 아집이 있는 신효는 남이 더럽힌 물건 못 거둔다는 식으로 휘욱과의 파혼을 선언할 것이다.

오직 한 여자만을 바라보는 남자의 순정이 신효의 유니크한 액세서리였는데, 특징을 잃은 액세서리는 버려지기 마련이다. 비련의 여주인공처럼 슬픔에 빠져 불쌍한 척을 하면서 더 큰 가치를 손에 쥐기 위해서 열심히 머리를 굴릴 것이다.

"자네 정말 못 당해 내겠구먼."

윤 교수가 의자 등받이에 깊숙이 기대앉으며 한숨을 내쉬었다.

"아마 스캔들이 터지고 나면, 인애 귀에도 들어가게 될 테지."

"따님이 저와의 정상적인 결혼 생활을 가정하지는 않게 될 겁니다."

내연녀를 둔 남자와 정상적인 결혼 생활을 꿈꾸는 여자가 있을까?

인애에게는 안타까운 일일지도 모른다. 하지만 아버지인 윤 교수가 망가지고, 가정이 파탄 나고, 모든 것을 잃게 되는 전개보다는 이쪽이 더 낫지 않은가?

"우리 인애는……. 나와 내 아내가."

"압니다. 어렵게 얻으신 것도. 금쪽같이 키우신 것도. 2년만 견디면 인애 양이 원하는 삶을 살 수 있을 겁니다."

"지금도 그 아이는 원하는 삶을 살고 있어."

"그렇다고 단언할 수 있으십니까?"

직설적인 질문에 윤 교수는 잠시 머뭇거렸다.

"단지 교수님처럼 명례 그룹의 일부분으로 살아가지 않고 있을 뿐, 철저히 제약된 삶을 살고 있습니다. 그 제약이 긍정적이지만은 않다는 것을 아실 겁니다. 2년 동안 저는 이설 그룹이 긍정적 전향을 할 수 있도록 움직일 겁니다."

윤 교수는 깊은 시선으로 허공을 바라보았다. 욕심 많은 윤동근 부회장의 등쌀에 못 이겨 윤 교수는 일찍이 기업 경영에는 뜻이 없다는 의사를 밝혔다. 그런데도 그의 능력과 존재감은 끊임없이 재조명되었다.

형제간의 분란을 만들지 않기 위해 물러서 있다고는 하지만, 언제까지고 숨죽인 채로 살 수만은 없는 노릇 아닌가?

휘욱은 윤 교수가 비겁하게 숨어 살기만 할 성정은 아닐 거라 생각하고 이 자리에 나왔다. 지렁이도 밟으면 꿈틀한다는데, 자신을 무너뜨리려고 하는 세력 앞에서 천둥벌거숭이처럼 모른 척하는 것은 어리석은 짓이다.

지키기 위해서는 방어만 해서는 안 된다. 공격하는 법도 알아야 제대로 지킬 수 있다.

"내 아내도 참 고생이 많았지."

깊은 회한이 묻어나는 말투였다. 평범한 집에서 나고 자란 윤 교수의 아내는 갤러리 관장이 될 정도로 자수성가한 케이스였다.

조사해 보니 그녀가 명례 재단에서 운영하는 예술 사업에 뛰어들까 봐 윤 부회장이 노심초사하는 눈치였다.

컬렉터를 통한 여러 건의 거래를 윤 부회장이 무산시킨 전례가 있다는 것을 윤 교수는 아는지 모르는지, 아내가 고생했다는 말만 할 뿐이었다.

자신이 사기로 했던 물건이 명례 재단 미술관에 걸려 있는 것을 발견했을 때, 윤 교수 아내의 심정이 어땠을까?

"따님이 같은 길을 걷게 하실 생각은 아니시겠지요?"

열패감 가득한 전철을 딸에게 밟게 할 생각이냐고 물었다. 윤 교수가 고를 수 있는 선택지는 단 하나뿐인 거나 다름없었다.

휘욱의 제안을 받아들이는 것.

죄책감이 잔뜩 일어난 눈빛이 휘욱을 향했다.

"그럼 내가 자네와 한배를 타게 된 건가?"

"잘 모시겠습니다."

"적의 적은 친구라더니. 이렇게도 얽히는구먼."

"잘 부탁드리겠습니다."

"내가 뭐부터 하면 되겠나?"

휘욱의 입가가 부드럽게 풀어졌다. 윤 교수도 계산이 무딘 사람은 아니었다. 이제부터 자신이 무엇을 해야 이 일을 제대로 해낼 수 있는지 묻는 말에 휘욱은 오랜만에 심장이 뛰는 것 같았다.

이해관계가 맞아떨어질 때만큼 짜릿한 순간은 없다. 그게 일생일대의 목표를 향하는 순간이라면 더더욱.

"차차 말씀드리겠습니다."

거래를 진행하는 데 있어 급박하게 절차를 밟기보다는 서로 신뢰를 쌓는 게 우선이다. 인애와의 결혼이 진행되고, 비위 스캔들이 무마된다면, 윤 교수는 휘욱의 뜻을 따를 것이다. 하지만 매사에 철두철미한 휘욱은 윤 교수가 우려하고 있을 부분까지 허심탄회하게 언급했다.

"결혼 후 인애 양과 한집에서 생활하기는 할 테지만, 집 안에서 서로 부딪치는 일은 없을 겁니다. 단, 공식 행사는 함께 참석하겠습니다. 윤 교수님께서 경영 일선에서 자리 잡으시기 전에 인애 양이 먼저 자리 잡게 될 겁니다. 일단 이설 자동차에서 건립할 재단의 이사장 자리에 올릴 생각입니다."

"이설 건설에 아는 인사가 있다고 했지? 몇이나 되나?"

차차 설명하겠다고는 했지만, 일을 도모하기 위한 최소한의 정보는 건네야 했다.

"명례 그룹 쪽에서 윤 교수님을 지지하는 세력만큼, 이설 그룹에서도 저를 지지하는 세력이 있습니다."

"내가 먼저 움직이면 저쪽에서 눈치를 챌 텐데. 결혼식이 끝난 후에 움직여야 하나? 내가 워낙 완강하게 거절했던 터라, 이제는 나한테 직접적으로 회사 일을 도와 달라는 요청은 없는데 말일세."

"결혼 직후에 제가 명례 건설과 이설 건설 관계자들을 두루 만나 볼 생각입니다. 제가 적절히 조율하겠습니다."

"적절히 조율하겠다는 모호한 말은 집어치우게. 내가 현 경영진의 경영 방식에 회의를 느끼고 있다는 걸, 은연중에 전하겠다는 뜻인가?"

역시나 명예를 중시하는 윤 교수는 자신의 뜻이 전해지는 과정에 예민하게 굴었다. 휘욱이 신뢰를 더 얻어야 하는 부분이기도 했다.

"네, 정확하십니다. 아마 시일을 두고 교수님께 접촉이 있을 겁니다. 그러는 동안 저는 언론사에 윤동근 부회장의 큰아들인 명례 호텔 윤신택 대표의 비리를 터뜨릴 겁니다. 자연스럽게 그 자리로 가시면 됩니다."

윤 교수는 다소 공포감 어린 시선으로 휘욱을 바라보았다. 휘욱이 물밑에 숨겨 놓은 계획이 윤 교수가 생각했던 것보다 훨씬 더 치밀하고 전략적인 탓이었다.

휘욱은 윤 교수의 시선이 별로 놀랍지 않았다. 어린 시절부터 종종 경외감 어린 눈빛으로 휘욱을 바라보는 이들이 있었다. 학생 때는 친구와 교사들이, 대학 때는 교수들이, 사회에 나와서는 동료들이, 그리고 이설 자동차 사장이 되고 나서는 직원 대부분이.

마키아벨리가 메디치 가문에 바친 글에는 군주의 덕목 중 하나가 경외심이라고 쓰여 있다. 미련하도록 착하기만 한 군주는 자기 사람을 지킬 수 없다.

휘욱은 연한 미소를 머금은 채로 법적으로는 장인이 될 사람이자, 든든한 사업 파트너가 될 윤 교수를 바라보았다.

모든 일이 순조롭게 진행될 것이다.

모든 일이.

———————————— ● ————

조부가 갑작스럽게 인애를 불러들인 것은 퇴근을 앞둔 금요일 오후였다. 오랜만에 대학 동기인 필원과 만나기로 했는데, 약속을 깨야만 했다.

"미안해, 필원아. 나 할아버지가 급히 부르셔서."

─ 내일 가면 안 돼?

"오늘 꼭 오라고 하시네."

─ 너희 할아버지 무서워? 목소리가 완전 쫄았는데?

막역히 지내는 사이지만, 필원은 인애의 집안에 대해 잘 알지 못했다. 평정을 유지하려 노력했는데도, 인애의 목소리에는 어쩔 수 없는 긴장감이 묻어나고 있었다.

"좀 일이 있어서 그래. 다음에 보자, 응?"

─ 그럼, 내일 나와. 내일은 꼭 봐. 나 너한테 할 말 되게 많아. 우리 안 본 지 벌써 한 달 된 거 알아?

"응, 알아. 내일 저녁때 보자. 아니, 점심때 만나서 밤늦게까지 놀자."

인애는 서운해하는 필원을 달래며 자신도 긴장을 풀기 위해 노력했다.

필원과의 통화를 마쳤을 무렵, 택시가 성북동 저택 앞에 멈춰 섰다. 직접 운전하는 것을 좋아했지만, 조부의 집에 올 때는 늘 택시를 이용했다. 인애가 자유롭게 사는 것을 크게 나무라지 않는 조부였지만, 차를 몰고 와서 책잡힐 일을 만들고 싶지는 않아서였다.

자신을 나무라는 것은 상관없었지만, 인애를 그렇게 키운 부모님이 욕을 먹는 것은 불쾌했다.

"난 못 해! 나 안 할 거라고요! 싫어! 절대 결혼 안 해."

응접실에 들어서자, 날카롭게 울부짖는 신효의 목소리가 들려왔다. 분위기가 심상치 않았다. 소파 세트 상석에는 조부가 앉아 있었고, 그의 왼쪽에는 큰아버지 내외와 신효가, 맞은편에는 인애의 부모님이 자리했다.

"할아버지, 그거 아세요? 휘욱 오빠, 여태 여자는 거들떠보지도 않았어요. 그런데 오피스텔에 살림 차렸다잖아! 그게 무슨 뜻이겠어요? 완전히 미쳤다는 거야, 그 여자한테. 나랑 결혼하면, 나 찬밥 될 거 뻔하잖아요! 나 결혼 못 해.

안 할 거야. 절대 안 해. 나 그러고는 못 살아요."

신효를 달래며 한숨짓던 큰어머니의 시선이 허공을 더듬다 인애에게로 옮겨 왔다.

"인애 왔니?"

큰어머니의 짧은 물음에 모두의 이목이 인애에게 집중되었다. 등줄기를 타고 벌레가 기어오르는 것처럼 소름이 끼쳤다.

인애는 얼른 고개를 꾸벅 숙이며 인사했다.

"안녕하셨어요?"

조부는 마른 시선으로 인애를 가만히 바라보았다. 잠깐 눈길을 주기만 할 뿐, 조부가 인애를 오래도록 바라본 적은 없었다. 인애는 초연해지려 애쓰며 조부의 시선을 받아 냈다.

"인애, 잠깐 할아비 좀 보자."

낮게 읊조린 조부는 지체 없이 자리에서 일어났다.

"아버님."

조부가 의미 있는 말을 꺼내기도 전인데, 애원하듯 안타까운 목소리를 낸 것은 인애의 모친이었다. 조부는 아랑곳하지 않고 걸음을 옮겼다. 인애는 무지근한 시선으로 부모님을 바라보았다.

아버지는 어서 조부를 따라가라며 눈짓했다. 고개를 한 번 끄덕인 인애는 조부의 서재로 향했다. 흐느끼는 신효의 울음소리가 등 뒤에 그림자처럼 달라붙었다.

"앉아라."

조부의 서재에 들어와 본 것은 태어나서 오늘이 처음이었다. 고전적인 분위기를 풍길 거라고 상상했었는데, 조부의 서재는 의외로 모던하고 심플하게 꾸며져 있었다.

유리문이 달린 검은색 장 안에는 색깔별로 정리된 책이 꽂혀 있었고, 검은색 강화 유리로 만들어진 데스크와 가죽 리클라이너 의자는 최소한의 선을 이용한 디자인이었다. 데스크 위에 놓인 조명, 모니터, 키보드, 마우스, 하다못해 문진으로 사용하는 듯 보이는 몽돌까지 전부 검은색이었다.

무채색의 단순한 인테리어 속에서 책을 책등 색깔별로 정리해 놓은 서가는 인애의 시선을 단번에 사로잡았다. 책의 카테고리를 주제에 따라 나눈 것이 아닌 눈에 들어오는 색감의 이미지에 따라 나눠 놓은 게 흥미로웠다.

"갤러리에서 일한다지?"

책등을 살피던 인애의 시선이 데스크 위로 옮겨 왔다. 인애는 시선을 내리깔았을지언정, 비굴하지 않은 투로 대꾸했다.

"네, 갤러리스트로 일하고 있습니다."

"저 벽에 걸린 그림이 무엇인지 말해 보아라."

긴장감 가득한 인애의 시선이 조부가 가리킨 방향으로 움직였다. 갤러리스트로 일한다 하더라도, 세상에 존재하는 모든 그림을 다 깨우칠 수는 없다. 그러니 조부의 질문에 대답을 내놓지 못하면 어쩌나 하는 걱정이 앞선 것도 사실이었다.

다행히 시선 끝에 걸린 그림을 마주하자, 안도감이 밀려들었다.

"사현파진백만대병도입니다."

8폭 병풍에 그린 그림을 축소 모사 한 그림이 벽 한쪽에 걸려 있었다. 인애는 차분한 목소리로 설명을 이어 나갔다.

"작자 미상의 그림으로 숙종의 어제(御製: 왕이 지은 글)가 실려 있습니다."

"전진의 왕 부견이 백만 대군을 이끌고 동진 정벌에 나섰다가, 8만의 군사를 이기지 못하고 도망가는 그림이지."

조부는 생각에 잠긴 듯 잠시 뜸을 들였다.

"부견이 그리 못난 왕은 아닌데, 참 볼썽사납게 그려 놨지? 나는 평생 백만 대군을 물리친 동진의 사현과 같은 마음으로 살아왔다. 그런데 이제는 내가 쫓

기듯 물러나는 부견이 될까 봐 두렵구나."

속내를 드러내는 조부의 마른 눈가엔 진심이 어려 있었다. 인애는 잠자코 조부의 목소리에 귀를 기울였다. 감히 첨언을 할 수 없는 분위기다.

이제껏 기업을 이끌어 온 조부의 업적은 존경받아 마땅한 정도였다. 정치권과의 유착이나, 불법적인 거래 없이 바른 경영인이 되기 위해 노력해 온 조부였다. 신의를 우선시했고, 사람을 중요시했다.

조부가 귀애했던 신효가 휘욱과의 정혼을 약속할 수 있었던 것과 인애가 자신이 원하는 삶을 살 수 있었던 것. 성질은 다르지만, 조부의 가치관과 궤를 같이하는 것들이었다.

아버지와 큰아버지가 나이 차가 많이 나는 이복형제인 것도 마찬가지였다. 큰할머니께서 큰아버지를 출산하다가 돌아가셨고, 이후 십수 년을 홀로 지내시던 조부가 고심 끝에 큰아버지를 위해 재혼하셨다고.

어릴 때는 그래도 사이가 좋았던 큰아버지와 아버지의 관계가 틀어진 것은 조부께서 후계 구도를 정리하던 때부터였다고 했다. 조부는 두 아들의 건설적인 경쟁을 바랐지만, 큰아버지는 이를 받아들이지 못했고, 배다른 형제인 아버지를 완전한 적으로 간주해 버렸다.

하나밖에 없는 형을 잃기 싫었던 아버지는 회사에는 뜻이 없다며 학계에 남아 교수의 길로 들어섰다. 하지만 아버지가 진로를 확고히 정했을 때는 이미 골이 깊어질 대로 깊어져 회복할 수 없는 수준에 다다라 있었다.

조부의 얼굴에 회한이 묻어났다. 조부는 미풍 같은 한숨을 몰아쉬고는 그림 한 점을 인애의 앞으로 내밀었다. 이 역시 원본이 아닌 축소 인쇄 된 그림이었다.

"무슨 그림인지 알아보겠느냐?"

"이건李健이 그린 연화백로도입니다. 이 그림 역시 숙종의 어제가 쓰여 있습니다."

"무슨 뜻이지?"

인애의 실력을 시험하려 묻는 말이 아니라는 듯 조부의 목소리가 평소와 다르게 다정했다. 인애는 알고 있는 바를 차근차근 되짚으며 대꾸했다.

"그림을 즐기고, 뛰어난 그림을 모으는 일이 취미가 되었다는 내용의 시입니다."

조부는 흡족하다는 듯이 고개를 끄덕거리고는 입을 열었다.

"뛰어난 그림만큼이나 주변에 두면 이로운 것이 뛰어난 사람이다."

조부의 남다른 인재 경영 가치관을 모르는 바는 아니었다. 그런데 기업 경영 가치관을 손녀에게 설명하고자 18세기에 그려진 그림을 꺼내 든 것은 아니라는 생각이 들었다. 그림을 논하며 잠시 풀어졌던 긴장이 바짝 조여 왔다.

"휘욱이 녀석, 아깝구나."

조부가 내뱉은 이름의 존재감이 생경했다. 눈을 깜빡이는 것을 잊은 탓에 안구가 뻑뻑하게 말라 버렸고, 목구멍도 타들어 갈 듯했다.

"이설 최 회장 보기도 면구스럽고 말이다."

심장이 불안하게 날뛰기 시작했다.

"네가 그 자리에 가 다오."

시공간이 멈춘 듯 인애는 그 자리에서 굳어 버렸다. 숨을 내뱉는 방법도 잊은 것처럼 호흡도 멈추고 조부를 응시했다.

"신효가 고집을 부리기는 했지만, 그 때문에 집안끼리 정혼을 했던 것은 아니다. 내 뜻하는 바가 있어서 신효랑 휘욱이를 짝지어 주려고 했는데……. 어차피 집안끼리의 정혼이니 상대가 바뀐다고 한들 이설에서는 트집 잡을 일 없을 게다."

"할아버지, 그래도 신효 언니의 정혼자였던 사람과 결혼하는 건."

내내 자상한 표정을 짓고 있던 조부의 얼굴이 싸늘하게 굳은 것은 순식간이었다.

"그림을 보는 눈은 가졌지만, 세상을 보는 눈은 없는 게냐? 내 너를 과대평가했구나."

차갑게 내뱉은 목소리에는 일말의 감응도 없었다.

"네 아비는 평생을 그림자 뒤에 숨어서 살았다. 네 어미는 평생을 그런 지아비와 산 것이지. 너는 부모를 따라 숨은 게냐, 아니면 도망간 게냐?"

어쩌면 도망친 것인지도 모른다. 재벌가에서 태어났지만, 그들과 어울릴 수 없는 배경을 가진 거나 마찬가지였다. 부의 차선이 아닌 길을 달리는 부모 밑에서 자란 인애가 선택할 수 있는 최선이었는지도.

그런데 조부는 부딪쳐 보지도 않고 자유를 빙자해 속한 세계에서 도망친 인애의 선택을 비난하는 것처럼 물었다. 가슴속에 있는 발작 버튼이라도 눌린 것처럼 심장이 세차게 뛰기 시작했다.

"도망치지 않았습니다. 숨은 것도 아니고요."

"그럼 어디 증명해 보지 그러니?"

조부가 입가를 끌어 올리며 웃음기 섞인 목소리로 물었다. 입은 웃고 있지만, 눈빛은 형형했다.

"제가 증명하면 뭐가 달라지나요? 혹은 제가 증명하지 않겠다고 하면요?"

자신이 휘욱과 결혼한다고 한들, 뭐가 달라지는 거냐고 물었다. 또 휘욱과 결혼하지 않겠다고 한들, 달라질 게 있느냐고 물었다.

"네 부모의 처지가 달라질 수도 있겠지."

인애는 입술을 비틀어 올리며 쓴웃음을 머금었다.

"비겁하시네요."

겁도 없이 조부를 폄훼하는 말이 흘러나왔다. 아들의 선택은 존중하지만, 조부의 마음에 들지는 않았을 것이다. 조부가 원한 것은 잘난 두 아들의 건설적인 경쟁이었는데, 차남은 시작도 전에 기권해 버렸으니까.

"그래도 할 수 없구나. 내가 못 한 일을 네가 해 준다면."

역정을 낼 줄 알았는데, 조부는 회한 섞인 대꾸를 내놓았다.

인애는 허공을 바라보던 시선을 옮겨 마주 앉은 조부를 바라보았다. 그곳에는 명례 그룹 총수인 윤명견 회장이 아닌, 차남 내외의 안위를 걱정하는 노인이 앉아 있었다.

"내가 천년만년 살 수 있는 것도 아니고. 내가 뜨고 나면, 네 부모가 어떻게 살게 될지 생각해 보거라."

"만약 예정되었던 결혼을 그대로 진행했다면요? 그럼, 저는 제 부모를 지키지 못한 불효자가 되었던 건가요?"

조부는 미소를 머금은 채로 고개를 내저었다.

"아니지, 그때는 다른 방법을 찾았겠지."

"그 방법이 왜 지금은 통하지 않는 건데요?"

"이설과의 신의를 지켜야 하고, 휘욱이도 놓치고 싶지 않구나. 그리고."

조부가 한 박자 쉬고 말을 이었다.

"이것보다 더 좋은 방법은 없을 것 같구나."

인애는 어쩔 수 없이 한숨을 내쉬었다.

"이 결혼을 통해 제가 얻는 건, 부모님의 안위뿐인 건가요? 공양미 삼백 석에 팔려 가는 심청이도 아니고, 전래동화 속에서나 있을 법한 일을 말씀하시는 건가요? 그것도 십수 년 동안 사촌 언니의 정혼자였던 사람한테 시집가면서요? 그 사람."

살림을 차렸다는 말은 어쩐지 저속하게 느껴져서 차마 입을 뗄 수가 없었다. 조부가 입 밖으로 내뱉은 이상, 휘욱과의 결혼은 거스를 수 없는 일이었다. 하지만 순순히 받아들이고 싶지 않다는 오기가 생겨났다.

"명례 재단 너에게 주마."

인애가 이렇게 나올 줄 알았다는 듯, 조부는 거래를 제안했다. 오래도록 예술계에 몸담은 어머니도 차지하지 못한 자리를 고작 스물일곱인 인애에게 주겠다고 했다.

"이 정도면 할 만한 거래 아니냐?"

갑자기 평생을 눈치 보고 산 엄마의 얼굴이 눈앞에 선연했다. 재단 경영이라면 엄마가 훨씬 탁월하게 수행할 것이다.

그 자리를 엄마에게 드리는 게 낫지 않겠느냐는 물음이 목구멍까지 치솟았지만, 그로 인해 큰아버지 내외에게 시달릴 것을 생각하면 끔찍했다. 엄마는 큰어머니의 호된 시집살이를 지금까지도 견뎌 내는 중이었다.

"더 주세요. 그 누구도 저랑 제 부모님 우습게 보지 못할 만큼 많이."

큰아버지 내외와 신효뿐 아니라 그 누구도.

신효를 대신해 다른 여자와 살림을 차린 남자에게 시집가야 하는 자신을 무시 못 할 만큼 많은 것을 손에 넣지 않는 이상, 호락호락하게 식장으로 끌려 들어갈 생각은 없었다.

조부의 눈동자에 흡족함을 드러내는 이채가 어렸다가 이내 사라졌다. 네 부모를 지켜야겠지 않느냐는 감상적인 말로 손녀딸을 꾀어내고는 있었지만, 호기롭게 거래를 제안하는 손녀가 기특한 눈치였다.

하지만 여기서 기특하다며 손녀의 머리를 쓰다듬었다가는 일을 그르칠 수 있다고 여겼을 것이다.

"욕심이 과하면 탈이 나는 법이다."

조부가 의자 등받이에 느른하게 등을 기대며 배 위에 깍지 낀 손을 올렸다. 결혼에 응하는 것에는 변함이 없을 테니, 이제 본격적인 거래에 임하기 전에 여유를 가장한 것이다.

"저는 제 인생을 걸었어요. 과한 욕심 아니라고 생각합니다."

인생을 건 거래에서 양보란 있을 수 없다.

사랑이 인생의 전부라는 진부한 생각을 하고 살지는 않았다고 할지라도, 그게 사랑 없는 결혼을 해도 된다는 뜻은 아니었다. 누군가를 대신하는 정혼에서 대체자라는 약점에 발목 잡혀 힘겨운 삶을 살고 싶은 생각 역시 없었다.

그 모든 것을 뛰어넘을 수 있는 조건은 단 하나뿐일 것이다. 돈, 이 바닥에서 그거 말고 인애의 걸음걸이를 당당하게 만들 수 있는 것은 없다. 자존감 하나로 버티기엔 그들이 사는 세상은 지나치게 세속적이다.

"상견례 하고 나서 명례 재단을 주마. 그리고 결혼식을 올리고 나서는 명례 건설의 주식 25만 주를 주마."

그룹 일에 관심은 없었지만, 명례 건설이 시공능력평가액 순위 10위 안에 드는 회사인 것은 알고 있었다. 업계 1위 자리를 놓치지 않는 전자나 정유, 그 외 사업체보다는 유약했다. 그리고 결정적으로 비상장 회사였다.

"25만 주면 지분율이 얼마나 되죠?"

"대략 0.5%."

적은 수치 같았지만, 결정적인 순간에 의결권을 행사하면 절대적인 영향력을 끼칠 수도 있는 수치이기도 했다.

그리고 조부는 다른 사업체가 아닌 명례 건설의 주식을 주겠다고 하고 있었다. 인애의 아버지가 건설학과장을 지내고 있는 것과 아주 상관이 없는 것처럼 보이지는 않았다.

"겨우 0.5%요?"

"결혼 생활을 1년 유지하면 1%를 더 주마."

명례 건설의 최대 주주가 어디였더라? 인애는 복잡한 지분 구조에 대해 잘 알지 못했다. 단지 얼마 전 뉴스에서 명례 호텔이 상장 초읽기에 들어갔다고 보도하는 것을 본 기억이 있었다. 명례 호텔이 명례 건설의 최대 주주였던가?

아마도 명례 호텔의 상장 이후, 명례 건설의 상장 절차가 시작될 것이다. 그리고 명례 호텔의 대표직은 큰아버지의 큰아들인 윤신택이 맡고 있었다. 큰아버지를 제어할 수 있는 브레이크를 인애의 손에 쥐어 준다?

겁도 없이 이 운전대를 잡아도 되는 건지, 아닌 건지 감이 서질 않는다.

"계산이 어려운 모양이구나."

"부족한 것 같아서요."

빈 수레가 요란한 법이고, 가진 게 없으면 허세를 부리게 된다. 인애는 떡밥을 앞에 두고 이걸 물어야 할지 말아야 할지 고민 중이다. 조부의 말마따나 어려운 계산이었다.

"솔직히 말해서 내 너에게 특별한 조건을 내걸어야 할 위치는 아니지 않니?"

자상한 목소리였지만, 독단적인 심보가 묻어나는 질문이었다. 혈혈단신으로 시집보내도 너는 군말 없이 가야 할 거라고 겁박하는 눈빛이기도 했다.

사실 조부의 말이 틀린 것은 아니었다. 가라면 갈 수밖에 없었다. 이 바닥 생리를 거부하고, 인생을 복잡하게 꼴 게 아니라면 말이다.

그런데 프리즘처럼 살아온 인애는 조부의 뜻대로 쉽게 수긍하고 싶지 않았다. 앞으로 색을 지우고 무채색으로 가득 찬 세상에서 갑갑하게 살아야 할 게 뻔했다.

가진 게 많으면 많을수록 숨 쉴 구멍이 커질 것이다.

"명례 호텔 주식도 주세요."

조부는 전혀 예상치 못한 이야기를 들었다는 듯이 눈을 커다랗게 뜨더니, 갑자기 호탕하게 웃기 시작했다. 인애는 표정 변화 없이 조부를 주시했다.

이내 웃음을 멈춘 조부는 힘주어 말했다.

"그건 어렵겠구나. 명례 호텔 주식에 손대면, 알아차릴 거다."

"어차피 명례 건설의 최대 주주가 명례 호텔인걸요. 오너 리스크 컨트롤을 위해 저를 이용하시는 거라면 확실하게 해 주세요. 그래야 저도 제대로 챙길 수 있지 않겠어요?"

조부는 미지근한 미소를 머금은 채로 고개를 끄덕거렸다. 긍정인지, 부정인지 모를 끄덕임. 후회인지, 기쁨인지 알 수 없는 모호한 표정이었다.

개강 시즌이어서 그런지 학교 앞 카페에는 빈자리가 하나도 없었다. 인애는 절대로 먼저 와서 기다리고 있을 리 없는 필원을 찾아 괜히 한 번 카페 안을 둘러보았다.

"워!"

필원이 무릎으로 인애의 뒷무릎을 툭 건드리며 놀라게 했다.

"야, 너 진짜 그 유치한 짓 좀."

인애가 필원을 나무라며 갸우뚱 기울었던 몸을 바로 세웠다. 필원이 키득거리며 대꾸했다.

"나가자. 여기 사람 너무 많다. 야, 나 얼마 전에 소개팅했거든? 근데 완전 이뻐. 최고 이뻐. 학교 졸업하면 집에서 아이스크림 전문점 차려 준다고 했대. 엄마 건물이라 월세도 안 내도 된다더라? 대박이지?"

"이쁜 게 대박인 거야. 돈 많은 게 대박인 거야?"

필원이 붉은 입술을 옆으로 찍 늘리며 웃었다.

"하여간 속물 새끼."

어젯밤 늦은 시각까지 조부와 주식 이야기로 옥신각신하던 자신이 할 말은 아니지 싶었지만, 소개팅할 때마다 상대의 재력에 온 관심을 쏟는 필원은 속물이 맞다.

평범한 집에서 나고 자라, 부잣집으로 장가가겠다는 말을 입에 달고 사는 필원이었지만 대학교를 조기 졸업하고, 대학원도 장학금으로 다니고 있는 수재였다.

"야, 생각해 봐. 아이스크림 전문점이 잘만 하면 돈이 얼마나 잘 벌리는데? 그게 대기업 취업보다 훨씬 괜찮을 수도 있다?"

"그래서 이번에는 꿈이 아이스크림 전문점 셔터 맨이야?"

필원은 하필 아이스크림 전문점으로 인애를 데리고 들어가며 흡족한 얼굴로 고개를 끄덕거렸다. 인애는 사람이 깊이가 없다고 나무라며 고개를 절레절레 내저었다.

"그래서 깊이 있는 윤인애는 잘 지냈어?"

"나 결혼해."

귀신 씻나락 까먹는 소리 하지 말라며 필원은 얼굴을 찌푸렸다.

"뭐 먹을래? 바닐라?"

인애가 고개를 끄덕거리는 사이 필원이 아르바이트비를 받았다며 아이스크림값을 지불했다. 두 사람은 싱글 콘을 하나씩 들고 비교적 한산한 창가 좌석에 나란히 앉았다. 오후 햇살이 들기 시작한 탓에 사람들이 피한 자리인 듯했다.

"9월인데 여전히 덥네. 올해는 추석이 빨라서 금방 시원해질 줄 알았는데."

필원은 톡톡 터지는 스프링클이 들어가 있는 아이스크림 핥으며 중얼거렸다.

"10월 말쯤 하게 될 것 같아."

인애는 금세 손가락등으로 흘러내리기 시작한 미색 아이스크림 방울을 바라보며 여상한 어조로 읊조렸다. 상견례는 다음 주말이었다. 조부는 최휘욱에게 내연녀가 있다는 증권가 찌라시가 돌기 시작해, 이설 쪽에서 결혼을 서두를 거라고 했다.

언론에 보도되기 전, 친한 친구들에게는 미리 알리는 게 나을 것 같았다.

필원이 상체를 인애 쪽으로 돌리며 또다시 얼굴을 찌푸렸다. 필원의 콧잔등에 걸쳐진 안경이 들썩거렸다.

"너 진심이야?"

바닐라아이스크림을 혀로 한 번 핥은 인애는 장난스러운 웃음기를 머금으며 되물었다.

"그 여자가 하겠다는 아이스크림 브랜드가 이거야? 여기 바닐라아이스크림 되게 별로다. 이건 하지 말라고 해."

결혼이 정해진 이후로 삶은 순식간에 더욱 치열해졌지만, 입맛은 시들해졌다. 달콤하고 부드러운 아이스크림마저 입 안에서 버석거렸다.

"진심이냐고, 윤인애. 네가 남자가 어디 있어서 결혼을 해? 너 혹시."

필원의 눈동자에 이채가 어렸다.

"혹시 뭐?"

"나 몰래 사고 쳐서 임신했어?"

인애는 크게 한숨을 내쉬었다. 그러자 필원은 긍정의 뜻으로 받아들였는지 울상을 했다.

"너 진짜 미쳤냐? 어쩌다가 그랬어? 피임은 했어야지. 괜찮은 사람이야? 뭐 하는 사람인데?"

갑자기 어디서부터 바로잡아야 할지 막막해진다.

"아니, 그런 건 아니고."

차라리 그런 거였으면 좋겠다.

사고 쳐서 결혼하는 거라면, 서로를 뜨겁게 보듬는 불같은 밤이 존재했다는 거 아닌가? 최휘욱과의 사이에서 그런 온도가 발하는 순간이 평생 한 번이라도 있기는 할까?

아니, 앞으로 내 인생에서 그런 순간이 오기는 할까?

"팔려 간다고 해야 하나."

한술 더 뜬 발언을 장난처럼 내뱉었지만, 사실과 크게 다를 건 없었다.

"너 사채 썼어? 혹시 뭐 암호화폐 같은 거 손댔어?"

필원이 목소리를 낮추고 인애의 안색을 살피며 진심으로 걱정스럽다는 듯이 물었다. 인애가 이제 장난은 접어 둬야겠단 생각으로 입을 열 때였다.

"좋은 사람……."

아이스크림 가게 유리문이 열리고 주변을 지워 버리는 그림 같은 그가 걸어 들어왔다. 머릿속으로 그를 떠올리고 있었던 탓에 순간 환영을 보는 건가 했다. 좋은 사람이야, 라고 말하려 했던 남자가 눈앞에 서 있었다.

"나는 체리 송송 박힌 거. 자기는?"

화려하게 생긴 여자가 그를 향해 물었다. 그는 의미를 알 수 없는 모호한 시선을 인애에게 고정한 채로 여자에게 아이스아메리카노라고 대답했다. 여자는 아이스크림 전문점에 와서 아이스아메리카노를 마시냐고 한 소리 하고는 주문대로 향했다.

모른 척하고 지나칠 줄 알았다. 그에게 '자기'라는 호칭을 쓰는 것을 보면 저 여자가 바로 그가 미쳐 있다는 여자인 것 같았기 때문이다.

"자주 보네."

그가 유리 벽에 붙은 바 테이블 근처로 걸어오며 말했다. 햇살이 그에게만 머무는 것처럼 그 모습이 눈부셨다. 휴일인데도 그는 빳빳한 검은색 슈트를 입고 있었다. 필원은 호기심 어린 눈빛으로 그와 인애를 번갈아 보았다.

"친구인가?"

그가 필원에게 눈길을 한 번 주고는 물었다.

"네, 대학 동기예요. 김필원. 그리고 이쪽은."

인애가 그를 어떻게 소개해야 하나 망설이는 것을 알아차렸는지 그가 입을 열었다.

"최휘욱입니다."

필원의 미간에 미세한 주름이 잡혔다.

"혹시 이설 자동차 대표님?"

그가 고개를 끄덕이며 전형적인 미소를 머금은 순간, 여자가 다가왔다.

"가자, 자기."

여자가 그에게 아이스아메리카노가 담긴 잔을 건네며 살갑게 굴었다. 그는 여자에게서 잔을 받아 들기는 했지만 시선은 여전히 인애를 향해 있었다. 그를 올려다보던 여자의 시선이 인애에게로 천천히 옮겨 왔다.

어쩌다 보니 시선이 마주쳤다. 여자는 페이즐 무늬가 요란하게 들어간 스카프 블라우스에 통이 넓은 검은색 슬랙스 차림이었다. 금색 페이즐 무늬와 버건디에 가까운 립스틱 색깔이 여자에게 잘 어울린다는 생각을 할 때였다.

문득 여자의 눈가에 웃음기가 어리는 게 보였다. 여자는 마치 인애를 알고 있는 것처럼 바라보았다.

"윤인애 씨?"

짐작은 틀리지 않았다. 여자는 도발하는 것은 아니지만, 그렇다고 물러설 생각도 없다는 듯이 당당한 태도로 인애를 대했다.

인애와 휘욱의 결혼이 결정된 것은 불과 어젯밤의 일이다. 오늘 이설 쪽과 접촉할 거라는 말을 듣기는 했지만, 그 소식이 벌써 휘욱이 미쳐 있는 여자에게까지 들어갔을 거라고는 미처 생각하지 못했다.

"이런 데서 볼 줄은 몰랐네요."

뜻밖이라고 말하는 여자의 어조에는 매혹적인 생기가 가득했다. 화가가 거칠게 붓을 놀려 선명한 색감으로만 물들여 놓은 듯한 인상을 주는 여자다. 엄정해 보이기까지 하는 검은색 슈트를 입은 그의 곁에 서 있으니 무척이나 대조적이면서도 잘 어울렸다.

"가은아. 먼저 차에 가 있어."

여자가 알은체할 거라고는 생각하지 못했는지, 그가 딱딱한 목소리를 냈다. 여자는 재미있다는 듯이 생글생글 웃어 댔다.

"빨리 와, 자기."

여자의 손이 그의 팔뚝을 한 번 잡았다가 놓았다. 인애의 시선이 어쩔 수 없이 그곳으로 향했다. 마치 그 손길이 앞에 서 있는 남자에 대한 무언의 소유권

주장처럼 느껴졌다. 여자는 모두를 향해 환한 미소를 머금으며, 기회가 되면 또 보자는 인사를 남기고는 유유히 가게 문을 나섰다.

잠시 불편한 침묵이 흘렀다. 그는 인애의 얼굴을 뚫어져라 바라보기만 했고, 인애는 여자의 손길이 닿아서 미세하게 구겨진 그의 팔뚝에 무심한 시선을 두었다.

여자가 자국을 남기고 간 곳은 그의 옷자락인데, 마치 마음을 제멋대로 구겨 놓고 간 것처럼 가슴이 일그러지는 기분이었다.

"오늘 아침에 연락받았어. 결정했다고."

"네. 딱히 저한테 선택권이 있는 건 아니었거든요."

두 사람의 낌새가 이상하다고 생각했는지, 필원의 분위기가 점점 가라앉는 게 느껴졌다.

"나중에 이야기하죠."

인애는 내내 내리깔고 있던 시선을 들어 그를 바라보았다. 그는 아무런 감정도 느껴지지 않는 차가운 시선으로 그녀를 주시하고 있었다. 지극히 계산적인 눈빛, 이성을 향한 한 치의 흥분도 느껴지지 않는 서늘한 온도였다.

"내일 연락이 갈 거야……. 그럼."

내연녀와 함께 결혼할 여자를 맞닥뜨린 상황인데도 그는 당황한 기색을 전혀 내비치지 않았다. 서교동 골목에서 보았던 근사한 미소는 착각이었나 싶을 정도로 그의 얼굴은 아무런 표정 없이 무감했다.

서늘한 눈동자, 깊지만 감정 없는 시선이 잘생긴 그의 얼굴과 기가 막히게 잘 어울린다는 생각도 들었다. 웃을 때는 주변을 온통 다홍색으로 물들이며 따뜻하게 만들 수 있는 남자이면서, 무감할 때는 주변을 새하얗게 얼릴 수도 있는 남자다.

전자와 후자, 둘 중 나는 어떤 남자와 살게 될까?

그는 필원에게 묵례를 한 번 하고는 돌아섰다.

그가 유리문을 나서자, 밖에서 들어온 온기와 에어커튼의 냉기가 뒤섞이며 세이지 향이 훅 끼쳤다. 갑자기 숨이 확 막힐 정도로 전신을 뒤덮는 향기에 살갗을 타고 오스스 소름이 돋아났다.

만약 혼자서 저 두 사람을 마주했다면, 지금보다는 나았을까?

하필 자세한 내막을 알지 못하는 필원과 함께 있을 때 마주친 탓에 인애는 제대로 된 인사조차 건네지 못했다. 인사는커녕 멍하니 굳어서 입 한 번 떼지 못했다는 게 맞는 말이다.

어차피 조건에 따라 이루어지는 거래 같은 결혼이었다. 그를 단념하고 산 지도 십수 년이었다. 그래서 그에게 미쳐 있는 여자가 있는 건 별로 중요치 않다고 여겼었다.

그런데 눈앞에 두 사람이 머물던 순간부터 가슴 근육이 뒤틀리는 것처럼 생경한 통증과 함께 기분 나쁜 열감이 느껴졌다.

기분이 나쁜 건가?

질투라도 하는 건가?

결혼할 남자에게 사랑하는 여자가 있다는데, 기분이 나쁘지 않다면 그것 또한 이상한 것이다. 결혼은 신의를 바탕으로 이루어져야 마땅하다. 그런데 시작부터 배신을 경험한 결혼이 온당하게 받아들여질 리 있을까?

질투는 인간이 가진 자연스러운 감정이다. 질투라는 감정이 있었기에 인류가 진화해 왔다고 주장하는 사람들도 있다.

모두 상식적으로 존재할 수 있는 종류의 감정들이건만, 인애는 자신이 날것 그대로의 감정을 느끼고 있다는 생경한 사실을 받아들이기가 어려웠다.

내가 아직도 저 남자를 좋아할 리가.

인애는 숨을 죽인 채로 잠시 허공에 시선을 두었다.

지금 가슴속에 자리한 건 10대 소녀의 풋풋하고 순수한 감정과는 다르다는 생각이 들었다. 어두컴컴하게 가라앉은 심연 속에 자리한 것은 분명한 욕망이었다.

그들의 세계에 발을 들인 이상, 인애는 뜨뜻미지근하게 살고 싶지 않았다. 아니, 정확히 말하자면 인애는 이제껏 단 한 번도 어정쩡한 온도의 삶을 살아 본 적이 없었다. 육신이 다 녹아내릴지언정 뜨겁게 살아왔다. 삶에 대한 태도는 변하지 않는다. 단지 환경이 바뀌었을 뿐이다.

그리고 바뀐 그녀의 환경에서 가장 큰 지분을 차지하는 남자, 가슴속에서 그에 대한 욕망이 걷잡을 수 없이 커져 갔다. 비단 남자를 향한 이성적 욕망뿐만이 아니라, 그가 자신을 원하는 곳까지 올라가게 해 줄 수 있을 거란 야욕에 심장이 가쁘게 뛰어 댔다.

"저 두 사람 자는 사이는 아닌 것 같아."

이상한 분위기를 감지한 이후로 내내 입을 다물고 있던 필원이 운을 뗐다.

"뭐?"

온몸을 관통하는 생경한 욕망에 컴컴한 고립감을 느끼던 인애가 그제야 현실로 돌아온 듯 어수선한 표정으로 되물었다.

"뭐라고 했어, 방금?"

"저 두 사람 자는 사이는 아닌 것 같다고. 남자가 아무 감정도 없어 보여. 그거 알아? 여기 들어오면서부터 나갈 때까지, 최휘욱 대표가 여자한테 눈길 한 번 안 준 거?"

"그럴 수도 있지."

"아냐. 내 감이 맞을걸? 저 두 사람 잠자리를 같이할 만큼 가까운 사이는 아냐."

필원이 단정하듯 말하더니, 고개를 갸우뚱 기울였다.

"아니면, 잠만 자는 사이일 수도 있겠네. 남자는 감정이 없고, 여자는 미련이 있는? 솔직히 최휘욱 대표면 없던 미련도 생기겠다. 나도 반하겠는데?"

필원이 장난기를 머금은 목소리로 지껄이며 인애의 어깨를 팔뚝으로 가볍게 툭 건드렸다.

"그런데. 윤인애."

대뜸 진지한 목소리를 내는 필원에게로 인애의 시선이 자연스레 옮겨 갔다. 필원은 아무 말도 하지 않은 채 인애의 눈동자를 가만히 들여다보았다. 컴컴한 욕망이 어린 가슴속을 꿰뚫어 볼 것만 같은 투명하고 날카로운 눈빛이었다.

필원은 한참 동안 아무 말 없이 인애를 바라보기만 했다. 인애 역시 무슨 말을 해야 할지 몰라서 가만히 그 시선을 받아 냈다.

평소처럼 호들갑스럽게 최휘욱이라는 남자에 관해 물어보았다면 쉬웠을까?

"있잖아. 윤인애."

인애가 크게 숨을 들이켜자, 필원이 굳어 있던 표정을 풀며 환히 웃었다.

"나 배고파. 밥 사 주라."

갑자기 긴장이 탁 풀려 버려서 인애는 웃음을 터뜨렸다.

"너 밥도 안 먹었으면서, 아이스크림 먹자고 했어?"

인애는 필원을 나무라며 아이스크림 가게를 나섰다. 도심의 공기 속에 세이지 향이 섞여 있는 듯 가슴이 무지근하게 뛰어 댔다.

할 수 있는 일을 다 하라.
그것이 좋은 방식의 삶을 아우르는 철학이다.

― 외젠 들라크루아

그에게 전화가 온 것은 일요일 오전 10시경이었다.

— 상견례 전에 얼굴 한번 보는 게 좋을 것 같은데.

휴대전화로 들려오는 그의 목소리는 평상시의 톤보다 훨씬 낮았고, 귓속을 파고들어 가슴속까지 미약한 파동을 일으켰다.

"오늘 시간 어때요? 나는 점심때도 괜찮아요."

— 그럼, 점심때 집으로 차 보낼게.

"장소만 문자로 보내 줘요. 아니면 내가 정해서 보낼까요?"

휴대전화 너머에선 아무런 대꾸가 없었다. 마치 통화 연결이 끊긴 것처럼 자잘한 소음조차 들려오지 않았다.

"여보세요? 최휘욱 씨?"

귓가에서 휴대전화를 떼어 내고 화면을 확인해 보았지만, 통화는 여전히 연결된 상태였다.

— 앞으로 계속, 운전은 직접 할 생각인가?

그의 목소리에서 불편한 기색이 고스란히 묻어났다.

"앞으로 계속, 그 여자 만날 생각이에요?"

삶의 방식을 참견하는 질문에 발끈한 나머지, 충동적인 물음이 툭 튀어나왔다. 잠시 견디기 힘든 침묵이 흐르는가 싶더니, 그가 나지막이 웃는 소리가 들려왔다. 웃음소리를 숨기지 않는 게 고까워서 속이 뒤틀렸다.

"약속 장소는 내가 정해서 문자로 보낼게요. 바쁜 사람인 거 아는데, 늦지 않았으면 좋겠네요."

인애는 그의 대답을 대충 듣고 전화를 끊어 버렸다.

서교동 골목길에서 마주쳤을 때만 해도, 순수했던 시절부터 간직해 온 떨림의 잔향이 남아 있었다.

하지만 지금은.

감정의 결이 완전히 달랐다. 고압적인 태도가 몸에 밴 듯 묻어나는 무심한 말 한마디, 세상천지에 발칙한 것을 다 보겠다는 듯 나지막한 웃음소리, 그의 모든 것 하나하나가 인애를 자극하기 위해 절박하게 다가오는 것처럼 느껴졌다.

인애는 한숨을 한 번 길게 내쉬었다. 다시는 바닥으로 내려갈 수 없는 열기구에 몸을 실은 듯 발밑이 둥둥 떠올라서 설레는 것도 같았고, 어두컴컴한 숲속 깊이 자리한 바위 틈새에 갇힌 듯 갑갑하고 두렵기도 했다.

정체를 알 수 없는 감정을 갈무리하지 못한 채 인애는 그와의 약속 장소로 향했다.

갤러리 카페에 들어서자 숲의 정경이 내려다보이는 창가석에 앉아 있는 그의 모습이 눈에 들어왔다.

복잡한 감정과 욕망이 뒤엉킨 중에도 부정할 수 없는 사실 하나는, 그가 숨이 막힐 정도로 근사하다는 거였다.

인애는 크게 숨을 한 번 들이켜고 발걸음을 옮겼다. 대리석 바닥에 닿는 구둣발 소리가 규칙적으로 울릴 때마다, 심장 박동이 불규칙하게 치솟아 올랐다.

기척을 느꼈는지, 내내 창밖을 내다보고 있던 그의 시선이 인애를 향했다.

인애는 고개를 한 번 까딱하며 인사를 건넸다. 그러자 그가 자리에서 일어나 시원한 걸음으로 성큼성큼 테이블 옆을 돌더니, 화려한 금장 장식과 민트색 벨벳으로 마감된 의자를 꺼내 주었다.

그는 앉으라며 오른손을 펼쳐 보이고는, 은은한 미소를 머금기까지 했다. 어제 아이스크림 가게에서 보았던 서슬 퍼런 남자가 아닌, 서교동 골목길에서 보았던 다정하고 근사한 미소를 가진 남자였다.

"고마워요."

여상한 인사를 건넨 뒤 착석하자, 그는 만족스럽다는 듯이 더욱 진한 미소를 머금었다. 맞은편 의자에 앉은 그는 가을의 달빛처럼 은은한 눈빛으로 인애를 바라보았다.

오롯이 내리쬐는 눈빛을 마주하고 있을 때면 온몸이 상서로운 기운에 꽁꽁 묶인 듯 꼼짝도 할 수 없다. 위협이 담긴 것도 아니었고, 물리적인 강제성을 띤 것도 아닌 그저 눈빛일 뿐인데.

어두운 밤, 둥근 달 주변에 생기는 신비로운 빛인 달무리처럼, 그의 눈동자는 어둡고도 밝았고, 검고도 아름답게 빛났다.

어릴 때부터 그의 눈빛을 마주할 때면, 인애는 뜻 모를 무기력함에 휩싸여 몸이 나른해지는 것을 느꼈다. 그의 시선은 늘 은밀하고도 깊은 의미를 품고 있는 것 같았다.

고아한 그의 눈빛에 사로잡혀 잠시 말없이 바라보고 있는데, 그가 귓가 솜털이 올올이 일어날 만큼 잔잔한 목소리로 감미롭게 속삭였다.

"이렇게 살면 돼."

수학능력시험 고사장에 들어선 긴장감 가득한 수험생을 안심시키듯 다정하지만 단조로운 시험 감독관의 목소리처럼 들렸다.

인애는 의문을 가득 담은 시선으로 그를 바라보았다. 그는 어려울 것 없다는 듯이, 아주 간단한 산수 문제를 풀어내는 것처럼 설명했다.

"사람들 보기에 아주 잘 어울리는, 사이좋은 부부인 것처럼 살면 된다고."

그는 자연스러운 시선으로 주위를 한 번 둘러보고는 이내 매혹적인 덫 같은 눈빛으로 인애를 바라보았다. 인애는 그의 시선이 움직인 방향을 따라 주변을 훑었다.

이쪽 테이블을 흘끗거리던 여자들의 시선이 방향을 잃고 흩어졌다. 인애의 입가에 어쩔 수 없는 비소가 어렸다.

어딜 가든 눈에 띄는 외모를 가진 그였다. 190cm에 육박하는 장신, 어릴 적부터 아이스하키, 골프, 수영, 승마 등으로 다져진 다부진 몸, 그리고 모친에게서 물려받은 특출난 얼굴까지.

그를 존재하게 만드는 모든 것이 타인의 시선을 끌기 위한 것처럼 느껴졌다. 하지만 과거의 인애는 비단 그의 외모에만 끌렸던 것은 아니었다.

세상천지에 귀하고, 고운 것은 죄다 모아 놓은 것처럼 보이는 재벌가, 하지만 그 속을 살아가는 사람들은 더럽고 추악한 진창을 구르는 것처럼 지독했다. 위선, 불신, 거짓, 음모가 도처에 도사리고 있었고, 겉으론 우아한 척했지만, 속으론 서로를 잡아먹지 못해 안달이 나 있었다.

그런 진창에서도 고아한 빛을 발하는 사람이 최휘욱이었다. 추악하고 더러운 진흙 속에 빠져 있어도 질퍽질퍽한 비위를 저지르지는 않는 남자, 그의 곁은 뽀얀 빛으로 물들어 있을 거라고 여겼다.

그런데 내가 사람을 잘못 봤나? 아니면 세상이 그를 변하게 했나?

결국, 그도 불순물과 뒤섞여 순수함을 잃어버린 것일까?

"어려울 것 없어. 내가 의자를 빼 줬더니, 네가 고맙다고 웃으며 인사한 것처럼. 그렇게."

결혼에 대한 설명은 간결했지만, 그 의미는 분명했다.

"사람들 눈에 사이좋은 부부로 보이면 된다, 이건가요?"

인애는 그가 하고자 하는 말의 의미를 선명하게 되짚어 물었다. 그는 또다시 은은한 미소를 머금은 채로 고개를 끄덕였다. 말이 쉽게 통하는 것 같아서 마음에 든다는 얼굴인데, 인애는 속이 뒤틀렸다.

"쇼윈도 부부가 되자는 건가요?"

이어진 물음을 내뱉는 목소리가 뜻하지 않게 튀어 올랐다. 흥분한 탓에 잠시 이성을 잃어 한 옥타브 높은 목소리가 흘러나오고 말았다. 그에게 내연녀가 있다고는 하지만, 결혼을 앞두고 만난 자리에서 이런 대화를 하게 될 거라고는 예상하지 못했다.

아니, 예상했어야 했나?

아직 자신이 이들이 사는 세계에 대한 이해가 부족한 것인지도 모른다고 자조했다. 또 앞에 앉은 남자만큼은 다를지도 모른다는 등신 같은 생각을 하며 이 자리에 나온 자신의 어리석음에 기가 찼다.

내연녀와의 스캔들을 덮고자 결혼을 서두르는 사람인데, 어련하실까.

"그런 과격한 단어 사용은 삼갔으면 좋겠는데."

그는 미간을 찌푸리며 목소리를 낮추었다. 그러고는 비스듬히 웃으며 덧붙였다.

"그리고 답을 해 주자면, 맞아. 방금 말한 그거."

"결혼은 인륜지대사죠."

흥분을 가라앉히려 한숨을 한 번 내쉰 인애는 은은한 미소를 머금으며 말을 이었다.

"아무리 조건 맞춰서 하는 결혼이라고 해도, 허투루 하고 싶은 생각은 추호도 없어요."

단호한 목소리로 말하자, 그가 이번에는 동의한다는 듯이 고개를 끄덕거렸다.

"뭐든 허투루 진행되는 건 없을 거야."

인애는 의문 어린 시선으로 그를 바라보았다. 얼굴에 떠오른 표정조차 허투루 짓는 법이 없을 것 같은 남자다. 그의 시선, 어조, 행동 하나하나가 치밀하게 계산된 것처럼 완벽해 보였다.

그러니 결혼식을 허투루 진행하지 않겠다는 그의 말은 진실일 것이다. 하지만 인애가 뜻하는 바와는 다를 거라는 예감이 들었다.

"결혼식은 중림동에 있는 성당에서 혼배 미사로 진행될 거야. 따라서 언론에는 공개되지 않는 비공개 예식이 될 거고, 혼배 미사 중에 스냅 사진으로 찍은 사진 몇 장을 언론에 보도 자료로 뿌릴 예정이야."

그는 결혼을 앞두고 설레는 예비 신랑의 목소리라기보다는, 중요한 업무를 이야기하는 것처럼 건조한 어조로 설명을 이어 갔다.

"신혼집은 얼마 전 이설 건설에서 성수동에 신축한 주상 복합 꼭대기 층이 될 거야. 웨딩드레스, 예물, 신혼여행 같은 건 원하는 대로 해."

서늘하면서 촉촉한 눈동자를 바라보며, 인애는 부드러운 목소리로 대꾸했다.

"아는 동생이 동대문에서 웨딩드레스 원단 사업을 해요. 웨딩드레스는 거기에 맡기면 되겠네요."

잘생긴 그의 얼굴이 일그러지는가 싶더니, 미간에 미세한 주름이 잡혔다. 명백하게 마음에 들지 않는다는 표정이다.

"원하는 대로 하라면서요?"

상냥한 미소를 머금으며 재우쳐 물었다. 그러자 그가 일그러졌던 표정을 부드럽게 풀며 되물었다.

"이 결혼이, 장난 같아?"

표정은 부드러웠지만, 그의 눈빛과 어조는 꽝꽝 언 빙하를 단번에 가르는 쇄빙선처럼 위협적이었다.

"장난에 인생을 거는 사람도 있을까요?"

인애는 물러서지 않고 그와 맞섰다.

"최고의 결혼으로 보이길 바라는 거죠? 이목이 쏠리고, 세간의 화제가 될 결혼이었으면 하는 거잖아요. 호사가들 입에 오르내릴 때, 그보다 더 완벽했던 결혼식은 없을 거라는 말이 듣고 싶을 거고요. 누구에게 그렇게 보이고 싶은 건지 모르겠지만, 그렇게 보이고 싶은 이유도 있을 거고, 대상도 있겠죠. 안 그래요?"

재벌 간의 결혼은 그것만으로도 화제성을 띤다. 그런데 그는 겉치레를 강조하며, 그 어느 때보다 완벽한 결혼식을 바라고 있었다.

이 바닥에서 목적 없이 움직이는 일은 없다. 스캔들을 덮기 위해 치르는 완벽한 결혼식이라니, 기가 막혔다.

"그걸 알 만한 사람이 동대문 원단 이야기를 해?"

"자극하고 싶었거든요. 어떻게 나올지 궁금해서."

솔직하게 대꾸하자 그는 잠시 멍한 표정을 지었다.

"뒤통수라도 얻어맞은 표정이네요? 그럼, 그쪽이 원하는 바는 충분히 알았으니까, 내가 원하는 바를 이야기해 보죠."

호기로운 목소리를 내뱉고 나자 마른침이 꿀꺽 넘어갔다. 턱 끝을 치켜들고 목을 빳빳이 세우며 당당한 태도를 보이고 있었지만, 심장은 세차게 두방망이질 쳐 댔다.

그는 어디 해 보라는 듯한 표정을 짓고는 등받이에 깊숙이 기대앉으며 다리를 꼬았다. 투명한 강화 유리 테이블 아래로 보이는 그의 긴 다리에 잠시 시선이 머물렀다.

길게 뻗은 다리, 등받이에 몸을 깊숙이 기대고 있는데도 무너지지 않는 고아한 자세, 우아한 선을 따라 시선을 움직여 마침내 그와 다시 눈을 마주쳤다.

"직업병인가?"

그가 재미있다는 듯이 웃으며 물었다. 지나치게 잘생긴 얼굴에 머무르는 미소는, 또 지나치게 매혹적이다.

"뭐가요?"

"작품 감상하듯 보는 거 말이야. 직업병인가 싶어서."

능청스럽게 대꾸한 그가 그윽한 얼그레이 향을 풍기는 미색 찻잔을 집어 들고는 한 모금 머금었다. 인애는 잠시 멍한 표정이 되어 그를 바라보았다. 바늘 하나 들어갈 틈 없이 완벽하게 구는 사람이 이런 농담을 내뱉을 거라고는 예상하지 못한 탓이었다.

"뒤통수라도 얻어맞은 표정이네? 원하는 바를 잊을 만큼 내가 탐나는 작품처럼 생겼나?"

명백한 기 싸움이었다. 그런데 장난기가 어린 그의 매혹적인 표정, 살가운 웃음기를 머금은 눈가, 평소와 다르게 한 톤 올라간 다정한 목소리는 심장을 뒤흔들어 놓을 만했다.

속이 울렁거릴 정도로 심장이 뛰어 댔지만, 인애는 표정을 차갑게 굳히며 입을 열었다.

"나랑 결혼하기 전에 그 여자랑은 끝냈으면 좋겠어요."

다행히 떨리는 심장과는 다르게 이지적이고 차가운 목소리가 흘러나왔다. 그는 당황한 기색 없이 우아한 손짓으로 찻잔을 내려놓았다. 입가에 머문 장난기 어린 미소는 여전했지만, 눈빛은 어쩐지 점점 냉혹해지는 듯했다.

"싫다면?"

길게 대꾸하기도 싫다는 듯이 성의 없는 되물음이었다.

"최휘욱 씨가 완벽한 결혼식을 원하는 것처럼, 나도 완벽한 결혼을 원하거든요."

날 선 두 사람의 시선이 허공에서 난잡하게 뒤섞였다.

일요일 늦은 오후, 휘욱에게 불려 나온 가은은 서울 N 타워가 올려다보이는 루프톱 카페의 프라이빗 구역에 앉아 있었다.

"네, 사모님! 안녕하셨어요? 그럼요. 저야 사모님이 이렇게 연락 주시고, 돌봐 주시는 덕분에 잘 지내죠. 어머, 그래요? 제가 누구랑 사귄다고요? 설마요. 저 그런 사람 몰라요. 아시잖아요. 저 남자한테는 관심 없는 거."

부정하는 말이었지만, 가은의 어조에는 웃음기가 가득했다.

"알겠어요, 사모님. 어머, 태국 가신다고요? 지난번에 일본 간다고 하지 않으셨어요? 괜찮은 스파요? 알다마다요. 제가 예약 넣어 놓을까요? 아, 부회장님도 같이 가시는구나. 제가 커플 스파로 예약 넣고, 다시 연락드릴게요. 그럼요. 저 아시잖아요. 네, 사모님! 그럼 들어가세요!"

간드러진 목소리로 통화를 마친 가은은 한숨을 폭 몰아쉬며 휴대전화를 내려놓고는 아이스아메리카노를 얼음째 들이켰다.

"사림 그룹 부회장이 태국으로 출장 가나 봐. 그 집 사모가 의부증이 심해서, 남편 출장은 무조건 따라가거든. 지난번에는 일본으로 간다고 초밥집 예약 부탁했었는데, 날짜랑 기간은 같고 장소만 태국으로 바뀌었다네. 일단 스파 예약 넣어 놓고, 스파 직원한테도 따로 이야기해 놓을게."

대학을 마치기도 전에 백화점 마케팅 부서에서 일을 시작한 가은은 작년까지 꼬박 8년을 VIP 전용 퍼스널 쇼퍼로 일했다. 더는 꼰대들의 사회에서 지루한 삶을 살 수 없다는 생각에 가은은 회사를 박차고 나와 독자적인 사업을 하는 중이었다.

가은의 가장 큰 고객은 마주 앉아 있는 최휘욱이다.

그가 가은을 따로 고용해야 할 만큼 쇼핑을 즐기느냐?

정보를 사고, 파는 것도 쇼핑이라면 그는 쇼핑 중독이나 다름없었다. 가은이 재벌가의 정보를 비싼 값에 파는 일을 비밀리에 하고 있기는 하지만, 사실 주된 고객은 최휘욱뿐이었다.

꼰대 밑에서 일하기 싫어서 나왔더니, 잘생긴 꼰대가 가은의 목줄을 잡은 거나 마찬가지였다. 가은의 입장에서는 아무렴 상관없었다. 그는 가은이 물어다 주는 정보에 꽤 비싼 값을 치렀으니까.

그리고 소위 말해 '관종'인 가은의 입장에서 그는 꽤 탐나는 존재였다. SNS에 그와 함께 있는 것을 암시하는 듯한 사진을 한 장 올렸을 뿐인데, 스캔들이 일파만파 퍼져 나갔고 팔로워 수가 10만 명이나 늘었다.

물론 가은이 열심히 일해서 번 돈으로 사 모은 명품을 떼로 올려놓은 사진들이 한몫하기도 했다. 안타깝게도 피땀 흘려 번 돈, 악착같이 모아서 구매한 명품들이 그가 가은의 환심을 사기 위해 사다 바친 조공품처럼 전락해 버리긴 했지만.

이참에 장사나 시작해 볼까? 팔로워 10명 중 1명이 티셔츠 한 장만 사 줘도, 이게 돈이 얼마야?

가은이 머릿속으로 열심히 계산기를 두드려 대고 있을 때였다.

"사림 그룹이 태국에 가서 정확히 무슨 일을 하려는 건지 알아봐. 건설 쪽이면 T하고 닿아 있을 거야."

T는 휘욱의 큰아버지인 최태진 부회장을 일컫는 약어였다.

"얼마 줄 거야?"

가은은 두 손을 모아 꽃받침 모양을 만들고는 그 위에 턱을 괴었다. 열 손가락으로 볼록 솟은 뺨 위를 연주하듯 도로록 두드리며 눈을 깜빡거렸다. 눈웃음도 한껏 지으며 매혹적인 눈빛으로 휘욱을 바라보았다.

2인용 테이블을 사이에 두고 맞은편에 앉아서 노트북 화면을 들여다보던 휘욱의 시선이 이내 가은에게로 향했다. 그는 미간을 찌푸리며 못 볼 걸 봤다는 표정을 지었다.

"야, 최휘욱. 너무한 거 아냐? 나 상처받았어. 나 내연녀 안 한다, 그럼?"

가은이 눈을 부릅뜨며 으름장을 놓자, 휘욱이 차가운 목소리로 조용히 대꾸했다.

"그럼, 가져간 돈 다 뱉어."

"나쁜 새끼."

"가방도 뱉고."

"매정하기는."

가은은 휘욱을 향해 눈을 한 번 흘기고는 테이블 위에 올려 둔 가방 핸들을 슬며시 잡아당기며 몸 쪽으로 끌어왔다.

"결혼도 한다는 새끼가 나 계속 옆에 둬도 되냐?"

단어 선택이 너무 과격했나, 생각하며 가은은 휘욱의 눈치를 살폈다.

대학 동기인데도 불구하고, 휘욱은 다른 남자 동기들과 다르게 성숙해 보였고 그만큼 차가웠다. 그래서 대학 때는 그저 얼굴만 알고 지내는, 데면데면한 사이였다.

재벌 핏줄인 줄 알았으면 목숨 걸고 꼬셔 보는 건데. 하긴 꼬신다고 이 새끼가 넘어왔을까?

가은은 속으로 괜한 한숨을 집어삼켰다.

별로 친하지도 않았던 휘욱과 다시 만난 것은 백화점 VIP 라운지에서였다. 최상위 중에서도 손에 꼽히는 티어Tier에 휘욱이 속해 있는 것을 확인하고는 기함했었다.

라운지에서 휘욱과 차 한잔하면서 우연히 듣게 된 재벌가 사모의 소식을 전했는데, 그 얘기를 들은 휘욱의 눈동자가 번뜩였다. 그때부터 운명처럼 둘은 거래를 시작했다.

꼬박 3년 동안 정보를 주고받으며 어느 정도 친분을 쌓았다고 생각은 되지만, '새끼'는 너무 심했나?

"당분간 이래저래 개새끼로 살아야 하는 새끼라 그래도 돼."

"아, 씨. 쫄았잖아. 이 새끼야. 대답하면서 왜 뜸을 들여?"

가은이 발끈하자, 휘욱이 눈을 가늘게 뜨며 노려보았다. 가은은 얼른 시선을 회피하며 찻잔을 집어 들었다. 이내 휘욱의 매서운 시선이 다시 노트북 화면으로 옮겨 갔다.

퇴근 시간 이후에 만나는 거였지만, 아직 처리하지 못한 업무가 남아 있는지 휘욱은 정신이 없어 보였다.

"근데 있잖아."

궁금한 걸 참고 가만히 있으면 송가은이 아니다. 게다가 앞에 앉은 놈이 대체 무슨 꿍꿍이로 이런 일을 벌이는 건지 궁금해서 돌아가실 지경이라면, 더더욱 가만히 있을 수가 없다.

"있긴 뭐가 있어?"

눈빛은 날카로운 놈이 대답은 또 꼬박꼬박 잘해 준다. 가은은 휘욱의 이런 점을 높이 샀다. 차가운 놈이긴 하지만 나쁘거나, 못된 놈은 아니었다. 남에게 상처 줄 짓은 절대 하지 않는 놈이라고 생각해 왔다.

그런데 지난 주말 아이스크림 가게에서 마주친 여자의 얼굴이 자꾸만 떠올라서 께름칙했다. 대단한 죄를 짓고 있는 것처럼 가슴 언저리가 자꾸만 뜨끔했다.

"그 여자애 말이야."

"여자애? 어떤 애?"

휘욱은 동네 개를 대하는 것보다 무관심한 어조로 되물었다.

"그 아이스크림 가게에서 봤던, 너랑 결혼한다던 애."

그는 어이가 없다는 듯이 코웃음을 쳤다.

"걔가 애로 보여?"

"우리보다 다섯 살이나 어리다며? 그럼, 애 맞지."

내내 노트북을 뚫어질 듯 바라보던 시선이 잠시 허공으로 흩어졌다. 머나먼 소실점 어딘가를 바라보듯 아득한 눈빛으로 한동안 가만히 있던 휘욱이 입을 열었다.

"걔가 왜?"

허공을 더듬다 돌아온 눈동자에는 지우지 못한 감정 한 자락이 일렁거렸다. 하지만 그 감정의 정체가 무엇인지 가늠하기에는 찌꺼기가 너무도 연했다.

"내가 되게 나쁜 짓 하는 것 같아서. 걔 상처받으면 어떡해? 나 그런 나쁜 년은 되고 싶지 않은데."

휘욱이 헛웃음을 '하' 하고 내뱉었다. 이번에는 한 음절 안에 너무 많은 감정이 담겨 있어서 뭐부터 읽어 내야 할지 난감하다.

남의 일상을 캐내어 뒤에서 정보를 사고, 파는 네가 할 소리냐?

나쁜 년의 정의가 그렇게 협소했냐?

원래 나쁜 년 아니었냐?

갖가지 질문이 한꺼번에 던져진 기분이었다.

"나 그렇게 나쁜 년 아니거든?"

매섭게 눈을 흘기자, 좀처럼 웃지 않는 놈이 미소를 머금기까지 한다.

아무리 이성적 감정이 없는 사이라지만, 저렇게 잘생긴 얼굴을 올바르게 사용하며 웃는 놈을 보면 가슴 설레야 하는 게 인지상정 아닌가?

가온이 더욱 가늘게 눈을 흘기며 휘욱을 쏘아보았다.

"나 너한테 나쁜 년이라고 한 적 없는데?"

웃는 것도 모자라 장난까지 쳐 댄다. 최휘욱이 오늘 뭔가 잘못 먹었거나, 거하게 찔리는 구석이 있다는 증거다.

"너."

가온은 오른손 검지로 휘욱을 의미심장하게 가리켰다.

걔한테 마음이 있었거나, 있거나, 있을 예정이구나?

하지만 이 말을 내뱉었다가는 뼈도 못 추릴 것 같아서, 아니 돈줄이 끊길 것 같아서 그만두었다.

"아무튼, 결혼하고는 잘할 거지?"

여러 의미를 담은 질문이었다.

결혼 후에는 허울뿐인 내연 관계를 정리하고 올바른 남편이 되라는 의미, 그래서 자신은 나쁜 년이 되고 싶지 않다는 의미, 그리고 그 여자에게 상처 주지 말라는 의미.

휘욱이 미간을 좁히며 입술을 말아 물었다. 뜻하지 않게 상황이 걷잡을 수 없이 심각해지는 듯했다.

"송가은."

이름 석 자를 부르는 소리에 온 세상이 얼어붙을 것만 같았다. 세상만사를 얼려 버리는 디즈니 공주 같은 자식이다.

"응?"

그러고 싶지 않았는데 긴장감 가득한 짧은 대답이 흘러나왔다.

"한 6개월 나쁜 년 하라고 하면, 얼마 줘야 해?"

이번에는 가은이 '하' 하고 헛웃음을 흘리고 말았다. 물론 이번에도 한 음절 안에 어마어마한 의미가 숨겨져 있었다. 이러려고 오늘 휘욱이 가은을 불러냈나 보다.

나 진짜 나쁜 년 되라고?

그래서 얼마 줄 건데?

아, 뭐부터 달라고 하지?

강남에 있는 빌딩 한 채 달라고 하면 해 주려나?

아파트 한 채로 할까?

꿈을 크게 꾸면, 일부라도 이루어지는 법이다.

"강남대로에 있는 빌딩 한 채 사 줄래?"

사람들의 관심만큼이나 가은이 사랑하는 것이 돈이다. 자본주의 사회에서 돈 싫어하는 인간 있으면 나와 보라고 해!

　　그렇지만 아무리 재벌이라도 강남대로에 있는 빌딩 한 채는 너무 과했나 보다.

　　휘욱이 잠시 고민하는 듯싶더니 선뜻 대답했다.

　　"그래."

　　"뭐?"

　　가은은 자신이 내뱉은 터무니없는 요구가 받아들여진 게 기가 막혔다.

　　"대신."

　　휘욱의 목소리가 사뭇 진지했다. 녀석이 이토록 심각한 얼굴을 한 적은 이제껏 없었다. 최태진이 애먼 일을 꾸민다고 했을 때도 이런 얼굴은 아니었다.

　　"제대로 나쁜 년이어야 한다. 앞뒤 가리지 말고. 알겠어?"

　　가은은 저도 모르게 입을 쩍 벌리고 말았다. '나쁜 년'이라는 단어가 왜 이렇게 매혹적으로 들리는지 모르겠다. 저놈이 잘생긴 얼굴로 지껄인 탓인지, 아니면 강남대로의 빌딩 한 채가 눈앞에 아른거리는 탓인지.

　　"근데, 사람한테 상처 주는 거 아니랬어. 그럼, 벌받아."

　　"걱정 마. 그 벌은 내가 다 받을 테니까."

　　휘욱이 평소 같지 않게 스산한 목소리로 대꾸했다. 가은은 다시 노트북 화면에 집중한 휘욱의 얼굴을 무심히 바라보았다. 초가을 미풍이 머리카락을 어지럽게 훑고 지나갔다.

　　지독한 멀미의 서막처럼.

━━━━━━━━━　●　━━━━

　　몸에 알맞게 피트 된 실크 웨딩드레스, 가녀린 팔뚝 위로 흘러내린 실크 러

플 장식은 인애의 우아한 상체 라인을 더욱 돋보이게 했다.

네크라인에 아무런 장식도 없는 웨딩드레스를 고른 탓에 긴 웨이브 머리가 자연스럽게 흘러내리도록 두었다. 옆머리만 조금 땋은 뒤 뒤통수 중간에 묶어 두어 동그란 이마가 예쁘게 드러났다.

"예쁘네, 우리 딸."

엄마가 면장갑을 낀 손으로 인애의 손을 가볍게 쥐었다가 놓았다. 새벽부터 집에서 나와 오전 내내 함께했지만, 엄마가 인애와 눈을 마주하며 목소리를 낸 것은 지금이 처음이었다. 건조한 목소리에는 서러운 물기조차 배어나지 않았다.

사랑 없이 조건만으로 이루어진 딸의 결혼을 앞두고, 고민은 전부 숨긴 채 초연한 모습이다.

엄마와 아빠는 대학 때 만나 긴 연애 끝에 결혼했다고 했다. 만나고 헤어지기를 수차례 반복하며 불같이 사랑했다는 부모님의 연애사를 처음 들었던 것은 인애가 고등학교에 들어가던 해였다.

'이제 우리 인애도 사랑에 대해 궁금한 나이가 되었으니까. 내 존재 이유에 대해 고심했던 것처럼, 내가 원하는 일이 뭔지 고민했던 것처럼. 엄마는 사랑도 그래야 한다고 믿었어.'

'어떻게?'

'많은 일을 경험해 봐야 세상을 보는 눈이 생긴다고 하잖아, 많은 사람을 만나 봐야 사람을 보는 눈이 생긴다고 믿었어.'

'아름다운 것을 알아보는 심미안을 기르는 훈련하고 비슷한 거야?'

엄마는 고개를 끄덕거렸다. 이제 사랑에 대해 궁금한 나이가 되었으니 해 주는 말이라며, 엄마는 아빠와의 연애사를 솔직담백하게 털어놓았다. 아빠와 헤어져 있는 동안, 다른 남자를 소개받은 적도 있다고 했다.

'문방구에 가서 노트 한 권, 볼펜 한 자루를 골라도 고민을 해. 당연히 시행착오도

겪고. 일생을 함께할 사람이라면 더 열심히 고민해야 하는 거잖아?'

'그래서 그 고민이 도움 됐어?'

엄마는 미소를 머금은 채로 미간을 찌푸리며 고개를 내저었다.

'평생 한 사람만 사랑한다는 말은 현실성이 없다고 생각했었어. 물론 그런 동화 같은 일이 있기도 하지만. 그런데 그 현실성 없는 일이 엄마한테도 일어나더라고.'

인애는 팔뚝에 돋아난 소름을 쓸어 내듯 손바닥으로 살갗을 비비며 몸을 부르르 떨었다.

'뭐야, 엄마. 아빠가 운명이라는 거야?'

'그래, 운명. 그런 게 있더라고. 아무리 좋은 사람을 만나도 네 아빠 생각만 나더라. 싫은 걸 봐도, 좋은 걸 봐도 말해 주고 싶은 사람. 세상 모든 것을 그 사람이랑 나누고 싶다는 생각이 들었어. 딸, 우리 딸도 그런 사람 만나. 알았지?'

'싫은 걸 봐도 생각나는 사람을 만나라고?'

무슨 소린지 도통 이해할 수가 없었다. 당시 인애는 휘욱을 향한 짝사랑의 열병을 앓고 있었다.

태어나서 생전 처음으로 야한 꿈도 꾸어 보았고, 풋풋한 첫사랑이 자꾸만 음험한 상상으로 물들어 당황스럽던 때였다.

아름다운 첫사랑의 이면에 두려울 정도로 낯선 욕망이 똬리를 틀고 있다는 것을 알 것 같으면서도 이해하지 못했다. 바람직한 것만 보아야 할 것 같은 사춘기 모범생의 강박 관념이었는지도 모른다.

그런데 엄마는 싫어하는 것을 봐도 생각이 나는 사람을 만나라고 한다. 도통 이해가 되지 않아 재차 물었다.

'왜 싫어하는 걸 봤을 때도 생각나는 사람을 만나야 해? 사랑하면 좋은 것만 나눠야지.'

'서로 좋아하는 것을 나누는 일은 어렵지 않아. 성의껏 관심과 호의를 보이면 되거든? 그런데 싫어하는 것을 나누는 것은 그보다 어려워. 관심과 호의는 진심이 없어도 전해지는 법이야. 좋은 감정이니까 의심이 생기더라도 좋게 넘어가게 되거든. 그런데 위로와 역성은 달라. 나를 위로해 주고, 내 편을 들어 주는 상대방의 감정에 의심이 가면 더 힘들어지지.'

인애는 가만히 엄마의 말에 귀를 기울였다.

'싫어하는 것을 마주했을 때는, 내가 상처 입었을 경우가 많아. 다른 사람에게 싫은 소리를 들었을 때, 부조리를 목격했을 때, 하고 싶지 않은 일을 어쩔 수 없이 해야 할 때. 그럴 때 상대가 진심 어린 공감을 해 주지 않는다면 더 큰 상처를 입게 되거든.'

'내가 꼭 누군가의 공감을 얻기 위해 사는 건 아니잖아, 엄마.'

엄마는 고개를 끄덕이면서도 차근차근한 말투로 반론했다.

'모든 이의 공감을 얻을 필요는 없지. 하지만 사랑하는 사람과 공감할 수 없는 것만큼 슬픈 일은 없을 거야. 온 마음을 다 준 사람과 감정을 나눌 수 없는 거 말이야.'

첫사랑의 이면처럼 알 것도 같고, 이해할 수 없을 것도 같은 말이었다.

'힘들 때 너에게 공감해 주고 이해해 주는 사람을 만나. 그런 너를 비난하고, 윽박지르거나, 외면하는 사람은 아니야.'

'힘들 때 끌어안을 수 있는 사람?'

인애는 애교스럽게 엄마의 품에 안기며 웃었다.

'응, 그런 사람. 우리 인애를 있는 그대로 이해해 주고, 감싸 안아 줄 수 있는 사람. 그리고 그 사람이 그렇게 힘들 때, 너 또한 기꺼이 곁을 내어 주고 싶은 사람.'

'엄마한테는 아빠가 그런 사람이야?'

'그럼. 엄마한테는 아빠가 그런 사람이지.'

인애에게 부모님은 위대하다는 말조차 부족한 분들이었다. 마음을 다해 아끼고, 한 발짝 물러나 배려하고, 따뜻한 위로를 건네며 세상을 끌어안는 법을 부모님의 사랑을 통해 배웠다.

무엇을 하든 인애를 믿어 주었고, 어떤 일을 하든 응원해 주었다. 큰 하늘이었고, 비옥한 땅이었다. 사랑 속에서 깊게 뿌리내린 인애는 자신을 조건 없이 포용하는 하늘 아래서 세상으로 당당히 가지를 뻗어 나갔다.

갤러리 관장을 지내고 있는 엄마의 뒤를 따르기 위해 갤러리스트의 길을 선택했고, 모친의 후광을 등에 업고 싶지는 않아서 소규모 갤러리의 갤러리스트부터 시작해 경력을 쌓아 올렸다.

머리가 크고, 아버지와 큰아버지와의 미묘한 관계를 알아차리기 시작하면서 속앓이를 하지 않았던 것은 아니다. 하지만 그 일은 어른들의 일이고, 자신이 관여할 수 없는 문제라 여겼다.

조부의 제안이 있기 전까지, 어쩌면 이기적으로 외면했던 건지도.

눈물겨울 정도로 행복했지만, 그동안 부모님이 희생해 왔던 삶에 대해 생각하자 울분이 터져 버렸다. 조부는 곪은 상처를 날카로운 바늘로 찔러 버렸고, 인애는 철철 흐르는 피고름을 스스로 빨아내기로 결심하고 입을 벌렸다.

입 안에 스민 피고름을 뱉지도 못하고 삼켜야 하는 상황, 인애는 애써 웃음을 머금으며 엄마를 바라보았다. 결혼식 날, 엄마의 주름이 유난히 깊어 보인다는 사람들의 말이 생각났다. 늘 강하고, 당당하고, 멋있었던 엄마가 오늘따라 유약해 보였다.

"엄마. 나, 잘 살게."

거짓 하나 보태지 않은 진심이었다. 잘 살고 싶다. 사랑은 쉽게 식어 버리기도 하는 어리석은 감정일 뿐만 아니라, 뜻하지 않은 곳에서 발현하는 변덕스러운 감정이기도 하다.

인애는 헛된 희원일지도 모른다고 생각하면서 후자에 희망을 걸었다.

또 조건이 맞는 결혼이라는 의미는 긍정적인 쪽에 속한다. 사랑해서 결혼했는데, 조건이 맞지 않아 이혼하는 부부도 많지 않은가? 조건이 맞으니 서로 협력하여 이상적인 부부가 될 수도 있지 않을까?

엄마는 인애의 손을 꼭 잡기만 할 뿐 아무런 말도 하지 않았다. 잘 살겠다는 말을 건네기는 했지만, 혼주 한복을 입은 엄마의 모습은 영 어색하기만 했다.

"엄마, 나 오늘 예뻐?"

"응, 예쁘지."

엄마는 아련한 눈빛으로 허공을 더듬으며 대꾸했다.

"오늘 엄마도 진짜 예뻐. 신부인 나보다 엄마가 더 예뻐서 어떡하지?"

인애가 장난기 어린 목소리로 묻자, 엄마가 미간을 찌푸리며 웃었다. 엄마는 늘 진심을 털어놓을 때, 우는 것도 웃는 것도 아닌 저런 표정을 짓곤 했다.

"인애야."

"응."

"너무 애쓰지 마. 엄마는 언제나 인애 편이야."

"엄마, 그거 알아?"

"뭘?"

"나 사실 어릴 때, 휘욱 오빠 좋아했던 거?"

인애가 목소리를 낮추고 속삭였다. 엄마가 머뭇거리며 두 눈을 느리게 깜빡거렸다.

"나도 그냥 첫사랑이 이루어진 거라고 치면 되잖아. 엄마랑 아빠처럼."

메말랐던 엄마의 눈가에 물기가 어리는 게 보였다.

"이제 나가 봐야겠다."

엄마는 끝내 인애에게 눈길을 주지 못하고 신부 대기실을 나섰다.

기다란 꽃대에 하얀색 은방울꽃이 올망졸망 매달려 있는 부케를 움켜쥔 인애는 적막감마저 감도는 신부 대기실에 홀로 남겨졌다.

겹겹이 향을 품은 레이스 장미, 연둣빛 잎사귀 사이로 여린 꽃잎이 흐드러지게 피어 있는 리시안셔스, 소박한 꽃잎이 모여 풍성한 원을 그리는 수국 등 하얀 꽃으로 장식된 신부 대기실에는 서럽도록 아름다운 향기만이 인애의 곁에 머물렀다.

계획대로 꼭 필요한 인원만 초대한 비공개 결혼식, 신부 대기실 앞에는 경호원들이 배치되어 할 일 없이 신부 대기실을 기웃거리는 사람조차도 없었다.

"윤인애, 정말 결혼하네."

집도 가까운 녀석이 언제쯤 오려나 생각하고 있는데, 익숙하고 반가운 목소리가 들려왔다. 인애는 내리깔고 있던 시선을 들어 대기실 문가에 기대어 서 있는 필원을 바라보았다. 다정한 시선을 마주한 순간 눈가에 눈물이 핑 돌고 말았다.

정략혼인 것도 모자라, 사촌 언니를 대신해서 하는 결혼이라고 할지라도 절대 주눅 들 필요 없다고 주문을 외듯 다짐했지만, 친구를 마주한 순간 형용할 수 없는 감정이 밀려드는 것은 어쩔 도리가 없었다.

필원의 등 뒤에 누가 서 있는 줄도 모르고, 인애는 물기 어린 목소리를 내뱉었다.

"그럼, 내가 거짓말한 줄 알았어?"

답답하게 가슴을 잠식하고 있던 한숨이 함께 흘러나왔다. 소리 내어 울음을 터뜨린 건 아니었지만, 그만큼 위안이 되는 단 한 번의 한숨이다.

이제야 숨통이 트이는 것 같았다. 친한 친구의 등장만으로 묘하게 차올랐던 감정이 균형을 되찾은 기분이다.

사랑하는 사람과 백년가약을 맺는 딸의 모습이 아닌, 감정을 지운 거래 같은 자리의 한가운데 앉아 있는 딸의 곁을 지키려 애쓰는 엄마의 모습을 보는 것도 여간 힘이 든 게 아니었다.

엄마가 눈도 마주치지 못하고 신부 대기실을 떠나는 모습을 바라볼 때는 가슴이 아려서 숨조차 제대로 내쉴 수 없었다.

필원은 신부 대기실 안을 한 번 훑어보고는 여상한 목소리로 되물었다.

"여기서 혼배 미사 하려면 1년 전부터 예약해야 한다더라."

"누가 그래?"

혼배 미사의 당사자인 인애도 잘 모르는 성당 혼배 미사 절차 이야기를 하는 필원의 얼굴이 낯설다.

"대학원 동기가 그러더라고. 자기 누나도 여기서 결혼했다고."

마른 낙엽이 바스러지듯 서걱거리는 목소리에서 피로감이 묻어났다. 눈 밑이 검푸르고, 피부가 푸석거리는 게 과음하고 잠을 설친 다음 날 볼 수 있는 필원의 얼굴이었다. 밤새 마음고생을 한 티가 뚜렷했다.

"그렇구나."

인애는 가벼운 듯 차분한 어투로 대꾸했다. 갑자기 엄습해 오는 필원의 심상 찮은 분위기가 혼란스러웠다.

"결혼 결정한 지 1년이 넘었다고?"

필원이 한 발짝 가까이 다가오며 물었다. 기골이 장대한 녀석인데, 걸음걸이가 어쩐지 위태로워 보였다. 아슬아슬하게 다가오는 필원의 모습을 가만히 바라보며 인애는 저도 모르게 숨을 죽였다.

친한 친구인 필원에게 사실관계를 털어놓기가 어려웠다. 비난할 것이다. 아니, 그 전에 막연하게나마 해쓱해진 얼굴로 나타난 필원이 상처받을 것 같다는 생각이 먼저 들었다.

일부러 속이려고 한 것도 아니었고, 꼭꼭 숨기려고 한 것도 아니었지만, 집안 이야기는 한 번도 한 적이 없었다.

친하다고 해도, 집안 사정은 모를 수도 있는 거다. 그럼에도 필원에게 못 할 짓을 한 것 같은 죄스러움에 가슴이 타들어 갔다. 심장에서 느리고 탁하게 피어오른 연기가 눈물이 되어 눈가를 가득 채웠다.

"그럼, 1년 넘게 연애를 하셨다고?"

필원이 성큼 한 발짝 더 가까이 다가왔다. 인애는 고개를 들어 올려 드레스 자락 밭치에 서 있는 필원을 바라보았다.

"그걸 나보고 믿으라고?"

푸석거리는 필원의 얼굴이 보기 좋게 일그러졌다. 차갑고 이지적인 얼굴의 휘욱과는 달리 필원은 눈매가 서글서글해 부드러운 느낌을 갖게 하는 따뜻한 인상이었다. 늘 따뜻했던 친구의 얼굴이 서늘하게 무너져 내리고 있었다.

"그때 아이스크림 가게에서 봤던 이설 자동차 대표가 신랑이더라?"

인애는 마주하고 있던 시선을 저도 모르게 피하고 말았다. 자신을 너무도 잘 아는 친구에게 최휘욱에 대한 감정을 어렴풋하게라도 들킬까 봐 두려웠다.

그 어렴풋함에 관해, 그 설익음에 관해, 그래서 두려움을 꼭꼭 숨기고 있는 것에 관해.

필원이 알아차릴까 봐.

"네가 명례 그룹 회장 손녀였어? 미리 말이라도 하지 그랬어? 내가 돈 많은 여자 얼마나 찾아 헤맸는지 알면서 나한테까지 그렇게 숨겼어? 내가 그 정도로 싫었냐?"

가슴을 쿡쿡 찌르는 말을 필원이 버석거리는 어조로 내뱉었다. 인애는 대꾸 도 하지 못하고 고개를 가로저었다.

이 모든 게 환각처럼 느껴졌다. 친한 친구의 축복조차 받을 수 없는 결혼식 인가 싶어서 억울하기까지 했다.

"너는."

너라도 진심으로 축하해 주면 안 되느냐고 말하려고 했다.

"뭐 재벌가 정략결혼 그런 건가?"

동시에 말을 내뱉었지만 필원이 먼저 끝을 맺었다. 인애는 멍한 시선으로 다 시금 필원을 올려다보았다. 서늘하고 준열한 시선은 사실을 직시하는 눈빛이었 다.

"필원아, 그게."

인애는 최대한 담대한 목소리를 내려 노력하며 입을 열었다. 친구를 설득하 는 말을 늘어놓으려는 순간, 필원이 무릎을 굽혀 앉으며 인애의 젖은 눈동자를 올려다보았다.

"잘 들어. 여긴 지금 너랑 나 둘뿐이야. 밖에 경호원이 있기는 하지만, 내가 따돌릴 수 있을 것 같아. 내가 너 데리고 도망갈 수도 있다는 뜻이야."

갑자기 시공간이 멈추고 숨이 탁 막히는 기분이었다. 필원은 진심으로 인애를 설득하고 있었다. 가슴 한구석이 이토록 아릴 수도 있는 걸까. 인애는 아무런 대답도 하지 못하고 필원을 바라보기만 했다.

"너는 대학 1학년 때부터 내 몽상의 대부분을 차지했었어. 그게 현실이 되면 더는 볼 수 없을 것 같아서 입을 열 수가 없었어."

필원은 시선을 피하지 않은 채로 한 글자 한 글자 힘주어 내뱉었다. 허공으로 사라지는 목소리가 안타까워서 붙들어 놓고 싶을 만큼 애가 탔다. 상처 입은 얼굴을 하는 필원의 뺨을 어루만져 주고 싶었다.

하지만 사랑은 아닌 감정이었다. 단지 아파하는 친구를 보며 느끼는 깊은 애도였다.

"필원아, 난."

인애는 가까스로 입을 열었지만, 무엇을 말해야 할지 알 수가 없었다. 사랑하지 않는 사람과 결혼하면서, 자신에게 고백해 오는 오랜 친구의 진심을 거절하고 위로해야 하는 순간.

인생은 복잡하고 어지러운 것임을 또 한 번 절감했다. 안타까운 얼굴을 어루만지려 부케를 움켜잡고 있던 손을 허공으로 뻗었다.

"못 들어 주겠네."

살갗이 따가울 정도로 끔찍한 냉기가 서려 있는 목소리가 신부 대기실을 위협적으로 울렸다. 큰 목소리가 아니었음에도 정확한 발음과 낮은 음성을 듣는 순간, 인애는 얼어붙어 버렸다.

갈 곳을 잃은 손을 거둬들이며 다시금 부케를 움켜쥐었다.

그가 손에 끼고 있던 면장갑을 벗으며 인애와 필원이 마주하고 있는 곳으로 성큼성큼 다가왔다. 그의 얼굴에는 언뜻 재미있는 일을 보고야 말았다는 희열감과 함께 의미와 출처를 알 수 없는 분노가 공존했다.

"두 사람 마음은 충분히 알겠는데, 이 결혼식은 반드시 진행돼야 하거든."

아이를 달래듯 부드러운 어조였지만, 그의 눈동자는 시퍼런 불꽃이 이는 것처럼 형형했다.

"무슨 오해를 하는 건지 모르겠지만, 최휘욱 씨가 생각하는 그런 거 아닙니다."

필원이 굽히고 있던 무릎을 펴고 몸을 일으켜 세운 뒤 그를 마주 보았다. 필원의 등에 가려져 그의 모습이 보이지 않았다.

"아, 누군가 했더니. 그때 그 아이스크림 가게에서 봤던 친구였구나?"

그가 한 발짝 다가왔고, 그제야 비소를 머금은 얼굴이 눈에 들어왔다. 필원의 어깨가 바짝 굳었다. 긴장감에 레이스 장갑 안이 땀으로 흥건해졌다.

"최휘욱 씨, 필원이 말대로."

수습을 해야 할 것 같아서 입을 열었을 때, 필원이 고개를 돌려 인애를 바라보며 그러지 말라는 눈빛을 했다. 그 눈빛이 곧 사라질 것처럼 아스라해서 가슴이 뒤틀리는 것만 같았다.

"네, 그때 봤던 그 친구 맞습니다."

필원은 안타까운 고백을 읊조릴 때와는 다르게 부드럽고 설득력 있는 목소리로 대꾸했다.

"하객들 이제 입장하는 것 같은데, 친구 결혼하는 거 가까이에서 보려면 지금 들어가야 하지 않겠요? 나는 결혼식 올리기 전에 내 아내 될 사람한테 할 말이 좀 있어서."

그 역시도 서슬 퍼런 감정을 감추고 이내 예의를 차렸다. 필원은 그에게 고개를 까닥하는 것으로 인사를 대신하고는 신부 대기실을 나섰다. 모습이 완전히 사라질 때까지 필원은 인애를 돌아보지 않았다.

예배당 안에, 하객들 사이에, 숨죽이고 앉아 있는 필원의 모습은 보지 못할 것 같다는 예감이 들었다. 엄마와 필원의 뒷모습이 묘하게 겹쳐졌다. 형용할 수 없을 정도로 사랑하고 존경하는 엄마와 성인이 되고 나서 가장 친하게 지냈던 친구의 안타까움만이 가득한 결혼.

"이러면서 나한테 그 여자랑 끝내라는 말을 했던 건가?"

소거할 수 없는 괴로움에 휩싸이려던 찰나, 그가 인애를 현실로 끌어다 놓았다.

"무슨 생각을 하는 건지 모르겠지만, 필원이는 나한테 여전히 가장 친한 친구예요."

그가 허리를 숙이며 똑바로 눈을 맞춰 왔다. 어둡고 깊은 눈동자, 자신은 스캔들까지 일으킨 내연녀를 곁에 두고 있으면서 엄정한 시선으로 인애를 바라보는 게 아이러니했다. 그가 고개를 비트는가 싶더니 입술이 귓바퀴에 닿을락 말락 할 정도로 가까이 다가왔다.

"친구로 지내든, 연애를 하든. 그건 결혼식이 끝난 다음에 해. 알겠어?"

휘욱이 살갗을 녹일 듯 따뜻하고 다정한 목소리로 속삭였다. 그가 내뱉은 말의 의미를 빼고, 목소리와 어조만을 놓고 보면 사랑하는 아내의 긴장감을 풀어 주기 위해 상냥하게 위로하는 듯했다.

하지만 안타깝게도 그는 신의와 애정은 없는 결혼임을 다시 한번 강조하고 있었다.

"이렇게까지 하는 이유가 뭐예요?"

인애는 진심으로 궁금하다는 투로 말을 이어 나갔다.

"알아요. 서로 마음이 통해서 하는 결혼은 아니라는 거. 하지만 그렇다고 해도 이렇게까지 비겁하게 굴 필요는 없잖아요."

인애가 목소리를 한껏 낮추며 호소했다.

"몰라서 물어?"

그는 만면에 미소를 띤 채로 되물었다. 말문이 탁 막힌 인애는 잠시 그를 올려다보기만 했다. 몰라서 묻느냐는 말의 의미는 아이스크림 가게에서 봤던 여자의 존재를 분명히 되새겼다.

"최휘욱 씨는 이렇게도 되고, 저렇게도 되는 사람인지 모르겠지만. 나는 아니에요. 다시 한번 말하지만, 나와 결혼하는 이상 그런 관계는 용납 못 해요."

인애가 힘주어 말을 내뱉었다. 그러자 그가 안타깝다는 듯한 표정을 지으며 조용히 대꾸했다.

"내 아내가 되는 사람이라 특별히 말해 주는데, 이 바닥에서 제정신으로 살아가려면 제일 먼저 익혀야 하는 단어가 뭔지 알아?"

인애는 조심스러운 의문이 어린 시선으로 그를 바라보았다.

"포기."

알아듣기 어려운 단어가 아님에도 인애는 이해할 수 없다는 눈빛으로 그를 바라보았다.

그는 '포기'라는 단어가 주는 위력을 미약하게나마 전달하고 싶었던 것일까?

무지몽매한 이에게 처음 지식을 전달하는 것처럼 조심스럽고 따뜻한 말투로 그가 속삭였다.

"포기를 빨리 배우면, 사는 게 편해질 거야."

그는 삶의 진리를 알려 주는 것처럼 심오한 표정을 짓기까지 했다. 기만하는 듯한 표정을 보자 이제껏 잠잠히 몸을 숨기고 있던 분노가 불현듯 나타났다. 단지 표정을 일그러뜨렸을 뿐인데, 시공간이 함께 일그러지는 것처럼 어질어질할 정도의 대노였다.

"최휘욱 씨가 한 가지 알아 둘 게 있어요."

가슴속은 분노로 시뻘겋게 타올랐고, 심장은 기분 나쁠 정도로 빠르게 뛰어 댔으며, 눈앞이 일그러지는 듯한 착각이 일 정도로 화가 치밀어 올랐지만, 인애는 제법 부드러운 목소리로 속삭였다.

"나는 내가 원하는 걸 포기해 본 적이 없어요. 나는 포기보다는 끈기가 어울리는 사람이거든요? 그리고 그런 내가 지금 원하는 단 하나는 최휘욱, 당신이야."

그의 눈동자에 미세한 균열이 생기는 것 같은 착각이 일었다. 그렇지만 그의 시선은 흐트러짐 없이 곧기만 했다.

"보통 사람들은 포기하는 쪽을 택하지. 그게 마음 편히 사는 길이니까. 굳이 속 끓이면서 자신을 괴롭히는 건 어리석은 일이라는 거야. 요즘 사회적 화두가 자존감이라지? 얻지 못한 것을 바라면서 자신을 괴롭히고, 삶을 힘들게 하는 것보다 주어진 삶에 만족하면서 사는 게 행복하게 사는 비결이라고 떠들던데?"

"현실에 만족하고 편안한 삶을 영위하는 걸 인생의 목적으로 삼는 사람들의 인생관도 존중하지만, 나는 그런 삶을 살고 싶지는 않아요. 세상 사람들이 전부 똑같은 인생관을 갖고 살 거라는 생각을 하는 건 아니죠? 회사를 이끄는 경영진에 속해 있는 사람이 그렇게 편협한 시야로 세상을 바라봐서야 되겠어요?"

휘욱이 기가 막힌다는 듯이 인애를 바라보았다. 눈빛은 형형했지만, 입가에는 미소를 머금고 있어서 마주한 사람은 그 의중이 헷갈리는 표정이기도 했다. 분명한 것은 그의 눈빛에 담긴 온도가 미묘하게 변하고 있는 게 감지되고 있다는 것이었다.

지는 걸 싫어하는 성격이라는 것은 아주 오래전부터 알고 있었다. 휘욱은 발톱을 쉽게 드러내지는 않았지만, 승부에서 티 나지 않게 우위를 차지하고는 했었다.

평사원으로 입사해 이설 자동차의 대표 자리에 오르기까지 그는 많은 우여곡절을 겪었다고 들었다. 하지만 강한 승부욕과 여유를 동시에 가지고 있는 그의 앞길에 장애물은 존재 자체가 무의미했다고 한다.

"내가 지금 원하는 건 내 남편 최휘욱이라고."

인애는 다시 한번 강조하듯 말했다. 결혼을 앞두고 순식간에 신부가 바뀐 결혼식이긴 했지만, 조건상 기우는 건 아니었다. 사랑 없는 결혼을 하는 딸을 안타까운 마음으로 바라보는 부모님에게, 혹은 안타까운 눈빛으로 절절한 마음을 고백해 온 친구에게 심적으로 죄스럽고 미안해서 주눅이 들지는 몰라도.

하지만 이 남자 앞에서는 아니어야 한다.

"마침 두 분 같이 계셨네요. 사진 몇 방 찍겠습니다."

스냅 사진 기사의 목소리가 불쑥 신부 대기실 안을 가르고 들어왔다. 휘욱은 이내 전형적인 미소를 머금으며 돌아섰다. 인애 역시 수줍은 신부의 미소를 머금은 채로 사진 기사를 바라보았다.

"자, 그럼 신랑분이 신부님 뒤로 가서서 서시고요. 어깨에 가볍게 손 올려 주세요."

별스럽지 않은 요구에 그는 순순히 응했다.

"이번에는 신부님 일어나셔서 신랑분과 마주 서실게요."

인애가 벨벳 의자에서 일어나자, 그가 다정한 손길로 드레스 자락을 정리해 주고는 마주 섰다. 한 뼘 정도의 거리를 두고 두 사람은 가슴을 마주했다. 육체적 감각은 무섭도록 예민하게 일어났고, 심장이 쿵쿵 날뛰기 시작했다.

아까 그와 날을 세우고 설전을 벌일 때도 심장이 고동쳤었다. 그런데 그때와는 완전히 결이 다른 두근거림이었다.

"신부님이 신랑분 목에 팔 두르시고요. 신랑분은 신부님 허리 감싸 안으시겠어요."

그의 미간에 아주 미세하게 주름이 잡혔다. 굳이 이런 자세까지 해야 하느냐고 항의하는 듯한 눈빛이었지만, 날것 그대로의 감정을 그가 섣불리 드러낼 리 없었다.

그의 커다란 손이 인애의 허리를 부드럽게 감싸 안았다. 얇은 실크 천 사이로 느껴지는 손바닥 온도가 뜨거웠다. 시리도록 차가운 눈빛을 하는 남자의 온기는 전부 손에 몰린 것처럼 느껴질 정도였다.

"두 분 마주 보시고, 웃으세요!"

언제 서로 으르렁거렸냐는 듯이 마주 보았다. 그는 매혹적으로 눈가를 접으며 환하게 웃었다. 내려다보는 시선마저 따뜻하다고 느낄 만큼 완벽한 미소였다.

인애 역시 한껏 사랑하는 사람을 바라보는 듯한 시선으로 그를 올려다보았다.

심장이 두근두근, 그 박자를 높여 갔다.

그래, 외모가 잘났다는 덴 이의 없잖아?

누구라도 두근거릴 외모였다. 누구라도 탐낼 만한 조건을 가진 남자였다. 여자로서 그를 욕망하는 것은 어쩌면 당연한지도 모른다.

내가 이렇게 욕심이 많은 사람이었나?

조부가 내건 조건에 미혹된 것도 모자라, 눈앞에 서 있는 남자가 굴복하고 사랑에 목말라 몸부림치는 모습을 보고 싶었다.

"너무 아름다우시네요. 자, 그럼. 신랑분 마지막으로 신부님 입술에 가볍게 입 맞추세요."

당황스러운지 그의 눈동자가 눈에 띄게 떨렸다. 그는 마치 허락을 구하는 듯한 눈빛으로 인애를 내려다보았다. 정말이지 새삼스러워서 몸 둘 바를 모르겠다.

내연녀가 있으니 결혼에 충실할 수 없다는 말을 내뱉으며, 세상천지에 가장 저열하고 비겁하게 굴 때는 언제고?

마치 남녀 간의 입맞춤이라고는 단 한 번도 해 본 적 없는 소년의 경건하고도 조심스러운 물음처럼 그가 눈을 치떴다. 인애는 한쪽 입꼬리를 살짝 들어 올리는 것으로 대답을 대신했다.

갑자기 시간이 느릿하게 흘러갔다. 심장이 구르는 소리가 귓가에 요란하게 들려왔다. 허리를 감싸 안은 그의 손이 긴장감으로 바짝 굳는 게 느껴졌다.

그가 고개를 비스듬히 기울이며 천천히 다가왔다. 인애는 그 속도에 맞추어 눈꺼풀을 내리깔았다. 마침내 떨리는 속눈썹이 온전히 내려앉았을 때, 연분홍빛 립스틱을 바른 입술 위에 그의 입술이 닿았다.

뺨 위에서 그의 따뜻한 숨결이 부드럽게 부서져 내렸다. 그의 입술 끝이 미세하게 떨리는 게 느껴졌다. 인애는 입술을 슬쩍 벌려 탐스러운 그의 입술을 조심스럽게 머금었다. 두 사람의 입술이 완벽하게 맞물렸다.

떨림조차 허락되지 않을 치밀한 접촉이었다.

마치 원래부터 그렇게 붙어 있었던 것처럼, 정교하게 세공한 나뭇조각으로 만든 퍼즐처럼 견고한 입맞춤이었다.

그리고 그와 입술이 닿은 순간, 까칠하게 얼어붙었던 마음이 순식간에 녹아내렸다.

뜻 모를 위안. 끝없이 마음이 가라앉는 듯한 안정감.

이렇게 닿아 있으면 뭐든 다 잘될 것 같다는 안일한 생각마저 들었다.

그가 지금 무슨 생각을 하는지는 알 수 없다. 단지 허리를 감싼 그의 손에 더욱 힘이 들어갔고, 가빠진 그의 숨결이 뺨 위에서 느껴졌다.

차가운 말을 주고받았을지언정, 그의 입술은 따뜻하기만 했다.

●

그는 신혼여행과 관련한 모든 것을 인애에게 맡겼다. 인애는 한동안 출장으로만 드나들었던 파리를 신혼여행지로 택했다. 무슨 속셈인지 모르겠지만, 그는 신혼여행 기간을 무려 3주로 잡았다.

그 덕에 인애는 파리에 있는 60여 개의 미술관과 박물관을 느긋하게 돌아볼 수 있는 여유가 생겼다. 고등학교 때 엄마와 함께 왔었고, 대학교 때는 필원을 포함한 과 친구들과 함께 왔었고, 갤러리스트로 일하면서 수시로 드나들었지만, 혼자서 유유자적하며 돌아다닌 것은 처음이었다.

그래, 혼자서 유유자적하며. 문제라면 이게 문제였다.

3주간의 신혼여행 동안 휘욱은 코빼기도 보이지 않았다. 이제 내일이면 파리를 떠나 한국으로 가야 하는데, 그는 해 질 무렵까지 연락이 없었다.

호텔 체크인까지는 함께했지만, 예약된 객실은 두 개의 방과 한 개의 거실로 이루어진 스위트룸이었다. 그는 인애가 일어나기 전에 호텔방을 나섰고, 인애가 잠들고 나서 호텔로 돌아오는 듯했다.

첫날 아침잠에서 깨어났을 때, 그가 방에 없는 것을 보고 얼마나 황당했는지 모른다. 그리고 밤늦도록 기다렸지만, 그는 동이 틀 무렵까지 돌아오지 않았다.

신혼여행을 위해 미련하게 구입해 두었던 레이스 달린 실크 잠옷을 입은 채로 인애는 찰스 디킨스의 소설을 떠올렸다.

결혼식 날 약혼자에게 배신당하고 평생을 웨딩드레스 차림으로 사는 하비샴.

하비샴의 우울하고도 괴기스러웠던 삶에 자신을 투영해 보자 살짝 겁이 났다. 결혼 생활에 충실할 생각이지만, 어두운 삶을 살고 싶지는 않다.

첫날밤 이후로는 야한 잠옷을 입는 것도, 응답 없는 그에게 전화를 걸며 밤새 뜬눈으로 지새우는 것도 그만두었다.

길고 긴 싸움이 될지도 모르는 결혼이었다. 신혼여행에 온 새 신부가 결혼을 전투로 치부하는 것 자체가 우스웠지만, 그럴 수밖에 없었다. 과거부터 지금까지 쟁취를 위한 치열한 싸움은 계속되고 있으니까.

역사는 늘 되풀이되는 법이고, 되풀이되는 역사가 우리에게 시사하는 바는 크다. 인애는 역사 속에서 끈기 있게 버티다 마침내 원하는 바를 이룩했던 이들을 떠올려 보았다.

할 수 있어, 윤인애. 지금까지 다 잘해 왔잖아. 결혼이라고 뭐 별다르겠어?

스스로 자신감을 불어넣으며 호텔 입구를 향해 걸어가는데, 누군가 루이비통 재단 미술관 기념품점에서 산 에코백 끈을 쑥 잡아당겼다. 소매치긴가 싶어서 잔뜩 긴장한 채로 몸을 돌렸다.

그가 난데없이 인애의 허리를 당겨 안았다.

누군가를 사랑하는 것보다 예술적인 것은 없다.

— 빈센트 반 고흐

갑작스러운 포옹에 심장이 바닥으로 뚝 떨어졌다가 이내 가쁘게 솟구쳐 올랐다. 꽤 두께감 있는 야상 점퍼를 입었음에도 허리에 닿은 그의 손끝이 미세하게 떨리는 게 느껴졌다. 그 떨림에 심장 박동이 급격히 빨라지기 시작했다.

인애는 천천히 고개를 들어 올려 그의 얼굴을 올려다보았다. 짙은 분위기로 내려다보는 그의 눈동자에 이채가 어려 있다.

하지만 짐작건대 색다른 빛의 정체는 육감적 본능에 의한 충동이 아닌, 이성적 사고에 의한 계산 같았다.

목적을 두고 철저히 계산된 행동.

그 목적이 무엇인지 알아차리는 것은 어렵지 않았다. 결혼이 결정되고 나서 그가 인애에게 요구했던 것은 단 하나, 쇼윈도 부부였다.

세상 앞에서는 사이좋은 부부인 척 연기하는 것.

그가 인애에게 갑작스러운 스킨십을 해 왔다는 것은 누군가에게 그런 모습을 보여 줘야 할 만한 상황이라는 의미였다.

"기자라도 붙었어요?"

인애는 조용히 읊조리며 물었다. 그가 한쪽 입술 끝에 웃음을 물었다. 눈치가 빠른 게 마음에 든다는 표정이다.

"그래."

신혼여행 기간 내내 코빼기도 보이지 않던 남자가 귀국 전날 갑자기 나타나서는 기자가 붙었다며 허리를 당겨 안는 모습이라니.

어쩌겠는가, 이 결혼에 뛰어든 당사자가 자신인 것을.

인애는 도발적인 눈빛으로 그를 올려다보았다.

"겨우 포옹으로 되겠어요? 신혼여행 온 부부인데?"

고양이처럼 그르렁거리는 목소리로 속삭이자, 그가 의미를 파악할 수 없다는 듯이 미간을 찌푸렸다. 사업적인 두뇌는 빠르게 회전하는데, 세상이 주목하는 남녀 간의 러브 라인에 대해서는 영 머리가 돌아가지 않는 남자인 것 같다는 생각이 들었다.

이런 남자가 내연녀를 숨기고, 나와 정략결혼을 했다고?

인애는 의구심을 애써 갈무리하고 느릿하게 입을 열었다.

"어떤 기자가 왜 붙었는지는."

말끝을 길게 늘이며 발꿈치를 들어 올렸다.

"방에 들어가서 설명해요."

말을 마치자마자, 그의 마른 입술을 머금었다. 그는 당황하는 듯했지만, 보는 눈이 있어서 그런지 밀어 내지 못하고 굳어 버렸다. 인애의 입가에 야릇한 미소가 번졌고, 심장이 기분 좋게 두근거리기 시작했다.

아까 놀라서 두근거렸던 것과는 확실히 결이 다른 움직임이었다.

그와 입술이 닿아 있어서 육감적 끌림에 의해 심장이 두근대는 것인지, 아니면 당황한 그를 보고 묘한 승리감에 도취해 쾌감이 이는 것인지 모르겠다.

입술을 슬쩍 벌려 더욱 깊숙이 머금자, 어깨를 가볍게 쥐고 있던 커다란 손이 머리카락을 파고들었다. 작은 머리를 그러쥐는 그의 손가락 끝에서 가느다란 떨림이 느껴졌다. 허리를 감싸 안고 있는 손도 떨고 있기는 마찬가지였다.

인애는 손을 올려 그의 목을 강하게 끌어안았다. 벌어진 그의 트렌치코트 속에 인애의 몸이 폭 파묻히다시피 했다. 옷자락이 스치고, 천이 쓸리는 밀도 높은 소리가 생생하게 들려왔다. 단단한 그의 가슴이 온몸으로 느껴져서 본능적으로 얕은 전율이 흘렀다.

서로의 뺨 위에서 무섭게 온도를 높여 가는 숨결이 조심스럽게 흩어졌다. 인애가 고개를 살짝 비틀자, 그가 고개를 기울이며 더욱 깊숙이 다가왔다.

더는 다가설 곳도 없는 것 같은 기분.

길거리에서 키스를 나누고 있는 상황인데, 둘만이 존재하는 공간에서 모든 것을 맞대고 있는 것처럼 은밀하게 달라붙은 것만 같았다. 인애에게서 가쁜 숨결이 가까스로 새어 나왔고, 그의 거친 숨소리가 귓가에 울려 댔다.

정말 다른 사람이 보면 서로에게 푹 빠진 신혼부부가 신혼여행지에서 키스를 나누고 있다고 여길 것이다. 인애는 고개를 비틀어 입술을 떼어 냈다. 그의 입술이 본능적으로 인애가 물러나는 허공의 길을 따라붙었다.

인애는 가늘게 뜬 눈으로 그를 올려다보았다. 그가 감았던 눈을 뜬 것은 메마른 찬 공기가 입술에 닿는 게 느껴졌을 때였다. 그도 그제야 잠시 일었던 불꽃을 갈무리한 듯했다.

"미쳤어?"

까맣다 못해 푸른 기운이 돌 것만 같은 눈동자가 인애를 나무라듯 바라보았다.

"내가요?"

인애는 일부러 더 환한 미소를 머금으며 되물었다. 지켜보는 누군가의 눈에는 사랑하는 남편과 키스를 나눈 뒤, 황홀경에 젖어 있는 아내의 모습으로 비칠 수 있도록.

"지금 길에서."

발꿈치를 한 번 더 들어서 그의 입술에 쪽 소리가 나도록 짧게 입을 맞추고 얼른 제자리로 돌아왔다. 그러자 그는 할 말을 잃은 표정으로 인애를 내려다보았다. 혼이 나간 것 같은 눈빛을 마주하자, 통쾌함이 밀려들었다.

"누가 보고 있는 거면 아무나하고 할 수 있는 포옹보다, 프렌치 키스가 더 낫지 않나 해서요. 결혼 전에 나한테 바랐던 게 이런 거 아니었어요? 완벽한 쇼윈도 부부?"

마지막 물음을 내뱉을 때는 인애의 목소리에서도 날카로운 냉기가 흘렀다. 그는 일단 들어가자며 인애의 어깨를 부드럽게 감싸 안았다. 인애는 그의 목을 끌어안고 있던 손을 자연스럽게 풀어 내리며, 그와 나란히 걸었다.

그는 마치 아내에게 달콤한 밀어를 속삭이듯 귓속말을 해 왔다.

"앞으로 이런 돌발 행동은 하지 마."

어금니를 꽉 물고 내뱉는 걸 보니, 화가 많이 난 듯했다. 인애는 고개를 비스듬히 기울여 그를 올려다보며 유치하게 도발했다.

"왜요? 그 여자가 볼까 봐 겁나요?"

그는 못 하는 소리가 없다는 듯이 나무라는 눈빛으로 인애를 바라보았다.

"신경 좀 쓰셔야겠다, 우리 남편."

인애는 한껏 걱정스러운 목소리로 읊조리며 호텔 엘리베이터에 올라탔다. 뒤따른 그가 엘리베이터 문이 닫히자마자 한숨을 몰아쉬며 쏘아붙이기 시작했다.

"기자가 붙었어. 지금 손쓰지 않으면, 아마 인터넷이 당신과 내 키스 사진으로 도배가 될 거야."

"그거 알아요? 사람들은 재벌 커플 키스 사진에는 관심 별로 없을걸요? 차라리 비리나, 횡령 같은 거로 걸려서 포토 라인에 서는 걸 더 보고 싶어 할 거야."

"내 말은."

그가 눈을 한 번 지그시 감았다가 뜨고는 말을 이었다.

"그런 사진을 당신 가족이나, 다른 사람이 보면."

가족? 신혼여행 중인 딸이 남편과 키스하는 사진이 찍힌 게, 큰일 날 일인가?

다른 사람이 보면……?

인애는 갑자기 속이 뒤틀려서 되물었다.

"진짜 그 여자가 볼까 봐 겁나서 이러는 거예요?"

휘욱은 끝내 감정을 지운 채로 인애를 내려다보았다. 갑작스러웠던 포옹 이후로 몇 분간 표정이 기가 막히게 읽히던 남자가 지금은 태어날 때부터 무미했던 사람처럼 건조해졌다.

"그 여자는 당신이 결혼하는데, 아내하고 아무것도 안 할 거라는 어처구니없는 생각을 하고 있나 보죠?"

인애는 아무런 반응을 보이지 않는 그를 향해 한껏 빈정거렸다. 아무리 정략결혼이라고 할지라도, 신혼여행까지 와서 코빼기도 보이지 않았던 괘씸한 그를 도발하고, 자극하고 싶은 감정이 자꾸만 용솟음쳤다. 그 원인은 처음부터 자신을 건드린 이 남자에게 있다고 탓하고 싶었다.

하지만 아까부터 심장이 뻐근할 정도로 뛰고 있었다. 생경한 감각이 무섭도록 일어났다. 그를 당황스럽게 만든 만큼, 이상한 갈증이었다. 목구멍이 꺼끌꺼끌하고, 심장이 버석거릴 정도로 솟기는 기갈이 두려울 정도다.

"아니. 내가 그러기로 약속했거든."

엘리베이터가 멈춰 서면서 약간의 현기증이 일었다. 이윽고 문이 열렸고, 그는 서늘한 눈빛을 한 번 보내고는 먼저 엘리베이터에서 내렸다.

그의 뒤를 따라 긴 복도를 걷는데, 가슴이 울렁거렸다.

결혼 전에 내연녀에게 아내와 아무것도 하지 않을 거라고 약속했다는 말을 배설하듯 내뱉는 남자.

심장은 거칠게 두근거렸고, 속이 메스꺼워서 구토가 일 것만 같았다.

보폭이 넓고, 걷는 속도가 빠른 그가 호텔방 문 앞에 먼저 도착했다. 그는 방문을 열고 서서 인애를 기다렸다.

"어떻게 그런 말을 아무렇지 않게 해요?"

인애는 방문을 들어서며 그를 흘겨보았다. 발톱과 이빨을 한껏 드러낸 맹수처럼 인애는 여과 없이 속내를 드러냈다.

"못 할 게 뭐가 있어? 이런 상황인 거 모르고 결혼한 것처럼 말하지 마."

이번에는 그가 도발적으로 되물었다. 단번에 전세가 역전된 것 같은 기분은 역겨웠다. 그는 인애를 내려다보며 웃고 있었지만, 미소의 온도는 차갑기만 했다.

"최소한의 신의나 예의는 있는 사람인 줄 알았죠."

인애가 남편으로서 그의 불성실함을 탓했다. 그러자 그가 호텔방 문을 닫으며 인애 앞으로 한 발짝 다가섰다.

아까 길에서 허리를 당겨 안았을 때만 해도 이렇게 위협적이지는 않았다. 그런데 지금 그는 공격적인 분위기를 머금고 있었다. 인애는 그의 위압에 주눅 들지 않으려 턱을 추어올렸다.

그가 한쪽 눈썹을 추켜올리며 고요히 속삭였다.

"나한테 없는 걸 바라지마. 응?"

주변 공기가 무겁게 가라앉았다.

"그 여자한테 지키는 건 그럼 뭔데?"

내내 존대를 하던 인애의 말투가 짧아졌다. 그러자 그가 신선하다는 듯한 눈빛으로 인애를 바라보았다.

"그 여자한테 약속했다며? 약속이 곧 신의 아닌가?"

인애는 팔짱을 끼며 그를 올려다보았다.

불편한 침묵이 흘렀다.

눈빛, 목소리, 숨결까지 거칠지 않은 것이 없었다. 호화찬란한 파리 팔라스급 호텔의 스위트룸에 서 있는데도, 안락함이나 부드러움 따위는 느껴지지 않았다.

날카로운 바늘 위에 위태롭게 서 있는 것처럼 심장이 아슬아슬하게 박동했다.

"그건 신의가 아니라 사랑이겠지."

내내 제자리를 지키고 있던 심장이 뾰족한 바늘 끝을 관통하며 바닥으로 곤두박질쳤다. 그의 입이 다른 여자를 사랑이라 부르는 소리를 읊조렸을 때, 심장은 뛰기를 포기한 것처럼 침잠했다.

내가 이 남자를 사랑하는 것도 아닌데, 왜?

꼭 연인한테 상처받은 것처럼, 엿같은 기분이 될 필요는 없잖아.

서러운 기분이 왈칵 치솟을 것 같아서 인애는 티 나지 않게 천천히 숨을 들이마셨다.

"같이 있는 사진이 찍히는 것만으로 충분했을 거야."

휘욱이 비난조로 읊조렸다. 키스하는 사진이 찍혔다는 것 자체에 화가 난 나머지, 눈앞에 존재하는 모든 게 마음에 들지 않는 모양이었다.

그가 분노하는 데 있어 혁혁한 공을 세운 인애는 감정이 시소를 타는 것 같은 기분이 들었다.

우울감이 엉덩이를 대고 있는 쪽은 그가 사랑을 말한 순간부터 걷잡을 수 없이 바닥으로 가라앉았고, 희열감에 도취된 반대쪽은 그에게서 일말의 감정을 끌어냈다는 데에 만족한 듯 하늘 높이 치솟아 올랐다.

"왜 굳이 입을 맞췄지? 그렇게 무모한 성격이었어, 원래?"

이어진 그의 질문에 인애는 잠시 당황했다. 그가 입맞춤의 이유를 묻는 직설적인 질문을 할 거라고는 예상하지 못한 탓이었다. 마치 수년 전에 들었어야 할 질문을 지금 당하는 것 같기도 했다.

처음엔 그를 도발하고 싶은 마음에 발뒤꿈치를 들어 올렸다. 하지만 그에게 가까이 다가가면서 궁금해졌다.

정확히는 그날의 감정에 관해서.

결혼식을 치르던 날, 신부 대기실에서 두 사람은 사진작가의 요구로 입을 맞추었었다. 그때 인애는 기묘한 안온함과 출처를 알 수 없는 안정감에 도취되었었다.

전부 소멸한 세상에 입술을 맞댄 두 사람만이 존재하는 것 같은 기분.

다시금 그와 입을 맞춰도 그 순간의 감정이 일 수 있는지 알고 싶었다.

발꿈치를 들어 올리고 마침내 그의 입술을 머금자 복잡한 의도로 가득 차 있던 머릿속이 아득하게 녹아내렸다. 부정할 수 없는 강한 이끌림, 그 끌림이 육감적인 것인지, 아니면 승부욕에 취한 정신적인 희열인지는 확언하기가 어렵다.

아무튼, 결론은 그에게 끌렸다는 것이다. 그리고 그 역시도 진한 키스 한 번에 무자비하게 예민한 반응을 보였다. 그의 숨결은 거칠고 뜨거웠고, 손길은 그녀를 갈급하듯 성마르게 움직였다.

인애가 아무런 대답도 하지 않는 동안 그의 입가에 조소가 어렸다. 그는 한쪽 입꼬리만 들어 올리며 웃었다. 명백한 비웃음인데도 불구하고 심장이 잠시 기민하게 반응할 만큼 근사한 모습이기도 했다.

과거 어느 날의 모습을 떠올리게 할 만큼.

"몸을 내던져 매달려야 할 정도로 날 원하는 거야?"

휘욱은 고개를 모로 기울이며 더 진한 웃음을 지어 보였다. 그의 높다란 콧대에는 꾹 눌러 주고 싶은 오만함이 걸려 있었고, 검고 투명한 눈동자에 맺힌 날카로운 비난은 긁어내려 주고 싶을 정도였다.

인애는 대답 대신 윗입술을 들썩이며 헛웃음을 내뱉었다.

"그런데 어떡하지? 나는 윤인애한테 줄 게 없어."

그는 미소를 풀고 이내 얼음장 같은 얼굴로 돌아가 말을 이었다.

"몸이든, 마음이든."

무엇이든 허락할 수 없다는 말이 인애에게는 그 여자를 가리키며 사랑을 언급했던 것만큼이나 파급력 있게 작용하는 듯했다

가슴이 또다시 뻐근해지기 시작했다.

"그렇게 상처받은 얼굴을 하면 곤란한데? 모르고 결혼한 것도 아니잖아?"

휘욱이 인애의 감정이나, 기분 따위는 안중에도 없는 것처럼 말했다.

"비열하게 굴기로 작정했어요?"

기 싸움에서 밀리고 싶지 않았는데, 인애는 속마음을 들켜 당황한 나머지 그의 태도를 지적하고 나섰다. 이런 상황에서 팩트를 예로 들지 않고, 상대의 고까운 태도를 꼬집으며 감정적으로 꼬리를 무는 것은 이미 졌다는 증거다.

그는 인애가 자신의 수에 완전히 말려들었다는 게 마음에 든다는 듯이 대놓고 흡족한 표정을 지었다.

"혹시 그중 절반만 원해? 마음 아니고, 몸? 그래서 길에서 그렇게 달려든 거야? 아, 생각해 보니까 윤인애 씨가 내 허락 없이 나한테 입 맞춘 게 오늘이 처음이 아니잖아?"

순간 인애의 뺨이 화끈 달아올랐다.

"그때는."

인애는 눈을 질끈 감았다가 뜨며 당시의 사건을 변명하려 입을 열었다. 그런데 그가 나직한 목소리로 인애의 말을 가로막았다.

"내가 윤인애 첫사랑이라도 돼?"

그는 진지한 답변을 요구한다는 듯이 엄정한 눈빛이었다. 이제야 그가 자신이 오래전에 보낸 고백 편지를 보지 못했을 거라는 확신이 들었다.

심장이 걷잡을 수 없이 빠른 속도로 달음질치기 시작했다. 목소리를 내뱉으

면 결코 여상한 어조가 흘러나오지 않을 것 같아서 숨을 고를 때였다.

"설마 그때부터 지금껏 나만 짝사랑한 건가? 그래서 이 결혼이 기회다 싶어서 덤빈 거고?"

그는 과장된 이야기를 떠들고 있었지만, 목소리와 눈빛만큼은 여전히 진지했다.

"몸으로 덮치면 내가 넘어갈 거라는 싸구려 같은 생각이라도 했어?"

그는 조금 전에 인애가 했던 물음을 되받아치기라도 하듯이 '싸구려'를 힘주어 강조했다.

"안타깝네. 나는 사랑 없이 몸만 섞는 건 야만적인 짓이라고 생각하는 낭만주의자라 그럴 일은 절대 없을 거야, 아마."

그는 눈을 가늘게 뜨고 고개를 주억거리며 안쓰럽다는 눈빛으로 인애를 바라보았다. 인애는 한숨이 흘러나올 것만 같아서 입술이 가늘어지도록 앙다물었다.

"이제부터 나는 윤인애가 저지른 일을 수습해야 해. 그러니까 방해하지 말아 줬으면 좋겠어."

단죄하듯 읊조린 그는 냉기를 풍기며 방으로 들어가 버렸다. 그의 존재가 눈앞에서 사라지자, 거친 한숨이 속절없이 흘러나왔다.

인애는 손바닥으로 마른 얼굴을 비벼 댔다. 손을 움직이는 동안 어깨에 뻐근한 통증이 일었다. 그와 승강이를 하면서 지나치게 긴장한 탓에 목과 어깨가 뻣뻣하게 굳었나 보다.

대체 얼마나 긴장하고 있었던 걸까?

인애는 스위트룸의 푹신한 응접실 소파 위에 털썩 주저앉아 버렸다. 그와의 결혼을 앞두고, 만만치 않은 생활이 될 거라는 사실을 예상하지 못했던 것은 아니었다. 하지만 이 정도로 견고한 철옹성일 줄은 꿈에도 몰랐다.

결혼을 통해 인생의 동반자를 얻은 게 아니라, 최대의 적을 마주하고 있는 기분이다. 그것도 심리전에 지나칠 정도로 능통한 적.

내내 찬밥 신세였던 그가 이설 그룹에서 어떻게 살아남았을지 눈앞에 그려지는 듯했다. 그는 인애가 미세한 반응을 보이는 부분까지 정확하게 집어내서 공격했다. 마음을 더 단단히 먹어야겠다는 생각이 들었다.

결혼식은 이미 끝났고, 두 사람은 세상이 다 아는 부부가 되었다. 그러니 앞으로 계속 지금처럼 서로 못 잡아먹어 안달 난 것처럼 냉랭하게 굴며 살 수는 없는 노릇이다. 또 주저앉아서 한숨지으며 우울해하고 눈물지을 수야 없다.

인애는 굳게 닫힌 그의 방문을 처연하게 바라보았다. 그는 그날에도 무심히 문을 닫아 버렸었다.

———————— ● — —

찬란했던 그 여름날.

정원수에 매달린 매미가 왕왕 울어 대는 늦여름이었다. 유리창을 통해 들어온 뜨거운 햇볕이 붉은 벽돌을 녹여 버리겠다는 기세로 흘러내리고 있었지만, 실내는 쾌적하고 시원했다.

"할아버지께 고맙다고 말씀드리렴."

"네, 그럴게요."

인애는 조부의 심부름차 이설 그룹 본가에 방문한 참이었다. 원래는 사촌 신효가 오기로 한 자리였는데, 개도 안 걸린다는 여름 감기에 걸려서 앓아눕는 바람에 인애가 오게 되었다.

조부는 이설 그룹 최 회장에게 수천만 원을 호가하는 보이차를 선물했다. 평소 차를 즐기는 최 회장은 흡족한 얼굴로 재차 인애에게 감사 인사를 전했다.

"귀한 선물을 내어 주어서 참으로 고맙구나."

인자한 웃음을 띤 최 회장은 내내 옆에 다소곳이 앉아 있는 큰며느리를 향해 자상한 투로 말했다.

"아가, 다구茶具 좀 내 다오."

이윽고 팔팔 끓는 물이 담긴 주전자와 함께 투박한 다구가 응접실 테이블 위에 놓였다. 상석에 앉은 최 회장은 며느리에게 시키지 않고, 손수 차를 우리기 시작했다.

"차를 직접 우리시네요?"

인애는 그 모습이 신기해서 물었다. 조부인 윤 회장은 물 한 잔도 직접 받아 마시는 일이 없는 사람이었다. 인자한 얼굴로 차를 우리는 최 회장이 마냥 신기했다.

"내가 마실 차는 내가 우리는 게 제일 맛있거든."

최 회장은 큰 비밀을 알려 주겠다는 듯이 속삭이고는 장난스럽게 눈을 찡긋거리기까지 했다. 이런 자리에는 처음 오는 인애였기에 잔뜩 긴장하고 있었는데, 단단하게 굳었던 어깨에서 힘이 스르륵 빠지는 기분이었다.

인애는 최 회장이 차를 우리는 모습을 가만히 지켜보았다.

"이건 자사호라고 부르는 다관이다. 자사호는 숨 쉬는 법을 알아서 차의 그윽한 향을 만들어 내지."

최 회장은 뜨겁게 우려낸 찻물을 작은 찻잔에 차례대로 부었다. 그러고는 잔을 들어 자사호에 끼얹기 시작했다.

인애는 눈을 동그랗게 뜨고 그 모습을 지켜보았다.

"왜 버리는지 궁금한 눈치로구나."

저도 모르게 고개를 끄덕인 인애는 호기심 가득한 눈빛을 빛내며 최 회장을 바라보았다.

"이걸 세차라고 부른다. 무슨 의민지 알겠니?"

"차를 씻어 낸다는 의미인가요?"

인애는 조심스러운 목소리로 되물었다.

"그렇단다. 뜨겁게 우린 물로 잔과 자사호를 데우고, 차의 이물질을 제거해서 더욱 순수한 차를 즐기기 위함이지."

최 회장은 황갈색 수색을 띤 찻물을 다시금 잔에 따르기 시작했다. 그러고는 첫 번째 잔을 인애에게 권하려는 순간이었다.

"다녀왔습니다."

등 뒤에서 귀에 익은 목소리가 들려온 순간, 심장이 입 밖으로 튀어나올 것처럼 날뛰었다. 집에 있는지 없는지 궁금했던 휘욱이 일과를 마치고 귀가한 듯했다.

"이리 앉아라."

"운동 다녀오는 길이라 땀을 많이 흘렸습니다. 일단 좀 씻겠습니다."

최 회장에게 딱딱하게 대꾸하는 그의 태도로 인해 냉랭한 분위기가 감돌았다. 최 회장은 마뜩잖다는 표정조차 짓지 않았다.

"아버님이 이해하세요. 녀석이 워낙 딱딱해야죠."

최 회장의 큰며느리이자, 휘욱의 큰어머니인 조 여사는 휘욱의 역성을 드는 듯하면서도 어딘지 모르게 비꼬는 어조였다. 그리고 휘욱의 삐딱한 태도가 상당히 흡족한 눈치였다. 분위기가 오묘해서 등줄기를 타고 식은땀이 길게 흘러내렸다.

그리고 마침내 그의 시선이 인애에게 닿았다.

그는 묵직한 눈빛으로 말없이 인애를 바라보았다. 항상 다정하기만 했던 그의 눈길이 오늘따라 왠지 날카롭게 내지르는 듯했다. 그가 시선을 보내온 것은 찰나였지만, 영원처럼 느껴질 정도로 소중했다.

낯선 분위기에 대한 호기심과 생경한 관계에 대한 긴장감 그리고 계단 위로 올라가 버린 휘욱에 대한 호감으로 인애의 심장은 남아날 새 없이 뛰어 댔다.

마른침이 넘어갈 지경이 되었을 때, 최 회장이 인애에게 다시 차를 권했다.

"마셔 보렴."

인애는 감사의 의미로 고개를 끄덕거리며 찻잔을 받아 들었다. 잔 받침은 자사호와 비슷한 색의 나뭇조각이었고, 잔은 맑고 투명한 빛깔이 감도는 백자였다. 인애는 뜨거운 차를 조심스럽게 입으로 불고, 조금씩 나누어 마셨다.

뜨거운 찻물이 목구멍을 타고 내려가 복잡한 감정이 얽히고설킨 가슴을 부드럽게 적셨다. 버석거리는 모래가 곱고 보드라운 진흙으로 변해 가는 듯한 기분이었다. 마음이 말랑말랑해지면서 몸도 노곤해졌다.

"어떠니?"

최 회장은 마치 친손녀에게 대하듯 부드러운 목소리로 물었다. 실제로 최 회장에게 손녀딸은 없지만 말이다.

"마음이 부드러워지는 것 같아요."

찻물에 목소리가 정갈하게 씻긴 듯 또랑또랑한 어조가 흘러나왔다.

최 회장의 얼굴에 미소가 만개했다. 첨언을 하지는 않았지만, 그런 이유에서 차를 마시는 거라고 말하는 것 같았다.

얼마간의 시간을 거쳐 찻잔을 비운 최 회장은 이내 자상한 목소리를 냈다.

"인애 양."

"네, 회장님."

갑자기 이름이 불린 탓에 또다시 목덜미가 딱딱해질 만큼 긴장해 버렸다. 차 한 잔으로 갈무리하기엔 집이 지닌 분위기가 지나치게 위압적 탓이었다.

"그냥 할아버지라고 불러 주렴."

최 회장의 친근한 태도에 인애는 무릎 위에 올려놓은 손안에 땀이 흥건히 배어나는 것을 느꼈다. 인애의 친조부인 윤 회장은 인애를 귀애하기는커녕 살갑게 대하지도 않았다. 사촌 신효는 문지방이 닳도록 드나드는 조부의 서재에 인애는 한 번도 들어가 보지 못할 정도였다.

조부는 편애를 여과 없이 드러냈다. 신효에게는 무엇이든 내줄 것 같은 기세였지만 인애에게는 지나치게 냉랭했다. 그렇다고 해서 노엽거나 서운하지는 않았다. 편애의 원인이 아버지 세대의 힘겨루기 때문일 거라고 막연히 생각할 뿐이었다.

부모님께 넘치는 사랑을 받는 무남독녀인 인애는 조부의 애정이 자신을 향하지 않는다고 해서 좌절하거나, 움츠러들지 않았다.

하지만 친조부도 아닌 최 회장의 다정한 태도에는 괜히 어깨가 움츠러들었다. 아까 휘욱에게 냉랭한 얼굴을 하던 최 회장과 인애에게 미소를 보이고 있는 최 회장이 같은 인물인가 의심스러울 정도다.

"네, 할아버지."

웃어른 어려운 줄 아는 인애는 고개를 조아리며 읊조렸다.

"올라가서 휘욱이 녀석 좀 데리고 내려와 주련?"

갑작스러운 최 회장의 요구에 발끝부터 머리끝까지 고압 전기가 통한 듯 찌릿했다. 이름 두 자의 파급력은 대단했다.

"네?"

인애는 저도 모르게 눈을 동그랗게 뜨고 최 회장을 바라보았다. 처음 방문한 자리인데, 2층에 올라가 휘욱을 데리고 내려오라는 말이 믿기질 않았다.

"아버님, 제가."

조 여사가 끼어들자, 최 회장이 손을 들어 보이며 저지했다.

"인애 양이 다녀왔으면 하는데."

최 회장은 자상한 어조를 내비쳤지만, 눈빛은 명령을 내리듯 엄정했다.

인애는 조 여사가 아닌 최 회장의 수행 비서로 보이는 사람의 안내를 받아 2층으로 향했다. 휘욱은 2층 응접실 소파에 몸을 길게 누인 채로 두 눈을 꾹 감고 있었다.

땀이니, 샤워니 했던 건 핑계였을 거라는 생각이 들었다. 그는 그냥 그 자리에 끼고 싶지 않았던 것인지도 모르겠다.

"저는 그럼 이만 내려가 보겠습니다."

인애에게 깍듯이 인사한 수행 비서가 조용한 걸음으로 계단을 내려갔다. 인애는 멀찍이 그가 누워 있는 소파로 천천히 걸어갔다.

2층 응접실은 마당을 향해 부채꼴 모양으로 넓게 펼쳐진 형태였다. 여러 개의 방문이 눈에 들어왔지만, 모두 굳게 닫혀 있어서 용도를 파악하기는 힘들었다. 통유리 창에는 커튼이나 블라인드가 드리워져 있지 않아서 늦여름의 햇살이 고스란히 집 안으로 침투했다.

햇살을 반사하는 하얀색 대리석 바닥은 먼지 한 톨 없이 함치르르했고, 그가 누워 있는 검은색 가죽 소파는 열댓 명이 앉아서 노닥거려도 충분할 만큼 거대했다.

소파로 다가가는 발걸음이 아슬아슬하게 떨렸다.

집 안의 위용에 주눅 든 게 아니었다. 인애의 본가도 이에 못지않게 휘황찬란했다. 단지 이 집에 존재하는, 지금 눈앞에서 눈을 감고 있는 남자 때문에 긴장한 것이다.

길고 위태로운 걸음 끝에 소파 앞에 다다른 인애는 잠든 것 같은 그의 얼굴을 가만히 내려다보았다.

짙고 기다란 속눈썹이 만들어 낸 음영이 깊었다. 둥근 음영 사이에 자리한 콧날은 아찔할 정도로 높았고, 선이 분명한 인중은 손끝을 대 보고 싶을 정도로 아름다웠다.

그리고 굳게 다문 그의 붉은 입술.

인중이 아름다운 것은 그 아래 입술을 내리깔고 있기 때문이 아닐까.

매혹적인 빛깔을 품고 있는 그의 입술을 홀린 듯이 바라보았다. 빛나는 루비처럼 아름답기도 했고, 작열하는 태양처럼 뜨거워 보이기도 했다.

인애는 아랫입술과 윗입술을 말아 물며 감촉을 음미했다. 부드러운 살이 맞닿는 느낌에 그 어떤 감흥도 일지 않았다. 하지만 그와 동시에 참을 수 없는 충동이 일었다.

그의 입술을 머금으면 어떤 느낌이 날까?

호기심을 누를 새도 없이 몸이 저절로 움직였다. 태어나서 그토록 본능적으로 행동한 것은 처음이었다. 하지만 감히 입술에 입을 맞출 용기는 나지 않았는지, 작은 입술은 그의 볼을 향했다.

쪽 하는 경쾌한 소리와 함께 입술이 떨어졌다.

미쳤나 봐, 라고 생각한 순간 그가 번쩍 눈을 떴다.

"자는 사람 얼굴에 무슨 짓을 한 거야?"

휘욱이 황당하다는 듯이 물었다. 좁혀진 그의 미간에 미세한 주름이 잡혔다. 무언가 마음에 들지 않을 때 그가 짓는 표정이었다. 망했다.

그는 언제나 인애에게 다정히 대해 주었었다. 한 번도 이렇게 미간을 찌푸리며 화를 낸 적은 없었다. 아까 응접실에서 마주했던 그의 냉랭한 눈빛이 되살아났다.

"그게……."

당황한 인애는 입맞춤에 대한 항변 대신 최 회장을 떠올렸다.

"할아버지께서 내려오라고 하셨어요."

"누구? 너희 할아버지? 윤 회장님 오셨어?"

몸을 일으킨 그가 소파에 반듯이 앉았다. 방금 전 그 입맞춤에 관해 묻는 건 잊은 듯 굳은 얼굴이었다. 자신의 조부와 온 게 그렇게 긴장할 일인가 싶었다.

"아니요. 오빠네 할아버지요."

그는 어이가 없다는 듯이 헛웃음을 흘렸다.

"너 최 회장님한테 할아버지라고 불러?"

자신의 조부를 최 회장님이라고 부르는 그가 더 이상했다.

"그럼, 오빠는 할아버지를 최 회장님이라고 불러요?"

인애는 궁금증을 억누르지 못하고 되물었다. 그러자 그가 고개를 뒤로 젖히고 웃음을 터뜨렸다. 너른 공간이 부서지는 햇살처럼 맑은 그의 웃음소리로 채워졌다.

마치 이 공간에 그와 자신, 그의 유쾌한 웃음소리와 자신의 심장 소리만이 존재하는 것처럼 느껴졌다. 보이지 않는 것들로 공간을 채울 수 있다니 신기했다. 설렘, 호감, 두근거림 등 관념적인 것들이 물리적으로 충만해지는 듯한 착각이 일 정도였다.

그는 한바탕 기분 좋게 웃고는 눈물이 찔끔 나왔는지 손가락으로 눈가를 훔치기까지 했다. 기다란 손가락이 섬세하게 움직였다.

저 손을 잡으면 어떤 기분일까?

아주 어릴 적 그의 손을 잡고 공원을 거닐었던 기억이 있다. 그 공원이 어디였는지, 왜 그 공원을 그의 손을 잡은 채로 걸었는지 정확히 기억은 나지 않는다. 하지만 그가 인애의 손을 꼭 붙들고, 놓치면 잃어버린다며 당부했던 건 기억난다.

그때부터였을까? 휘욱이 인애의 마음에 뿌리를 내리기 시작한 게.

가끔 얼굴을 보는 그의 미소가 자양분이 되고, 그의 따사로운 시선이 햇살이 되고, 그의 자상한 음성은 물줄기가 되어, 마음은 무럭무럭 자라났다.

영혼 깊숙한 곳까지 그의 가지가 뻗쳤고, 꽃을 피웠다. 그가 피운 꽃잎이 가슴속에서 휘날리며 부드럽게 나부꼈다. 예쁜 꽃이 지고 나면 탐스러운 열매도 품에 안을 수 있을까.

"가서 할아버지께 전해. 나 잠들어서 꼼짝도 안 한다고."

휘욱은 그리 말하고는 닫힌 방문 하나를 열고 들어가 버렸다. 물론 그가 들어간 이후 방문은 막을 새 없이 굳게 닫혀 버렸다.

방문을 두드리고 다시 말을 걸면, 왜 입을 맞췄느냐고 물을 것만 같아서 그의 방을 향해 움직일 용기가 나지 않았다.

인애는 하는 수 없이 1층으로 내려갔다. 최 회장에게 그가 잠들었다고 말하자, 아무런 대꾸 없이 고개만 끄덕거렸다.

그 이후로는 조 여사가 다과를 내와서 차를 한 번 더 우려 마셨고, 학업과 진로에 관한 질문을 받았다. 모친을 따라 갤러리스트가 되고 싶다는 꿈을 인애는 예의 바르게 대답했다. 시간은 느릿하게 흘러갔고, 내내 한 층 위에 있는 그가 신경 쓰여서 심장이 제멋대로 뛰어 댔다.

긴장감이 생생한 날이었고, 감정이 뒤죽박죽된 날이었다.

여름 더위에 찌든 땀을 씻어 내지 못해서 옷이 들러붙어 버린 것처럼 그날의 기억은 찜찜하게 인애에게 달라붙어서 절대 잊히지 않았다.

●

윤 교수는 신혼여행에서 돌아올 딸 내외를 기다리는 동안 내내 노심초사했다. 정확히는 어제 인터넷 뉴스에 두 사람이 입을 맞추는 사진이 공개되고 나서부터였다.

사위인 이설 자동차 최휘욱 대표는 품 안 가득 딸애를 끌어안고 있었고, 곧 집어삼킬 것처럼 무서운 기세로 입을 맞추는 모양새였다.

딸애의 얼굴이 기사에 명확하게 보이지는 않았지만, '재벌가 신혼부부의 타오르는 신혼여행'이라는 제목이 낯뜨거웠다. 물론 사진을 포함한 기사는 그룹에서 나서서 빠르게 내려 버렸다.

이러면 약속과 다르지 않은가?

윤 교수는 한숨을 몰아쉬며 딸 내외가 입을 맞추는 사진이 떠 있는 PC 화면을 꺼 버렸다.

"여보, 애들 왔어요."

아내가 서재 방문을 열고 들어오며 함박웃음을 지었다. 신혼여행에서 돌아온 두 사람이 제일 먼저 인애의 집에 인사를 온 참이었다.

어제 사진을 접한 이후 아내는 두 사람이 정답게 지내는 모습을 보니 이제야 마음이 놓인다며 눈물까지 보였다.

하지만 윤 교수의 가슴은 딱딱하게 굳어 버렸다.

털끝 하나 건드리지 않겠다고 하더니.

윤 교수는 끓어오르는 분노를 가라앉히며 서재를 나섰다.

"우리 인애 얼굴이 정말 좋아요. 다행이에요, 여보."

아내가 윤 교수의 팔을 꼭 잡으며 작게 속삭였다. 인애와 휘욱의 결혼이 결정되었을 때, 결혼 당사자인 인애는 덤덤했지만, 아내는 식음을 전폐했었다.

'여보, 우리 인애 어떤 애인지 알잖아요. 우리가 그 아이를 어떻게 낳고, 어떻게 키웠는데!'

결혼하고 오랜 시간이 지나도록 아이가 생기지 않았었다. 불임 판정, 그 당시에는 난임이라는 용어 대신 불임이라는 인간 불능을 대변하는 듯한 단어를 사용했었다. 아이를 갖지 못한다는 말에 아내는 큰 상처를 입었었다.

인공 수정과 시험관 시술을 거쳐 지칠 때로 지쳐 있을 때, 기적처럼 찾아온 아이가 인애였다. 충만할 인牣, 사랑 애愛를 써서 이름을 짓고, 세상에 널리 선한 영향력을 끼칠 수 있는 사람이 되길 바랐다.

두 사람의 바람대로 아이는 밝고, 맑은 아이로 자라났다. 솔직하고, 영특했으며, 선명한 기질을 가진 아이였다.

'그 집이 어떤 집인지 알잖아요. 휘욱이 그 애…… . 기특하죠, 기특해. 부모 잃고, 최 부회장 내외한테 무시당하면서 산 거, 모르는 사람 없잖아요. 안쓰럽기도 하고, 혼자 그 자리까지 올라간 거 보면 기특한 아이야. 그런데 우리 인애 짝으로는 아니에요, 여보. 제발 아버님께 말씀 좀 잘 드려 봐요. 신의를 지키고도는 것도 정도가 있지, 왜 그 애가 지키지 못한 약속을 우리 인애가 대신 지켜요? 이런 억울한 경우가 어디 있어!'

평소의 윤 교수였다면 아내의 말을 들었을 것이다. 무슨 수를 써서라도 부친인 윤 회장의 마음을 돌리기 위해 노력했을지도 모른다.

하지만 이번에는 달랐다. 휘욱과 인애의 결혼은 반드시 이루어져야만 하는 거래였다. 다른 이들은 모르는, 휘욱과 윤 교수만이 알고 있는 모종의 거래.

그런데 휘욱이 거래 조건을 보기 좋게 어겨 버렸다. 윤 교수는 분노로 들끓는 가슴을 달래며 거실로 향했다.

"아빠!"

딸 인애가 환한 얼굴로 윤 교수를 맞았다. 아내의 말마따나 인애의 얼굴은 사랑하는 사람과 신혼여행에서 돌아온 여느 새 신부처럼 환하고 맑았다.

"잘 다녀왔니?"

인애는 함박웃음을 머금으며 고개를 끄덕거렸다.

"다녀왔습니다."

딸의 옆에 서서 인사를 건넨 이는 당연히 휘욱이었다. 윤 교수는 인애가 눈치를 챌까 싶어 여상한 인사를 건넸다.

"오느라 고생 많았네. 일단 식사부터 하지."

저녁 식사 시간은 화목한 가정의 표본이라도 되는 것처럼 화기애애했다. 아내는 휘욱에게 이 반찬, 저 반찬 권하며 살갑게 굴었다.

"최 서방이 예전부터 소꼬리찜 좋아했었잖아. 맞지?"

휘욱은 짐짓 놀란 눈을 하고 아내를 바라보았다.

"어떻게 아셨어요?"

"접시에 소꼬리찜만 가득 담아서 먹었던 게 기억나서. 휘욱이 아니, 최 서방이 중학생일 때였나? 강화도에 한번 같이 간 적 있었잖아."

휘욱의 표정이 미세하게 굳었다. 휘욱이 중학생이었던 때라면 그의 부모님이 살아 있을 때였다.

"기억해 주셔서 감사합니다."

예의 바르게 깍듯이 인사하는 휘욱을 윤 교수는 물끄러미 바라보았다. 부모가 살아 있었으면, 휘욱도 인애처럼 사랑받으며 자랐을 것이고, 지금처럼 냉소

115

적이며 계산적인 사람은 되지 않았을지도 모른다.

윤 교수는 휘욱의 옆에 앉아서 내내 생글거리고 있는 딸애를 바라보았다.

"아빠, 왜?"

시선을 느낀 인애가 눈을 동그랗게 뜨고 물었다.

"아니다. 보기 좋아서."

인애는 윤 교수가 사랑하는 선선한 눈웃음을 머금으며 대꾸했다.

"다행이다. 아빠 눈에 보기 좋아서."

행복하다는 듯이 읊조리는 딸애의 말에 가슴에 기다란 선이 그어지는 듯했다.

자신의 안위와 가족을 지키기 위해 무슨 짓을 저지른 것일까?

아무것도 모른 채 신혼의 단꿈에 젖어 행복한 얼굴을 한 딸애의 눈동자를 마주하자 죽음 같은 죄의식이 일었다.

"자네, 식사 끝내고 나 좀 잠깐 보지."

수저를 내려놓으며 윤 교수는 최대한 자상한 목소리를 내기 위해 노력했다. 신혼여행에서 돌아온 사위에게 딸을 잘 부탁한다는 당부의 말을 건네려 하는 장인의 모습처럼 보여야만 했다.

"네, 그러겠습니다."

"아빠, 휘욱 씨 너무 잡지 마요."

인애는 휘욱의 팔짱을 끼며 사랑스럽게 말했다. 휘욱은 그런 인애에게 눈길을 한 번 주고는 이내 시선을 거뒀다.

두 사람 사이에 대체 무슨 일이 있었던 건데? 신혼여행 갔다가 사랑에 빠지기라도 한 건가?

윤 교수는 혼란한 감정을 들키고 싶지 않아서 먼저 식사 자리에서 일어났다.

자기 주관이 분명하다지만, 인애는 착한 딸이었다. 부모에게 말대답 한번 한 적 없는 효녀였다.

그래서 착한 딸애를 이용한 거 아니었나?

서재 책상 앞에 앉은 윤 교수는 두 손안에 얼굴을 묻었다. 눈물이 왈칵 쏟아질 것처럼 감정이 격하게 차올라, 얼굴을 거칠게 문지르는데 단정한 노크 소리가 들려왔다.

"접니다, 최휘욱."

"들어오게."

윤 교수는 얼른 안색을 바꾸며 가쁜 숨을 골랐다. 서재 문을 굳게 닫고 들어온 휘욱이 허리를 깊이 숙여 인사 먼저 했다.

"앉게, 일단."

서늘한 눈동자, 굳은 얼굴, 어떤 비난에도 굴복하지 않을 것 같은 단단한 휘욱의 태도가 윤 교수의 신경을 묘하게 건드렸다.

"약속과 다르지 않은가?"

서론을 꺼낼 이유가 없었다. 윤 교수는 휘욱을 비난하는 어조를 여과 없이 드러냈다.

"제가 윤 교수님과의 약속을 어긴 적은 없습니다."

휘욱은 눈 하나 깜짝 안 하고 딱딱한 음성으로 대꾸했다. 윤 교수는 책상 위에 올려 두었던 휴대전화 화면을 켜서 휘욱에게 건넸다.

"이래도?"

휴대전화 화면에는 두 사람이 파리의 한 호텔 앞에서 키스를 나누고 있는 사진이 있었다. 무심한 시선으로 화면을 한 번 본 휘욱은 눈빛만큼이나 무감한 목소리로 대꾸했다.

"이건 제가 당한 겁니다."

"자네, 지금 뭐라고 했나? 당하다니? 그럼 인애가 먼저 달려들기라도……."

윤 교수는 말을 채 잇지 못하고 패닉 상태에 빠져 버리고 말았다. 온몸에서 핏기가 싹 빠져나가는 기분이었다. 저녁 식사 하는 동안 내내 생글거리던 딸의 얼굴이 눈앞을 스치고 지나갔다.

"그런 말도 안 되는 소리가 어디 있나? 어디서 거짓말을! 자네 지금 날 가지고 노는 건가?"

"사실을 있는 그대로 말씀드린 것뿐입니다. 사진 속 키스는 제가 당한 일입니다."

"두 사람, 그러면······."

이보다 더한 것도 했느냐는 의미였다. 눈치 빠른 휘욱이 재우쳐 대답했다.

"아닙니다. 이게 전부입니다."

윤 교수에게서 안도의 한숨이 흘러나왔다. 하지만 동시에 어리석은 안도라는 것을 깨닫고 말았다. 딸애가······ 인애가 휘욱을 마음에 두고 있었나.

"파리에 있는 동안, 저는 따님이 잠든 시간에 호텔방에 들어갔고, 따님이 깨기 전에 호텔방에서 나왔습니다. 스위트룸이어서 침실이 두 개 있었고, 각자 다른 방을 사용했습니다. 낮에 따님은 주로 미술관을 관람했고, 저는 유럽 각지에서 근무 중인 이설 건설과 명례 건설 관계자들을 조용히 만나고 다녔습니다."

윤 교수는 휘욱이 하는 말을 잠자코 듣기만 했다. 휘욱이 각 인사를 만나고 다닌 이유는 윤 교수의 거취와도 관련이 있었다.

"떠나기 전날, 미팅을 마치고 나오는 길에 기자가 붙은 것을 발견했습니다. 그래서 어쩔 수 없이 길에서."

잠시 숨을 고른 휘욱이 말을 이어 나갔다.

"가벼운 포옹 정도만 하려고 했습니다. 그런데 따님께서 신혼여행 온 부부가 친구처럼 포옹하는 건 어울리지 않는다면서 벌인 일입니다."

"자네 혹시 인애에게 다 말하고."

휘욱이 부정하며 고개를 내저었다. 자신에게 그런 것처럼 설마 휘욱이 인애에게도 교묘한 거래를 제한한 것은 아닐까, 하는 노파심에 물어보았는데 그건 아닌가 보다.

"따님은."

잠시 망설이는 듯 휘욱이 말을 멈췄다. 윤 교수는 비통한 심정으로 휘욱을 바라보았다. 잘생긴 이목구비에 희미한 근심이 어린다. 그 모습이 오래전 세상을 떠난 친우와 지독하게 닮아 있어서 가슴 한구석이 시큰거렸다.

피 한 방울 안 섞인 사이인데도, 어릴 때는 윤 교수를 삼촌이라고 부르며 따르던 아이였다. 맑은 눈동자는 총명했고, 밝은 웃음이 끊이지 않았었다. 아이가 어른들 앞에서 표정을 지운 것은 윤 교수의 친우였던 휘욱의 아버지가 세상을 떠나간 날이었다.

그날 이후, 아이는 표정을 지우고, 감정을 없애고, 살아도 사는 게 아닌 것처럼 지냈다. 성인이 되어서도 그렇게 살 줄 알았는데, 지금 눈앞에 있는 휘욱은 완전히 다른 사람이 된 것처럼 낯설다.

어린 시절의 모습도, 감정을 지워 버린 이후의 모습도 찾아볼 수 없다. 온도가 지극히 낮아서 살갗에 소름이 돋아날 정도의 서늘함이 휘욱의 모습, 그 자체였다.

왜 하필 이런 일로 엮이게 되었을까, 한탄해도 소용없는 일이다. 그동안 피해 오기만 했던 골치 아픈 일들이 한꺼번에 터진 건지도 모른다. 모른 척하지 않고 살았다면 달랐을까?

세상을 향해 잔뜩 날을 세우고 있는 놈에게 딸을 맡기는 것밖에는 선택할 수 있는 게 없었던 걸까?

윤 교수에게 회사를 이끌 저력이 있다고는 한들, 아직 독단적으로 움직이기에는 시기상조였다. 누가 아군이고, 누가 적군인지 상황을 파악하는 데만도 시일이 오래 걸릴 것이다.

속수무책으로 당할 수는 없었다. 터져 나올 문제는 막아야만 했다. 더 큰 일을 도모하고 가족을 보호하기 위한 어쩔 수 없는 선택이었다.

그리고 윤 교수는 서늘한 휘욱의 성정을 믿었다. 그 누구에게도 쉽게 마음을 줄 녀석이 아니었고, 감정에 휩쓸려 다른 이의 마음을 취하지도 않을 터였다.

이해관계가 복잡하게 얽힌 상황에서 감정놀음을 하지는 않을 거라고, 짐승 같은 본능에 이끌려 딸에게 위해를 가할 인물도 아니라고 여겼다.

그 생각에는 지금도 변함이 없다.

"따님은 저와의 완벽한 결혼 생활을 원하는 것 같습니다."

윤 교수가 한 가지 간과한 것이 있다면, 딸 인애인지도 모른다.

한번 마음먹은 것은 끝내 해내고야 마는 딸애의 성격을 모르는 바가 아니었다. 얼토당토않은 일에 고집을 피운 적은 없지만, 원하는 바를 이루지 못한 적도 없었다.

전부를 걸었다고 해도 과언이 아닌 거래를 하면서 간과한 것이 하나 있다면, 그것은 바로 결혼 당사자인 인애였나 보다.

허울뿐인 결혼을 위해 휘욱은 내연녀까지 만들어 가며 불신의 감정을 심어 놓은 상태였다.

"자네한테 여자가 있는 것을 인애가 알고 있지 않은가?"

혀끝에 쓴맛이 감돌았다.

"알고 있습니다. 저에게 그 여자와는 끝냈으면 좋겠다는 말을 하더군요."

윤 교수는 잠시 그대로 굳어 버렸다. 가장 중요한 항목을 계산에 넣지 않았던 것이다. 미지의 값이 눈앞에 뻔히 있는데도 옳은 답을 구했다고 자만한 나머지 일을 그르친 기분이었다.

"그래서 자네는 뭐라고 했나?"

"그럴 수 없다고 했습니다."

고저 없는 목소리에서는 서늘한 온도마저 느껴지지 않았다. 지나치게 사무적이고 기계적인 대답처럼 들려서 질릴 정도였다.

저런 목소리로, 저렇게 사람을 질리게 할 정도의 말라비틀어진 태도로 딸애를 대했을 거라고 생각하니, 갑자기 가슴속에 커다란 구멍이라도 뚫린 것처럼 허망했다.

"그래서 인애가 받아들이던가?"

휘욱은 대답하지 않았지만, 인애가 받아들이지 않았다는 것을 윤 교수는 충분히 알아차릴 수 있었다.

"이런……."

낭패가 있나. 윤 교수는 차마 말을 잇지 못하고 서재 책상 위를 가로지르는 나무의 결에 시선을 두었다. 오늘따라 나무의 결이 기이하게 보였다. 자연의 무늬가 좋아서 직접 목재를 골라 만든 책상이었는데, 부자연스럽다는 생각이 들었다.

나무 그대로 있을 때 자연스러운 것 아닌가, 인간이 가공한 것에는 부자연스러움이 깃들기 마련이다. 하물며 목적에 의해 이루어진 결혼이었다. 부자연스러운 것투성이의 결혼에서 자연스러운 것이란 있을 수 없다.

그런데 딸애는 순서가 뒤바뀌었을지언정 자연스러운 이치를 찾고 있는 거였다.

대체 왜?

책상이 된 나무에 아무런 무늬가 없다고 뒤늦게 결을 새겨 넣으려는 것처럼 억지스러운 행동이 아니냐고 묻고 싶은 심정이다.

나무가 아닌 재료, 혹은 집합목 등으로 만든 가구에 나무 무늬 필름을 씌워 나무처럼 보이게 하는 예도 있기는 하다.

하지만 그건 자연스러운 무늬가 아닌, 억지였다.

한 걸음 양보해서 정략결혼을 했다고 하더라도 겉보기에 화목한 가정을 이루자는 의도라고 여기기엔, 휘욱의 태도가 신경에 거슬렸다.

인애가 휘욱에게 이성 간의 사랑이라도 바라고 있다는 것인가. 나중에 휘욱과 이혼하고 나서 딸애가 상처를 받기라도 하면, 그 상처는 아비인 내가 자초한 게 되겠구나.

심장이 딱딱하게 굳어 버리는 듯했다. 사랑으로 가슴이 들끓었던 때는 벌써 잊은 지 오래다. 그런데 그때의 감정이 되살아나기라도 한 것처럼, 뼈저린 이별을 당하기라도 한 것처럼 기분이 침울해졌다.

보이지 않는 딸애의 마음이 가슴에 스며든 것만 같았다.

"물어볼 게 한 가지 있네."

새까맣게 타 버린 아비의 속을 대변하듯 갈라진 목소리가 힘없이 흘러나왔다. 어쩌면 결혼 전에 물었어야 했던 말인지도 모른다. 하지만 그때는 당연히 배제되었던 상황이었고, 예측할 수 없었던 일이었기에 이런 질문을 던지는 것은 상상조차 할 수 없었다.

"말씀하십시오."

사업적 논의라고 생각하는 건지, 아니면 저놈의 태도가 애초에 저렇게 생겨 먹은 건지 딱딱한 대꾸가 흘러나왔다.

"만약 상황이 좋게 풀린다면, 자네는 평생을 내 사위로 살아갈 생각이 있는가?"

만약 인애가 자네에게 마음이 있고, 정상적인 결혼 생활을 이어 가고자 한다면, 그 아이와 평생 함께할 생각이 있는가.

묻고자 하는 말은 접어 두고, 윤 교수는 주체를 자신으로 돌려 질문했다.

"없습니다."

"왜?"

윤 교수는 문득 떠오른 의문에 목소리를 높였다. 만약 일이 잘 풀린다면, 사업적 파트너로서도 훌륭한 위치에 놓이게 될 사이였다. 그런데도 단칼에 거절하는 휘욱의 태도가 마음에 들지 않았다.

"말씀드릴 이유 없습니다."

"자네, 설마 내연녀 연기 한다는 그 여자한테 진심인가?"

"아닙니다. 평생 제 곁에 그런 사람을 두는 일은 없을 겁니다."

감정이 없는 로봇을 대하고 있는 기분이었다. 소름이 확 끼쳐서 불쾌함을 느낄 정도였다. 그리고 심장은 뛰는 게 버겁다는 듯이 무겁게 가라앉았다.

저런 녀석에게 인애는 대체 무엇을 바라고 있는 걸까.

윤 교수는 한숨을 집어삼키며 마른 얼굴을 한 번 쓸어내렸다. 얼굴에 닿는 손이 미세하게 떨렸다.

"내 당부할 게 하나 있네."

"듣고 있습니다."

깍듯이 예의를 갖추는 태도도 마음에 들지 않는다. 조금 살갑게 굴었다면 나았을지.

아니다. 그랬다면 혹여 딸에게 여지를 주어 더 큰 상처를 입힐지도 모른다고 걱정했을 것이다. 차라리 냉랭하고 딱딱한 성정이 낫지 싶다.

"나는 인애와 자네가 복잡해지는 것은 원치 않네."

상처 주지 말라는 말을 에둘러 했다. 직접적으로 말하지 않은 것은 아비가 보기에 마음을 갖기 시작한 듯 보이는 딸애의 자존심을 지켜 주기 위한 노력이었다.

"제가 인애 양에게 상처를 줄지도 모른다는 염려는 하지 않으셔도 됩니다. 그보다는"

휘욱은 고심하듯 잠시 말을 멈추었다. 윤 교수는 속이 새까맣게 타들어 가는 것만 같았다. 거래로 이루어진 사이라고는 하나, 사위를 대하는 자신도 이렇게 긴장하는데 인애는 오죽할까 싶어서 화가 날 지경이었다.

"윤 교수님 상황부터 걱정하시는 편이 낫지 않겠습니까?"

뒤통수를 한 대 얻어맞은 것 같은 기분이다. 휘욱은 쓸데없는 감정놀음에 치우친 대화는 그만 접자는 듯이 한쪽 눈썹을 미세하게 치켜세우며 물었다.

"이 결혼의 정체를 알았을 때, 인애 양에게 상처를 주는 대상이 저일까요? 아니면 평생을 사랑으로 키워 주셨다고 생각한 아버지의 이용일까요?"

윤 교수는 말문이 턱 막혀 버려서 멍해진 눈으로 휘욱을 바라보았다. 독하고 무서운 놈이라는 생각이 들었다. 휘욱은 윤 교수가 염려하는 부분을 집어내면서, 사업적 거래에 빈틈을 용납하지 않겠다는 듯이 굴었다.

뭐든 깊어지기 전에 초반부터 매섭게 대하라는 부탁은 굳이 하지 않아도 될 것 같았다.

"명례 건설 유럽 지부 임원진 중에 이번에 임기를 마치고 한국으로 돌아오는 인원은 전부 윤 교수님을 지지할 겁니다. 그리고 두바이와 아부다비에 있는 인사들과도 파리에서 접촉했는데, 일주일 후에 답을 주겠다고 했습니다. 마음의 준비는 되셨습니까?"

윤 교수는 감정을 애써 억누르며 고개를 끄덕거렸다.

"윤 교수님께서 명례 건설 대표 이사직에 오르시면, 이설 건설 매각 뉴스가 돌 겁니다. 이설 건설을 드리겠습니다. 대신."

"대신?"

"현재 매각 이야기가 나오고 있는 명례 항공은 제가 가져갈 수 있도록 도와주십시오."

명례 건설이 이설 건설과 합병한다면 국내 건설사 도급 순위 1위도 노려 볼 수 있는 거대 기업이 될 것이다. 그런데 재무적 부실을 이유로 시장에 내놓으려는 항공을 가져간다는 말은 의아했다.

"항공을 가져가는 데, 따로 뜻이 있나?"

휘욱은 아까 질문을 던졌을 때와 똑같은 표정이었다.

"아, 또 말씀드릴 수 없다는 대답을 할 것 같은 표정이구면."

윤 교수는 대답을 가로채고는 또다시 한숨을 집어삼켰다. 독하고 무서운 놈인데, 한편으론 어딘지 모르게 끌리는 구석이 있는 믿음직한 놈이다.

적이 되면 두 발 뻗고 잠들기 어려울 만큼 거추장스럽겠지만, 같은 편이 된다면 이보다 더 든든할 수 없는 인물.

갑자기 생경한 욕심이 불쑥 일어나기 시작했다. 평생을 사위로 곁에 두고 싶다는 욕심.

신혼여행에서 돌아온 딸애도 이런 욕심을 부리고 있는 것일지도 모르겠다.

부전여전이라고 똑같은 탐욕이 발현했나.

저런 아들을 두고 친우는 어떻게 눈을 감았을까, 싶은 생각마저 들었다.

"유럽 지부 인사들이 귀국하는 대로 연락드리겠……."

말을 채 맺기 전에 노크 소리가 울렸다.

"아빠, 아직 멀었어?"

문밖에서 인애의 활기찬 음성이 들려오자, 두 남자의 시선이 허공에서 아슬아슬하게 부딪쳤다.

"아니다. 곧 나가마."

윤 교수가 바로 대꾸했음에도 서재 방문이 빠끔히 열렸다. 문틈 새로 고개를 내민 인애가 맑게 웃었다.

"휘욱 씨 너무 잡지 말라니까, 아빠."

역성을 드는 딸애는 무한히 사랑스러웠다. 온 세상을 다 녹여 버릴 것처럼 따뜻한 미소에도 앞에 앉은 녀석은 꿈쩍도 하지 않았다. 지독한 놈.

"잡기는 누굴 잡았다고."

윤 교수는 자상한 아버지의 얼굴로 돌아가 서재를 나섰다. 인애는 휘욱의 팔에 팔짱을 끼며 웃고 있었다. 목구멍에 숨이 걸린 것처럼 날숨이 흘러나오질 않았다.

——— ● ———

두 사람이 신혼집에 나란히 들어가는 것은 처음이었다. 결혼 준비 기간이 짧았고, 일일이 신경 쓰기엔 준비해야 할 것들이 너무 많아서 집 안을 꾸미는 일은 휘욱의 측근에게 맡겼다.

인천 공항에 내리자마자 인애의 본가부터 방문한 뒤, 밤 10시가 다 되어서야 녹초가 되어 앞으로 자신이 살게 될 집에 발을 들였다.

이설 건설에서 새로 지은 주상 복합 아파트의 꼭대기 층, 부채꼴로 휘어진 거실 통 유리창 밖으로 성수대교 북단과 한강의 야경이 펼쳐져 있었다. N 타워의 불빛이 초록빛인 걸 보니 오늘 미세먼지 농도는 양호한 편인가 보다.

아, 내가 라디오 생활 정보에나 나올 것 같은 감상을 늘어놓고 있다니.

인애는 거실을 둘러보고 있는 자신을 바라보고 있는 남자를 향해 돌아섰다. 다섯 발자국 정도 떨어진 곳에 선 그는 슈트 팬츠 주머니에 손을 집어넣은 채로, 어울리지 않는 불량한 포즈를 취하고 있었다.

천천히 걸음을 옮겨 그에게 다가갔다.

"나 씻고 싶은데, 욕실이 어디예요?"

나른한 시선으로 그를 올려다보며 물었다. 그의 눈동자가 섬세하게 흔들리는 것을 인애는 놓치지 않았다.

미동도 없는 듯 보였지만, 그의 눈동자는 분명히 동요하고 있었다. 인애는 도발적인 미소를 머금으며 그를 올려다보았다.

하지만 단지 눈동자가 미세하게 떨리기만 했을 뿐, 그는 속내를 읽을 수 없는 눈빛으로 인애를 내려다보기만 했다.

무감한 얼굴, 건조한 표정, 아무 말도 하지 않는 그가 지금 무슨 생각을 하는 건지 궁금해서 입 안이 바짝 마를 지경이었다.

"같이 씻을까요?"

미지근한 반응조차도 보이지 않는 그를 자극하기 위해 던진 말이었다. 휘욱이 냉랭한 어조로 대꾸했다.

"안쪽 침실을 쓰도록 해. 나는 현관과 가까운 쪽 침실을 쓸 거야. 욕실은 침실 안에 있어."

신혼여행에서 돌아온 첫날, 남편은 각방을 쓰자고 말하고 있었다. 그의 말뜻을 충분히 알아들었지만, 인애는 어깨를 귀밑까지 끌어 올리며 고개를 갸우뚱 기울였다.

"무슨 소리를 하는 거예요?"

진심으로 궁금하다는 어조로 묻자, 그가 '허' 하고 얕게 헛웃음을 흘렸다.

"못 봐 주겠네, 진짜."

읊조리는 말에는 연한 웃음기가 배어났다. 비웃고 있는 상황이 분명한데 그가 내비치는 감정의 결이 어딘지 모르게 다르다는 생각이 들었다. 새삼 느끼는 거지만, 이 남자는 자신의 감정에 솔직한 편이 못 되는 사람 같았다.

아니, 정확히 짚어 말하자면 본인이 느낌을 정의하는 데 어리숙하고, 미성숙한 사춘기 소년처럼 보였다. 문제는 그가 허우대 멀쩡한 성인이라는 거였고, 이상한 식욕이 감돌아 군침이 넘어가게 할 만큼 매력적이라는 점이었다.

그가 겉으로 드러내고자 하는 것은 부정적인 비웃음이었지만, 그의 눈빛이나, 감출 수 없는 미묘한 표정은 긍정적인 쪽으로 흐르는 것처럼 느껴졌다.

"그래서 내가 귀엽다고?"

인애는 그의 시선이 향해 있는 쪽으로 얼굴을 들이밀며 물었다. 그는 잠시 멍한 얼굴이 되었다. 이번에는 진심으로 황당해하는 표정이었다. 그 황당함이 진심을 들켜서인지, 아니면 인애가 내뱉은 문장 자체 때문인지 모르겠다.

"그만해."

그가 낮게 읊조렸다. 아까는 살짝 드러났던 그의 기분이 쥐도 새도 모르게 사라졌다. 그는 텅 빈 시선으로 인애를 똑바로 내려다보며 말했다.

"안쓰럽고 불쌍해서 못 봐 주겠으니까, 적당히 해."

그는 비수 같은 말을 내뱉고는 돌아섰다.

"여보."

인애는 단단하고 너른 등을 바라보며 그를 불렀다. 간드러진 목소리에 우뚝 걸음을 멈춰 선 그가 고개를 비스듬히 기울이며 돌아보았다. 못 들을 걸 들었다는 표정이었다.

인간의 적응 능력은 어디까지인가?

그의 무심하고, 무미건조한 태도에 인애는 완벽하게 적응한 것 같았다. 그리고 순식간에 그의 아슬아슬한 반응을 즐기는 데까지 이르렀다.

그는 마치 전압이 낮아서 희미하게 빛이 들어오는 전구처럼 연한 반응을 보이곤 했는데, 그 아스라함이 인애를 움직이게 했다.

자극을 더하면 그가 더 밝은 빛을 낼 것만 같아서.

인애는 사뿐사뿐 걸음을 옮겨 그에게 다가갔다. 그는 얼굴을 모로 기울인 채 인애가 다가오는 모습을 경계 어린 시선으로 바라보았다.

"내가 잡아먹을까 봐 겁먹은 표정이네?"

놀리듯 과장된 어조로 말하자 휘욱의 미간이 보기 좋게 구겨졌다. 그는 한심하다는 듯이 인애를 바라보았지만, 그의 격한 반응 하나하나가 인애의 세포 하나하나에 자극을 일으키는 것처럼 온몸이 짜릿했다.

"적당히 하라는 말 못 알아들었어?"

"나 되게 많이 자제하고 있는 거 모르겠어요? 신혼여행에서 돌아온 첫날, 각방 쓰자는 남편한테 엄청 관대한 거지. 이 정도면. 울고불고 난리 치면서 그렇게는 못 한다고 소리 지르고, 우리 집, 당신 집에 전화 걸어서 이런 결혼인 줄 알았으면 안 했을 거라고 일러바칠 수도 있는데?"

인애는 천천히 걸음을 옮겨 우뚝 멈춰 서 있는 휘욱의 주위를 빙글빙글 돌기 시작했다.

"아니면 당신이 내연녀 스캔들 잠재우려고 나랑 결혼 서두르는 바람에 나는 신혼집에 입성한 첫날부터 독수공방하며 외로운 밤을 보냈노라고 여성지와 인터뷰할 수도 있고. 그럼 우리 여보는 천하의 개새끼가 될걸?"

개새끼라는 상스러운 욕을 내뱉을 때는 마치 강아지라고 말하는 것처럼 장난스러운 어조를 강조했다.

"아니면 직접 책 한 권 써서 재벌가 막장 드라마의 불쌍하고 가련한 여주인 공이지만, 끝내 넓은 아량으로 감싸 안았다는 식의 여장부가 되어서 인세 좀 벌어 볼까요?"

휘욱은 진심으로 못 볼 것을 봤다는 눈빛으로 인애를 노려보고 있었다.

"왜요? 내가 진짜 그렇게 할까 봐 겁이라도 먹은 거야?"

돌처럼 굳어 있는 그를 향해 방긋 웃으며 덧붙였다.

"꼭 성경에 나오는 사람 같네."

"뭐?"

그는 헛웃음인지 되물음인지 구분이 되지 않는 목소리를 내뱉었다.

"천사의 말을 듣지 않고 쏟아지는 불과 유황 속에 있는 소돔을 돌아봐서 소 금 기둥이 되어 버린 가련한 롯의 아내 같다고요."

"그럼 당신이 소돔이야?"

어이없다는 듯이 되묻고 있었지만, 그는 지금 자신이 인애의 화법에 말려들 었다는 사실을 알아차리지 못한 듯했다.

"소돔이 왜 그렇게 됐는지 알아요?"

"색욕에 빠져서 벌을 받은 도시였지, 아마?"

그는 성경적 지식을 건조하게 열거했다.

"그렇다면 내가 소돔이 맞다고 볼 수도 있고."

"뭐라고?"

그는 이번에는 완전히 인애 쪽으로 몸을 돌리며 이해할 수 없다는 듯이 되 물었다. 인애는 가슴 밑에서 팔을 교차시켜 팔짱을 끼고는 걸음을 멈추며 그와 마주 섰다.

"나는 당신이랑 자고 싶거든요. 그냥 잠만 자는 거 말고. 신혼부부답게."

명료한 목소리가 잔잔하게 흘러나왔다. 지금까지의 대화를 유추해 보건대 야한 의미였지만, 그 어조는 우아했다.

그는 여전히 표정을 굳힌 채였지만, 귓불이 새빨갛게 익고 있었다. 인애는 당황하는 그의 모습을 보고 그만 웃음을 터뜨리고 말았다.

"왜 웃지?"

인애가 왜 박장대소하고 있는지 모르겠다며, 그는 진지하게 물었다. 인애는 간신히 웃음을 멈추고 손가락등으로 눈물이 찔끔 나온 눈가를 훔치고는 입을 열었다.

"우리 여보 귀가 너무 빨개서."

그는 무슨 말을 하려고 입을 열었다가 이내 다물고는 한숨을 집어삼켰다. 커다란 손으로 마른 얼굴을 쓸어내리는 모습은 안쓰러울 정도다. 아까 각방을 쓰자며 차갑게 굴고, 상처가 되는 말을 아무렇지도 않게 던지던 남자의 무미건조한 모습은 온데간데없었다.

"걱정 마요. 오늘은 안 덮칠 테니까."

"무슨 소리를 하는 거야, 대체?"

휘욱이 신경질적인 목소리로 되물은 순간, 인애는 발꿈치를 들어 올려 그의 볼에 가볍게 입을 맞췄다. 쪽 하는 마찰음이 경쾌하게 울렸다. 그는 혼이 나간 듯한 눈빛으로 인애를 바라보았다.

예상치 못한 행동에 당황한 것처럼 보였다. 그런 그의 모습을 마주하는 게 심장이 거칠게 들썩일 만큼 만족스러웠다. 머릿속에서는 그가 불같이 화내서 상황을 악화시키기 전에 그만두라고 경고하고 있었지만, 가슴은 더 해 보라며 가쁘게 뛰어 댔다.

"새신랑이 이렇게 부끄럼이 많은 성격일 거라고는 생각 못 했어요. 준비되면 말해요. 언제든지 유혹해 줄 테니까."

휘욱은 쓸데없는 짓은 집어치우라는 말을 하는 것에도 지쳤다는 듯이 고개를 절레절레 내저었다. 어쩐지 그가 먼저 등을 돌려서 방으로 향하는 뒷모습을 바라보고 싶지만은 않았다. 인애는 다시 한번 발꿈치를 올려 그의 볼에 입을 맞추려고 했다.

하지만 그가 잽싸게 옆으로 피해서 인애는 허공에서 움직임을 멈춰야만 했다.

"한 번 당하지, 두 번 당해?"

호기로운 어조에서 즐거움이 묻어나는 것은 착각일까?

그는 커다란 손으로 제 뺨을 감싸며 인애를 노려보았다.

"두 번 당한 거 맞는데? 이번이 세 번째 시도잖아. 기억 안 나요? 신혼여행 때는 기억하는 것 같더니?"

인애는 패배를 인정하라는 듯이 눈을 가늘게 뜨며 오만한 표정을 지어 보였다. 찬란했던 여름날의 순수한 첫정에 관한 언급에 그의 얼굴 위로 낭패감이 어렸다.

기분을 드러내지 못하는 어리숙한 사춘기 소년 같았던 그가 갑자기 총천연색 속내를 드러내는 듯했다. 희미하기는 했지만, 그는 인애에게 희노애락을 다양한 방법으로 표출해 내고 있었다.

"아, 그만 놀려야지. 이러다 울겠네, 새신랑. 꼬마 신랑도 아니고 신혼집에서 울음을 터뜨리는 건 곤란해요."

인애는 상냥한 웃음을 지으며, 손을 뻗어 그의 등을 다독이기까지 했다. 손끝에 닿는 그의 등은 단단했다. 그 감촉이 심장까지 단번에 전해져 짜르르한 통각이 일었다.

"그럼 잘 자요."

계속 그의 등에 손을 대고 있으면 더 가까이 다가가고 싶은 충동에 휩싸일 것만 같아서 인애는 얼른 돌아섰다.

"잠깐."

그대로 있을 줄 알았던 그가 인애를 불러 세웠다.

"왜요?"

인애는 아까 그가 했던 것처럼 고개만 비스듬히 기울여 그를 돌아보았다.

"이제 그 갤러리는 그만두는 게 좋겠어."

갑작스럽게 분위기가 반전되었다. 그는 '대한민국의 수도는 서울이야.' 와 같은 상식을 얘기해 주는 듯한 어조로 말했다.

그의 말 한마디에 향긋한 과즙으로 만든 말랑말랑한 거대 젤리로 가득했던 장난기 어린 공간이 순식간에 살얼음판 위의 전장으로 변모한 기분이었다.

그 간극에 인애는 잠시 머뭇거렸다. 휘욱이 지금 자신에게 무슨 요구를 하는 건지 가늠할 시간이 필요했다.

"걱정 마. 당장 내일 그만두고 오라고는 안 할 거니까."

그는 아까 인애가 장난칠 때의 말투를 똑같이 따라 하며 말을 이어 나갔다.

"갤러리에 사표 내고, 후임 구할 시간은 줘야 할 거 아니야?"

"뭐라고요?"

인애는 아까 그가 그랬던 것처럼 돌아서서 그를 황당하다는 듯이 노려보았다. 지금껏 살아오면서 그 누구도 자신의 커리어에 대해 이래라저래라 했던 적은 없었다.

조부에게 명례 재단을 받아 올 생각이었지만, 그건 별개의 문제였다.

"지금 나한테 사표 내고 이 집에 들어앉으라는 거예요?"

"이설 자동차에서 설립할 재단에서 일해 줬으면 해."

부탁조였지만 강압적인 느낌은 배제할 수 없었다. 인애는 천천히 그에게로 다가섰다. 둘 사이에 갑자기 팽팽한 긴장감이 흐르는 것만 같았다.

오직 사랑하면서 사랑을 배울 수 있다.

— 클로드 모네

"그럼 최휘욱 씨는 내일 이설 자동차 대표 이사직 그만두나?"

인애는 진심으로 궁금하다는 투로 물었다. 자신이 휘욱의 뜻대로 일을 그만 두면, 휘욱도 일을 그만두고 다른 일을 할 궁리를 하는 거냐는 의미였다.

물론 인애는 휘욱이 그럴 뜻이 전혀 없다는 것을 이미 눈치채고 있었다. 그리고 문득 그가 이번 결혼을 통해 얻으려고 하는 것이 많을지도 모른다는 생각이 들었다.

"말도 안 되는 소리 하지 말고."

"방금 당신도 말도 안 되는 소리 한 거 모르나 보네?"

결혼하고 난 뒤, 일상에 변화가 일 것을 짐작하지 못한 것은 아니었다. 하지만 그가 이렇게 단도직입적으로 나와서 사람을 당황케 할 줄은 꿈에도 몰랐다. 그것도 인애의 커리어에 손을 대는 일부터 시작되는 것은 예상 밖의 진행이었다.

인애는 마뜩잖다는 시선으로 그를 노려보았다. 그는 눈 하나 깜짝하지 않고 의견을 관철하기 위해 다시 입을 열었다.

"말했다시피 갤러리는 그만둬. 그런 소규모 갤러리에서 무슨 일을 하는지 모르겠지만, 이제 그럴 위치에 있지 않다는 것쯤은 알 텐데."

내내 평정을 유지하고 있었다. 그가 내연녀가 있는 상태에서 결혼을 하자고 했을 때도, 신혼여행 기간 내내 불쌍한 하비샴을 떠올리게 할 만큼 자신을 내버려 뒀을 때에도, 그러다 뜬금없이 나타나 끌어안았을 때도.

인애는 그보다 한술 더 떠서 그를 골탕 먹이고, 그에 대한 희열감에 도취되기까지 했었다. 불같은 분노가 일어야 할 상황에 웃었고, 여유로운 태도를 보인 것도 당연했다.

그런데 지금은 이제껏 견고하게 유지했던 고아한 평정심에 미세한 균열이 가기 시작했다. 아슬아슬하게 벌어진 틈새로 숨길 수 없는 노기가 검은 연기처럼 새어 나왔다.

"당신과 결혼했다고 해서 내 커리어를 마음대로 해도 된다고 생각해?"

인애는 입을 크게 벌리지 않은 채로 읊조리듯 물었다. 낮게 흘러나온 목소리에는 분노가 켜켜이 쌓이기 시작했다. 고까운 물음을 던지자 그는 슬슬 짜증이 난다는 듯이 미간을 구겼다. 그의 짙은 눈썹과 눈썹 사이에 깊은 골이 팼다.

"어린애처럼 굴지 마."

그는 인애가 물은 말에 대답할 의무 따위는 없다는 듯이 대꾸했다. 일면 귀찮아 보이기도 했다.

그는 나를 설득할 의지가 있기는 한 걸까? 그냥 화나게 하려는 의도가 아닐까?

그런 생각이 들 정도로 그가 내뱉은 말은 인애를 자극했다. 이제까지는 모든 상황을 다 이해할 수 있었다. 예술 작품을 돈으로 다뤄야 하는 바닥에서 유연한 사고는 필수 불가결이었다. 게다가 그 속에 완전히 속했다고는 못 할지언정 재벌가에서 나고 자랐다.

결혼을 통한 거래가 횡행한다는 것은 모르는 바가 아니었다. 하지만 인애가 하는 일을 가볍게 대하는 그의 태도는 용납할 수가 없었다.

이설 그룹에서 그가 자리 잡기 위해 용을 썼다는 것은 대충 알고 있었다. 하지만 그만큼 인애도 지금의 자리에 오르기까지 각고의 노력을 해 왔다. 그런데 그는 그걸 아주 우습게 만들어 버렸다.

당신이 이설 그룹에서 이루려는 일은 중요하고, 내가 하는 일은 중요하지 않아 보여?

"뭐라고요? 어린애?"

그는 미세한 표정 변화조차 없이 인애를 내려다보고 있었지만, 컴컴한 눈빛은 다분히 도발적이었다.

그리고 가슴속부터 분노가 들끓는 상황에서도, 도발적인 남자의 시선은 지나치게 매혹적이었다. 빨려 들어갈 듯 깊은 시선을 계속 바라보고 있다가는 이성적인 사고가 불가능해질 것 같았다.

인애는 고개를 잠시 옆으로 돌렸다. 저도 모르게 거칠어진 숨을 고르고 이 상황을 어떻게 돌파해야 할지 고민했다.

무슨 일이든 양측이 해결을 바란다면 타협점은 분명히 나타나는 법이다. 해결하지 못하는 문제는 없다는 의미였다. 그런데 결이 다른 문제가 툭 불거져 나오고야 말았다.

일의 해결을 방해하는 요소 중에 가장 거추장스러운 것은 감정이다. 감정이 얽히면, 양보가 사라지고, 첨예한 대립 끝에 타협점은 나타나지 않는다. 그는 지금 인애의 감정을 건드렸다는 것을 알고는 있을까?

지금 그 무엇보다 중요한 건, 이 남자가 내가 하는 일을 우습게 본다는 거잖아.

분노가 치밀었다. 본인이 하는 일은 중요하고, 인애가 하는 일은 같잖다는 논리가 인애를 분노케 했다. 워낙에 처음부터 인애의 감정은 안중에도 없는 사람이었지만, 이런 식으로 자존심을 짓밟는 말을 할 거라고는 생각하지 못했다.

하긴 재벌가의 결혼은 돈으로 얽힌 이해관계가 전부라고 해도 과언이 아닌데, 이런 일이 일어나지 않는 게 이상한 것인지도 모른다.

커리어는 고이 지켜 줄 거라고 생각한 내가 바보였던 걸까?

그렇다고 순순히 그의 말을 들어줄 생각은 없었다.

타의에 의해 결혼했다고 한들, 같은 방식으로 남은 인생을 살아갈 생각은 추호도 없다.

하, 하는 소리가 나도록 한숨을 툭 내뱉은 인애는 다시 그에게로 시선을 돌리며 매혹적인 미소를 머금었다.

인애는 어두운 그의 눈동자를 들여다보며 낮고 고아한 목소리로 느릿하게 물었다.

"당신이 원하는 대로 해 주면."

자신을 내려다보는 그의 검은 눈동자가 일렁거리는 게 눈에 들어왔다.

"나한테 뭘 해 줄래요?"

원하는 것을 얻기 직전의 오만한 미소가 그의 얼굴에 떠올랐다. 그가 한쪽 입꼬리를 더욱 짙게 끌어 올리며 유혹하듯 속삭였다.

"이설 자동차에서 설립할 재단을 줄게."

인애는 그게 아니라는 듯이 고개를 절레절레 내저었다. 미간을 찌푸린 채였지만, 입가엔 미소가 머물렀다.

그는 인애의 감정을 종잡을 수 없다는 듯이 얼굴을 구겼다. 잘생긴 얼굴은 구겨져도 보기 좋다고 생각하며, 인애는 낮게 깔린 음성을 내뱉었다.

"당신이 원하는 대로 해 주면, 당신은 내가 원하는 걸 해 줘야지. 그게 거래의 기본이죠."

"그래서 원하는 게 뭐……."

그는 말을 하다 말고 입을 꾹 다물었다. 조금 전에 인애가 했던 말을 기억하는 얼굴이었다.

'나는 당신이랑 자고 살거든요.'

그는 흠 하고 목을 한 번 가다듬고는 벽에 걸린 그림을 향해 시선을 옮겼다. 벽면에는 뉴욕에서 활동하고 있는 젊은 화가가 그린 추상화가 걸려 있었다. 그는 거친 붓놀림의 결을 세어 보기라도 할 것처럼 그림을 뚫어져라 바라보았다.

아니, 어쩌면 그의 시선은 그림을 향해 있기만 할 뿐 허공 어딘가에 멈춰 있는 것도 같았다. 무슨 생각을 하면 저런 시선으로 딴 데를 보게 될까?

인애는 그에게 생각할 여유를 주기로 했다. 서로 원하는 것을 주고받아야 성립되는 게 거래다. 한쪽이 일방적으로 원하는 것을 강요하는 건 당연히 부당하다. 그는 그 부당함에 대해 고민하는 것처럼 보였다.

"분명히 말해 두는데."

그의 시선이 마침내 인애를 향했다.

"내가 너랑 자는 일은 없을 거야."

차갑고 무미건조한 말투였다. 그가 시선을 잠시 옮긴 채로 거래의 부당함에 대해 고민한 게 아니라, 감정을 숨기기 위해 애쓴 것처럼 느껴질 정도였다.

"그럼 내가 갤러리를 그만둘 일도 없겠네요."

인애는 그의 건조함에 아랑곳하지 않고 촉촉한 미소를 머금었다. 그러고는 다시 그에게 인사했다.

"그럼, 잘 자요. 방문은 꼭 잠그고요. 내가 마음 바뀌어서 밤에 그 방으로 건너갈지 또 알아?"

굳어 있던 그의 얼굴에 표정 하나가 희미하게 나타났다가 사라졌다.

설마 진심으로 겁먹은 건가?

단언컨대 그는 오늘 방문을 꼭꼭 걸어 잠그고 잘 것 같았다. 그의 감정을 하나둘씩 끌어낸 것만 해도 꽤 성공적이었다고, 인애는 생각했다. 물론 자신의 분노도 여과 없이 드러내고 말았지만 말이다.

"좋은 아침입니다."

갤러리 사무실로 들어서는 인애의 발걸음은 여느 때와 다를 게 없었다.

"과장님, 오셨어요?"

3주간의 긴 휴가를 마치고 돌아오는 길이지만, 인애가 결혼했다는 사실을 아는 사람은 사무실에 아무도 없었다. 인애와 휘욱의 결혼식은 비공개로 치러졌고, 휘욱의 경우 언론 보도를 통해 결혼 사실이 밝혀졌지만, 상대인 인애의 신상에 대해서는 비밀에 부쳐졌다.

신혼여행에 따라붙은 기자가 찍은 사진이 기사로 실리기는 했지만, 결혼 사실을 모르는 사람들이 사진 속 인물이 인애라는 걸 알아볼 만큼 화질이 선명하지도 않았다. 기사는 순식간에 내려졌고, 신상 보호 조치는 강화되었다.

사업적 이유에서 그런 것이지 인애를 보호하려는 목적은 아니었다. 결혼 사실은 영원히 밝혀지지 않을 수도 있고, 당장 내일이라도 밝혀질 수 있었다.

그와의 정상적인 결혼 생활을 원하고 있는 것 자체가 어불성설인지도 모른다는 생각이 들었다. 이런 생활을 언제까지 지속할 수 있을까?

지난밤 생각이 많아진 탓에 잠자리에 들기가 힘들었다. 이런저런 생각으로 밤을 지새우다 결국 해가 뜨고 나서야 겨우 눈을 붙였다.

그가 내연녀를 두고도 결혼을 감행한 데는, 인애가 생각했던 것보다 훨씬 더 복잡한 이유가 있을지도 모른다는 예상이 밤새도록 인애를 괴롭혔다.

지금도 머릿속에는 미처 털어 내지 못한 생각의 잔재들이 부유하고 있었다. 인애는 먼지 같은 생각들을 불어 내듯 한숨을 한 번 내쉬고는 입을 열었다.

"어, 김 대리. 별일 없었지?"

인애는 의자에 앉으며 오래 자리를 비워서 미안하다는 어조로 되물었다.

"이거 김 대리가 부탁했던 거."

니치 향수가 담긴 봉투를 건네주자, 김 대리가 얼굴을 붉히며 조용히 읊조렸다.

"감사합니다. 바쁘셨을 텐데……."

"바쁘긴 3주 동안 푹 쉬다 왔는데, 뭐."

3주간의 휴가를 받는 것이 흔한 경우는 아니었지만, 그동안 긴 휴가 한 번 없이 일한 인애에게 관장은 흔쾌히 휴가를 다녀오라고 승인해 주었다. 휴가 전에 강 화백과의 계약을 해결한 게 크게 작용했고, 또 파리에서 신진 화가의 작품을 물어 오겠다고 했더니 관장의 얼굴에는 화색이 감돌았다.

"그래도요. 결혼도 하시고."

김 대리가 내뱉은 말에 인애는 자신의 귀를 의심하며 김 대리를 돌아보았다. 혹시 급하게 내려간 기사를 보고, 인애를 알아보기라도 한 걸까?

"지금 뭐라고 했어?"

인애의 물음에 겸연쩍어하는 김 대리의 시선이 굳게 닫혀 있는 관장실 문으로 향했다. 불길한 기운이 엄습했다. 입 안이 바싹 마르고, 등줄기를 타고 식은 땀이 길게 흘러내리는 게 느껴졌다.

직원과의 소통을 중요시하는 관장은 평소 관장실 문을 열어 놓고 지냈고, 귀빈이 방문했을 때만 문을 닫았다. 그러니 문이 굳게 닫혀 있다는 것은 관장이 지금 귀빈을 만나고 있다는 의미였다.

김 대리는 묵묵부답이었다. 인애는 답답하게 닫혀 있는 문을 물끄러미 바라볼 뿐 김 대리를 닦달하지는 않았다.

"사진보다 훨씬 잘생기셨더라고요."

인애의 분위기가 심상치 않다고 여겼는지, 김 대리가 우물쭈물하며 입을 열었다. 인애는 황망한 표정을 애써 감추며 김 대리를 향해 천천히 고개를 돌렸다.

김 대리는 니치 향수가 들어 있는 종이봉투를 만지작거리며 어떻게 말을 이어야 할지 고민하는 눈치였다. 일단 입을 떼기는 했지만, 무엇부터 말해야 할지 모르겠다는 표정이기도 했다.

3주간의 휴가를 다녀온 사수가 그사이 비밀리에 결혼하고 신혼여행까지 다녀온 것으로도 모자라, 상대가 굵직한 재벌가의 자제인 경우는 흔치 않을 것이다.

무슨 말부터 해야 할지 난감한 건 인애도 마찬가지였다. 복잡한 매듭을 풀어나가기 위해서는 매듭 끝부터 찾아서 간단한 엉킴부터 끌러 내야 한다.

인애는 김 대리가 언급한 인물에 관한 질문부터 던졌다.

"누가?"

사실 확인 사살과도 같은 질문이었다. 저 방 안에 관장과 마주 앉아 있는 사람이 누군지 대충 짐작이 가지 않는 것은 아니었다. 하지만 그가 어떤 방식으로 갤러리에 들어와 직원들에게 자신의 존재를 각인시킨 것인지 궁금했다.

"이설 자동차 최휘욱 대표님이요."

김 대리는 마치 친구의 잘못을 일러바치는 초등학생이 된 듯한 표정으로 말했다. 인애의 입에서 묵직한 한숨이 천천히 새어 나왔다.

"사정이 있어서 미리 말 못 했다고 하시더라고요. 과장님께서 갤러리에는 알려야 할 것 같다며 곤란해하셔서 직접 왔다고 하셨어요. 뉴스 같은 데서 볼 때는 되게 무서워 보이는 인상이었는데, 엄청 자상하신가 봐요."

이제 초등학생은 중학생 소녀로 자라나 꿈을 꾸는 듯한 표정으로 말을 이어 나갔다.

"갤러리 차 낡았는데, 못 바꾸고 있었잖아요. 무진동 차량 지원해 주겠다고 하셨대요. 직원들 쓸 수 있게 캠핑카 무상 렌털 서비스도 해 주시고, 직원들 외근 나갈 때 쓰라고 최신형 세단도 여러 대 지원해 주신다고. 과장님 알고 계셨어요?"

김 대리는 신이 나서 떠들어 댔지만, 인애는 속이 뒤집히는 듯 울렁거렸다. 쉴 새 없이 떠들다가 인애의 표정을 흘끗 바라본 김 대리가 입을 꾹 다물고 눈치를 살펴 댔다.

　인애의 남편이 몰래 찾아와서 직원들 편의를 봐준 것에 대해 입이 마르도록 칭찬을 해 댔는데, 사수의 반응이 떨떠름해서 당황한 눈치였다.

　"굳이 그러지 말라니까."

　인애는 그저 혼잣말인 듯 떠들었다. 마치 사전에 이야기가 된 것처럼 즉석에서 연기를 하는 자신의 모습이 우스워서 하마터면 자조 섞인 웃음을 흘릴 뻔했다.

　인애의 입가에 머무는 미소가 새 신부의 수줍음이라고 생각했는지, 김 대리가 두 손끝으로 입을 가리고는 새된 비명을 질러 댔다. 소리가 크지는 않았지만, 안 그래도 은근히 인애에게 이목이 쏠려 있던 직원들이 한마디씩 거들어 댔다.

　"어쩜 그렇게 도둑 결혼을 했대?"

　인사 총무를 총괄하고 있는 한 팀장의 말에 인애는 그저 어설픈 미소를 지어 보일 뿐이었다.

　"윤 과장, 이거 내일까지 프랑크푸르트로 보내야 하는 서류야. 검토하고 나한테 줘. 그리고 일은 제대로 할 수 있는 거 맞니? 후임 뽑아야 하는 거 아니야? 한 팀장님 옛 먹이지 말고, 미리미리 말해."

　그리고 평소 인애의 특진을 고깝게 생각했던 조 과장이 시비조로 말을 붙여 왔다.

　"프랑크푸르트 건은 조 과장 업무 아닙니까? 그걸 내가 받아서 해야 할 이유가 있나?"

　분위기에 편승해 인애를 은근히 깔보려는 조 과장의 수작에 넘어갈 리 없는 인애가 조용히 되물었다. 말 그대로 도둑 결혼을 하고 돌아온 인애에게 어떻게든 말을 붙여 보려고 끈적거리던 분위기가 삽시간에 건조해졌다.

　"윤 과장이 갤러리를 비운 3주 동안, 그 일은 누가 다 나눠서 했을 거라고 생각해?"

"그래서 조 과장이 내 업무를 받아서 했어요? 그럴 리가 없는데, 나 파리에서도 업무 처리 다 했거든. 여기서 진행해야 하는 하드 카피 작업만 김 대리가 도왔고."

인애의 업무 능력에 흠집을 내려는 심산인 듯했지만, 조 과장은 인애를 넘어서려면 멀어도 아직 한참 멀었다. 어설프게 말을 만들어 내고, 거짓 소문을 일궈 내는 게 조 과장의 특기였지만 그게 인애에게까지 통할 거라고 생각하다니 기가 막혔다.

"아니, 윤 과장 선배 말이 우습니? 너 내가."

급기야 조 과장이 인애를 두고 막말을 퍼부으려 했다. 건조해졌던 직원들의 이목에 또다시 불이 붙는 게 느껴졌다. 이번에는 그 의미가 다르기는 했지만, 일부는 진짜 인애에게 문제가 있는 것인지 궁금해했고, 일부는 조 과장의 비뚤어진 태도를 의심했다.

사람을 평가하는 데 절대적인 기준이란 없다. 평판이라는 것이 그래서 무섭다. 특히 좁은 업계에서 그런 소문이 한번 굳어지면 독이 될망정 득이 되지는 않는다. 조 과장은 이대로 물러설 생각이 없다는 듯 인애에게 예의가 없다고 질책했다.

"너 내가 이 갤러리에 너보다 3년은 먼저 들어왔어. 직급 같다고 막 기어오르네? 작가 몇 명 키웠다고 네가 무슨 대단한 사람이라도 된 줄 알아? 그거 순전히 네 능력 맞아? 집안 백으로 거물 컬렉터 구슬려서, 신진 작가 스타 만들기 프로젝트 같은 거 꾸민 거 아냐?"

직원들 앞에서 승강이를 벌일지언정, 조 과장은 인애의 감정을 건드리고 얼토당토않은 말로 커리어를 깎아내리는 짓을 저지르면 안 되는 거였다.

"말 다 했어?"

인애가 나직한 어조로 되물었다. 경고 조였지만, 조 과장은 제 의견을 다 피력하지 못했다는 듯이 열을 내며 떠들어 댔다.

"아니, 다 못 했어. 솔직히 그렇잖아. 어떻게 네가 손대는 작가마다 잘돼? 그 작가들 그림 비싼 값에 사 간 컬렉터들 너희 집안사람 아니라는 증거 있어? 집안 재단에서 활동하는 건 싫었니? 밑바닥부터 굴러서 성공한 갤러리스트라는 타이틀이라도 얻고 싶었어?"

차가운 분노가 일었지만, 인애의 표정은 지극히 차분했다.

"반은 맞고, 반은 틀리네요."

인애는 해사한 미소를 머금은 채로 조 과장을 바라보았다. 분노를 담아 노려볼 필요조차 없었다. 조 과장은 지금 모든 면에서 자신이 인애보다 부족하다는 것을 깨닫고 열등감에 발악하는 거나 다름없었다.

먼저 짖으면 이길 거라는 유치한 생각으로 덤볐어?

여전히 미소를 머금은 채로 인애는 입을 뗐다.

"내가 손대는 작가마다 잘된 건 맞고, 내가 집안 백으로 여기까지 온 건 틀리고. 내가 바닥부터 시작하고 싶었던 것도 맞고, 컬렉터들이 우리 집안사람들이라는 건 틀리고."

상냥하고 부드러운 말투로 설명하자 옆에서 쿡 하는 웃음소리가 들려왔다. 김 대리가 참지 못하고 웃음을 터뜨린 거였다. 조 과장의 시선은 당연하다는 듯이 김 대리를 향했다.

"죄송합니다. 제가 비염이 있어서, 재채기가 나와서요."

얼른 표정을 바꾸고 변명하는 김 대리의 얼굴은 웃음을 참느라 새빨개져 있었다. 인애는 조 과장과 유치한 승강이를 했다는 자괴감에 한숨이 비어져 나올 것만 같았다.

사수가 유치한 싸움에서 승전고를 울리는 것을 보고 좋아서 웃음을 터뜨리는 팀원이라니……. 이보다 더한 촌극이 있을까.

그렇다고 유치한 싸움을 걸어왔다며 성인군자처럼 물러서서 수수방관할 수는 없는 노릇이었다. 또라이를 제압하려면 또라이처럼 생각해야 하고, 유치한 싸움에는 유치한 대응을 해야 일이 마무리되는 법이다.

"너 진짜 내가 우습지?"

과장님 우습게 만든 건 과장님 자신이죠.

이렇게 말했다가는 조 과장의 영혼까지 털어 버릴 것 같아서 인애는 이내 선선히 웃어 보였다.

"제가 설마 과장님이 우스워서 그랬겠어요? 저 과장님 좋아해요. 과장님께서 많이 가르쳐 주셔서, 제가 이 자리까지 올 수 있었잖아요. 근데 과장님 덕분에 여기까지 열심히 달려왔는데, 제 커리어 무시하는 말씀을 하시니 제가 좀 발끈했나 봐요. 죄송해요."

인애가 깍듯이 예의를 갖추자 조 과장은 잠시 머릿속이 멍해진 듯 입만 벙긋거렸다. 두 사람에게 모여 있던 시선의 밀도가 옅어지는 게 느껴졌다. 이대로 일단락될 거라고 생각한 이들은 각자의 업무로 돌아가기 시작했다.

"그래, 뭐. 윤 과장이 나한테 배워서 일을 체계적으로 하긴 하지. 일단 프랑크푸르트 건은 윤 과장이 해결해. 나는 지금 미팅 있어서 나가 봐야 하니까."

여기서 인애가 조 과장이 떠넘긴 업무에 말을 더 보탰다가는 피곤해질 게 뻔했다. 인애는 조 과장의 알량한 자존심을 지켜 주고, 사무실에 평화가 깃드는 방법을 택했다.

조 과장이 지시한 업무는 인애를 얕보듯 아주 간단한 이메일 전송 업무였고, 그 일 하나 처리한다고 해서 손가락이 부러지는 것도 아니었다.

"다녀오세요. 처리하고 말씀드릴게요."

조 과장이 사무실 밖으로 사라지는 모습을 확인한 김 대리가 조용히 물어 왔다.

"진짜 조 과장님께 배운 게 많아요?"

"반면교사랄까."

인애가 내뱉은 말에 김 대리는 못 말리겠다며 숨죽여 웃음을 터뜨렸다. 인애가 그런 김 대리를 바라보며 미소 지을 때였다. 마침내 관장실 문이 열렸다.

"윤 과장, 잠깐 좀 들어와."

빠끔히 열린 문틈 사이로 그의 모습이 보였다. 조 과장과의 대거리에서는 움쩍도 하지 않던 심장이 거칠게 뛰기 시작했다.

또다시 직원들의 시선이 인애에게 집중되는 것은 어쩔 수 없는 일이었다. 문득 드는 생각에 인애는 사무실을 한 번 둘러보았다. 자신을 바라보는 직원들의 시선이 이전과 같을 수는 없을 거라고 생각은 했지만, 생각했던 것보다 훨씬 부정적일 거라는 것을 직감했다.

이걸 노린 거였구나.

이제야 그의 의도를 파악했다는 생각에 인애는 가슴속이 갑갑해지는 것만 같았다. 조 과장과의 승강이는 종종 있는 일이었다. 조 과장이 인애에게만 까탈스럽게 구는 것은 아니었기에 그동안에는 크게 걱정할 일이 없었다.

다만 오늘과 같은 인신공격성 발언은 처음이었다. 대꾸하지 말았어야 했나, 아무 말 하지 않고 그냥 듣기만 할 걸 그랬나. 하지만 침묵은 때론 수긍으로 오해받곤 한다.

그렇다면 부드럽게 대했어야 했던 걸까. 아마 그랬다면 인애가 켕기는 구석이 있어서 약하게 나오는 거라고 여겼을 것이다.

어떤 경우든 인애가 오해를 살 만한 상황. 승강이가 무마되었다고는 하지만, 사실 뒷말이 나올 게 뻔했다. 그리고 좁은 미술 시장 바닥에서 그 소문이 어떻게 퍼져 나갈지 눈에 보이는 듯했다.

소문에 흔들릴 만큼 나약하지는 않았지만, 평판은 중요했다. 그동안 쌓아 온 커리어를 단번에 무너뜨릴 수도 있는 게 평판이었다. 인애는 이 모든 오해의 주동자가 앉아 있는 방으로 묵직한 발걸음을 옮겼다.

"여기서 보니까 더 반갑네."

그는 잘생긴 얼굴에 따뜻한 미소를 머금으며 자상한 목소리를 냈다. 하마터면 그의 이중성에 혀를 내두를 뻔했다.

인애 역시 얼른 얼굴을 달리하며 미소를 드리웠다. 그 미묘한 표정 변화를 알아차린 듯 그의 검은 눈빛이 호기롭게 빛났다. 그가 공격적으로 눈빛을 빛내는 모습이 지나치게 매혹적이라는 사실을 저 남자는 모르지 싶다.

그러니 마음에 없는 아내에게도 저런 유혹적인 눈빛을 보내지.

"어떻게 된 거예요?"

미리 말해 주면 좋았을 거라는 듯이 그를 부드럽게 나무랐다.

"일단 앉아, 윤 과장. 아니, 나는 우리 윤 과장이 그런 줄도 모르고. 나 참 서운해. 어떻게 결혼식에도 안 부를 수가 있어?"

관장이 타이밍 좋게 끼어들었다.

"결혼식을 비공개로 진행해서 어쩔 수 없었습니다."

인애가 휘욱의 옆에 앉는 사이 그가 말을 받아쳤다. 관장은 겸연쩍다는 듯이 웃으며 그의 눈치를 살피고 있었다.

문을 닫고 있던 짧은 시간 동안 그가 무슨 말을 전했는지 모르지만, 관장은 바짝 긴장한 눈치였다. 관장의 좁은 이마가 땀으로 흥건해져 앞 머리카락 몇 가닥이 안쓰럽게 달라붙어 있을 정도였다.

"모쪼록 제 아내 잘 부탁드립니다. 이 사람이 갤러리 일을 얼마나 사랑하는지 잘 아시죠?"

헛웃음이 튀어나올 것만 같아서 인애는 잠시 숨을 멈췄다. 그가 인애에게 일을 그만두라고 한 지 열두 시간도 채 되지 않았다. 그런데 그는 뻔뻔하게 갤러리에 대한 인애의 애정을 두둔하고 있었다.

"알다마다요. 윤 과장은 저희 갤러리 보물입니다."

"이제 저한테도 귀한 보물이거든요."

그가 손을 뻗어 인애의 손을 꼭 움켜잡으며 애정이 담뿍 담긴 목소리를 냈다. 그의 목소리에 깜빡 속은 심장이 가쁘게 뛰어 댔다. 귓속에서 심장이 구르고 있는 것처럼 심박동 소리가 울려 댔다.

진심으로 사랑을 고백하는 남자처럼 굴 필요는 없잖아, 잔인하게.

인애는 저도 모르게 아랫입술을 말아 물었다. 순간적으로 울컥하는 감정이 치솟아서 머릿속이 하얗게 비어 버리는 것만 같았다.

따뜻한 그의 손길, 소유권을 주장하듯 꽉 움켜쥔 악력, 연인을 대하듯 애정이 가득한 눈빛, 그리고 다정한 목소리.

이 모든 게 연기인 줄 알면서도 심장이 애처롭게 반응했다. 가슴 근육이 뒤틀리는 것만 같아서 숨을 내쉬는 것조차 버거웠다.

미쳤다는 생각이 들었다. 정신을 바짝 차려야 하는 순간에 그가 보이는 말과 행동에 완전히 말려 버렸다.

부정할 수 없는 사실 하나가 머릿속에 떠올랐다.

미운 짓만 골라서 하는데도, 그새 나는 이 남자가 좋아진 건가.

감정에 대한 깨달음은 거창한 순간에 찾아오지 않는다. 뜻하지 않은 순간에 찾아오는 것이 사랑인 법이다. '나는 앞으로 이 사람을 죽도록 사랑하겠어!' 라고 마음 먼저 다지고 사랑에 빠지는 경우는 없다.

끝도 없이 이어지는 불확실성 안에서 한 가지 확실해진 것이 있다는 데 안도해야 할까, 아니면 슬퍼해야 할까.

이토록 복잡한 상황 속에서도 그에 대한 마음만은 분명한 것을 보면 의심할 여지 없는 순수한 감정이었다. 기쁨, 슬픔, 노여움, 분노 그리고 사랑. 수많은 감정 중에 사랑만큼이나 복잡하면서도 순수한 감정이 있을까?

오만 가지 생각이 다 들도록 복잡한 게 사랑이면서도, 애정의 대상을 향한 방향성만큼은 지나치게 단순한 것이 사랑이다.

한꺼번에 여러 사람을 사랑할 수 있는 사람이라면 다를지도 모른다. 하지만 적어도 인애에게는 복잡한 감정과 지고지순한 방향성, 그게 사랑이었다.

그동안 그에게 쏠리는 관심을 그저 잘난 피사체에 대한 욕망의 일종으로 치

환해 왔었다. 정상적인 결혼 생활을 원하는 것은 어디까지나 부부 사이의 당연한 요구라고만 여겼었다.

어쩌면 스스로 그렇게 설득당한 것인지도 모르겠다.

나는 이 남자를 여전히 좋아하고 있는 거였구나. 첫사랑은 아직도 끝나지 않고 물밑에서 깊이 일렁이고 있었나 보다.

심장이 빠르고 무겁게 뛰어 댔다. 입 안에 심장을 물고 있는 것처럼 속이 울렁거리기까지 했다. 그와 입술이 닿았을 때 느꼈던 깊은 안도와 안정감, 그것이 사랑에서 비롯된 감정이라는 것을 하필 지금 깨닫고 말았다.

생각해 보니 그와 입술을 뒤섞었을지언정, 따뜻하고 다정하게 손을 붙잡았던 기억은 없었다. 혼란스러운 감정 속에서 인애의 표정은 차갑게 굳어 갔다. 속내를 드러내지 않으려면, 무감해지는 방법밖에는 없었다.

"어디 불편해?"

그가 인애의 안색을 살피며 물었다. 관자놀이를 타고 식은땀이 흘러내렸다. 어제 파리에서 돌아와 시차 적응도 되지 않은 데다가 밤을 꼴딱 지새우고 출근했다. 출근하자마자 그가 갤러리에 있다는 소식을 들었고, 조 과장과 신경전을 벌여야 했다.

평소의 인애라면 무던히 견뎌 냈을 스케줄이다. 그런데 꼭꼭 숨겨 두었던 첫사랑의 지독함을 깨닫고 나니 피로감이 온몸을 지배할 듯 밀려드는 기분이다. 그의 존재 자체가 인애를 힘겹게 만들고 있었다.

"아직 시차 적응이 안 돼서 그런가 봐요. 괜찮아요."

인애는 아무렇지도 않다는 듯이 대꾸하며 그에게 꼭 움켜잡힌 손을 빼내려 손목에 힘을 주었다. 그러자 그가 가느다란 손가락 사이사이를 파고들었다. 그의 굵직한 손가락 사이에 인애의 연한 손가락이 갇혀 버렸다.

손깍지를 낀 그는 다른 손으로 인애의 손등을 감싸며 되물었다.

"오늘은 조퇴하는 게 어때?"

휘욱이 걱정스럽다는 듯이 물었고, 관장은 펄쩍 뛰며 호들갑을 떨어 댔다.

"윤 과장, 안색이 말이 아니야. 들어가, 응? 그런 얼굴로 사무실에 있으면 다들 불편해해. 나 아픈 사람 부려 먹고 그러는 인색한 사람은 아닌 거 알잖아, 응?"

관장은 발등에 불이라도 떨어진 것처럼 자리에서 일어나 야단법석이었다. 급기야 말릴 틈도 없이 관장이 김 대리를 호출했고, 오늘까지만 수고해 달라는 당부가 이어졌다.

결국, 휘욱과 나란히 갤러리를 나설 수밖에 없었다. 주 출입구를 빠져나오자, 차라리 잘됐다는 생각이 들 만큼 컨디션이 엉망으로 치달았다. 그리고 사랑을 자각한 후에 찾아온 허탈감과 뜻 모를 패배감에 기분도 깊이를 알 수 없는 심연 속으로 가라앉아 버렸다.

"날 무능한 사람으로 만들고 싶었어요?"

인애의 건조한 음성은 낮게 쉬어 있었다. 그의 얼굴에는 아주 쉬운 싸움에서 이겼다는 듯이 오만한 미소가 걸려 있었다.

"그래서 당신이 전지전능하다는 걸 증명하고?"

언제든 그만두게 만들 수 있다는 위력을 보여 주고 싶었던 건지도 모르겠다.

"생각해 봐. 갤러리에서 계속 일하면 여기 있는 사람들이 당신을 얼마나 불편해할지. 저 사람들을 위해서라도 그러면 안 되는 거지. 송충이는 솔잎을 먹고 살아야 하잖아?"

그는 인애의 상태를 살피듯 얼굴을 한 번 훑고는 어깨를 감싸 안으며 속삭였다.

"당신한테 어울리는 자리는 따로 있는 거 알잖아."

숨결이 느껴질 만큼 가까운 거리에서 그의 목소리가 들려왔다. 달콤한 온기가 목덜미를 스치자 눈앞이 핑글핑글 도는 것처럼 어지러웠다.

"나는 분명히 말했어요."

당신이 원하는 것을 얻으려면 내가 원하는 것과 등가 교환이 이루어져야 한다고. 뒷말을 제대로 내뱉었는지 기억이 나지 않았다. 까무룩 눈이 뒤집히는 게 느껴졌다.

영화나 드라마에서 정신을 잃었다가 깨어나는 등장인물의 시선으로 카메라가 움직이는 장면을 본 적 있다. 뿌옇던 사위가 눈을 깜빡거리자 이내 선명해지는 장면들. 감독들은 어쩌면 하나같이 똑같은 미장센을 취하는지, 그러한 장면들을 볼 때마다 진부하다고 여겼었다.

그런데 이제는 그 장면이 왜 그렇게 연출될 수밖에 없었는지 이해가 갔다. 천천히 눈을 깜빡이자 뿌옇게 물들었던 눈앞이 점차로 선명해졌다.

"정신이 들어?"

환청처럼 굵직한 목소리가 들려왔다. 머리가 깨질 듯이 아프고, 목구멍은 타들어 가는 듯했다.

"지금 몇 시예요?"

그가 손목에 있는 시계를 한 번 확인하고는 대꾸했다.

"저녁 8시."

어쩐지 창밖이 어두웠다. 무거운 팔을 들어 올렸더니 링거 바늘이 꽂혀 있었고, 서울 이설 병원이라는 글씨가 줄줄이 이어진 하늘색 무늬의 병원복으로 갈아입혀져 있었다. 상체를 일으키자 눈앞이 다시 새까맣게 물들었다.

"일어나지 말고 누워 있어."

"어떻게 된 거예요?"

인애는 잠시 눈을 감았다가 뜨고는 중얼거렸다.

"갤러리 앞에서 갑자기 정신을 잃어서 구급차 타고 병원으로 왔어. 단순 과로래."

"그럼 이제 집에 가도 되겠네."

아직 그와 사는 신혼집에 익숙해진 것은 아니었지만, 병원 침대에 누워 있는 것보다는 편할 것 같았다.

"퇴원은 내일 하는 게 좋을 것 같은데."

그가 다소 엄정한 눈빛으로 인애를 내려다보면서 휴대전화를 귀에 가져다 댔다.

"어, 정 실장. 긴급 출장 대비용 캐리어랑 내 랩톱 좀 이설 병원으로 가져다 줘."

인애가 의문 어린 시선으로 그를 올려다보았다.

통화를 마친 그는 물을 한 잔 따라서 인애에게 권했다. 인애는 그가 내미는 유리잔을 가만히 바라보았다. 딱딱한 얼굴, 퉁명스러운 말투, 차가운 눈빛이었 지만 그는 인애를 보살피려고 애쓰는 것처럼 보였다.

"고마워요."

인애는 그가 건넨 유리잔에 든 물을 단번에 들이켰다. 텁텁했던 입 안이 씻 기고 목구멍을 타고 맑은 물이 흘러 들어가는 게 느껴졌다. 차갑지도, 뜨겁지도 않은 미지근한 물은 마음을 차분하게 가라앉혀 주었다.

"일단 좀 더 자."

그가 빈 유리잔을 받아 들고는 소파 세트가 있는 곳으로 걸음을 옮기며 말했 다. 흰색 드레스 셔츠에 검은색 슬랙스를 입은 뒷모습은 그답지 않게 흐트러져 있었다. 드레스 셔츠를 팔뚝 중간까지 걷어 올리고, 넥타이를 하지 않은 모습은 또 처음 봐서 신선해 보이기까지 했다.

소파 가운데에 걸터앉은 그가 테이블 위에 유리잔을 내려놓고는 태블릿 PC를 집어 들었다.

"안 가요?"

아까 비서실장과 통화했던 내용을 돌이켜 보면 그는 오늘 이곳에 머물 생각 인 듯했다. 다 알면서도 인애는 확인 사살이라도 하는 것처럼 물어보았다.

그의 입에서 이곳에 머물겠다는 말이 나오는 걸 직접 듣고 싶은 것인지도 모르겠다. 이왕이면 왜 머무를 생각인지도 자세히 말해 줬으면 좋겠다.

"안 가."

그가 시선 한 번 주지 않고 주저 없이 대답했다. 당연한 것을 귀찮게 왜 묻느냐는 듯한 어조였다.

"왜요?"

태블릿 PC 화면을 향해 있던 그의 건조한 시선이 마침내 인애에게로 옮겨 왔다. 그는 대꾸 없이 인애를 바라보기만 했다. 그의 눈에는 무심함을 가장한 옅은 속내가 스며 있었다. 그 정체가 무엇인지 궁금해서 입 안이 또다시 버석하게 말라 버렸다.

내가 걱정돼요?

묻고 싶은 말을 내뱉지 못하고 인애는 마른 입술을 말아 물었다. 그가 어깨가 들썩이도록 숨을 한 번 들이쉬었다. 시선이 깊어지며 연한 감정은 사라지고 가슴이 아릴 정도로 단단한 무심함이 자리했다.

"신혼여행에서 돌아오자마자 아내가 쓰러졌어. 그런데 남편이 그 자릴 안 지키면 어떤 소문이 돌 것 같아?"

그는 애먼 소문이 나는 것이 저어된다는 듯이 말했다.

"그럼 애처가라고 소문이라도 났으면 해서 이러는 거예요?"

"그래서 나쁠 거 없지."

병원에 남은 것은 두 사람의 관계에 기반을 둔 것이 아닌, 대외적인 이유 때문이라는 말을 하는 그가 야속하고 얄미워서 한숨이 나올 것만 같았다.

인애는 대꾸 없이 이불을 뒤집어썼다. 이불을 덮고 가만히 있는데, 갑자기 열불이 나기 시작했다. 인애는 이불을 걷어차며 도로 몸을 일으켜 세웠다.

"애먼 소문 나면 막으면 되잖아?"

그가 시선을 툭 던지듯 인애를 바라보았다.

"그런 수고로운 일 안 하려고, 결혼한 건데?"

"결혼해서, 쓰러진 부인 병실에 와 있는 건 안 수고롭고?"

비꼬듯 되묻자 그의 얼굴에 약간의 짜증이 묻어났다.

"적당히 해."

인애는 그의 표정이 미묘하게 변하는 것을 물끄러미 바라보기만 했다.

"그리고."

뭐라고 덧붙여서 자극하지도 않았는데, 그가 또다시 입을 열었다.

"넌 꼭 네 기분 나쁠 때, 반말하더라?"

황당하다는 듯이 묻는 휘욱의 어조에 장난기가 묻어나는 것 같은 건 기분 탓일까. 언젠가부터 그에게는 꼬박꼬박 높임말을 써 왔었다. 그런데 화가 날 때는 혼자 높임말을 쓰는 게 억울했는지 반말이 잘도 튀어나왔다.

"그럼 앞으로 기분이 좋을 때나, 엿같을 때나 똑같이 반말할게."

인애가 호기롭게 대꾸했다. 그가 어떤 반응을 보일지 궁금했다. 그의 입가에 언뜻 미소가 스미는가 싶더니, 재미있다는 듯이 반짝이는 눈빛이 인애를 향했다.

"왜, 뭐?"

괜히 찔려서 되물음이 툭 튀어나왔다.

"좋을 대로 해."

찰나의 순간 그의 얼굴에 근사한 미소가 걸렸다. 불과 2초도 되지 않는 시간이었지만 미혹되기엔 충분했다. 갑자기 그가 지금은 무엇을 요구해도 들어줄 것 같다는 생각이 들었다.

"물 마시고 싶어."

그런데 입에서 나온 말은 고작 이것이었다. 보일 듯 말 듯 하면서 사람의 혼을 빼놓는 그의 미약한 감정 때문에 기갈이 난 탓도 있었다.

그는 알겠다며 고개를 끄덕이고는 유리잔에 물을 가득 따라 주었다. 인애는 오랜 시간 굶주린 사람처럼 허겁지겁 물을 마셨다.

"또?"

물을 또 마시고 싶으냐는 물음인 것 같아서 인애는 고개를 내저었다.

"아니, 또 뭐 필요한 거 있냐고."

이어진 그의 말에 심장이 갑자기 크게 울렸다. 인애는 비스듬히 고개를 기울이며 그를 올려다보았다. 뭐든 말하면 다 들어줄 거냐는 듯이 쳐다보자, 그가 태연하게 대꾸했다.

"병원에서 같이 자는 건, 안 되는 거 알지?"

그는 자신이 내뱉어 놓고 아차 싶었는지 얼른 고개를 돌려 버렸다. 그의 목덜미가 어쩐지 평소보다 더 불긋해 보였다.

"내가 병실에서 자자고 할 사람처럼 보여?"

인애가 웃음기를 머금으며 되물었다.

"어, 충분히 그래 보여."

"의외네."

"뭐가?"

"나를 되게 잘 알아. 어, 나 병원이지만 당신이랑 자고 싶어."

낭만을 품은 사람처럼 미소를 머금고 그를 바라보았다. 손을 뻗어 셔츠를 걷어 올린 그의 팔뚝을 어루만지고 싶은 충동마저 일어서 주먹을 꽉 움켜쥐었다.

"그렇게 자극해도 소용없는 일인 거 알잖아? 쓸데없이 힘 빼지 말고, 쉬어. 그래 봤자 본인만 힘들어. 정 실장한테 짐 받으러 잠깐 나갔다 올 테니까. 병실에 얌전히 있어."

인애는 병실을 빠져나가는 그의 뒤통수에 대고 쏘아붙였다.

"같이 자는 건 안 된다고 말하면서 먼저 자극한 게 누군데?"

그의 대꾸 대신 병실 문이 닫히는 둔탁한 소리가 울렸다. 갑자기 사위가 쥐 죽은 듯이 조용해졌다.

만약 깨어났을 때, 아무도 없이 병실에 혼자 누워 있었다면 기분이 어땠을까?

외로움을 쉽게 느끼는 성격은 아니지만, 몸이 약해졌을 때의 감상은 다르다. 무미건조한 병실에서 홀로 나약한 생각을 하며 땅굴을 팠을지도 모른다.

애먼 소문을 방지하기 위해서라고 했지만, 병실을 지켜 준 그가 고마웠다. 그리고 남편을 짝사랑하는 처지에서 생각해 봤을 때, 처절한 의문이 들기 시작했다.

정말 타인의 이목이 쏠리는 것이 두려워서, 오직 그 이유 하나 때문에 병실에 남았을까?

심장이 또다시 무겁게 뛰기 시작했다. 가슴속에 품은 사람이 버겁다는 듯한 움직임은 애처롭기까지 했다.

인애는 문을 향해 있던 시선을 돌려 새까맣게 물든 창밖을 바라보았다. 달이 밝은지 주변에 무지개색 달무리가 져 있었다. 그가 보여 주는 미소는 보름달이 뜨는 밤에 운이 좋아야 볼 수 있는 달무리처럼 아름다웠다.

달무리를 오래도록 바라보면 소원이 이루어진다지? 달무리를 닮은 그의 미소를 오래도록 바라볼 수 있는 날이 오면, 소원이 이루어질까.

달빛이 스민 상상 속의 세상은 요원하기만 했다.

뺨을 스치는 보드라운 감촉이 느껴졌다. 꿈을 꾸고 있는 거란 착각이 들었다. 누군가 새털같이 가벼운 손짓으로 얼굴을 어루만지고 있었다.

병실에 그 사람 말고 다른 사람이 들어왔나.

혹시 엄마가 오신 건가.

눈을 뜨고 싶었지만 뜰 수가 없었다. 가볍게 닿아 있던 손길이 아스라이 사라졌다. 인애는 약 기운에 취해 다시 까무룩 잠이 들었다.

다시 눈을 떴을 때는 아침 식사가 놓인 테이블이 병실 안으로 들어오고 있었다.

"일어나서 뭣 좀 먹어."

그는 침대 위에서 뒤척이고 있는 인애를 한 번 흘끗 보고는 읊조렸다.

"어제 혹시 엄마 다녀가셨어?"

"장모님?"

인애가 고개를 끄덕이며 몸을 일으키자 그는 단호하게 고개를 내저었다.

"아니, 안 다녀가셨어. 어제 잠깐 통화만 했어."

퉁명스럽게 굴면서도 사위 된 도리는 다하고 있었나 보다.

"장모님은 어제 부산에 내려가 계시더라고. 오늘 아침에나 올라올 수 있다고 하셨고, 장인어른도 같이 부산에 계신다고 하셨어."

엄마가 관장으로 있는 갤러리에서 부산에 기획 전시를 준비 중이라고 들었다.

"잠깐이라도 올라오셔서 얼굴 보고 가시겠다는 걸, 안심시켜 드렸으니까. 걱정하지 말고."

그는 식사용 테이블을 끌어다 환우용 침대를 가로지르도록 놓아 주었다. 수저까지 손에 쥐여 주는 친절이 어색했다.

"나한테 뭐 바라는 거 있어?"

인애가 무심코 던진 말에 그의 얼굴에 난감한 기색이 어렸다.

"오늘부터 집에 아주머니가 한 분 오실 거야."

"아주머니?"

의미를 알 수 없는 호칭에 미간이 절로 찌푸려졌다.

"당신 쓰러졌다고 하니까, 본가에서 사람을 보냈어. 진작 보내겠다고 하는 걸 내 선에서 막았는데, 이번에는 나도 막을 재간이 없었어. 손님방 내어 줘야 할 거야."

그는 다소 미안한 표정까지 지어 보였다.

"아, 집안일을 도와주겠다는 건 핑계고, 우릴 감시하러 오는 사람이 있다는 의미?"

인애의 질문에 그는 맞게 알아들었다며 고개를 끄덕거렸다. 그리고 내어 줘야 할 손님방은 그가 침실로 사용하는 곳이었다.

"이제 각방 쓰는 건 때려치워야겠다, 그치?"

호기로운 어조로 말하며 공깃밥 뚜껑을 열었다. 그는 어이가 없다는 듯이 대꾸했다.

"밥이나 먹어."

오늘따라 밥 냄새가 평소보다 더욱 구수하게 느껴졌다. 밥 한술을 떠서 입 안에 넣는데, 문득 지난밤에 뺨을 어루만진 손의 정체가 궁금해졌다.

"있잖아. 나 잘 때 간호사나 의사 다녀갔어?"

"체온 재러 두어 번 왔었어."

그는 간호사가 두어 번 다녀가는 와중에도 깨어 있었나 보다. 하지만 지난밤 부드러웠던 손길의 정체가 간호사는 아니지 싶었다.

간호사가 그렇게 애틋한 감정을 담아서 환자의 얼굴을 어루만지는 것은 이상한 일 아닌가.

"있잖아, 어제 혹시."

지나치게 방어적인 그의 시선이 인애를 향했다.

부릅뜬 눈이 애처로울 정도로 아름다웠다. 인애는 질문을 마저 던져야 할지 말아야 할지 고민했다.

"왜 말을 하다가 말아?"

그는 채근하는 투로 물었지만, 질문이 이어지기를 바라는 얼굴이 아니었다. 본인에게 곤란한 질문이 되리라는 것을 직감한 얼굴이다.

"아니야. 그냥."

인애는 숟가락을 내려놓고 젓가락으로 반찬을 집어 들며 대수롭지 않은 질문이었다는 듯이 중얼거렸다. 대거리가 계속될 거라고 생각했었는지, 예상 밖의 대응이라는 듯 그는 아주 약간은 당황한 눈치였다.

마치 고도의 심리전에서 우위를 점하고 있는 것처럼 심장이 기분 좋게 뛰기 시작했다. 누가 먼저 고지를 점령하게 될지는 두고 볼 일이지만, 새벽녘의 기억을 더듬어 보면 꼭대기에 깃발을 꽂는 이는 자신이 될 거라고 인애는 생각했다.

새털처럼 부드러웠던 손길, 그 손길의 주인이 그일 거라는 확신이 들었다. 미약하게나마 그도 동요를 일으키고 있는 게 분명했다. 하지만 얼마 되지 않는 시간 동안 그를 지켜본 결과 그는 기분을 드러내는 데 익숙하지 않은 것처럼 보였다.

그의 성장 환경에 비추어 보건대, 그는 자신의 감정을 솔직히 드러내는 것보다, 숨기고 죽이는 데 더 익숙할 것이다. 사사로운 마음을 드러내지 않는 것을 당연하게 여기며 살아온 사람이 느끼는 생경함을 콕 집어내서 지적하면 역효과가 날 게 분명했다.

당신도 나에게 끌리지 않았느냐고, 그래서 내 뺨을 어루만진 것 아니냐고.

이렇게 물었다가는 그는 철벽을 치며 물러날 게 뻔했다.

기다려야 했다. 그가 온전히 마음을 열 때까지, 아니면 스스로 폭발할 때까지.

그리고 그의 손길이 맞는지, 아닌지는 곧 확인해 보면 될 일이다. 도우미 아주머니가 오고 자연스럽게 같은 방을 쓰게 되면, 상황은 지금과 많이 달라질 것이다.

협소한 공간에 함께 있어도 서로를 충분히 무시할 수 있는 게 인간관계라지만, 무언가 싹트기 시작한 남녀라면 이야기가 다르다. 그의 마음을 아직은 명확하게 정의할 수 없지만.

어쩌면 어린 시절부터 봐 온 동생 같은 사람에 대한 연민일지도 모르고, 그로 인한 미안함의 일부일 수도 있다. 어릴 적 그는 올곧은 성정과 정의로운 가치관을 가진 사람이었다.

외양이 차가워졌다고 한들 세상에 선한 영향력을 미치고자 했던 그의 뜨거운 가슴만큼은 그대로일지도 모른다. 그런 기질을 지금까지 간직하고 있다면 그는 인애에게 미안함을 품고 있을 것이다.

그게 남녀 간의 호감이 아닌 인간 대 인간으로 갖는 연민 내지는 동정이라고 치더라도 그가 무미건조한 상태가 아니라는 게 다행이라는 생각이 들었다.

사랑은 신경이 쓰이는 것에서부터 시작되곤 한다. 이렇게 된 이상 그의 마음이 두 사람의 관계에 발전적인 영향을 줄 수 있도록 이끌어야만 했다.

그가 아내를 사랑하도록 만드는 것.

옅은 감정에 젖어 드는 것조차 오랜 시간이 걸리는 그를 인애는 얼마든지 기다릴 수 있었다.

"출근 안 해?"

식사를 마친 인애는 소파에 앉아서 랩톱 키보드를 두드리고 있는 그를 향해 물었다. 그는 미간을 좁힌 채로 화면을 응시하다가 이내 표정을 풀며 인애를 바라보았다. 푸른 하늘이 붉은 노을로 물드는 찰나 같은 눈길.

"퇴원하는 거 보고 갈 거야."

미묘한 그의 표정 변화는 인애에게 놀라운 몰입감을 안겨 주었다. 이내 그가 랩톱 화면으로 다시 시선을 옮겨 갔음에도 인애는 그의 얼굴을 계속해서 물끄러미 바라보았다.

풀어졌던 그의 미간이 다시금 좁아 들었다. 눈을 가늘게 뜨는 모양새를 보아하니 무언가 마음에 들지 않는 게 있는 듯했다.

"일이 잘 안 풀리나 봐?"

방해할 생각은 없었지만, 그의 얼굴을 관찰하다가 저도 모르게 입을 열고 말았다.

"좀 골치 아픈 일이 있어서."

그리 대답한 그가 인애를 바라보며 말을 이었다.

"근데 일이 안 풀리는지는 어떻게 알고 물어봐? 설마 내 일이 안 풀리길 바라는 건가?"

그는 자신이 질문을 내뱉어 놓고도 어이없다는 듯한 표정이었다.

"그렇게 나한테 사사건건 날 세우려고 노력하면, 안 피곤해? 당신이 마음에 들지 않는 걸 볼 때 짓는 표정을 하고 있으니까 물어본 거야."

인애의 대답에 그는 건조한 얼굴로 변해 갔다. 이제 알겠다. 저런 건조한 표정은 자신의 마음을 감추기 위한 그의 방어 기제라는 것을.

"빨리 집에 가고 싶다."

인애는 한숨 쉬듯 읊조렸다.

"의사 한 번 보고 바로 퇴원 절차 밟을 거야. 조금만 참아. 본가로 데려다줄까?"

그는 인애를 배려하여 말한 듯했지만, 인애로서는 전혀 그럴 생각이 없었다.

"오늘부터 남편 품에 안겨서 잘 수 있을 것 같은데, 친정으로 가야 할 이유가 있나?"

휘욱은 이제 포기했다는 듯이 얼굴조차 구기지 않았다. 더는 대거리를 할 의지조차 없는 것처럼 무감하게 업무에 집중한 그를 바라보며 인애는 속으로 생각했다.

물러서지 말고, 부지런히 다가가자고.

지금은 다른 곳을 보고 있는 사람일지도 모르지만, 언젠가는 이쪽을 바라볼 날이 올지도 모른다고.

그때까지 끈기 있게 기다려 보자고.

한번 결심한 일에서 물러서 본 적은 없었다. 결혼해서 부부가 된 마당에 물러설 이유도 없다. 사랑에 사로잡힌 인애의 입가에는 호기로운 미소가 오래도록 머물렀다.

　하루 하고도 반나절이나 뜻하지 않게 회사를 비운 탓인지, 휘욱은 늦은 밤이
되어서 집에 들어왔다. 퇴근하는 그를 인애는 그 어느 때보다 상냥하고 다정하
게 맞았다.

　"왔어? 피곤하지? 저녁은?"

　그의 팔에 가볍게 손을 얹으며 묻자, 그가 왜 그런 가식적인 말투를 쓰는지
궁금하다는 눈빛으로 인애를 비스듬히 내려다보았다.

　"먹었어."

　짧게 대답한 휘욱이 인애의 얼굴을 유심히 들여다보았다. 인애는 부엌 쪽을
눈짓으로 가리키며 더 진하게 웃었다. 때마침 부엌에서 나온 아주머니가 종종
걸음으로 다가왔다.

　"다녀오셨어요, 사장님. 내일부터는 퇴근 시간 미리 알려 주시면, 저녁 준비
와 다과 준비에 도움이 될 것 같습니다."

　"나한테 전화 줘. 아주머니께 전해 드리는 건 어려운 일 아니니까."

　그는 지금 본의 아니게 인애에게 퇴근 보고까지 하게 된 것이 마뜩잖은 눈치
였지만, 대놓고 티를 내지는 않았다. 알겠다는 대답을 순순히 내놓아서 오히려
인애는 싱겁다는 생각이 들었다.

　"어제 병원에서 잤더니, 좀 피곤하네요. 일찍 잘 겁니다."

　그가 이제 방해하지 말라는 듯이 말하자, 아주머니는 눈치껏 묵례를 하고는
물러났다. 곧장 침실로 들어가는 그를 인애는 달가운 마음으로 뒤따랐다.

　"샤워부터?"

　인애는 침실에 딸린 욕실 문 앞을 지나쳐 드레스 룸으로 향하는 그를 향해

물었다. 그는 묵묵부답이었다. 인애는 그가 슈트 재킷을 벗어서 옷걸이에 거는 동안, 서랍에서 그의 속옷과 갈아입을 옷을 꺼냈다.

옷장 문을 닫은 휘욱은 해사한 미소를 얼굴에 걸고 그의 속옷과 파자마를 들고 있는 인애를 노려보듯 했다. 그러고는 서랍 쪽으로 손을 뻗었다.

"유치하게 내가 꺼내 준 옷은 싫다. 다른 옷 꺼내 입을 거다. 이런 거?"

밝게 웃으며 물었는데도, 그는 묵직한 시선으로 인애를 바라보기만 했다.

"있잖아, 휘욱 씨. 우리 괜한 거로 힘 빼고 그러지 말자. 내가 하고 싶은 대로 두는 게 낫지 않아? 일일이 싸우는 것보다는 그게 편하지. 안 그래? 그리고 내가 당신한테 해코지하려고 이러는 거 아니잖아. 내 남편 챙기려고 이러는 거지."

인애는 손에 들고 있던 옷가지를 그를 향해 내밀었다. 그는 크게 숨을 한 번 들이마시고는 인애가 내민 옷을 받아 들었다.

"괜한 거로 힘 빼는 일은 너도 하지 마. 이래 봤자 달라지는 건 없어."

"이미 많이 달라졌는데?"

그의 말에 동의할 수 없다는 듯이 인애는 팔짱을 끼고는 고개를 비스듬히 기울여 그를 올려다보았다.

"내가 쓰러졌을 때, 당신이 내 옆에 있어 줬잖아. 그건…… 내가 앞으로 힘든 일을 겪을 때마다 당신이 내 옆에 있어 줘야 한다는 의미 아니야? 그리고 그건 나도 마찬가지지. 당신이 힘든 일을 겪게 되면, 내가 무조건 함께 있어 줄 거거든."

그는 잠시 할 말을 잃은 표정으로 인애를 바라보았다. 누가 때린 것도 아닌데 마치 한 대 얻어맞은 사람처럼 위로를 바라는 표정이기도 했다.

휘욱은 여태껏 자신의 편을 들어 줄 사람이 없는 환경에서 살아왔다. 그의 부모가 죽은 뒤, 세상에게서 처절하게 버림받은 사람처럼 퍽퍽하고 건조한 삶을 살아왔다는 것을 모르지 않았다.

"이제 내가 당신 편이 되어 줄게."

인애가 쐐기를 박듯 던진 말에 그는 또다시 무감한 얼굴이 되었다. 그의 방어 기제가 발동되면, 그만해야 한다는 것을 인애는 이미 깨우쳤다.

"난 그럼 서재에서 책 좀 보다 올게요."

두 걸음쯤 움직였을 때, 팔뚝에서 뜨거운 악력이 느껴졌다. 그의 손이 팔뚝을 부드럽게 움켜잡고 있었다.

"그만 포기해."

그가 한숨을 내뱉듯 읊조렸다.

"네가 그런다고 해서 달라지는 건 없어."

"아, 이 바닥에서 제일 먼저 깨우쳐야 하는 단어가 포기라고 했지? 그럼, 휘욱 씨는 포기하는 법을 알고 있다는 거네?"

그는 긍정도 부정도 하지 않았다.

"그런데 어떡하지? 나는 평생을 살아도 포기에 대해서는 배우지 못할 것 같은데. 휘욱 씨는 그걸 잘 아니까, 나한테 말한 거지?"

이번에는 어떻게 대답해야 할지 모르는 눈빛이었다. 인애는 진중한 마음을 담아 힘주어 말을 이어 나갔다.

"그럼 잘 아는 사람이 하는 편이 더 편리하겠네. 휘욱 씨가 포기해 줘. 나는 이 결혼 잘해 내고 싶어."

인애는 그를 뒤로하고 곧장 서재로 향했다. 휘욱의 본가에서 감시하기 위해 보낸 아주머니까지 있는 마당에 그가 인애에게 가타부타 말을 보태러 따라붙지는 않을 터였다.

참 피곤하게도 산다 싶은 생각이 들었다. 그의 본가에서는 그를 감시하는 눈을 붙이기 위해 호시탐탐 기회를 노리고 있었던 것처럼 느껴졌다.

점심때쯤 집에 온 아주머니는 인애와 휘욱의 일거수일투족을 궁금해했다. 곁에서 제대로 모시기 위한 정보를 얻으려 한다는 그럴싸한 말을 했지만, 보나

마나 그의 본가에 있는 누군가의 귀에 들어갈 게 뻔했다.

인애가 아무것도 모르는 순진한 새 신부처럼 해맑은 미소를 지으며 묻는 말에 따박따박 대답하자, 아주머니는 만족스럽다는 눈빛으로 은근히 경계를 늦추었다.

말 전하는 사람을 어떻게 하면 효과적으로 부릴 수 있을까?

그에게 보탬이 되는 일을 하려면 아주머니를 어떻게 활용해야 할지 고심해 봐야 할 것 같았다.

생각이 거기에까지 미치고 난 후, 인애는 문득 쓴웃음을 머금었다.

나는 모든 상황을 그에게 맞춰 가고 있구나.

그가 느끼고 있을지 모르지만, 인애는 지금 모든 일이 돌아가는 상황을 그에게 유리한 쪽으로 시뮬레이션하고 있었다. 남편이라는 사람은 아내를 밀어내는 데만 혈안이 되어 있는데.

"안 잘 건가?"

나직한 목소리가 들려온 건 인애가 그의 서가에 꽂힌 고전 문학 책에 손을 가져다 댔을 때였다. 인애는 책을 뽑아 들며 시선만 옮겨 그를 바라보았다.

"책 좀 보다가 잘 거라니까."

그의 젖은 머리카락 끝에 동그란 물방울이 아슬아슬하게 매달려 있었다. 인애의 시선이 잠시 물방울에 머물렀다가, 그의 얼굴로 향했다.

막 샤워를 마치고 나온 그의 안색은 평소보다 훨씬 투명했다. 맑은 안색 탓인지 그의 검은 눈동자가 더욱 깊고 어두웠다.

위험하리만큼 유혹적인 얼굴에 심장이 두근거리기 시작했다. 그가 느릿한 걸음으로 인애의 곁으로 다가왔다. 평소 그에게서 느껴졌던 흐릿한 내음이 폐부를 진하게 적셔 왔다.

날것 그대로의 물 냄새와 시원한 세이지 향, 그리고 그의 순수한 페로몬이 뒤섞여 흩날리는 통에 손톱 밑까지 열기가 올랐다.

"오늘 퇴원했으니 일찍 자는 게 낫지 않아?"

인애는 표 나지 않게 마른침을 삼키며 책을 서가 언저리에 두었다. 그러곤 자연스레 그의 어깨 위에 손을 올리자, 그는 놀라는 기색도 없이 직선적인 시선으로 인애를 내려다보았다.

"지금 당신이 날 유혹하는데, 내가 못 알아듣고 있는 건가?"

발꿈치를 살짝 들어 올려 그의 귓가에 속삭이자, 그가 단단한 팔로 허리를 감아 안았다. 말랑말랑한 여체가 그의 단단한 몸에 찰싹 달라붙었다. 좁은 가슴 속에서 심장이 거칠게 나뒹굴었다.

그의 입술이 정수리에 부드럽게 닿았다가 떨어졌다. 갑작스러운 그의 행동이 당황스러웠지만, 인애는 부드러운 미소를 머금으며 그를 올려다보았다.

그의 어깨를 잡고 있던 손으로 단단한 선을 따라 천천히 움직였다. 우직한 목덜미에 팔을 걸어 안듯이 하자, 그의 눈빛이 한층 더 깊게 가라앉았다. 그의 검은 눈동자가 느릿하게 굴러갔다.

고개는 돌리지 않은 채 그가 눈짓으로 가리키는 곳은 서재 밖이었다. 밖에 아주머니가 있음을 의식하라는 뜻 같았다. 인애는 소리 없이 아, 하고 알아들었다는 듯이 반응했다.

그러고는 그의 귓가에 재차 입술을 가져다 대고는 속삭였다.

"그래도 본가에는 우리가 잘 지내고 있다고 전하고 싶은 건가?"

그는 인애가 한 것처럼 조그만 귀에 대고 은밀하게 읊조렸다.

"아름다운 아내를 곁에 두고도 여전히 다른 여자한테 빠져 정신 못 차린다는 말이 들어가게 해서 책잡힐 필요는 없잖아?"

비뚜름한 그의 대꾸는 인애에게 완벽한 자극이 되어 버렸다. 휘욱은 인애가 자존심이 상해서 적당히 물러나기를 바란 것 같았지만, 그의 말은 인애의 처절한 독점욕에 불을 붙이고 말았다.

아내가 남편을 독점하고 싶은 건 당연한 욕구 아닌가.

인애는 다분히 충동적으로 그의 입술에 자신의 입술을 겹쳤다. 밖에서 염탐하고 있다는 사실을 의식한 탓인지, 그는 인애를 밀어 내지 않았지만 그렇다고 다가오거나 반기는 눈치도 아니었다.

인애는 힘이 빠진 그의 몸을 휙 돌려 단단한 등이 서가에 닿도록 했다. 그러고는 그의 단단한 몸에 자신의 몸을 더욱 가까이 밀어붙였다. 꾹 다물어져 있던 입술 새가 스르륵 벌어졌다. 뜨거운 혀로 밀고 들어가 축축하게 젖은 공간을 헤집었다.

결혼식 날 카메라 앞에서, 신혼여행 때 파리의 길거리에서 느꼈던 감각과는 완전히 다른 쾌감에 세포 하나하나가 올올이 일어나는 기분이었다. 짜릿한 전율이 살갗을 타고 뜨겁게 번져 갔다.

허리를 대충 감아 안고 있던 그의 팔에 힘이 들어갔다. 그의 고개가 급격히 기울어지며 맞닿은 젖은 공간이 깊숙하게 맞물렸다. 혀가 아프게 빨렸다.

"으음."

인애의 목울대에서 신음이 흘러나온 것도 동시였다. 그의 커다란 손이 인애의 등허리를 어루만지며 올라갔다가 쓸고 내려오는 온도가 뜨거웠다.

"으으음."

앓는 소리가 더욱 짙게 흘러나왔다. 허벅지 사이로 그의 단단한 다리가 파고들었고 인애는 까치발을 하고 있던 오른쪽 다리를 그의 허리에 감았다. 그에게 더욱 가까이 닿고 싶은 간절한 마음에 몸이 본능적으로 움직였다.

커다란 손이 허벅지 아래를 받쳐 들었다. 열기가 솟구쳐 올라 몸속이 전부타 버릴 것만 같았다.

"흐읏."

인애는 고개를 비틀며 입술을 떼어 냈다. 자신이 먼저 시작한 키스였지만, 이제 감당할 수 없을 만큼 벅차오른 열기를 견딜 수가 없었다. 더운 숨이 연신 터져 나왔다. 그는 인애의 어깨 위에 이마를 얹은 채로 성긴 숨을 고르고 있었다.

달아오른 그의 숨결이 흐트러진 가운 속으로 스며들었다. 철벽을 치고 거부하는 말을 쏟아 내며 인애를 밀어내는 그였지만, 그도 본능의 발화 앞에서는 속절없이 무너지는 인간 중의 하나일 뿐이었다.

인애는 그의 본능을 저울질하듯 그의 목덜미에 입술을 가볍게 댔다가 떼어 냈다. 그러자 그의 목울대에서 열기가 끓어오르는 소리가 거칠게 흘렀다.

"그만."

꾹 다문 잇새로 연기 같은 목소리가 새어 나왔다. 인애는 더운 숨을 몰아쉬며 매혹적인 목소리로 물었다.

"나머진 침대로 가서?"

그가 인애에게서 한 걸음 뒤로 물러서며 낮게 쉰 목소리로 대꾸했다.

"다시 한번 말하지만, 너랑 내가."

그는 마치 스스로 다짐하는 것처럼 읊조리고 있었다. 목소리는 그 실체가 의심스러울 만큼 아스라했다.

"그러는 일은 없을 거야."

애처로울 정도로 단호한 말이었지만, 어쩐지 확신할 수 없다는 분위기였다. 아니면 인애가 그렇게 생각하고 싶은 것일지도 모르겠다.

"그러는 일? 그게 뭘까?"

인애는 한 걸음 그에게 다가서며 조용히 물었다.

"섹스?"

그를 비스듬히 올려다보며 묻자, 창밖을 향해 있던 그의 시선이 이내 인애에게 다가왔다. 그의 검은 눈동자는 어둠을 흡수하는 재주라도 있는 걸까. 창밖의 어둠을 모조리 빨아들인 것처럼 어둡고 탁한 눈빛은 위협적일 정도였다.

"사랑 없이 하는 섹스에는 관심 없다고 말했을 텐데?"

바깥으로 새어 나가지 않도록 한껏 낮춘 그의 목소리가 공기 중으로 아슬아슬하게 흩어졌다.

"섹스하다가 사랑하게 될 수도 있지 않나?"

인애의 천연덕스러운 대답에 그는 진심으로 당황한 듯했다. 그는 자신의 가치관에 부합되지 않는 더러운 말이라도 들었다는 듯이 미간을 구겼다.

"전후 관계야 어쨌든. 당신이랑 나는 그 두 가지를 함께해야 하는 부부야. 섹스건, 사랑이건. 알겠어?"

인애는 조용히 읊조리고는 먼저 서재 방을 빠져나왔다. 집안일을 마무리하다가 마주친 것처럼 아주머니는 해사한 미소를 지으며 인애에게 눈인사를 건넸다.

"저 사람이 요즘 일이 많아서 예민해요. 퇴근하고 집에 돌아온 후에는 편히 쉴 수 있게 되도록 주변에서 집안일하시는 건 삼가 주시면 좋겠어요."

"알겠습니다, 사모님."

"그럼, 아주머니도 이만 쉬세요."

인애가 부드럽게 말을 건네는 사이, 그가 서재 밖으로 나왔다. 인애는 애정 가득한 얼굴로 바라보며, 그의 허리를 감싸 안았다.

"일 더 해야 한다더니, 나 재워 주려고?"

사랑스러워 죽겠다는 듯이 묻자, 그는 당황한 기색도 없이 인애의 어깨를 감싸 안으며 대꾸했다.

"그냥 나도 당신 옆에서 쉬고 싶어서."

누가 보면 서로 죽고 못 사는 신혼부부의 대화라고 생각할 것이다. 두 사람의 언행이 너무 노골적이었는지, 아주머니는 서둘러 문간에 있는 손님방 안으로 사라졌다.

그러는 동안 둘은 서로를 욕망하는 연인처럼 부둥켜안은 채 침실로 향했다. 방문이 닫히자마자, 그는 인애의 어깨에서 매정하게 손을 떼어 냈다. 인애도 그의 허리에서 손을 뗀 것은 마찬가지였다.

인애는 가운을 벗고 연한 레몬색 슬립 차림으로 침대에 누웠다. 얇은 실크 아래로 부드러운 여체가 고스란히 드러났다. 그러고는 작은 손으로 옆자리를 우아하게 톡톡 치며 말했다.

"내 옆에서 쉬게 해 줄게. 얼른 와."

그의 얼굴에 낭패감이 어렸다. 자신이 내뱉은 말을 똑같이 따라 하며 웃고 있는 인애를 어쩌지 못해서 약간은 분노한 것처럼 보이기도 했다.

"어서."

그는 마지못해 발걸음을 옮기는 사람처럼 침대로 다가왔다. 그러곤 의식한 것처럼 침대 끝에 아슬아슬하게 몸을 눕혔다. 안쓰럽게 이불 안으로 들어오지도 못하고 누워 있는 모습이 귀여웠다.

이 남자는 정말 알다가도 모르겠다는 생각이 들었다. 세상 전부를 다 알고 있는 것처럼 거만하고 오만하게 구는데도, 가끔 이렇게 어쩔 줄 몰라 하는 모습을 언뜻 보일 때면 마치 어리숙한 소년 같았다.

아직 첫사랑조차 경험해 보지 못한 남자처럼.

"잘 자."

이쯤 해 두는 게 좋을 것 같아서 말을 건넸다.

"윤인애. 너는 사랑 없는 섹스가 가능하다고 생각해?"

이제껏 속을 숨기는 말만 하던 그였는데, 지금의 질문은 그의 속마음을 여과 없이 드러내고 있다는 확신이 들었다.

Fifth Piece

고통은 지나가고, 아름다움은 영원히 남아.

― 오귀스트 르누아르

어떻게 대답을 해야 이 남자가 더 당황해서 재미있는 표정을 보여 줄까?

어떻게 대답을 해야 이 남자가 마음을 닫으며 물러서지 않고, 더 가까이 다가올까?

휘욱을 당황하게 할 대답을 내놓고 존재를 분명히 할 것인지, 그가 마음에 들어 할 만한 대답을 내놓고 아양을 떨어야 하는 건지 모르겠다.

분명한 건 둘 다 마음에 차지 않는다는 사실이었다. 인애는 그의 기분을 재지 않고, 솔직해지는 방법을 택하기로 했다.

"사랑 없는 섹스……. 나도 싫어."

그가 방어 기제를 발동하면 물러서곤 했지만, 지금은 그러고 싶지 않다.

휘욱이 상체를 일으켜 세우며 인애를 내려다보았다. 인애는 포근한 이불을 허리께까지 올려 덮은 채로 그를 올려다보았다. 실크 슬립을 입은 탓에 앙가슴이 아슬아슬하게 드러났지만, 그의 곧은 시선은 인애의 눈동자를 벗어나지 않았다.

저런 남자가 내연녀를 두고 결혼을 했다고?

결혼했는데도, 내연녀를 끼고돈다고?

올곧은 눈빛으로 사랑 없는 섹스는 부당한 짓이라고 말하는 듯한 남자가?

"나는 사랑하지 않는 사람하고 섹스할 생각 없어."

인애는 그의 곧은 시선을 받아 내며 분명한 어조로 대답했다. 그의 눈동자가 동요를 일으켜 일렁이고 있는 것처럼 보이는 것은 착각이 아닌 것 같다.

기 싸움 같은 강렬한 침묵이 계속되었다. 사랑하지 않는 사람하고 섹스할 생각은 없다고 했지만, 인애는 그와의 섹스를 언급했고, 결론적으로 그를 사랑하고 있다고 고백한 거나 다름없었다.

휘욱이 인애의 말에 담긴 속뜻을 못 알아들었을 리 없다. 하지만 그는 태연하게 고개를 돌려 버렸다.

아무것도 듣지 못했다는 듯이, 그래서 아무것도 알아듣지 못했다는 듯이.

세상에 대꾸 없이 무시하는 것만큼 상대의 뜻을 쉽게 뭉개 버리는 방법은 없을 것이다. 그는 인애가 덮고 있는 이불을 들칠 생각도 하지 않고 그대로 누워 버렸다. 등을 돌리고 모로 누운 그의 뒤통수를 인애는 물끄러미 바라보았다.

"그렇게 쏘아본다고 내 뒤통수가 뚫리겠어? 아니꼬우면 그냥 한 대 치든가. 남편이 다른 여자한테 빠져서 정신 못 차리는 거, 화나지 않아?"

그가 너는 어떻게 나를 사랑할 수 있느냐는 말을 에둘러 하고 있었다. 그리고 평소와 달리 격해진 기분을 고스란히 드러내며 말을 길게 늘어놓았다.

인애는 아무런 대꾸도 하지 않았다.

세상에 대꾸 없이 무시하는 것만큼 상대의 속을 쉽게 끓어오르게 하는 방법은 없을 것이다.

휘욱이 마침내 고개를 돌렸다. 그는 여러 가지 생각이 뒤섞여 혼란스러운 눈빛을 하고 있었다.

마치 고심해서 세운 작전이 통하지 않아 낭패감이 어린 지략가의 눈빛 같기도 했고, 아직은 사랑을 이해할 수 없는 소년의 눈빛 같기도 했고, 세상을 전부

176

알아 버려서 지친 어른의 눈빛이기도 했다.

인애는 할 수 있는 한 가장 고운 미소를 머금으며 상냥한 목소리로 속삭였다.

"잘 자."

스스로 생각하기에도 적당한 거리감이 느껴지는 성숙한 어른의 목소리가 청명하고 태연하게 흘러나왔다.

지금까지 그와 벌인 대거리는 가벼운 장난질이라도 되는 것처럼.

그러니 당신도 복잡한 생각은 하지 말고 가벼이 넘기라는 것처럼.

그렇게 인애는 그에게 감정적 면죄부를 건네주듯이 잠자리 인사를 건넸다. 충격을 받은 듯 감정을 쏟아 낸 그가 혼란을 겪는 모습이 안타까웠다.

사랑이 뭐라고, 아내의 고백이 이토록 버거운 남자가 세상에 또 있을까?

보통의 경우라면 이해할 수 없는 이 남자의 혼란조차도 안쓰럽다 느끼는 나는 또 얼마나 미련한 외사랑에 빠진 것인지.

인애가 전형적인 미소를 머금었다. 그저 무감한 근육의 움직임이었다. 순간 그가 멍한 표정을 지었다.

그의 머릿속에 담겨 있던 생각이 중력을 이기고 공기 중으로 흩어지는 게 눈에 보이는 듯했다. 그는 돌연 건조한 표정으로 돌아왔다.

사랑에 빠지는 것은 자신의 모습을 잃어버리는 일인가 보다. 그를 향한 집념과 고민이 인애의 정체성을 모호하게 만들고 있었다.

인애는 잠을 청하려 먼저 눈을 감았다. 그가 곁에서 조금씩 움직일 때마다 천과 천이 닿아 스치는 소리가 야릇하게 들려왔다.

⸻ ● ⸻

소란스러운 말소리가 시끄럽게 울리다가도 인애가 등장하면 뚝 멈추었다. 요즘 갤러리 직원들이 삼삼오오 모여 있는 곳에는 어김없이 인애에 관한 이야기가 흘러나왔다.

유치하게 시비를 걸어오는 사람은 조 과장뿐이었고, 나머지는 모두 뒤에서 수군거렸다. 앞에서 대놓고 시비를 거는 조 과장은 양반이라고 해야 하나. 인애가 얼마 지나지 않아 갤러리를 그만둔다는 소문도 돌고 있다고 했다.

정작 인애 본인은 아직 거취를 정하지 않았음에도, 뜬소문은 여러 가지 카테고리로 정형화되어 그럴싸한 사실인 것처럼 퍼져 나갔다.

"과장님, 신경 쓰지 마세요. 헛소문이니까 금방 가라앉을 거예요."

웃으며 인애를 위로하려 애쓰는 착한 김 대리였지만, 요즘 김 대리를 두고도 괴소문이 돌아서 마음고생을 하는 눈치였다.

"김 대리."

그러지 말라고 하는데도 오늘도 역시 점심시간이 끝난 직후 아이스아메리카노를 사 들고 오는 김 대리를 인애가 나직한 목소리로 진지하게 불렀다.

"네, 과장님?"

분위기가 심상치 않다고 느꼈는지, 김 대리는 잔뜩 긴장한 듯 놀란 토끼 눈이 되어 인애를 바라보았다.

"잠깐 나랑 이야기 좀 하자."

인애의 일거수일투족에 눈과 귀를 열고 있는 이들이 대거 포진해 있는 사무실에서 나눌 만한 이야기는 아니었다.

소회의실로 들어서자 김 대리가 어두운 낯빛으로 인애를 바라보았다. 김 대리의 눈동자에는 정체를 알 수 없는 염려가 묻어났다. 인애는 어떤 말부터 꺼내야 할지 잠시 고민했다.

일단 이야기를 하자고 불러내기는 했지만, 자신 때문에 곤란한 일을 겪고 있는 직원에게 섣불리 말을 했다가는 상처를 입히게 될까 봐 두려웠다. 고심하며 말을 고르고 있는데, 김 대리가 먼저 쭈뼛거리며 입을 열었다.

"과장님, 혹시 갤러리 그만두세요?"

어쩐지 목소리가 젖은 것처럼 느껴져서 눈을 맞췄더니, 아니나 다를까 김 대리의 눈가에 눈물이 그렁그렁하다.

"아니. 내가 왜?"

"자꾸 다른 직원들이 과장님 그만두신다고 해서요. 진짜 그만두시는 줄 알고……. 아, 다행이다."

김 대리는 그제야 긴장한 얼굴을 풀며 특유의 귀염성 짙은 미소를 머금었다.

"있잖아, 김 대리."

"네, 과장님. 말씀하세요."

밝은 목소리로 대꾸하는 김 대리를 마주하자, 인애도 어쩔 수 없는 웃음이 흘러나왔다.

"나 때문에 괜한 욕 먹지 말고, 좀 거리를 두는 게 어떨까? 커피도 이제 그만 사 오고."

김 대리의 미간이 슬쩍 구겨졌다. 혼낸 게 아닌데, 혼난 것 같은 얼굴이다.

"김 대리 언짢아지라고 하는 말이 아니라."

인애가 잠시 머뭇거리자, 김 대리가 얼른 말을 받았다.

"과장님, 저 처음 갤러리 출근한 날부터 첫 월급 받는 날까지 한 달 동안 과장님이 밥 사 주신 거 기억하세요? 저 학자금 대출 다 갚고, 월세 보증금 마련해서 갤러리 근처에 방 얻을 때까지 출퇴근길에 차로 태워 주신 거는요? 기억하시는 거죠?"

김 대리는 의아하다는 듯이 물었다.

"그럼, 기억하지."

"저 과장님 덕에 돈 아껴야 할 때 아낄 수 있었고요. 몸이 고생해야 할 때, 편하게 다녔어요. 지금도 제가 저지른 일은 다 과장님이 수습해 주시잖아요. 제가 갤러리스트로서 어떤 역할을 수행해야 하는지 알려 주신 것도 과장님이셨고요."

김 대리는 울컥하는지 입술을 꾹 한 번 다물었다가 재빨리 다시 말을 이었다.

"저는 솔직히 갤러리스트가 되고 싶었지만, 심미안은 없는 사람이었어요. 이 일이 멋있어 보인다는 이유로 아무것도 모르고 뛰어들었는데, 운이 좋게도 정말 멋진 과장님을 만나게 됐어요. 그래서 없던 심미안도 이제 조금씩 생기는 것 같아요. 어떤 게 아름다운 건지 이제 조금 알 것 같아요. 과장님 덕분에요."

"낯간지러워서 못 듣겠다."

인애가 발걸음을 옮기려고 하자, 김 대리가 막아섰다.

"갤러리스트가 아닌, 다른 직업을 가지고 살아가게 되더라도 삶에서 아름다움을 발견하는 게 얼마나 가치 있는 일인지 알려 주신 과장님께 감사하면서 살 거예요. 사소한 일상에서 아름다움을 발견하는 사람은 우울할 일도, 고독할 일도 없을 거고. 스스로 삶을 저버리는 어리석은 일도 하지 않을 거라고 그러셨죠?"

에둘러 말하는 듯했지만, 김 대리의 내면 깊숙이 들어 있는 아픈 과거를 고백하는 것 같아서 말을 멈추게 하기가 어려웠다.

"아침에 일어나서 햇살이 비추는 곳마다 생생히 살아나는 색감의 아름다움을 발견하고 나면, 하루가 행복하다고 말씀하셨던 거 기억나세요? 저는……. 그래서 살았어요."

기회가 되었으니 다 털어놓을 작정인가 보다.

"제 생명의 은인 같은 분한테, 커피 한잔 사 드리는 것도 안 되는 일인가요?"

김 대리의 진심을 저버리는 것은 큰 잘못을 저지르는 일처럼 느껴졌다. 인애는 너무 쉽게 긍정하거나, 부정하면 어렵사리 내뱉은 진심을 가벼이 여기는 것처럼 보일까 봐 아무런 대답도 하지 못하고 가만히 있었다.

"근데 지금 저 밖에 있는 사람들은 제 인생에 아무런 영향도 미치지 못한 사람들이에요. 저 사람들이 무슨 헛소리를 하든 저는 상관없는데요? 과장님은요?"

급기야 씩씩거리기 시작한 김 대리를 달래려 인애가 상냥한 웃음기를 머금으며 짧게 대꾸했다.

"나도."

"물론 월급 주시는 관장님은 빼고요."

김 대리의 솔직하고도 유쾌한 발언에 인애는 두 손 두 발 다 들 수밖에 없었다.

"많이 컸네, 우리 김 대리."

"키워 주셨으면 끝까지 책임을 지셔야죠. 컸다고 밀어내시는 거 아니에요."

입술을 샐쭉 내밀며 뾰로통한 표정을 짓는 김 대리를 나무라려는데 휴대전화가 보란 듯이 울렸다. 발신인은 특별한 일이 없으면 전화할 일이 없는 남편이라는 사람이었다.

인애가 자리를 비켜 달라는 눈짓을 보내자, 눈치 빠른 김 대리는 알겠다고 고개를 끄덕이고는 회의실 밖으로 나갔다.

이유 없이 걸려 온 전화가 아니라는 것을 알기에 인애는 심호흡을 한 번 했다. 전쟁터에 나갈 것도 아닌데, 전열을 가다듬는 병사처럼 비장해지는 기분이다.

"여보세요?"

— 잠시 통화 가능한가?

통화 여부를 묻는 그의 목소리는 지극히 사무적이었다. 감정을 섞을 필요도, 이유도 없다는 듯이 당연한 건조함이 묻어났다.

"가능하니까 받았겠지. 무슨 일이야?"

그의 목소리가 건조할지언정, 인애의 어조는 상냥하기만 했다. 수화기 너머에서 잠시 침묵이 흘렀다. 인애의 대답을 듣지 못한 것은 아닐 텐데, 그는 아무런 말도 하지 않았다.

"여보세요?"

인애가 귀에서 휴대전화를 떼어 내어 화면을 한 번 확인했다. 통화 중이라는 표시와 함께 시간이 흘러가고 있었다.

— 어. 다름이 아니라. 오늘 저녁에 이설 자동차 재단 설립 관련 사전 미팅이 있어. 세미 칵테일파티 형식으로 진행되는데, 참석해 줬으면 좋겠어.

그가 신혼여행에서 돌아온 날 했던 말이 머릿속에 떠올랐다.

'이설 자동차에서 설립할 재단에서 일해 줬으면 해.'

마치 그때 대화의 연장선에 있는 것처럼, 그는 재단 설립 사전 미팅에 참석하라고 말하기 위해 전화한 거였다.

"내가 참석하는 목적은?"

인애는 뻔히 알면서도 그의 대답을 듣고 싶었다. 그가 어떤 대답을 하느냐에 따라 참석 여부를 결정할 생각이다. 그가 고민에 빠진 듯 휴대전화 너머에서 답답한 침묵이 흘렀다. 결국 먼저 침묵을 깬 것은 인애 쪽이었다. 주관식이 어려우면, 객관식 문제를 내 줘야 했다.

"내가 당신 파트너로 참석하는 거야? 아니면 정말 재단에서 일하길 바라고 부르는 거야?"

— 둘 다.

망설임 없는 그의 대답이 반은 마음에 들고, 반은 마음에 들지 않았다. 이런 상황에서 1%의 가능성은 감정에 의해 좌우되는 경우가 종종 있다. 지금 인애의 결정이 그러했다. 51 대 49로 그의 파트너로서의 자격이 더 깊숙이 마음속으로 들어와 버렸다.

"언제, 어디로 가면 되는데?"

— 갤러리로 차 보낼게.

"나는 언제, 어디로 가면 되는 거냐고 물었는데? 오늘 차 놓고 퇴근하면, 나는 내일 아침에도 당신이 배차한 수단으로 출근해야 하잖아. 그게 얼마나 불편한 일인지 알아? 서로 불편하고 신경 쓰이는 일은 안 했으면 좋겠어."

일부러 뜻한 것은 아니었지만, 딱딱하고 다소 날카로운 어조가 흘러나왔다.

― 참, 너는.

그가 다소 당황스럽다는 듯이 읊조렸다.

― 알다가도 모르겠다.

별말이 아닌데도 심장이 물결치듯 일렁거렸다.

인애는 소리 나지 않게 숨을 한 번 고르고는 대꾸했다.

"뭘 알다가도 모르겠다는 말이야?"

― 하루, 하루 너무 다른 사람이라. 알다가도 모르겠다고.

그가 기민한 대답을 내놓으며 자세한 언급을 회피했다.

"아무튼, 장소랑 시간 문자로 보내 줘. 알아서 갈 테니까."

이제 더는 통하지 않을 거라고 생각했는지, 그도 순순히 동의하며 통화를 마쳤다. 아까부터 파도 위에 오른 듯 일렁거리던 심장이 진정할 줄을 모르고 흔들렸다.

알다가도 모르겠다는 그의 말을 인애는 몇 번이고 곱씹었다.

전부를 다 줄 수 있을 것처럼 사랑을 논했다가, 차갑고 건조하게 선을 긋는 모습이 이해가 되지 않았던 것일까? 의도치 않은 간극이 그의 흥미를 조금이라도 북돋웠을까.

그의 관심을 끌기 위해서는 냉탕과 온탕을 오가며 감정을 바삐 조절해야 할까.

생각은 망상이 되고, 망상은 집착이 되고, 집착은 끝내 처절한 후회가 되지는 않을까.

결국 나중에 후회하는 쪽은 누구일까, 사랑을 고백한 어리석은 아내일까, 아내를 사랑하지 않는 무정한 남편일까?

태어나서 이토록 깊은 상념에 오래도록 빠져 본 적은 없었던 것 같다.

사랑은 때론, 너무 깊은 고뇌에 빠뜨려서 현실 감각을 잃게 만든다. 그래서 심장이 터질 것 같은 착각에 빠질 만큼 빠른 속도로 뛸 수 있는 것인지도 모른다.

오늘 저녁 사전 미팅은 부부로서 처음 공식 석상에 나가는 거나 다름없었다. 허망한 거짓 연기인 줄 알면서도, 그의 남편 연기가 기대돼서 입가에 엷은 미소가 감돌기 시작했다.

———————— ● ————————

그가 파티 장소라고 알려 준 건물은 경희궁길에 자리 잡고 있었다. 퇴근 시간대의 서울 도로는 당연하다는 듯이 막혔고, 인애는 예정된 시간보다 20분쯤 늦게 건물 앞에 도착했다.

인애의 차가 멈춰 서자, 턱시도를 차려입은 모델 같은 남자가 다가와 운전석 문을 열어 주며 말했다.

"주차는 제가 하겠습니다. 대표님께서는 미술관 입구에서 기다리고 계십니다."

인애가 아는 한 이곳에 미술관은 존재하지 않았다. 이설 자동차에서 설립할 재단에서 일해 줬으면 한다는 그의 목소리가 다시금 귓가를 스치는 듯했다.

어렴풋이 짐작해 보건대, 이곳은 아마도 이설 자동차 소속 재단에서 운영하게 될 미술관인가 보다.

발레파킹을 도와줄 남자에게 묵례한 인애는 미술관 계단으로 걸음을 옮겼다. 하얀 대리석으로 만들어진 계단은 그 정교한 세공에서부터 사람을 압도했다. 계단 양옆에는 헬레니즘 양식을 빌린 천사 조각상이 줄지어 서 있었다.

마치 밀로의 비너스가 허리에 두르고 있는 천처럼 정교하고 풍성한 아름다움이 느껴지는 천사의 옷자락은 인애의 시선을 끌 만했다.

"마음에 들어?"

나직한 목소리가 들려온 것은 계단참에 올라섰을 때였다. 시선을 돌리자 턱

시도를 입은 모델 같은 남자가 서 있었다. 아까 그 발레파킹 기사와 다른 게 있다면, 이 남자는 아무 관심 없는 타인이 아닌 심장을 뒤흔드는 남편이라는 거다.

"멋지네. 누가 보면 루브르에 있는 밀로의 조각상을 천사로 둔갑시킨 줄 알겠어."

그의 얼굴에 만족스러운 미소가 어렸다. 의도한 바를 정확히 인식했다는 표정이다.

"그럼 들어가지."

인애는 알겠다며 고개를 끄덕이고는 그가 내민 팔에 손을 살포시 얹었다. 주출입구를 지나 전시관으로 보이는 방향으로 들어가는 로비는 낮이면 채광을 충분히 받아 비싼 대리석 마블링의 결을 살아 있는 것처럼 감상할 수 있을 것 같았다.

"돈 많이 들였겠네."

인애는 그의 기분이 상하지 않도록 상냥한 어조로 말했다. 그는 고개를 한 번 끄덕거리고는 대꾸했다.

"파티장으로 들어가기 전에 보여 줄 곳이 있어."

그는 메인 파티가 진행되고 있는 1층으로 향하지 않고 로비에 있는 엘리베이터 앞에 멈춰 섰다. 파티장 안에서 퍼져 나오는 미디엄 템포의 팝 음악이 가슴을 둥둥 울렸다.

"어딜 가는데?"

왠지 불길한 예감이 앞섰다. 그가 집무실 같은 공간을 소개해 주며 앞으로 여기서 일하라고 말할 것만 같은 기분이 들었다. 그러면 어떤 말로 이 어마어마한 일을 거절하고, 소신껏 커리어를 지켜 나가야 할까.

그는 아무런 대꾸도 하지 않은 채 엘리베이터에 올라탔다. 인애는 불안한 호기심을 숨기고 그의 뒤를 따랐다.

2층에서 엘리베이터가 멈춰 서자, 컴컴한 어둠이 눈앞을 가로막았다.

"잠시만."

등 뒤에서 엘리베이터 문이 닫혔고, 그는 어둠 속으로 걸음을 옮기며 순식간에 시야에서 사라졌다. 창이란 창은 모조리 막아 놓은 듯 답답하고 퀴퀴한 공기가 느껴졌고, 적응되지 않는 어둠이 약간은 공포스러울 정도였다.

"뭐 하는 거야?"

크게 목소리를 내자, 메아리처럼 되돌아왔다. 짐작건대 전시실의 규모가 1층 전부를 합쳐 놓은 만큼 큰 것 같았다.

"잠시만, 불 좀 켜고."

반대편 멀리에서 그의 목소리가 들려왔다. 그의 목소리도 메아리처럼 왕왕 울리기는 마찬가지였다.

순식간에 눈앞이 밝아졌다. 그새 어둠에 익숙해진 탓에 인애는 미간을 찌푸리며 눈을 가늘게 떴다.

"대체 뭐."

그가 곁으로 다가오는 게 흐릿하게 보였다. 시야를 가다듬자, 눈동자는 자연스럽게 거대한 전시물 쪽으로 향했다.

흉물스럽게 녹이 슨 쇳덩이들이 연구대로 보이는 스테인리스 테이블 위에 줄지어 늘어서 있었다. 그리고 공간을 빙 두른 연구대의 한가운데 뼈대만 남은 구조물이 아슬아슬하게 놓여 있었다.

"이게 뭐야?"

묻는 순간 어렴풋이 짐작이 갔다. 한가운데 놓인 뼈대는 자동차의 프레임이었다.

"1950년에 이설 자동차에서 처음 만들었던 자동차야. 안타깝게도 시험 운전도 하지 못하고 창고에 처박혔지만."

그가 아득한 그리움이 묻어나는, 애정이 가득한 시선으로 녹슨 쇳덩이들을 바라보고 있었다.

"여기서 지금 복원하는 중이야. 복원이 완료되면 미술관 마당에 있는 유리
전시실 가운데 놓일 거고, 미술관의 상징이 될 거야."

그가 자신의 일에 대해 이토록 진지하게 설명하는 모습은 처음 본다. 하긴
부부라고는 하지만 서로의 생각이나, 관심사, 직업적 사명감 같은 것을 논할 기
회는 없었다.

"그런데 그 과정에서 애를 좀 먹고 있는데."

"다시 말하지만 나는 내 일을 그만둘 생각이 없어요."

그는 눈을 한 번 지그시 감았다가 뜨며 대꾸했다.

"아니, 여기서 일해 달라는 게 아니라. 미술 복원 전문가를 섭외하는 일이
쉽지 않아서. 혹시 도와줄 수 있어? 자동차를 복원하는 일도 오래된 작품을 복
원하는 일과 같아. 여러 곳에 연락해 봤는데, 이런 복원은 처음이라 할 수 없다
는 답변만 받았어."

돈으로 움직이는 시장이라지만, 자신의 명예를 떨어뜨릴 수 있는 일에는 꿈
쩍도 안 하는 법이다. 실험적인 일에 쉽사리 나설 사람은 없을 것이다.

"적당한 사람이 있는지 알아봐 줄 수 있어? 이쪽 일은 나보다 더 전문가잖
아."

"이러다 복원 작업 자체가 내 일이 되면? 나도 갤러리스트일 뿐이지, 복원
작업을 지휘해 본 적은 없어."

만약의 경우를 대비해 방어적인 대답이 흘러나왔다.

"우리 어머니가 하시던 작업이었어."

그의 목소리에 어려 있던 그리움의 정체를 이제야 알 것 같았다.

"당신이 마무리해 줬으면 해."

나직한 목소리가 들려온 쪽으로 고개를 돌리자, 그가 간절한 눈빛으로 인애
를 바라보고 있었다.

부부가 되고 처음으로, 아니 두 사람의 결혼 이야기가 나온 이후 처음으로 보는 그의 진정성 어린 모습 같았다. 그는 온 마음을 다해 이 일을 마무리해 달라고 부탁하고 있었다.

"당신한테 꽤 중요한 일 같은데?"

인애는 알고 있으면서도 확인하듯 물었다.

그가 대표로 있는 이설 자동차에서 처음 만든 자동차, 그리고 그의 어머니가 돌아가시기 전까지 진행해 오던 복원 사업. 그에게는 커리어적인 측면뿐만 아니라, 정신적인 측면으로도 굉장히 중요한 사업일 것이다.

이런 사업을 허울뿐인 아내에게 맡아 달라고 부탁하는 이유가 뭘까?

섣불리 벅차오르려는 가슴을 애써 달래듯 숨을 한 번 고르자, 그가 입을 열었다.

"네가 해 줬으면 하니까."

그가 내뱉은 대답에 심장이 마구잡이로 뛰어 댔다. 왜 나를 사랑하느냐고 물으니, 너니까 사랑한다는 대답을 들은 기분이었다. 그의 감정을 추월해서 망상에 빠지는 어리석은 짓은 하고 싶지 않았지만, 기분이 좋아지는 것은 어쩔 수 없었다.

"생각해 볼게."

미지근한 대답을 내놓자, 그는 그럴 줄 알았다는 표정으로 고개를 한 번 주억거렸다. 묻고 싶은 게 많았다. 그의 어머니는 어떤 방식으로 이 복원 사업이 진행되기를 원했는지. 중요한 줄은 알지만, 그가 이 사업에 어떤 의의를 두고 있는지.

하지만 인애는 적당한 긴장감을 유발할 만한 거리를 유지하기 위해 입을 다물었다. 지금껏 이 결혼에 있어서 마음을 졸이고 안달이 났던 쪽은 인애였다. 그가 원하는 바를 얻기 위해서 치열하게 마음을 다했던 일은 없었다는 의미다.

그가 달아오르는 모습을 보고 싶었다. 그게 아내 윤인애에 대한 사랑 때문이 아니라, 업무적인 영역에 국한된 것일지라도. 안달이 난 그의 모습이 보고 싶어졌다.

볼 수 있을까? 어떤 방식으로든 나한테 미쳐 있는 모습을…….

인애는 속으로 가만히 물으며 그를 올려다보았다.

"내려갈까, 이제?"

고개를 한 번 끄덕이자, 자상한 남편의 모습을 덧씌운 그가 인애를 에스코트했다.

1층의 분위기는 적막함이 공기처럼 존재했던 2층과는 사뭇 달랐다. 각계각층의 유명 인사들과 SNS에서 핫한 인플루엔서들이 모인 파티장은 시끌벅적했다. 벽에는 기획 전시의 일종으로 보이는 사진들이 전시되어 있었다.

칵테일파티식으로 진행되는 사전 미팅이라고 하기에 고루한 공간을 떠올렸는데, 예상과 달리 미술관 1층은 5성급 호텔의 고급 라운지 클럽을 옮겨 놓은 것처럼 호화찬란했다.

파티장 안으로 들어서는 두 사람에게 자연스레 사람들의 이목이 쏠렸다.

"두 사람이 같이 있는 모습은 처음 보는 것 같네. 반가워요. 결혼식도 비공개로 해서 얼마나 궁금했는지 몰라. 정말 잘 어울린다."

인애에게 먼저 알은체를 해 온 이는 CH 건설 대표의 사모인 정 여사였다. 정 여사는 남편의 불륜을 보상받기 위한 수단으로 고미술품을 수집하는 취미가 있었다. 인애에게서도 굵직한 작품 몇 점을 사 간 적 있는 큰 고객이기도 했다.

"감사합니다. 오랜만에 뵙네요. 잘 지내셨죠?"

"나야, 똑같지. 뭐."

정 여사와 인사를 나누는 사이 누군가 그에게 말을 걸어왔고 두 사람은 자연스레 거리를 넓히며 멀어져 갔다. 그는 외국인 두 명과 한국인 한 명으로 이루어진 무리에 섞여 이야기를 나누기 시작했다.

"어때? 최 대표가 잘해 줘?"

정 여사가 상냥한 어조로 물었다. 결혼한 지 얼마 되지 않은 신혼부부가 으레 들을 수 있는 질문이었다.

"네, 잘해 줘요."

인애도 상냥한 미소를 머금으며 대꾸했다. 대답하는 동안 정 여사를 향했던 시선이 다시금 그에게로 옮겨 갔다. 그는 웨이터가 들고 다니는 쟁반에서 칵테일 잔을 하나 집어 들고는 눈이 부실 정도로 환한 미소를 머금으며 대화에 열중하고 있었다.

"북유럽 사모 펀드와 관련된 사람들이래. 엊그제 그이가 그러더라고."

"아, 네."

인애는 별다른 뜻을 담지 않은 어조로 담백하게 대꾸했다.

"요즘 뭐 좋은 물건 없어?"

정 여사가 마티니 잔에 담긴 가니쉬를 집어 들며 물었다. 베이지색 매니큐어가 정성스럽게 발린 정 여사의 손끝에선 권태로움과 약간의 신경질이 묻어났다. 돈 쓸 곳을 찾는 걸 보니, CH 건설 대표가 또 바깥으로 나돌고 있나 보다.

"지난번 케이옥션 보셨죠? 곧 강 화백 전시가 있을 예정이에요. 전시 전에 먼저 보시겠어요?"

별로 탐탁지 않다는 듯 정 여사가 고개를 내저었다.

"조무래기한테 쓰기는 싫고."

자신을 조무래기라고 칭한 것을 알면, 강 화백은 어떤 표정을 지을까? 인애는 불같이 화낼 강 화백의 얼굴을 떠올리며 전형적인 영업 미소를 머금었다.

"내가 이 나이에 갓난쟁이 키우게 생겼어. 내가 우리 윤 과장이니까 말하는 거야. 집 안에 애 울음소리 들릴 거 생각하니까 벌써 끔찍하다."

표정을 감추려 했지만, 놀란 기색을 드러내고 말았다.

"설마 내가 낳았다고 생각하는 건 아닐 거잖아, 그치? 가수 지망생인지, 배우 지망생인지. 애 인물은 좋더라. 애새끼 키울 정신머리 지키려면, 조무래기 그럼 하나 사는 거로 되겠어?"

어떤 반응을 보여야 할지 난감해서 인애는 그저 고개를 한 번 주억거리고는 그가 서 있던 곳으로 시선을 돌렸다. 그런데 그의 모습이 보이질 않았다. 그와 이야기를 나누던 무리는 그 자리에 그대로 서 있었지만, 그는 온데간데없었다.

"저기 있네, 자기 신랑."

인애의 시선이 흔들리는 걸 보았는지, 정 여사가 턱짓으로 한쪽을 가리켰다. 정 여사의 시선이 향해 있는 곳을 따라가자, 어디론가 연결된 듯한 문을 막 빠져나가는 그의 뒷모습이 눈에 들어왔다.

"소문이 진짜야? 우리 비슷한 처지인 건가?"

정 여사는 가십을 좇아 함부로 입방아를 찧는 성격은 아니었다. 하지만 이 바닥에 퍼진 소문에 대해 모르는 게 없는 사교적인 기질을 가진 사람이기는 했다.

"무슨 말씀이세요?"

인애가 무슨 말인지 못 알아듣겠다는 듯이 엷은 미소를 머금으며 되물었다.

"방금 그년이랑 나갔잖아. 그 백화점에서 뜬소문 사고팔면서 VIP 등쳐 먹던 년."

심장이 바닥을 구르는 것처럼 생경한 통증이 가슴을 스치고 지나간다. 인애는 미처 보지 못했지만, 미리부터 그쪽에 시선을 주고 있던 정 여사는 두 사람이 장소를 옮기는 모습을 보았나 보다.

정 여사만 봤을까? 보는 눈이 이렇게 많은 곳에서 그는 무슨 짓을 벌이고 있는 걸까?

인애는 가까스로 처연한 얼굴을 유지했다. 소문이란 건 당사자의 반응을 거치면 사실로 입증된다. 그런 불상사는 없어야 하기에 아무것도 모른다는 무구한 시선으로 정 여사를 바라보았다.

"윤 과장, 다른 사람 다 속여도 나는 못 속인다. 내가 그 문드러진 속을 못 알아볼까 봐?"

정 여사는 고개를 뒤로 꺾어 남은 마티니를 한 번에 털어 넣은 다음 미간을 찌푸리며 말을 이었다.

"내가 딸 같아서 이야기해 주는 거야. 저런 연놈들은 초장에 잡아야 한다? 여자랑 남자랑 붙어먹는 게 자연의 섭리라지만, 결혼한 놈이 그러는 건 인간이 할 짓이 아니지. 그럴 거면 애초에 결혼을 왜 하니? 평생 계집질이나 하고 살지."

정 여사의 말마따나 묻고 싶었다.

당신은 왜 나와 결혼하는 길을 택했느냐고.

아내가 버젓이 두 눈 뜨고 서 있는 공간에서 내연녀와의 밀회를 즐기는 그는 대체 무슨 생각인 걸까.

불과 20분 전까지만 해도 그는 인애에게 일을 부탁하며 진정성 있는 모습을 보여 주었다. 인애는 그 진정성에서 미약하게나마 가능성을 발견했다고 생각했었다. 멍청하게도.

자조 섞인 미소가 입가에 떠오를 때, 정 여사가 인애의 등을 떠밀었다.

"가서 그년 머리끄덩이라도 잡고 흔들어 놔. 남의 서방 붙들고 헛꿈 꾸는 년은 그렇게라도 혼쭐이 나 봐야 해."

인애가 머뭇거리자, 정 여사가 어서 가라며 채근했다.

"다른 사람 눈치 볼 필요 없어. 여기 뒤 구린 인간들이 어디 한둘이야? 우리 윤 과장, 더러운 물에서 피어난 연꽃 같은 사람이잖아. 연꽃은 더러운 물도 정화하는 귀한 꽃이야. 가서 우아하게 한 방 날리고 와."

진심인지, 장난인지 모를 말에 인애는 저도 모르게 웃어 버렸다.

"어? 웃으라고 하는 말 아니야. 얼른 가라니까. 두 연놈 붙어서 쪽쪽거릴 시간 주지 말고!"

한 번도 상상해 본 적 없는 그림이 머릿속에 파노라마처럼 펼쳐졌다. 두 사람이 붙어 있는 광경을 떠올리는 것만으로도 가슴이 불에 그을린 것처럼 따끔거렸다.

인애는 쓴웃음을 머금으며 묵례를 한 번 하고는 걸음을 옮기기 시작했다. 딱딱한 대리석 바닥이 갑자기 말랑말랑한 스펀지로 변한 것처럼 발이 푹푹 빠지는 기분이었다. 살면서 한 번도 겪어 본 적 없는 생경한 상황을 눈앞에 두고 멀미라도 나는 것처럼 속이 울렁거리기 시작한 것도 동시였다.

두 사람이 나간 문을 열자, 청명한 가을바람이 비강을 훑고 들어왔다. 건조한 공기 속의 타들어 가는 낙엽 내음과 함께 이유 있는 고독이 가슴을 가득 메웠다. 그 알싸함에 코끝이 찡할 지경이다.

인애는 가볍게 고개를 털어 내고는 숨을 가다듬었다. 감상에 젖어 눈시울을 붉힐 만큼 상황이 낭만적이지도 않았고, 그렇다고 상투적인 드라마 속 비련의 여주인공을 자처할 생각은 전혀 없었다.

인애가 한 걸음 내디디려고 하자 누군가 팔로 가로막았다. 검은 슈트 차림의 경호원인 듯한 남자가 인애를 준열한 시선으로 내려다보았다.

"윤인애라고 해요. 남편이 여기로 나간 것 같아서요."

인애의 이름을 들은 남자는 표정 변화 없이 물러섰다. 남자의 큰 덩치가 시야에서 사라지자, 후원으로 보이는 공간이 눈앞에 펼쳐졌다. 그리고 은밀하게 낮춘 목소리들이 들려왔다.

"······사랑스러워······."

하필 귀에 쏙 박혀 오는 단어가 가슴속에 도사리고 있던 불안에 불을 붙였다.

질투는 사랑에 확신이 없는 자의 불안을 먹고 자라난다. 가슴속이 걷잡을 수 없이 고통스러운 감각으로 뒤덮였다.

인애는 말소리가 들려오는 곳으로 천천히 걸음을 옮겼다. 아까부터 시작되었던 멀미증은 사라지지 않고 계속되었다.

"그래서 루앙프라방에 가면 말이야. 수공예로 만든 가방이……"

상기된 목소리로 재잘거리던 여자의 말이 뚝 끊겼다. 인애가 걸어오는 방향을 마주 보고 서 있던 여자가 자연스럽게 인애를 발견한 것이다. 여자가 단단한 어깨 너머를 바라보자, 그가 천천히 돌아섰다.

그는 심기가 불편한지 미간을 구긴 채였다. 아마도 문 앞에서 마주친 경호요원에게 이곳의 출입을 통제하라고 전했을 것이다. 그런데 침입자가 있다는 사실이 그를 분노케 한 듯했다.

그것도 보통의 침입자가 아닌 두 사람의 밀회를 정통으로 훼방 놓을 수 있는 아내라는 불청객이었다. 두 사람의 목소리를 들었을 때만 해도 견디기 힘든 고통으로 인해 눈물이 흘러나올 것만 같았다.

그런데 두 사람을 마주한 순간, 온 신경이 전투태세를 취하는 것처럼 올올이 일어났다. 예민하고, 강렬한 움직임이 스스로도 놀라울 정도였다. 어둠 속에서도 시야는 더욱 또렷해졌고, 청각은 기민해졌으며, 산란했던 마음은 차분히 가라앉았다.

"여기 있었네. 한참 찾았어."

자연스러운 목소리가 흘러나온 것도 당연했다. 인애의 반응이 생각보다 싱겁다고 여겼는지, 그의 어두운 눈동자에 약간은 당혹스러움이 어리는 듯했다.

"왜 나왔어? 어련히 알아서 들어갈 텐데."

휘욱이 옆에 있는 여자를 의식한 듯 냉혹하고 딱딱한 목소리로 대꾸했다. 목소리로 심장을 벨 수 있다면, 지금 그의 목소리는 인애의 가슴 한가운데를 관통했다. 뚫린 구멍으로 횅한 바람이 불어오는 듯 가슴이 시렸다.

"당신이 파티 주최자인데, 자리를 너무 오래 비우는 것 같아서 나와 봤지."

인애는 보란 듯이 그의 곁에 서서 팔짱을 꼈다. 그러자 그가 재빠르게 팔을 빼내며 한 걸음 물러났다. 그는 이제 인애보다 그 여자와 더 가까운 곳에 자리했다.

"들어가."

그가 명령하듯 단호한 어조로 말했다.

"같이 들어가자."

인애는 상냥하지만 명료한 어조로 대꾸했다.

"저기, 나는 투명 인간인가?"

타이밍을 엿보던 여자가 해사한 웃음을 머금으며 끼어들었다. 밤공기를 가르는 여자의 목소리는 지독하게 맑았다. 퇴근하고 바로 이곳으로 온 탓에 오피스 슈트를 입고 있는 인애와 달리, 그녀는 한껏 치장한 모습이었다.

기분이 묘하게 나빠졌다. 아름답게 치장한 모습을 의식하는 어리석고 낡은 의식에 기반을 둔 질투가 아니었다. 아마 인애는 파티가 있는 것을 미리부터 알고 있었다고 할지라도 오피스 슈트 차림으로 참석했을 것이다.

인애는 오늘 오후에서야 파티에 초대되었지만, 그녀는 미리부터 파티가 예정되어 있었던 것을 알고 공들여 준비한 것 같았다.

그녀가 인애보다 먼저 알고 있었다는 것, 그게 기분이 나빠진 원인이었다.

"반가워요. 또 보네. 예전에 내 소개 했던가? 송가은이에요."

인애는 이 상황이 굉장히 흥미롭다는 듯이 웃으며 대꾸했다.

"나는 그쪽이 썩 반갑지는 않네요. 내 이름은 말 안 해도 알죠?"

마주한 여자의 얼굴에 재미있어 죽겠다는 듯한 미소가 번졌다. 그리고 그녀의 눈에 어린 감정은 분명한 호감이었다. 마치 학기 초에 마음이 맞을 법한 친구를 앞에 두고 가슴 설레어 하는 여고생의 눈빛 같았다.

여과 없이 드러내는 여자의 반응이 당황스러워서 인애의 미간이 살짝 좁아졌다. 세상에는 도무지 이해하려야 이해할 수 없는 다양한 삶의 형태가 존재한다.

사랑하는 남자의 아내에게 호감을 느끼는 여자라, 다시 태어난다고 해도 절대 이해할 수 없는 종류의 사람이다.

저런 마인드를 가진 사람이기에 결혼한 사람을 변함없이 사랑할 수 있는 것일까?

종의 다양성을 인정하고 세계의 복잡함을 누구보다도 잘 알고 있는 예술계에 몸담은 인애지만, 여자의 사랑 방식은 이해 불가였다.

그리고 그 여자와 인애가 인생을 대하는 방식에서 오는 간극은 불편한 분노를 일으키기에, 충분했다.

내 남편 꼬시는 년을 곱게 볼 여자가 어딨어?

"먼저 들어가."

인애의 미묘한 감정 변화를 눈치챈 것과 더불어 분노 표출을 예상했는지, 휘욱이 심각한 얼굴로 인애를 다그치듯 말했다. 인애는 뾰족한 눈으로 그를 쏘아보았다. 짜증과 신경질이 치밀어 오르려고 했다.

"같이 들어가. 두 사람이 함께 있는 모습, 좋은 그림은 아니라는 거 알지?"

인애는 두 사람을 비난하는 말을 서슴없이 내뱉었다.

"사람들 이목도 있는데, 조심해야지. 좋은 일 앞두고 여러 사람 불러 놨는데, 입방아에 오르내리고 싶어?"

마치 못된 짓을 하다가 걸린 학생을 다그치는 선생이 된 기분이었다. 반항심이 가득한 어린 학생은 자신이 왜 혼나는지 모르겠다는 따분한 얼굴로 선생을 바라보곤 한다. 남자의 눈빛이 딱 그랬다.

학생의 심술궂은 눈빛은 선생을 화나게 하기 마련이다.

"들어가자고."

인애가 낮게 가라앉은 목소리로 재우쳐 말했다.

"윤인애 씨, 알고 보니 되게 이기적인 사람이었구나."

여자의 천진한 목소리가 호쾌하게 흘러나왔다.

"나 지금 남편 있는 여자 꼬셔 내는 내연녀 취급 받는 거 맞지, 자기?"

그녀가 유혹적인 손길로 그의 팔뚝을 쓸어내렸다.

"당장 그만두지 못해요?"

인애가 차가운 목소리를 내뱉었다.

"이봐요, 윤인애 씨."

그녀가 빨간 스틸레토 힐을 얄밉게 움직이며 다가왔다. 납작한 플랫 로퍼를 신은 인애와 눈높이가 맞는 것을 보니 인애보다 키는 조금 작은 것 같다.

"내가 두 사람 사이에 끼어든 걸로 보여? 착각하지 마. 우리 둘 사이에 윤인애 씨가 끼어든 거야. 전후 관계를 분명히 해야 하지 않겠어요?"

누가 먼저였는지를 논하는 여자의 말에 기가 찼다.

"내가 먼저였어요."

스스로도 당황스러울 만큼 충동적인 말이 툭 튀어나왔다.

"뭐?"

여자는 신선한 말을 들었다는 듯이 고개를 모로 기울이며 되물었다.

"최휘욱이라는 남자를 알아본 건, 내가 먼저였다고."

때론 예기치 않은 순간에 진심이 흘러나오거나, 진실이 드러나곤 한다. 세상 모든 일이 계획대로만 이루어질 수는 없는 법이고, 우연한 상황 속에서 일어난 일들이 결정적인 영향을 주기도 한다.

기자의 실수에서 비롯된 오보로 베를린 장벽을 무너뜨릴 수도 있고, 내연녀의 도발로 남편에게 오래된 짝사랑이자 첫사랑을 고백하는 날도 오는 것이다.

여자는 잠시 머뭇거리는가 싶더니 배를 쥐고 폭소했다. 낄낄거리는 기분 나쁜 웃음소리가 후원을 가득 메우기 시작했다. 소음처럼 느껴지는 리듬에 소름이 돋아났다.

"자기 부인 지금 뭐래?"

여자의 음성에는 비웃음이 가득했다.

"혼자 자기 짝사랑하기라도 했나 봐. 어머, 안쓰러워라."

그가 한숨을 내뱉으며 한심하다는 듯이 읊조렸다.

"들어가라고 했잖아, 아까."

여자의 말은 아무런 상처도 되지 않는다. 인애에게 의미도, 존재 가치도 없는 인물의 공격은 전혀 해가 되지 않는다. 그런데 낮게 읊조리는 그의 목소리는 조금 아프다.

"같이 들어가자고 했잖아."

"가은이랑 할 얘기 남았어. 먼저 들어가."

그가 인애에게 등을 돌리며 일갈했다.

"꽤 똑똑한 사람인 줄 알았는데, 재벌가에서 순진하게 자라서 말귀를 못 알아먹는 것 같네. 내가 무슨 일 하는지 정 여사가 알려 주지 않았어요? 내가 뭐 우리 자기랑 섹스라도 하려고 여기 나와 있는 것 같아요?"

"가은아."

그가 말을 가려서 하라는 듯 다독이는 목소리로 여자를 불렀다.

"미안, 자기. 사태 파악 못 하고 징징거리는 어리고 순진한 친구한테는 꼭 집어서 말해 줘야 알아듣는 거야. 자기 너무 물러 터진 거 아냐?"

사태 파악 못 하고 징징거리는 어리고 순진한 친구?

여자가 제멋대로 규정한 날 선 단어들이 인애를 옭아매는 것처럼 느껴졌다.

두 사람이 왕왕 떠들어 대는 소리가 듣기 싫었다. 그가 여자를 다독이는 목소리도 듣기 싫은 것은 마찬가지였다. 그리고 이 자리를 피해 줘야 한다는 사실 자체도 역겨웠다. 그렇다고 버티고 서 있는 건 자존심이 상했다.

"최휘욱."

인애는 더러운 오물을 내뱉는 것처럼 그의 이름을 불렀다. 목소리에서 뚝뚝 묻어나는 끈적끈적한 애증이 건조한 대기를 적시는 듯했다.

"집에서 봐."

인애는 그를 향해 산뜻한 인사를 건넸다. 이대로 집으로 향할 생각이다. 그를 위한 파티 자리에 남아 있을 이유가 더는 없는 것처럼 느껴졌다. 그리고 그가 진심으로 부탁했던 그 일도 맡고 싶지 않다고, 여자의 말마따나 어리고 순진한 애처럼 골을 내고 싶은 심정이다.

나에게도 관심을 달라고 울먹거리기라도 할 건가.

나는 대체 이 남자를 얼마나 많이 사랑하는 걸까.

세상 끝에 서 있는 것도 아닌데, 왜 이렇게 처절한 기분이 들 만큼 순식간에 빠져 버린 것일까.

인애는 표독스러운 얼굴과 어울리지 않는 유쾌한 미소를 머금고 있는 여자를 바라보았다. 여자는 긴 머리를 하나로 묶어 올린 모습이었다. 인애는 한걸음에 여자의 곁으로 다가섰다.

"그리고 너."

그가 저지할 틈도 없이 인애가 여자의 묶어 올린 머리를 움켜잡고는 뒤로 확 잡아당겼다. 억 소리를 낸 여자의 고개가 뒤로 꺾였다.

"입은 가죽이 모자라서 뚫어 놓은 게 아니야. 함부로 떠들지 마. 나이 많은 어른이면, 말하기 전에 생각하는 것쯤은 알아야지."

빠르게 할 말을 내뱉은 인애는 손에 쥐고 있던 여자의 머리카락을 내팽개치듯 놓아 주었다. 그러고는 뒤도 돌아보지 않고 후원을 빠져나갔다. 머리끄덩이라도 잡고 오라는 정 여사의 말을 듣길 잘했다.

아주 얼마간은 속이 후련했다. 지독하고 잔인하게 짧은 시간 동안 말이다.

"와, 네 마누라 보통 아니게 사랑스럽네?"

가은은 혀를 내두르며 휘욱을 안쓰럽다는 듯이 바라보았다.

아내가 사랑스럽냐고 물었을 때, 웃음을 머금으며 사랑스럽다고 대답했던 남자. 이보다 안쓰러운 인간이 세상에 또 있을까?

'나란히 걸어 들어오는데, 깜짝 놀랐어. 원래 그렇게 예뻤었나? 되게 사랑스럽더라.'

휘욱이 아내를 에스코트하며 파티장으로 들어서던 때를 떠올리며 건넨 말이었다. 남편의 팔 위에 자그마한 손을 올리고 상기된 얼굴을 한 채로 들어서는 여자의 모습은 영락없이 사랑에 빠진 새 신부의 얼굴이었다.

물론 그 작고 고운 손에 머리채가 잡힐 거라고는 꿈에도 생각지 못했지만.

'예뻐졌나? 잘 모르겠는데. 어릴 때부터 별로 변한 게 없어. 사랑스럽다……'

휘욱은 고심하듯 잠시 침묵했었다. 아내의 얼굴을 떠올리는 그의 옆얼굴은 온전한 행복에 젖어 있는 남편의 모습이었다.

'너무 사랑스러워서 탈이지.'

망설임 끝에 휘욱이 내놓은 대답은 그의 감정을 분명하게 대변하는 말이었다.

그 이후로는 태국으로 갔다던 건설사 사모가 남편과 함께 라오스 루앙프라방을 방문했다는 말을 전하고 있는데 인기척이 느껴졌다. 그 뒤로 벌어진 사태는 너무도 급작스러웠지만, 스펙터클한 이야기의 한가운데 서는 것을 즐기는 가은으로서는 흥미진진할 따름이었다.

"나 진짜 세상 나쁜 년 된 기분인데? 나 벌받을 것 같지 않아? 내가 생각해도 머리채 잡혀도 싸다. 뺨 안 맞은 게 어디야?"

가은은 떨떠름한 기분으로 물었다. 여러 질문을 건넸지만 휘욱은 묵묵부답이었다. 상황을 부정하지도, 긍정하지도 않은 채로 현실과 동떨어져 깊은 생각에 빠진 사람처럼 보였다.

"내가 생각해도 나 너무 재수 없었어. 그치?"

그건 아니었다는 면죄부를 얻으려고 묻는 말은 아니었다. 자리를 뜬 그녀에게 미안한 마음이 들어서 말이 많아지기 시작한 것이다.

"상처받은 것 같더라. 꼭 울 것 같은 표정이었어."

"울기는."

휘욱이 자조적인 목소리로 읊조렸다.

"울 만큼 상처 주지는 않았다고 스스로 설득하고 싶은 거야?"

가은은 궁금한 것에 있어서 빙 둘러 가는 법이 없었다. 휘욱에게 돈을 받고 고용된 형태의 관계와 다름없다 할지라도, 주눅 들어 눈치 볼 성격 또한 아니었다. 휘욱은 이번에도 대답하지 않았다.

"그냥 나 나쁜 년 그만 시키고, 아내를 진심으로 대할 생각은 없는 거야?"

마음이 없는 척 잘라 내고 있지만, 잘린 가지에서 피를 흘리는 쪽은 휘욱인 것처럼 보였다.

"이왕 결혼한 거 잘 살아 봐도 되잖아, 안 그래? 너도 윤인애 씨한테 아예 마음이 없는 건 아니잖아."

아무런 대꾸도 없는 휘욱이 답답해서 가은의 말이 점점 빠르고 거칠어졌다.

"아, 이 답답한 놈아. 세상 너 혼자……!"

"마음이 있다고 해서."

세상 너 혼자 사는 것처럼 젠체하지 말라는 말을 하려고 했는데, 휘욱이 위협적일 정도로 나직한 목소리로 가은의 말을 끊어 냈다.

"저 여자를 우선순위에 놓을 수 있는 처지가 아니니까."

조용하게 내뱉는 목소리에는 흔들림이 없었다.

"그 무엇보다도 저 여자를 아끼고, 위할 수 없으니까."

때론 담담해서 더 안타까울 때도 있다. 휘욱의 고백이 그러했다.

"내 바람대로 저 여자를 나의 우선순위에 올려 두면, 저 여자는 내 짐을 나눠 져야 하니까. 내 바람은 치기 어린 욕심일 뿐인 거야."

담백한 어조는 하루 이틀 만에 정리된 감정이 아님을 말해 주고 있었다. 눈물을 철철 흘리고 있는 것도 아닌데, 해묵은 슬픔이 고스란히 드러났다.

얼마나 오랫동안 감정의 정체성을 들여다보고, 고민하여 정리한 것일까.

감히 그 역사를 상상할 수도 없을 만큼 휘욱의 침잠한 분위기는 압도적이었다. 문득 그녀가 했던 말이 귓가에 맴돌았다.

'이 남자를 알아본 건 내가 먼저였어.'

어쩌면 두 사람은 오랜 시간을 거슬러 올라가 과거의 어느 지점에서 서로를 알아봤던 것이 아닐까?

"너 결혼은 왜 했니?"

이해할 수 없는 마음이 들어서 여과되지 않은 날것 그대로의 질문이 튀어나 왔다. 이번에도 휘욱이 대답하지 않을 거라고 생각했다. 그런데 의외의 대답이 순순히 흘러나왔다.

"잠깐이라도 같이 살아 보고 싶어서."

퍽퍽한 삶의 마지막 희망이었던 것처럼 말하는 휘욱의 목소리는 간절한 염 원을 담은 기도를 읊조리는 것처럼 경건하기까지 했다.

"그럼 평생을 같이 살아, 이 멍청한 놈아. 짐을 나눠 지기 싫어서 우선순위 에 못 둬? 너 의외로 사람 보는 눈 되게 없다? 아니면 뭔가 눈이 멀어서 제대로 안 보이는 거야? 저 여자는 너를 위해서라면 뭐든 감당할 준비가 되어 있다고 온몸으로 말하고 있잖아."

안쓰럽고 답답해서 욕지거리가 함께 튀어나왔다. 상스러운 욕설을 들은 휘 욱이 미간을 찌푸렸다.

"세상에 이해 못 할 인간들 천지인 거, 내가 진작부터 알았지만 너처럼 미련 한 놈은 처음이다."

"이기적인 거지."

"그걸 아는 놈이 그러냐?"

휘욱이 쓴웃음을 머금었다. 달빛 아래 비친 그의 미소는 아스라이 사라질 것 처럼 요원했다.

"아니까 그러지."

"알다가도 모를 새끼. 너 진짜 나쁜 새끼야. 벌은 내 몫까지 네가 다 받아라, 나쁜 놈아."

어쩌면 휘욱은 이미 벌을 받고 있는 것인지도 모른다. 사랑하는 여자를 아내로 두고도 표현하지 못하며, 끊임없이 절제하고 정제하는 것에만 열중해야 하는 남자.

"그래서 어떻게 할 건데? 너 나한테 6개월만 나쁜 년 하라고 했잖아. 설마 6개월 후에 이혼할 생각이야? 저 여자를 네 옆에 두고는 싶은데, 서로 좋아지는 건 곤란하고. 그래서 나한테 이런 일 시킨 거네?"

가은은 미친 짓을 저지르고 있는 듯한 휘욱을 다그치듯 말을 이었다.

"그런데 어쩌냐? 네 아내라는 사람은 그런 거 아랑곳하지 않는 것 같던데? 내연녀가 있다는데도 애정이 철철 넘치는 눈빛이던데?"

휘욱의 눈빛에 얼핏 낭패감이 어리는 듯했다. 그건 휘욱도 계산에 넣지 못한 영역이었나 보다.

"너 혹시 변태냐? 사랑하는 여자가 미워해 주길 바라는 변태야?"

휘욱은 어이없다는 듯이 헛웃음을 흘렸다.

"아니, 맞잖아. 너 미움받으려고 나한테 대놓고 이런 일 시킨 거잖아. 그리고 지금 저 여자한테 인간 이하로 못되게 굴고 있잖아."

"어차피 헤어질 건데 서로 마음 품어서 좋을 거 없잖아."

"그럼, 안 헤어지면 되지! 아오, 답답한 새끼. 내가 그냥 말을 말아야지."

휙 돌아선 가은이 미술관 쪽으로 걸음을 옮기는데, 스산한 목소리가 들려왔다.

"어머니처럼 되지 않기를 바라니까."

가은은 잠시 멈춰 서서 갑갑한 분노가 차오른 호흡을 가다듬었다. 그 누구에게도 하지 않았을 법한 이야기를 한숨 한 번 내쉬듯 털어놓는 휘욱의 얼굴에는 지독한 외로움이 드리워 있었다.

누군가 알아주길 바라고 말하는 감정은 아니지 싶다. 막으려고 애쓰다가 실수로 조금 흘렸을 뿐.

"뭐?"

고개만 비스듬히 돌려서 되묻자, 휘욱은 더는 이야기하고 싶지 않다는 듯이 고개를 내저었다.

"말을 하다가 말 거면, 아예 꺼내지를 말든가. 끝까지 답답한 새끼."

가은은 발을 쿵쿵 구르며 후원을 빠져나갔다. 미리 전하려고 계획했던 정보도 다 털어놓지 못했지만, 지금 마음 같아서는 괘씸해서 알려 주고 싶지 않을 정도였다. 그리고 휘욱의 감정을 더 알은체하는 것은 좋은 선택이 아니었다.

때론 누구에게든 갑갑한 속마음을 털어놓고 싶을 때가 있다. 적당한 거리를 둔 사이라면 오히려 더 쉽다. 그럴 때 청자는 그냥 듣고 흘려야 한다. 충동적인 마음을 저울질하며 깊이 파고들어 상처를 헤집을 필요는 없다.

오랜만에 미세 먼지가 끼지 않은 서울 하늘의 청명한 대기마저 갑갑하게 느껴질 만큼 분통 터지는 놈의 멍청하고도 애절한 순애보를 어쩐지 응원하고 싶은 이상한 밤이다.

———————————————— ● ——————

그길로 곧장 파티장을 빠져나온 인애는 무작정 집으로 향했다. 그가 인애를 파티장에 붙들어 둘 생각이었다면, 송가은을 뒤로하고 인애를 붙잡았어야 하는 게 맞다.

하지만 그는 소름 돋도록 차가운 얼굴로 자리를 비켜 달라고 요구했을 뿐이다. 더는 그 자리에 있을 이유가 없었다.

더운물로 한기를 걷어 내고, 따뜻한 라벤더차를 한 잔 마셨더니 속이 좀 가라앉는 듯했다. 불안증이라도 걸린 사람처럼 심장이 너무 빠르게 뛰어서 괴로웠는데, 이제는 심장도 어느 정도 제 박자를 찾았고, 호흡도 제법 고르게 흘러나왔다.

아주머니는 홀로 귀가한 인애의 눈치를 조심스럽게 살피고 있었다.

"감기 기운이 있어서요. 일찍 마무리하세요."

선의를 베푸는 척 염탐하러 들어온 이에게 따뜻하게 굴 여유가 없었다. 인애는 딱딱한 목소리로 일갈하고는 침실로 향했다.

침실 문을 닫으려 하는데 인기척이 느껴졌다. 닫히던 문이 장애물에 걸려 중간에 턱 멈췄다.

고개를 돌려 보니 반대편 문고리를 움켜쥐고 있는 남자의 손이 눈에 들어왔다. 인애는 문고리에서 순순히 손을 떼어 냈다. 그가 방에 들어오지 못하게 막을 수도 없는 노릇이었다.

그에게 화가 치밀었지만, 아주머니한테 빌미를 제공하는 건 화가 날 뿐만 아니라 자존심도 상할 것 같았다.

착한 며느리 콤플렉스도 아니고, 곧 죽어도 잘 살고 있다는 얘기만 그의 본가에 들어갔으면 했다.

"그래, 당신 말대로 하자."

하지만 아까 있었던 일을 순순히 넘기고 싶은 생각 또한 없었다. 악의를 지닌 타인에게는 부부사를 철저히 감춘다 해도, 그에게 따질 건 따지고 넘어가야 했다.

그는 약간 의문 어린 시선으로 인애를 내려다보았다.

"나랑 잘 일 없다며? 결혼 생활은 나랑 하고, 섹스는 그 여자랑 하겠다는 거잖아?"

스스로 내뱉어 놓고도 심장을 도려내는 것처럼 가슴이 뒤틀렸다.

"그렇게 해."

인애는 애써 감정을 억누르며 은은한 미소를 머금었다.

"무슨 말이 하고 싶은 거야?"

"나도 그렇게 하면 되는 거지?"

순간 그의 눈빛에 경악이 스치는 듯했다.

"나도 결혼 생활은 당신이랑 하고, 섹스는 다른 남자랑 하면 되는 거잖아. 왜, 나는 안 돼?"

일렁이던 그의 눈빛이 깊게 가라앉는다. 감당할 수 없는 비극이 도사리고 있는 심연으로 향하는 듯 그의 시선에는 초점이 없었다.

"그건 안 돼."

그가 한쪽 입꼬리를 비스듬히 끌어 올리며 웃었다. 미소 띤 입가와 그늘진 눈가가 섬뜩할 정도로 아름답게 조화를 이루었다. 위험하리만큼 유혹적인 얼굴에 매료된 나머지, 인애는 잠시 전의를 상실했다.

나는 무슨 목적으로 이 남자를 자극하고 있는 걸까.

단지 화풀이를 하고 싶어서?

사사로운 감정을 풀어내기 위한 것이라고 해도 상관없었다. 인생의 모든 것이 거대한 목적을 향해서만 존재하지는 않는다. 또 적당한 화풀이는 정신 건강에 좋다고 수많은 의사들이 말하지 않았던가.

"왜 안 되는 거지? 당신은 되고, 나는 안 되는 이유가 뭐야?"

"너라서 안 되는 게 아니라, 네가 만날 상대들 때문에 안 된다는 거야."

경악하는 그의 눈빛과 어우러진 매혹적인 미소를 보고 슬쩍 풀리려던 화가 다시금 치솟아 올랐다.

"그 여자는 되고?"

그는 보란 듯이 긍정했다.

"가은이는 어디 가서 나와 있었던 일을 떠들고 다닐 성격이 아니니까."

그가 내뱉는 말 하나하나가 심장을 할퀴고 흩어졌다.

"그 여자를 어떻게 믿고?"

감정이 흔들리는 탓에 인애의 가느다란 목소리도 위태롭게 흘러나왔다.

"무조건 믿어."

갑자기 가슴이 확 조여드는 것처럼 답답해서 인애는 잠시 시선을 돌렸다. 하필 벽에 걸린 결혼사진이 눈에 들어왔다. 두 사람의 뒤에는 혼배 미사를 집전한 신부님이 서 계셨고, 그 뒤로는 마리아상이 자리했다.

인애의 입가에 조소가 어렸다. 신 앞에 무릎 꿇고 백년가약을 맺은 그는 다른 여자와의 관계가 더 믿음직스럽다고 말하고 있었다.

"당신은 분명히 지옥에 갈 거야."

당장 한 치 앞도 예측할 수 없는 마당에 사후에 일어날 일을 저주하는 것이 스스로도 우스웠다. 하지만 그런 말이라도 내뱉지 않으면 가슴에 머무는 치욕스러운 고통이 사라지지 않을 것 같았다.

이런 남자가 좋다고? 이런 남자를 사랑하겠다고?

인애는 스스로 반문했다. 눈물이 왈칵 치솟을 것만 같아서 어금니를 사리물었다. 하지만 마음대로 할 수 없는 게 마음이다. 인애는 눈을 지그시 감았다. 차오른 물기가 안구 깊숙한 곳으로 스며들기를 기다렸다가 천천히 눈을 떴다.

그에게로 다시 시선을 옮기자, 그는 감정을 지운 무감한 얼굴을 하고 있었다.

"그럼 나도 믿을 만한 남자랑 하면 되겠네."

예상치 못한 대답이었는지, 그는 어이가 없다는 듯이 헛웃음을 흘렸다.

"어울리지 않는 짓 하려고 애쓰지 마. 너만 힘들어."

"걱정해 주는 척하는 말, 가소로워."

"너희 부모님 귀에 들어가기라도 해 봐. 그분들이 얼마나 상처받으실지."

인애의 아킬레스건인 부모를 끌어들이는 그는 지나치게 영민했다.

"정말 이기적인 인간이야, 최휘욱."

"알아."

그의 말투, 목소리 톤, 눈빛, 긍정하는 고갯짓에 진정성이 어려 있어 당황스러울 정도다. 이기적인 사람이라는 말에 그는 너무도 당연하다는 듯이 동의했다.

더는 말이 통하지 않을 것 같았다. 인애는 무참한 기분이 되어 돌아섰다. 그와 침실을 함께 쓰면 관계가 나아질 거라고 생각했던 자신이 어리석었다.

남편과 함께 나누어 쓰는 공간, 침실이 지옥 불구덩이처럼 처참하게 느껴졌다. 악마가 고문하듯 그는 인애를 들쑤시고 괴롭혔다.

그런데도 그를 향한 마음이 부피를 부풀려 가는 듯한 기분이 드는 것은 순수한 사랑에 기인한 것일까.

아니면 뒤틀린 욕망일까.

———————————●———

카페테라스로 나가자 미풍이 얼굴을 부드럽게 스쳤다. 불어온 바람 탓에 흐트러진 머리가 뺨을 간질여서, 인애는 손가락으로 앞머리를 부드럽게 쓸어 넘겼다.

주말 이른 오전, 사무실이 밀집된 동네의 카페테라스는 텅 비어 있었다. 적당한 자리를 찾고 있는데, 뒤에서 누군가 다가오는 익숙한 기척이 느껴졌다.

재빨리 돌아보려고 했는데, 필원이 더 빨랐다. 필원은 단단한 무릎으로 인애의 뒷무릎을 툭 쳤고, 그 바람에 몸이 갸우뚱 기울었다.

"야, 너 이 장난 좀 하지 말랬지!"

인애가 중심을 잡으려고 손을 버둥거리자, 필원이 인애의 가느다란 팔뚝을 잡아서 바로 세워 주었다.

"나쁜 새끼."

눈을 흘기며 욕설을 내뱉자, 필원이 예전과 같은 얼굴로 웃었다. 변함없는 얼굴을 마주하자 믿을 수 없을 정도로 평온한 안도감이 밀려들었다.

결혼식 날 이후로 첫 만남이었다. 필원이 신부 대기실에서 털어놓았던 말은 고백에 가까웠다.

이제 더는 친구로도 지낼 수 없을지도 모르겠다는 걱정을 했었는데, 다행히

도 필원은 예전처럼 인애를 대해 주려는 듯했다.

"잘 지냈어?"

필원이 인애의 뺨에 달라붙은 머리카락을 귀 뒤로 넘겨 주며 물었다. 갑작스러운 다정한 접촉에 인애는 몸을 슬쩍 뒤로 빼며 대꾸했다.

"어, 잘 지냈어."

"뭐야? 내가 더러워? 왜 피해?"

필원은 대놓고 인애의 행동을 지적했다. 이제 기혼이니까 조심해 줬으면 좋겠다고 얘기해야 하는데, 어떻게 말을 꺼내야 필원에게 상처가 되지 않을지 모르겠다.

고백을 받았지만, 연인 사이는 될 수 없는 처지고, 그렇다고 친구를 잃고 싶지도 않은데…….

어제 그를 이기적인 사람으로 몰아붙였지만, 이기적인 건 자신도 마찬가지라는 생각이 들었다. 이렇게 필원을 마주하고 있는 것 자체가 욕심이다.

만나자는 필원의 연락에 응하지 말았어야 했나, 하는 후회가 밀려들었다. 앞으로도 계속 친구로 지내고 싶다는 생각이 지나치게 이기적인 것만 같았다.

"아니, 그게 아니라."

인애는 되도록 부드러운 목소리를 내려 노력했다. 아까는 본능적으로 예전과 같은 모습이 나왔지만, 생각이 복잡해질수록 가장 편했던 친구인 필원을 대하는 게 어려워졌다.

"이제 유부녀라고 몸 사리는 거야? 그래, 조심해야지. 재벌가 사모님이신데. 잘 지냈어? 얼굴 살이 쏙 빠졌네?"

물음이 이어질수록 필원의 얼굴이 안쓰럽게 변해 갔다. 인애는 거리가 가까운 쪽 테이블에 자리를 잡고 앉으며 대꾸했다.

"신혼여행 때 좀 무리했는지, 몸살이 났어. 너는?"

필원이 더는 못 참겠다는 듯이 한 번 휙 지나가는 바람처럼 허무한 헛웃음소리를 냈다. 신혼여행 가서 무리했다는 말을 다른 의도로 해석한 모양이었다.

"아니, 내 말은."

"됐어. 나 너랑 불편해지기 싫어. 그냥 편한 대로 해."

"네가 편하지가 않잖아, 지금."

속이 상해서 말투가 곱지 않게 나왔다.

"네가 편하면 됐다고, 윤인애. 그냥 너 편한 대로 해. 나도 거기에 적응할 테니까. 너 7년 짝사랑이 쉽게 접힐 것 같아? 여태까진 친구라는 관계에 얽매여 고백조차 못 하는 게 싫었는데, 지금은 친구라도 하고 싶은 마음 알아?"

필원이 안쓰러운 목소리로 읊조렸다. 핏줄이 불거진 커다란 손이 파르르 떨리고 있었다. 바라면 안 되는 애정을 갈구하는 필원의 모습이 자신과 닮아 있는 듯해서 마음이 아렸다.

얼마나 아플지 알아서. 얼마나 고될지 알아서.

"남편이 잘해 줘?"

필원은 애써 미소를 머금으며 물었다. 제발 잘해 줬으면 좋겠다고 바라면서도, 아니길 바라는 양가감정이 필원의 안쓰러운 표정에 녹아 있었다.

못되게 구는 남자와 함께 있는 상황이 지옥 같으면서도 더 다가가지 못해 안달이 난 자신의 모습과 그런 필원의 모습이 겹치는 건 왜일까.

인애는 한숨을 한 번 몰아쉬었다. 잘해 준다는 거짓말이 쉽사리 흘러나오지 않았다.

"나 아이스아메리카노 시켰는데, 바람이 차네. 따뜻한 거로 바꿀까?"

말을 돌려야겠단 생각에 엉뚱한 질문을 던졌을 때였다.

"그 소문 진짜야?"

필원이 철제 테이블에 시선을 고정한 채로 물었다.

"무슨 소문?"

태연한 목소리가 흘러나오기를 바랐는데, 되묻는 어조는 누가 들어도 거짓이 묻어 있다고 느껴질 만큼 어색했다.

"윤인애가 이렇게 당황할 때도 있네."

내내 테이블을 바라보던 필원의 시선이 인애를 향했다. 검은 눈동자가 속을 꿰뚫어 보는 듯했다. 오랜 친구를 속이는 건 쉽지 않은 법이다. 스스로 의식하지 못하는 모습까지 알고 있는 친구에게 거짓말은 통하지 않는다.

"네 남편이라는 새끼가 내연녀 정리 안 하고 스캔들 무마하려고 결혼했다는 소문. 너는 사촌 언니 대신 팔려 간 거라는 소문."

"어떻게 너까지 알아, 그 소문을."

인애는 씁쓸한 미소를 머금으며 시선을 돌렸다. 스산한 바람이 불어오며, 인애의 머리카락이 또다시 흐트러졌다. 필원의 손이 닿기 전에 재빨리 머리카락을 넘기려는데, 파르르 떨리는 손이 작은 손을 끌어 잡았다.

인애는 당황한 눈빛으로 필원을 바라보았다. 우정이 아닌, 이성을 향한 뜨거운 욕구가 가득한 손길이었다.

"다른 여자한테 빠진 놈이 아내한테 잘할 리가 없잖아?"

필원은 다그치듯 묻고 있었다. 위로의 말을 건넨 것도 아닌데, 감정이 왈칵 치솟았다.

"내가 해 줄게."

"뭘?"

인애는 이해할 수 없다는 눈빛으로 필원을 바라보았다.

"억울하지도 않아? 평생 그러고 살 거야? 그놈은 다른 여자 만나는데, 너라고 그러지 말라는 법 있어? 다른 데 소문날까 봐 불안해하지 않아도 되고, 이놈이 내 등쳐 먹으려고 이러는 건 아닐까 하고 걱정하지 않아도 되는 상대가 필요하지 않아?"

필원은 미리부터 생각을 정리하고 나온 것처럼 침착한 목소리로 차분히 말을 이어 나갔다.

"게다가 나보다 널 더 잘 아는 남자가 세상에 있어? 너랑 결혼한 그놈은 네가 얼어 죽을 추위에도 얼음 가득 넣은 아이스아메리카노만 마신다는 거 알아? 영화 예고편은 보면 큰일 나는 줄 알고, 스포라도 하면 세상천지 제일 나쁜 사람 취급 하잖아. 그러면서 막상 영화 보는 건 좋아하지도 않고."

필원이 늘어놓는 말에는 애정이 가득했다.

"그러니까 내가 해 줄게."

필원의 목소리에 힘이 실렸다.

"너 혼자 두고 외롭게 하는 나쁜 놈 옆에 있는 게 힘들면 나한테 와. 언제든지."

무슨 말을 해야 하는지 가늠할 수 없어서, 시선을 피해 버렸다.

"못 들어 주겠네, 진짜."

마치 신부 대기실에서 있었던 일이 되풀이되는 것만 같았다. 환청처럼 들려온 나직한 목소리를 따라 고개를 돌린 곳에는, 그가, 혼자 두고 외롭게 하는 나쁜 놈이, 남편 최휘욱이 서 있었다.

나는 보기 위해 눈을 감는다.

― 폴 고갱

주말인데도 그는 회사에 나가 봐야 한다며 아침 일찍부터 집을 나섰었다. 아주머니 앞에서 완벽한 애정을 지닌 쇼윈도 부부 행세를 하느라, 그의 주말 출근을 챙기는 모습을 보여야만 했다.

현관 앞에서 그의 슈트 재킷에 묻은 먼지를 털어 주고, 넥타이 매무새도 만져 주었었다. 하지만 그는 꽉 옭아맸던 넥타이를 풀어 손에 든 채로 미간을 찌푸리며 다가오고 있었다.

"여기 어떻게 왔어요?"

인애가 다소 황망한 목소리로 되물었다. 필원이 꽉 잡고 놓아 주지 않으려는 손을 간신히 빼냈다.

들었을까? 필원이 털어놓은 말을 다 들은 걸까?

어디서부터 어디까지 들었을까?

큰 잘못을 저지르다가 들킨 어린아이처럼 심장이 세차게 뛰었다. 인애는 아무렇지 않은 표정을 지으며 태연해지려 노력했다.

그는 전형적인 미소를 띠고 있었지만, 기분 나쁜 망상을 한 듯 눈빛에는 불쾌함이 어려 있었다.

"지나가던 길에, 감히 내 아내 얼굴에 손을 대는 남자를 봐서."

필원이 머리카락을 넘겨 주던 모습을 그가 본 듯했다. 삐딱하게 내뱉은 그의 어조에는 사랑에 눈이 멀어 질투를 표출하는 남자의 분노가 담겨 있었다. 타인의 눈에는 진심으로 사랑하는 아내의 부정을 대면한 지고지순한 남편의 모습처럼 보일 것 같았다.

"별다른 뜻이 있었던 건 아닙니다. 머리카락 몇 가닥 넘겨 준 것뿐입니다."

조금 전까지 처절한 마음을 드러내던 필원은 감정의 찌꺼기를 완전히 비워 낸 얼굴이었다. 지금껏 애정을 갈구하는 눈빛으로 호소하던 모습은 온데간데없이 건조하다.

"다른 남자 아내가 된 여자의 몸에 손을 대는 게 정상이라고 생각합니까?"

누가 보면 머리카락 몇 가닥이 아니라, 서로 부둥켜안고 주무른 줄 알겠다. 그의 눈빛과 어조에는 지나칠 정도로 거만한 비난이 뒤섞여 있었다.

"그만해요. 여기 탁 트인 공간인데."

테라스엔 세 사람 이외의 다른 무리는 없었지만, 행여 길을 지나가는 사람에게라도 이상한 치정극으로 비칠까 봐 겁이 났다.

"그래. 여긴 탁 트인 공간인데, 결혼한 사람이 그런 행동은 하지 말았어야지. 지나가다가 내가 얼마나 놀랐는지 알아?"

그가 언뜻 상처받은 눈빛을 했다. 가슴이 미어지도록 아픈 사람이 지을 법한 눈빛이 당황스러웠다.

"그만하죠. 내가 당신한테 그런 소리 들을 만큼 잘못한 일은 없으니까."

급격한 피로감이 밀려들었다. 뜻하지 않은 신경전에 입 안이 바싹 말랐다. 그와 결혼한 이후로 하루도 마음 편히 보내는 날이 없다.

자극하거나, 자극당하거나. 두 사람 사이에 벌어지는 일은 고작 상대를 기죽이는 신경전을 벌이며 얼굴을 맞대는 것뿐이었다.

이런 상황에서 마음이 동할 리가.

인애는 씁쓸한 기분을 집어삼켰다. 첫사랑이었던 남자와 결혼했지만, 남보다도 못한 사이였고, 친한 친구의 고백으로 인해, 우정도 관념적인 단어가 되어버렸다.

"필원아, 내가 나중에 연락할게. 우리 다시 보자."

친한 친구와 남편, 표면적으로는 전혀 문제가 없는 관계였다. 하지만 그 안에 얽힌 정서와 마음이 비정상인 것처럼 느껴졌다.

정상으로 돌릴 수 있을까?

인애는 가늠할 수 없는 가정을 떠올리며 애써 미소를 머금었다.

"당신은 11시에 회의 있다고 하지 않았어요? 벌써 10시 반인데, 늦겠어요. 어서 가요."

그가 어이없다는 듯이 웃었다. 은근한 신경전이 피로했다. 감정을 삭이지 못한 필원을 너무 일찍 만났다는 후회가 밀려들었다. 그리고 이 남자는 왜 하필 필원과 이야기를 나눌 때마다 나타나는지 모르겠다.

"아이스아메리카노 포장해 달라고 할게. 아까 추운 것 같다며, 따뜻한 거로 바꿀까? 근데 너 아이스아메리카노 말고는 안 마시잖아."

그를 의식한 듯 필원이 다정하게 굴었다.

"아냐, 그냥 아이스아메리카노 마실래."

"그래, 그럼."

그가 어떤 얼굴을 하든 상관없다는 듯이 필원은 아이스아메리카노를 포장해 오겠다며 안쪽 주문 데스크로 향했다.

"기분이 좋건, 나쁘건 말 놓겠다더니, 저 친구랑 같이 있을 때는 꼬박꼬박 존대하네?"

본능적으로 방어 기제가 발동했는지도 모르겠다. 무엇을 위한, 무엇에 의한 방어 기제인지는 명확하게 말할 수 없지만. 아마도 누군가 상처받거나, 누군가에게 상처 주는 것이 두려워서 튀어나온 방어 기제였을 것이다.

그 누군가는 앞에 있는 남자가 아닌 오랜 친구인 필원이었다. 어쨌든 이 남자와는 결혼했지만, 필원과는 친구 사이마저 위태로워진 상황이다. 필원은 비뚤어진 관계조차도 괜찮다며 절절한 마음을 다시 한번 고백해 왔다.

무의식적인 방어 기제가 향한 방향을 그도 눈치챈 듯한 얼굴이었다. 그리고 그는 그 누군가가 자신이 아니라는 사실에 상처받은 눈빛을 했다.

어째서?

인애는 은연중에 드러난 그의 뜻 모를 속내 때문에 가슴속이 갑갑해졌다.

쇼윈도 부부로 지내자던 남자가, 절대 함께 자는 일은 없을 거라던 남자가, 다른 여자를 곁에 두고 있는 남자가, 어째서?

희망 고문이라는 고통스러운 단어가 머릿속에 떠오른 순간, 가슴이 더욱 빠르게 뛰기 시작했다.

"밖에서 부부 관계를 드러내는 말투를 굳이 쓸 필요는 없으니까."

"누가 볼까 봐 두려운 건 아니고?"

휘욱의 물음에 인애는 마른침을 삼켰다. 그가 진심으로 질투하는 것처럼 보여서 목구멍이 뻐근할 정도로 심장이 거칠게 뛰었다.

"내 눈에 보일 정도면, 다른 사람 눈에는 더 쉽게 보일 수 있다는 의미야. 앞으로 조심해 줬으면 좋겠어."

그는 이내 표정을 지우고는 무미건조한 어투로 읊조렸다. 그러곤 보란 듯이 인애의 어깨를 감싸 안으며 단단한 가슴 쪽으로 끌어당겼다. 그의 눈길이 닿아 있는 곳으로 시선을 옮겨 보니, 필원이 종이봉투와 테이크아웃 잔을 들고 다가오고 있었다.

"너 아침도 안 먹었지? 와플 하나 포장해서 넣었어. 가져가서 먹어. 너 여기 와플 좋아하잖아."

필원은 아무렇지 않다는 듯이 인애에게만 시선을 고정한 채로 말했다. 인애가 손을 뻗기도 전에 필원이 내민 종이봉투와 테이크아웃 잔을 그가 받아 들었다.

"내 아내에게 신경 써 줘서 고맙습니다. 이 사람이 신혼여행 다녀온 뒤로 몸이 좀 좋지 않아서요. 제가 이만 데리고 가죠."

그가 마치 벌레를 떼어 내는 듯한 표정으로 필원을 바라보며 걸음을 옮기려 했다.

"그러게요. 다른 남자의 아내가 된 친구한테까지 제가 신경 쓰게 될 줄은 몰랐네요. 많이 바쁘신가 봐요? 주말인데도 출근하셔서 결혼한 지 얼마 안 된 인애한테는 신경 못 쓰실 만큼."

한껏 예의를 갖춘 어조였지만, 비난하는 기색이 역력했다.

"아, 출근하신 게 아닌가?"

이번에는 명백한 시비조였다.

"필원아."

인애가 나직한 목소리로 필원의 이름을 부르자, 필원이 이내 미소를 머금으며 인애 쪽으로 시선을 돌렸다. 필원이 뭐라 말을 하기 위해 입을 열려는데, 그가 더 빨랐다.

"치기 부리느라 한 치 앞을 못 보는 친구네."

휘욱이 여유 넘치는 목소리로 일갈하고는 돌아섰다. 인애가 버티려고 하자, 어깨를 잡은 손에 악력이 더해졌다. 그가 나직한 목소리로 그녀의 귓가에 속삭였다.

"믿을 만한 사람이면 어떻겠냐고? 그래서 저런 어설픈 놈이랑 만난 건가, 오늘?"

인애가 어떤 마음을 품고 있는지는 몰라주면서, 자극하는 방법은 기가 막히게 깨우친 남자다. 인애는 고개만 비스듬히 돌려서 필원을 바라보았다. 손을 살짝 들어 전화하겠다는 시늉을 하자, 필원이 애써 덤덤한 얼굴로 알겠다며 고개를 끄덕였다.

서울 시내 한복판에 있는 카페에서 결혼한 지 얼마 안 된 남편과 친구를 나란히 두고 시시비비를 가리며 이목을 끌 수는 없는 노릇이어서 지금은 물리적인 상황에서 한 발짝 물러나야만 했다.

하지만 심적으로는 한 치도 물러설 생각이 없었다.

카페를 빠져나가자, 그의 수행 비서진이 비상등을 켜 놓고 도로가에서 대기 중인 차 앞에 서 있었다.

"대표님, 지금 바로 서초동으로 이동하셔야."

그가 미간을 구기자, 정 실장이 말을 멈추고 입을 꾹 다물었다. 잠시 불편하고 어색한 침묵이 흘렀다.

"댁으로 모시겠습니다."

눈치 빠른 정 실장이 고개를 숙여 인사하고는 뒷좌석 문을 열어 주었다. 인애가 고맙다는 미소를 지으며 뒷좌석에 오르려는데, 그가 막아섰다.

인애는 의아한 얼굴로 그를 올려다보았다. 그가 여전히 문을 잡고 서 있는 정 실장을 향해 읊조렸다.

"먼저 들어가지, 정 실장. 미팅은 다음 주 중으로 미룹시다."

휘욱의 말에 정 실장이 한 발짝 물러서서 묵례하고는 운전기사와 함께 돌아섰다. 정 실장의 뒷모습에 머물던 그의 시선이 이내 인애를 향했다. 분노를 드러내기 시작한 그의 눈동자를 인애는 쏘아보듯 했다.

그는 화를 낼 때조차, 인애에게 뜨겁지 않은 남자였다. 감정을 고조시킬 가치조차 없다는 듯한 남자의 서늘함과 반대로 뜨겁기만 한 인애는 거친 화를 가감 없이 드러냈다.

"치기 부리느라 한 치 앞을 못 본다고 비꼴 땐 언제고, 정 실장님은 왜 들여보내?"

그는 한숨을 한 번 내쉬고는 탁 소리가 나도록 뒷문을 세게 닫았다. 그러고는 조수석 문을 열어 주며 피로 섞인 목소리를 냈다.

"일단 타. 집에 가서 이야기해."

"집에 가면 아주머니 눈치 보느라 무슨 얘기나 할 수 있겠어?"

사실 그대로를 지적하자, 그가 다시 한숨을 내쉬었다. 답답한 건 인애도 마찬가지였다.

"가면서 이야기하자, 그럼."

그의 감정은 제로를 지나 마이너스로 향하는 듯했다. 어쩜 저렇게 감정을 지우고, 감추고, 비워 내려고만 하는지. 섭섭하고, 속이 상했다.

"그래, 무슨 이야기든 해 보자."

그의 진심을 묻고 싶어졌다. 대체 왜 이렇게 사람을 헷갈리게 하는 건지 따지고 싶었다.

대체 뭐가 두려워서 그렇게 감정을 비워 내는 건지도.

왜 그렇게 질투에 눈이 먼 남자처럼 구는지도.

차 안 공기는 적막했다. 그동안 기사 없이 움직인 일이 드물었기에 운전석에 앉아 있는 그의 모습이 생경했다.

사무실 밀집 지역인 거리의 토요일 오전 분위기 또한 삭막하기는 마찬가지였다. 스산한 회색 빌딩 숲의 정경과 살을 엘 듯 차가운 그의 분위기에 압도당한 나머지 인애는 생각했던 것처럼 쉽게 입을 열 수가 없었다.

카페테라스에서 차가운 감정을 드러내던 그와 마주했던 순간이 먼 과거의 일처럼 느껴졌다. 그는 매 순간 다른 사람처럼 느껴질 만큼 요원한 존재였다.

노을을 등진 채 눈부신 미소를 보여 주기도 했고, 철저히 계산적인 결혼을 당연하다는 듯이 여기기도 했고, 아픈 인애를 밤새 보살피기도 했고, 다른 여자와 함께 있는 시간을 방해하지 말라는 태도를 보이기도 했다.

따뜻했다가, 차가웠다가.

차가운 가운데 한 번씩 보이는 햇살 같은 미소가 지독하게 따뜻해서 그에게 빠져들었는지도 모른다.

휘욱이 짙은 한숨을 한 번 내쉬고는 기어를 옮겼다. 그를 향해 혼란스러운 감정을 마구 쏟아 낼 수 있을 줄 알았다. 그래서 틀린 답이라도 구할 수 있을 거라고 생각했다.

그런데 뭐가 이렇게 또 갑자기 어려워졌을까?

인애 역시 짙은 한숨을 집어삼켰다. 그러자 내내 입을 꾹 다물고 있던 그가 먼저 입을 열었다.

"아까 그 친구랑 당분간은 만나지 않는 게 좋겠어."

"내 남편이라고 해서, 내 인간관계까지 정리해 줄 필요는 없어."

인애는 차분한 목소리로 속삭이듯 읊조렸다.

"그런 의미가 아니라는 거 알잖아. 지금 너한테 다른 마음 품고 있는 거 알면서 그래?"

인애는 저도 모르게 헛웃음을 흘렸다.

"누가 보면 아내의 외도를 걱정하는 지고지순한 남편인 줄 알겠다?"

어쩔 수 없이 빈정거리는 목소리가 흘러나왔다.

"그럼 당신도 그 여자랑 끝내는 게 좋겠네. 안 그래?"

비소를 뒤섞어 묻자, 그는 이내 무표정한 얼굴이 되었다.

"지겨워. 그런 얼굴."

인애는 한숨처럼 조용히 속삭였다. 운전대를 쥔 그의 손등에 파란 핏줄이 불거졌다. 인애는 그에게 화를 내고 싶으면서도 동시에 매달리고 싶은 이상한 감정을 느끼며 고개를 돌려 버렸다.

평생을 살아온 서울이라는 도시가 낯설게 다가왔다. 정의할 수 없는 감정이 치솟아서 익숙했던 도시마저 생경하게 만들었다.

그와 나눠 마시는 답답한 공기, 함께 자리한 숨 막히는 공간, 메워질 수 없을 것만 같은 틈새.

그를 원한 것 자체가 섣부른 바람이었다는 생각이 들었다. 체념에 가까운 정리를 끝냈을 무렵, 차는 어느새 지하 주차장에 다다랐다.

더는 나눌 이야기가 없을 것 같아서 차에서 내리려는데, 차량 블루투스 시스템에 연결된 그의 휴대전화가 울리기 시작했다. 화면에 발신인의 이름이 떠올랐다.

[가은]

성을 빼놓고 이름만으로 저장해 놓은 두 글자가 눈에 선명하게 들어왔다. 그가 연결 종료 버튼을 누르자, 화면은 이내 지도로 물들었다.

왜 안 받느냐, 내 앞에서는 받기 싫었냐, 혹시 미팅 핑계로 만나려던 사람이 정말 저 여자였던 거냐.

묻고 싶은 말은 많았지만, 인애는 입을 다물었다.

"들어가, 먼저."

이럴 줄 알았다며 인애는 자조했다. 대꾸 없이 차에서 내렸다. 이제 그에게 그 어떤 기대도 하지 말아야겠다는 생각이 들자, 서글퍼졌다.

나아질 거라 생각했다. 시작부터 틀어진 관계여도, 아주 느린 속도로 진전된다 할지라도.

명백한 오판이었다. 시작부터 틀어진 관계는 나아질 수 없다. 아주 느린 속도의 진전은 바라보고 있는 사람을 지치게 할 뿐이다.

엘리베이터가 꼭대기 층에 다다랐을 때, 휴대전화가 울리기 시작했다. 혹여 그가 신경이 쓰여서 전화를 건 것은 아닐까 생각했지만, 발신지는 갤러리였다.

"네, 윤인애입니다."

— 과장님, 갤러리로 좀 와 보셔야겠어요.

짬이 찬 인애는 주말에 출근하지 않았지만, 김 대리는 주말 출근이 잦은 편이었다. 김 대리의 목소리가 심상치 않았다.

"무슨 일이야? 아니, 지금 바로 출발할게. 기다려."

김 대리의 대답에 의한 일의 경중은 중요하지 않았다. 단지 지나치게 뾰족해진 신경을 분산할 수 있는 일이 벌어졌다는 사실이 감사할 뿐이다.

갤러리에 도착했을 때, 인애는 이제껏 한 번도 겪어 본 적 없는 상황을 눈앞에 두고 망연자실했다.

"누가 이랬다고?"

"일단 경찰에 신고는 했어요. 분명히 입구에서 가방 검사도 했고요. 보안 검색대 통과할 때도 반응 없었거든요. 안티스키밍 천으로 가렸을 가능성도 있다고 하고요."

전시된 작품에는 문제가 없었지만, 갤러리 바닥과 벽에 엄청난 그래피티가 그려져 있었다.

"몇 명이서 이런 거야?"

"모르겠어요. 일반 관람객이라고 생각했는데, 갑자기 품 안에서 스프레이 페인트를 꺼내서 움직였대요. 놀라서 갤러리에 항의한 사람들도 있고요, 그냥 퍼포먼스인 줄 알고 멀찍이서 구경한 관람객도 있고요."

"작품은 전부 멀쩡한 거지?"

"네. 그나마 다행이죠."

인애가 기획한 전시 구역만 엉망이 되어 버렸다. 갤러리 흰색 벽에는 미술계 동향을 비웃는 듯한 그래피티가 기가 막힌 작품처럼 새겨져 있었다.

"그리고 이거요."

김 대리는 울상이 된 얼굴로 쭈뼛거리며 흰 종이 한 장이 담긴 지퍼 백을 내밀었다.

"이게 뭔데?"

골치 아픈 짓을 저지른 놈들이 남겨 놓고 간 메시지라는 것을 직감할 수 있었다.

"발견하자마자 편의점 뛰어가서 지퍼 백부터 사 와서 넣었어요. 제 지문 남아 있겠지만, 경찰에 넘기면 뭐라도 찾을 수 있을 거예요."

인애는 펼쳐진 채로 지퍼백 안에 고이 들어가 있는 A4용지를 들여다보았다. 유치하게 잡지에서 글자를 하나씩 오려서 만든 퍼즐 같은 글씨들이 눈에 들어왔다.

[예술가인 착하지만, 돈에 미친 기획자의 편협한 전시]

얼굴 없는 예술가는 인애의 전시를 비방하기 위해 그래피티를 새겨 놓고 간 듯했다. 본 전시관의 주체가 될 수 없는 억울함을 토로하는 것도 같았다.

"경찰은 왜 안 와?"

"오고 있대요, 지금."

"일단 갤러리 문부터 닫아."

부인과 다낭으로 골프 여행을 떠난 관장은 지금 비행기 안에 있었다. 부관장에게 연락을 해 보았지만, 알아서 하라는 무책임한 답변만 돌아왔을 뿐이다.

인애는 갤러리를 폐쇄하고 경찰의 연락을 기다렸다. 갤러리를 방문한 경찰은 CCTV 녹화본부터 조사했다.

"사각지대에서 손만 뻗어서 화면부터 칠했네요."

용의주도한 범인들은 정체를 들킬까 봐 두려웠는지, 제일 먼저 CCTV 카메라에 스프레이 페인트를 뿌렸다.

"갤러리 천장에 360도 촬영 가능한 카메라가 있어요. 그건 못 건드렸을 겁니다. 그것부터 보죠."

인애는 갤러리 관장과 보안 팀장, 그리고 과장급 직원들만 알고 있는 녹화본에 접근하기 위해 PC에 보안 코드를 입력했다.

다행히 해당 카메라를 통한 기록은 남아 있었다. 무리는 전부 세 명, 겁도 없이 복면으로 얼굴을 가리지도 않아 카메라엔 범인들의 전신이 또렷이 찍혀 있었다.

엄청난 속도로 갤러리 바닥과 벽을 도배한 그들이 빠져나가기 직전, 무리 중 리더로 보이는 한 명이 카메라를 향해 손을 흔들었다. 그러고는 주머니에서 휴대전화를 꺼내어 화면을 향해 흔들어 보였다.

"뭐 하는 거야? 전화하겠다는 건가? 혹시 아는 사람들입니까?"

인애는 고개를 내저었다. 하지만 저들이 의도하는 바는 분명했다. 인애에게 아니, 전시 책임자와 연락이 닿기를 바라는 듯했다.

"일단 이 녹화본 가지고 가서 추적해 보겠습니다."

경찰의 반응은 미지근했다. 작품이 도난당한 것도 아니고, 인명 피해도 없을 뿐더러, 화면에 다 찍혔으니 쉽게 잡힐 거라 생각하는 눈치였다.

경찰이 돌아간 후, 인애와 김 대리 그리고 보안 팀 직원 세 명이 갤러리에 남았다. 보안 팀 직원들은 흔적을 더 찾아보겠다며 갤러리를 수색했고, 김 대리와 인애는 전시관을 폐쇄한 채 사무실로 올라왔다.

"전시 도록에 내 이름이랑, 사무실 전화번호 있지?"

"네, 전시 책임자로 과장님 이름이랑, 사무실 대표 번호 적혀 있어요."

그들이 인애에게 어떻게든 접촉해 올 것 같은 막연한 확신이 들었다.

"이번 전시 컨디션 리포트(전시 전 작품의 상태를 기재해 놓은 보고서) 좀 출력해 줘. 그리고 이번 전시에 초청된 작가님들한테는 갤러리 내부 사정으로 며칠 휴관할 수도 있다고 연락해야 하니까, 연락처 리스트도 같이 부탁해."

인애가 하는 말을 받아 적는 김 대리의 표정이 좋지 않았다. 계속 휴대전화를 만지는 모습을 보아하니 선약이 있는 모양이었고, 취소해야 하는 상황이 난감해 보였다.

"김 대리."

"네?"

갑작스러운 부름도 아니었는데, 김 대리는 흠칫 놀란 얼굴로 인애를 바라보았다.

"무슨 일 있어?"

김 대리는 쭈뼛거리며 입술을 말아 물었다.

"무슨 일인데."

인애가 달래듯 되묻자, 김 대리가 조심스럽게 입을 열었다.

"다음 주 월요일이 아버지 생신이라, 오늘 식구들이랑 같이 저녁 먹기로 했거든요. 괜찮아요, 과장님. 안 가도 돼요."

"프린트 내가 할게. 어서 들어가."

"그래도……."

"오늘 안으로 해결될 문제 아니야. 아버지 생신이 더 중요하지. 이깟 낙서가 중요해?"

인애는 얼굴이 새빨갛게 상기되어 어쩔 줄 모르는 김 대리를 달래서 퇴근시켰다.

보안 팀도 당직 직원을 제외하고는 퇴근했고, 결국 사무실에는 인애 혼자 남았다.

인애는 밤이 늦도록 전시에 참여한 작가들에게 연락을 해야만 했다. 갤러리 내부 사정에 의한 휴관이라는 말에 일부는 수더분한 반응을 보였고, 일부는 손해 배상을 청구하겠다며 펄펄 뛰어 댔다.

마지막 작가와의 통화를 끝냈을 때, 인애는 녹초가 되어 있었다. PC 화면 하단에 찍혀 있는 시간을 보니 벌써 자정에 가까운 시각이었다.

무선 충전기 위에 올려 둔 휴대전화가 스르륵 움직이며 진동했다. 작가나 갤러리 관계자 중 한 명일 거라 생각했다. 그런데 발신인을 마주하자 심장이 돌부리에 걸리기라도 한 것처럼 덜컥거렸다.

[최휘욱]

남편의 이름을 이렇듯 무정하게 저장해 뒀으면서 그에게 무엇을 바란 걸까?

인애는 통화 거부 쪽으로 손가락을 미끄러뜨리고는 휴대전화를 재킷 주머니 안에 집어넣었다.

컨디션 리포트를 집어 든 인애는 엉망이 된 기분으로, 엉망이 된 전시관을 향했다. 전시 전 기록해 둔 내용과 비교하며 스프레이 페인트가 튀어서 망가진 작품은 없는지 꼼꼼히 살펴야만 했다.

작품 상태에 대한 전수 조사가 끝난 후에는 보험사와 전시관 원상 복구를 위한 보상 범위를 논의해야 했고, 휴관 안내와 언론 통제 등 해야 할 일이 산더미였다. 우선은 밤새 전시 작품에 관한 개괄적인 전수 조사라도 마쳐야 했다.

컨디션 리포트에 기재된 상황과 태블릿 PC에 저장된 고해상도의 작품 사진을 살피며 페인트 방울이 하나라도 튄 게 있는지 확인했다. 만약 망가진 작품이 있다면 전시관 원상 복구뿐만 아니라 작품 복원과 배상 작업도 동시에 진행해야 하기에 골치 아픈 일이 아닐 수 없었다.

내일 컨디션 리포트를 토대로 컨서베이터(Conservator; 복원 전문가)에게 다각적인 분석을 맡기기 전에 전시 책임자로서 일차적인 검토라도 마치고 싶었는데, 시간이 부족했다.

전시 작품은 총 50점, 일주일을 매달려도 될까 말까 한 분량이었다. 밤새 매달린다고 해서 해결될 일이 아니었다. 김 대리에게 말했던 것처럼 단칼에 해결할 수 없는 문제이기도 했다.

감정이 복잡해진 나머지, 일 욕심이 앞선 거였다. 인애는 컨디션 리포트를 손에 든 채로 갤러리 바닥에 털썩 주저앉았다.

일은 어떻게든 해결하면 된다. 문제는 휴먼 에러, 반복된 감정 오류를 일으키고 있는 자신이었다.

인애는 재킷 주머니 속에 넣어 두었던 휴대전화를 꺼내 들었다. 전시관 안에는 시계가 없어서 몇 신지 가늠할 수가 없었다. 대략 새벽 4시쯤 되었겠거니 생각하며 화면을 터치했는데 반응이 없다.

아까 사무실에서 무선 충전기 위에 올려 두었기에 배터리가 그새 방전될 리는 없었다. 인애는 꺼진 휴대전화를 손에 쥔 채로 전시관을 빠져나갔다.

"어? 윤 과장님, 아직 계셨어요?"

순찰 중이던 보안 팀 직원이 귀신이라도 본 얼굴로 인애를 바라보았다.

"네, 전시품 확인하느라 남았어요. CCTV로 저 못 보셨어요?"

인애의 질문에 보안 팀 직원은 짐짓 당황했다.

"저한테 그 천장 카메라 볼 수 있는 권한이 없어서요."

"아……. 아까 잠겼던 거 풀어 드렸는데……."

"보안상 이유로 30분에 한 번씩 패스워드를 입력하지 않으면 다시 잠기더라고요."

보안 팀 직원의 문제가 아닌 체계의 문제였다. 관장과 보안 팀장, 전시 책임자 그룹에 속하는 임원급 전부의 동의 없이 비밀번호를 알려 주면 직무 해제의 이유가 된다.

"그것부터 해결해야겠네요. 비밀번호 알려 드릴게요."

지금 상황에서 권위를 과시하기 위해 만들어 놓은 체계 따위는 무용지물이다.

"아……. 제가 실수를 좀 한 것 같은데, 어쩌죠?"

비밀번호를 알려 주겠다고 하는데도, 보안 팀 직원의 표정이 좋지 않았다.

"무슨 실수요?"

괜히 안 좋은 예감이 들어 조심스럽게 물어보았다. 갤러리 바닥과 벽을 물들여 놓은 이들이 쉽게 침투할 수 있었던 이유가 혹시 보안 팀에 아는 사람이 있어서였을까?

새벽까지 잠을 청하지 못한 탓인지, 날카로워진 신경이 경계심을 발동했다.

"부군께서 다녀가셨는데, 제가 갤러리에 안 계시다고 했거든요."

보안 팀 직원의 입에서 흘러나온 말에 인애는 잠시 머릿속이 멍해졌다. 부군이라는 단어가 바로 와닿지 않았다.

"누구요?"

인애가 미간을 찌푸리며 되물었다.

"남편 되시는 분이요. 최휘욱 대표님."

그의 표정은 카메라에 대한 권한이 없다고 말할 때보다 훨씬 좋지 않았다. 부부간에 싸움의 원인이 되는 것은 아닐지 걱정하는 것치고는 지나치게 경직된 모습이었다. 소규모 갤러리 보안 팀 직원과 재벌가 자제의 간극이 만들어 낸 공포심처럼 느껴졌다.

"걱정하지 마세요. 제가 잘 이야기할게요."

"그게……."

보안 직원이 머뭇거리며 말을 이었다.

"되게 많이 걱정하시는 것 같았어요. 어쩌죠? 여기 계신 줄 알았으면, 제가 바로 안내해 드리는 건데요. 확인 못 해서 죄송합니다. 당연히 들어가신 줄 알았어요. 사무실 CCTV에도 보이지 않으셔서요."

"그럴 수 있죠. 제가 보통 이 시간에 갤러리에 남아 있는 일은 드무니까요. 저 올라가 볼게요. 집에 전화라도 해야겠네요. 연락 안 한 제 잘못이죠."

"워낙 정신없으셨잖아요."

보안 직원의 얼굴이 아주 조금은 풀어진 듯했다.

"그리고."

결이 다른 목소리가 보태졌다.

"최 대표님이 과장님 엄청 아끼시나 봐요. 걱정 많이 하시더라고요. 혼비백산이 되셔서 가셨는데……. 죄송해서 어쩌죠?"

그럴 리가. 예의상 한 말일 수도 있는데……. 기대감에 젖은 되물음이 흘러나왔다.

"언제쯤 왔었어요?"

"자정 지나서 오셨었어요. 한 다섯 시간 됐네요. 밖에 비 많이 오는데, 우산도 안 쓰셨는지 흠뻑 젖으셔서."

또다시 헛된 기대를 품은 심장이 제멋대로 뛰기 시작했다. 인애는 다시 한번 괜찮다며 보안 직원을 달래고는 사무실로 향했다. 고속 충전기에 휴대전화를 연결하고 전원이 들어오기까지 기다리는 잠깐의 시간이 억겁처럼 느껴지는 건 왜일까?

화면이 커지자마자 부재중 통화 알림과 함께 메시지가 정신없이 들어왔다. 제일 마지막에 도착한 메시지가 인애의 눈길을 사로잡았다.

[네가 원하는 대로 해줄게.]

발신인은 당연히 그 남자, 최휘욱이었다. 좁은 몸통이 답답하다는 듯이 심장이 크게 너울졌다.

그가 보낸 마지막 메시지를 물끄러미 내려다보는데, 휴대전화 화면이 깜빡거리며 수신 화면으로 바뀌었다.

까만 화면에 떠오른 세 글자가 선명하다. 최휘욱.

그가 끊임없이 전화하고, 메시지를 보낸 탓에 전원이 꺼졌었나 보다. 인애는 끊임없이 진동하는 휴대전화를 움켜잡고는 핸드백 안에 쑤셔 넣었다.

대체 뭘 원하는 대로 해 주겠다는 건데?

갤러리를 빠져나온 인애는 차를 집에 두고 온 탓에 대로변 택시 정류장을 향해 무작정 걷기 시작했다. 비가 그치고 난 뒤라, 물비린내 가득한 찬 공기가 폐부를 훑고 들어오자 기분 나쁜 멀미가 일었다.

또다시 제멋대로 심장을 뒤흔들어 놓으려고 하는 매혹적인 남자에게 휘둘리지 않을 거라고 확신할 수 없었다.

복잡하게 사는 건 딱 질색이었다. 원하는 대로 살아온 심플한 삶에 그가 끼어든 순간 모든 것이 엉망진창이 되어 버렸다.

총천연색이었던 삶을 그가 무채색으로 바꾸어 놓았다고 생각했다. 그래서 무료하고 지루한 삶이 될 거라고 예상했었다.

그런데 명암이 짙어지고, 대조가 분명해지며, 질감이 점점 또렷해졌다. 가장 어두운 부분과 가장 밝은 부분의 대비가 극명했다. 그간 살아온 삶은 희망찬 서문에 불과했고, 그와 함께하기 시작한 시간은 생생하고 섬세하게 기록되는 삶의 역사 같았다.

그 이야기가 행복한 결말일지, 아니면 파국으로 치닫는 비극적 결말일지.

몸도, 마음도 지친 나머지 지금 당장에는 아무것도 생각하고 싶지 않았다.

택시에 올라탄 인애는 충동적으로 근처 호텔 이름을 말하며 눈을 감았다.

그가 죽도록 미워서 보고 싶지 않았다. 또 무슨 조건을 들이대며 설득하려고 들지 상상조차 하기 싫다.

하지만 동시에 원하는 대로 해 주겠다는 그의 말에 희망을 걸고 싶어서, 드물게 보이는 따뜻한 미소가 그리워서 가슴이 아렸다.

애정을 얻기 전에 애증부터 피어났다.

───────────── ● ───────

쓰러지듯 호텔 침대에 누워 잠이 들었다가 깨어났을 때는 정오가 가까운 시각이었다. 생수를 한 모금 마신 뒤, 테이블 위에 던져 놓은 핸드백을 집어 들었다.

여러 가지로 지쳐 있던 새벽녘보다는 머리가 한결 맑았다. 마냥 피할 수만은 없었다. 몸이 지칠 대로 지쳐 있을 땐, 관계에 감정적으로 대응할 가능성이 크다. 감정에 치우쳐 그에게 끌려다니고 싶지 않았다.

그런 면에서 새벽녘 곧장 집으로 향하지 않은 것은 잘한 일이었다. 인애는 호텔 앞에 정차해 있는 모범택시를 잡아타고 집으로 향했다.

현관문을 열고 들어서자, 빠른 걸음으로 다가오는 기척이 느껴졌다.

"사모님, 오셨어요? 어제 친정에서 주무셨다고요. 사장님은 일이 많으신지 밤새 사무실에 계시다가 이제 막 들어오셨어요. 침실에 계세요."

휘욱은 의심 많은 아주머니에게 완벽한 부부의 일과 보고를 마친 듯했다. 의심을 감추려고 노력하는 아주머니의 눈동자에는 이채가 어려 있었다.

"잠자리가 갑자기 바뀌어서 그런지, 피곤하네요. 저 좀 쉴게요. 점심은 그냥 두세요."

"네, 사모님."

그래도 깍듯한 태도를 유지하는 아주머니를 뒤로하고 침실로 향했다. 방문 고리를 잡으려는 순간, 문이 벌컥 열렸다.

샤워를 마쳤는지 머리카락이 젖은 그가 외출복을 차려입은 모습으로 눈앞에 서 있었다. 슈트 차림이 아닌, 니트에 맥코트를 입은 모습인 걸 보니 회사에 가는 건 아닌 듯했다.

"어디 가?"

그는 숨 쉬는 법을 잊은 사람처럼 굳어 있다가, 한숨을 토해 냈다. 그러고는 인애의 손을 잡아 침실 안으로 이끌었다. 거센 악력이 느껴졌지만, 악의는 없었다. 손목을 잡은 그의 손이 평소보다 훨씬 뜨거웠다.

등 뒤에서 침실 문이 닫히는 둔탁한 소리가 들려옴과 동시에 손목을 잡고 있던 손힘이 스르륵 풀어지는가 싶더니, 그가 인애의 허리를 당겨 안았다. 순식간에 맥코트의 매끄러운 천이 뺨에 닿았다.

예상치 못한 전개에 인애는 할 말을 잃어버렸다. 심장이 둥둥 울리는 소리가 귓가에 들려오는 듯했다. 상체를 꽉 끌어안은 두 팔이, 맞닿은 그의 단단한 가슴이, 너른 그의 품 안이 파르르 떨리고 있었다.

그리고 옷을 사이에 두고도 느껴지는 그의 체온은 평소보다 훨씬 더 뜨거웠다. 등허리를 단단히 감싸고 있던 손이 어깨를 쓸고 올라와 양 볼을 감쌌다. 그의 온도에 뺨이 녹아내릴 듯했다.

파르르 떨리는 눈꺼풀이 저절로 내려앉았다. 다툼이 있을 거라고 생각했었다. 자신이 시비를 걸든, 그가 싸움을 걸어오든. 뜻하지 않은 실언으로 마음을 할퀼 거라 예상했었는데.

뜻밖의 반응에 인애의 심장은 갈피를 잡지 못하고 거칠게 뛰어 댔다. 한꺼번에 너무 많은 피를 내뿜는 게 버거운지 현기증마저 일었다.

그의 뜨거운 숨결이 이마 위에서 콧잔등을 타고 미끄러져 내려왔다. 성스러운 대상에 입을 맞추듯 그의 키스는 조심스러웠다. 그의 입 안은 마른 입술과 달리 뜨거웠다. 인애는 속수무책으로 그에게 입술과 몸을 내맡겼다.

머릿속이 하얗게 탈색되었고, 그가 지금만큼은 솔직한 모습이기를 바랄 뿐이었다.

밤새 아내 걱정을 한 남편, 무사히 돌아온 아내를 품 안 가득 안고 안도하는 남자의 모습이 진심이기를 바랐다. 입술이 오래도록 뒤섞였다.

말 한마디 제대로 나누지 않았는데, 황홀한 안도감과 안온한 탐욕이 공존했다. 차오른 열기가 버거워 목에서 가느다란 신음이 울렸다. 그가 천천히 입술을 뗐다. 본능적인 아쉬움에 그의 입술을 따라가자, 달래듯 부드럽고 짧은 입맞춤이 이어졌다.

눈을 감은 채로 입가에 깃털처럼 쏟아지는 숨결을 느꼈다. 간질간질한 숨결이 닿을 때마다 아랫배가 묵직하게 조여들 만큼 긴장감이 밀려들었다.

"네가 원하는 대로 해 줄게."

문자 내용을 그대로 읊는 그의 목소리는 확고했다. 피로감과 열감이 느껴지는 낮게 쉰 목소리였지만 허투루 하는 말이 아니라는 듯 그는 명료한 어조로 덧붙였다.

"무슨 뜻인지 알겠어?"

그는 이마를 맞댄 채로 인애의 대답을 가만히 기다렸다.

"솔직히 갑자기 왜 이러는지 모르겠어."

여과되지 않은 혼란스러움이 쏟아져 나왔다. 그는 인애의 머리카락을 쓸어넘기며 동그란 이마에 가볍게 입을 맞추었다. 인애가 갈피를 잡지 못하는 것도 자신의 잘못이라는 듯이 경건한 입맞춤이었다.

"네가 원하는 대로 남편 노릇 하겠다는 거야."

인애는 가까스로 무거워진 눈꺼풀을 들어 올렸다. 그의 시선에 거짓은 없어 보였다. 하지만 그도 혼란스러운 건 마찬가지인 듯했다.

"나랑, 잘 거야?"

대범하게 입을 열었지만, 말끝이 파르르 떨렸다. 우스운 물음이었지만, 중요한 질문이기도 했다.

"그래."

그가 나지막이 대꾸했다.

"그럼, 그 여자하고도?"

거친 자갈밭을 구르는 것처럼 아프다. 지금껏 그 여자와의 사랑을 수도 없이 강조해 왔던 남자였다. 두 여자를 동시에 마음에 품은 거라고 하면 받아들일 수 있을까?

그는 대답 대신 지그시 두 눈을 감은 채로 고개를 내저었다. 그의 얼굴에 괴로운 기색이 어려서 심장이 길게 베이는 듯했다.

사랑하는 연인을 두고 결혼했지만, 아내에게 충실해야만 해서 혼란에 빠진 남자.

그가 천천히 입을 열었다.

"그저께 말했던……. 그런 일은 없었으면 좋겠어."

"그저께 말했던……?"

되묻는 순간 그와 다퉜던 일이 떠올랐다.

당신에게 여자가 있으니, 나도 그런 대상을 만들겠다고 통하지도 않을 협박을 늘어놓던 어리숙한 자신의 모습이.

그는 뭐가 두려운 걸까? 어떤 마음으로 대학교 때부터 오래도록 사랑했다는 여자를 저버리고, 아내를 품으려고 하는 것일까?

그의 얼굴에 안쓰러울 정도의 염려가 고여 있었다. 인애는 천천히 고개를 끄덕였다.

"당신도 그런다고 했으니까."

그가 여자를 부정하며 고개를 내젓고, 아픈 표정을 지었던 모습을 지우려 노력하며 말을 이었다.

"그렇게 할게."

당연한 것을 대단한 결심처럼 읊조렸다. 다른 남자를 찾아보겠다고 그를 도발했었지만, 진심으로 꺼내 들었던 말은 아니었다. 그 도발이 기가 막히게 통할 줄도 몰랐다.

그가 더운 숨을 몰아쉬며 다가왔다. 또다시 입술이 맞물렸다. 깊은 입맞춤은 그칠 줄을 몰랐다. 그는 인애를 번쩍 안아 든 채 침대로 향했다.

푹신한 매트리스가 등에 닿았고, 그가 단단한 몸을 겹치며 맥코트를 벗어 던졌다. 재킷을 들추는 성마른 손길이 느껴졌다. 천이 스치는 소리에 온몸에 열이 올랐다. 뺨 위로 부서지는 숨결이 뜨겁다.

무엇이 그를 이렇게 절박하게 만들었는지 알 수 없었다. 그의 급격한 온도 변화를 무작정 받아들여야 하는지도 모르겠다. 갑자기 거리를 좁히고 다가오는 상황이 겁났다.

그가 두려운 것이 아니라, 자신은 모르는 말하지 못할 이유가 있을 것만 같아서.

인애는 옷깃을 타고 오르는 그의 손목을 꽉 움켜잡아 저지했다.

이상하다 싶었는지, 입술을 떼어 낸 그가 왜 그러느냐는 듯이 의아한 눈빛으로 인애를 내려다보았다.

"이렇게 급하게 하기는 싫어."

또 차곡차곡 감정을 쌓아 올리며 시작한 관계는 아닐지라도, 그와 애틋한 밤을 보내고 싶은 마음도 있었다. 서로를 아끼는 손길, 다정한 눈빛과 뜨거운 진심을 주고받을 수 있는 밤이기를 바랐다.

그는 한숨을 훅 몰아쉬며 인애의 옆에 털썩 소리가 나도록 등을 대고 누웠다. 한동안 침묵이 흘렀다.

호텔 침구도 아주 포근했는데, 어느새 신혼집 침대에 익숙해진 것인지 호텔과는 비교도 되지 않는 안락함에 몸이 노곤해졌다. 그리고 옆에서 숨을 고르며 누워 있는 남자의 존재감이 그 어느 때보다도 커다랗게 다가왔다.

스치듯 닿아 있는 손등에서 뜨거운 온도가 느껴졌다. 인애는 손가락을 슬쩍 뻗어서 그의 손을 움켜잡았다. 그저 손끝만 닿았을 뿐인데도 온몸에 전율이 흐르는 것 같은 착각이 일었다.

"열나는 것 같아."

아까부터 그에게서 느껴지는 열기가 착각은 아니지 싶다.

"밤새……."

그가 잠긴 목을 한 번 가다듬고는 말을 이었다.

"찾아다녔어."

비를 쫄딱 맞고 갤러리에 왔었다는 보안 직원의 말이 떠올랐다.

"경찰에 신고도 했어, 설마?"

인애가 약간은 장난기가 어린 목소리로 물었다. 감정적으로나, 육체적으로나, 이제 조금 여유가 생기는 기분이다. 입술이 뒤섞이며 감당할 수 없는 열기가 치솟을 때만 해도 갑작스러운 관계 변화가 두렵고, 당황스러웠다.

하지만 열기가 좀 가라앉고 나자, 머릿속에 드리웠던 뜨거운 안개가 걷히는 듯했다.

관계가 더 나빠진 것도 아니고, 긍정적으로 변모하는 상황에서 두려울 게 뭐가 있을까?

그동안 그에게 꾸준히 거부당했던 트라우마가 망설임을 만들었는지도 모른다. 그와 정상적인 부부 관계를 맺기 전에도, 그의 거부는 상처가 되었다. 그런데 그와 보통의 부부가 된 이후에, 그가 똑같은 상처를 준다면 견딜 수 없을 거라고 생각했다.

스스로를 나약한 인간이라고 생각해 본 적은 단 한 번도 없었다. 그런데 그를 향한 사랑이 자신을 나약하게 만든 거라고 인애는 생각했다.

"아니."

"그렇게 걱정됐으면 경찰에 신고부터 하지 그랬어?"

그는 말을 고르듯 잠시 머뭇거렸다.

"그 친구랑 같이 있는 줄 알았어."

담백하게 내뱉는 대답에 황홀한 질투가 묻어났다. 인애는 그를 나무라듯 혼잣말처럼 읊조렸다.

"내가 자긴 줄 아나."

"어디 있었어?"

그가 조금은 스산한 목소리로 물었다.

"갤러리에서 일했어."

"밤에 갤러리에 갔더니, 너 없다고 하던데?"

"보안 직원이 내가 거기 있는 줄 몰랐대."

허탈하다는 듯이 그가 한숨을 내쉬었다.

"여태 갤러리에 있었어?"

"아니."

"그럼?"

그의 물음에 또다시 우려가 섞인다.

"일 끝나고는……."

인애는 한숨 고르고는 말을 이었다.

"집에 가기 싫어서 호텔에서 잤어."

그가 인애의 손을 힘주어 잡았다.

"집을……. 네가 싫은 곳으로 만들어서 미안해."

다른 수많은 것부터 사과해야 하지 않느냐고 되묻고 싶어졌다. 그는 마치 그게 가장 큰 잘못인 것처럼 애틋하게 말하고 있었다.

"하루 집 나갔던 보람이 있네. 내가 최휘욱 씨한테 사과를 다 받고."

빈정거림은 묻어나지 않는 담백한 말투였지만, 그가 당황한 듯 몸을 굳히는 게 느껴졌다.

"나한테 사과해야 할 일이 그것만 있는 거, 아니잖아?"

질문을 던진 순간 깨달았다. 어리석게도 자신이 이 남자의 모든 것을 용서했음을.

훗날 큰 상처를 입는다 해도 지금은 이 남자의 사랑을 절박하게 갈구하고 있음을.

"나 좀 졸린데."

긴장이 풀린 탓인지, 뜻밖의 안온함 때문인지 수마가 밀려들었다. 인애가 잠에 취한 목소리로 속삭이듯 읊조렸다.

"좀 자."

그의 목소리가 공기 중으로 아스라이 흩어지는 것을 느끼며 인애는 천천히 눈을 감았다.

모처럼 단잠에서 깨어났을 때는 사위가 어두컴컴했다. 손을 살짝 움직였을 뿐인데, 옆에 있는 남자의 단단한 팔뚝이 느껴졌다.

남편과 함께 자는 게, 이렇게 든든한 거구나.

신혼부부라면 누구나 신혼 초에 느꼈어야 할 감상을 인애는 이제야 맞이하는 중이다.

인애는 몸을 일으켜 앉으며 협탁 등을 가장 낮은 조도로 켰다. 그는 니트에 면바지 차림으로 반듯이 누워 잠들어 있었다. 옷도 갈아입지 못하고 잠이 든 것은 인애도 마찬가지였다.

그가 깰세라 조심스럽게 침대에서 일어나 욕실로 향했다. 긴 샤워를 마치고 나왔을 때도 그는 여전히 깊은 잠에 빠져 있었다.

배가 고픈 것 같아서 생각해 보니, 오늘 종일 아무것도 먹지 않았다. 혼자 부엌에 나가 볼까 하다가, 그의 곁으로 다가갔다.

잠든 그의 얼굴 위로 옅은 빛이 내려앉아 짙은 음영을 그려 냈다. 우뚝 솟은 콧날 아래로 흐르는 숨결에서 느껴졌던 열기가 그리워 살짝 입술을 가져다 대 보았다. 그에게서 느껴지는 신열이 지나치게 뜨거웠다.

"으음."

그가 얕은 신음성을 내고는 천천히 눈꺼풀을 들어 올렸다. 아직 잠에 취한 그의 눈빛과 마주쳤을 뿐인데, 숨이 훅 차오를 만큼 긴장감이 몰려왔다.

휘욱이 흐릿해진 시선으로 가늠하듯 인애를 바라보았다. 마치 먼 과거부터 더듬어 오는 것처럼 그의 눈빛이 아득했다. 아직 잠이 덜 깨서 그런 것인지, 아니면 정말 두 사람의 짧고 치열한 역사를 되돌아보는 것인지 모르겠다.

인애는 영원처럼 아득하게 느껴지는 그의 눈빛을 바라보는 게 괜히 어색해서 먼저 시선을 돌렸다. 그가 전해 주는 압도감은 언제나 마음을 뒤흔들어 놓았었다.

이번만큼은.

그가 마음을 열고 다가오기 시작한 지금만큼은 그렇게 흔들리고 싶지 않았다. 앞으로 그와 함께할 시간을 주체적으로 꾸려 나가고 싶었다.

그와의 시작은 명백히 불편했다. 옹졸한 생각이 들거나, 마음이 조여서 괴로울 때, 이 결혼을 선택하고 받아들인 것을 조금도 후회하지 않았다면 거짓이다.

앞으로는 후회할 일을 만들고 싶지 않았다. 소심하고 우유부단한 성격은 아니었지만, 더욱 신중해지고 싶어졌다. 모든 순간을 헛되이 보내고 싶지 않았다.

어쩌면 마음속 심연의 가장자리에서는 두려움을 숨기느라 급급한지도 모르겠다.

그가 불순한 의도를 가지고 마음을 연 것처럼 행동하는 것인지도 모른다는 의심이 아예 없다면 그것 또한 거짓이다.

하지만 지금, 연소 과정을 제대로 규명할 수도 없는 연기에 현혹되어 그를 멀리하는 것은 어리석은 짓이다.

자연스러웠으면 좋겠다. 조급하게 서두르지 않고, 겁먹어서 밀어내지 않고.

서로를 온전히 바라보며 다가가는 시간이 될 수 있도록 모든 것이 순리대로 흘러갔으면 좋겠다.

꼬르륵.

그와의 관계를 심각하게 정리하며 다소 관념적인 생각에 빠져 있는데, 생리적 현상이 인애를 순식간에 현실로 끌어당겼다.

"배고파?"

배 속에서 나는 소리를 그도 들었나 보다. 그가 상체를 일으키며, 잠기운이 묻어나는 탁한 목소리로 물었다. 콘트라베이스의 중간 줄에서 날 법한 음색에 긁는 소리가 더해진 그의 목소리는 지나치게 관능적이었다.

당장에 그의 입술을 집어삼키고 싶은 충동이 일었다. 차근차근 다가가자고 마음먹었지만, 치솟는 본능은 무섭도록 분명했다.

키스는 괜찮지 않을까? 잠에선 깬 남편과 키스 정도 나누는 것쯤이야 자연스러운 것 아닌가?

별로 심각하지도 않은 고민을 심각하게 이어 가고 있는데, 그의 커다란 손이 다가와 인애의 목덜미를 잡아끌었다. 입술이 닿기 직전 심장이 터질 것처럼 크게 뛰었다.

그의 입술이 파르르 떨리는 인애의 작은 입술을 가볍게 물었다가 놓아 주었다. 급하게 하고 싶지 않다는 인애의 말을 지키려는 듯 그의 키스는 따뜻하고 담백했다. 하지만 정작 그렇게 말한 인애는 안달이 나서 입술 끝이 저릿할 정도였다.

키스까지는 했잖아?

인애는 멀어져 가는 그의 입술을 따라가 열정적으로 입을 맞추었다. 젤리 위에 묻은 설탕을 핥듯이 그의 마른 입술을 축이고, 말랑말랑한 젤리를 입술로 짓이기듯 했다. 저돌적으로 다가갔지만, 움직임이 서툴러 성에 차지 않았다.

잠들기 전, 그가 인애를 품에 안고 퍼부었던 키스와는 비교도 되지 않을 만큼 미숙했다. 이 정도의 키스로는 갈증이 해소되지 않을 것 같았다.

그는 섬세하게 악기를 조율하는 것처럼 입을 맞췄다. 음이 벗어나지 않도록, 줄이 끊어지지 않도록.

사람을 고문하는 악취미는 없었지만, 그가 자신으로 인해 달아올라서 어쩔 줄 몰라 하는 모습을 또 보고 싶었다.

급하게 하지 말자는 말을 했을 때, 옆에 누워서 거친 숨을 고르며 열기를 식히려 애쓰던 그의 모습은 평생을 봐도 질리지 않을 것 같았다. 질리기는커녕 그를 자극하고 농락해서 죽을 때까지 즐겨 보고 싶었다.

인애는 그의 이깨 위에 올린 손을 미끄러뜨려 그의 넓은 가슴팍을 어루만졌다. 얇은 니트 아래의 단단한 가슴 근육이 느껴졌다. 그리고 다부진 질감 아래에서 터질 듯이 쿵쿵거리는 그의 심장도 손에 잡힐 듯했다.

그가 가뿐하게 인애를 안아 들어 단단한 허벅지 위에 앉혔다. 단지 허벅다리 위에 앉았을 뿐인데, 마치 모든 것을 뒤섞고 있는 듯 열기가 솟구쳤다.

가슴 위에 닿아 있던 손은 자연스레 그의 목을 끌어안았다. 하체는 그의 품 안에 있었지만, 상체는 그를 온전히 품고 있는 자세였다. 미묘한 결합에 가슴이 뛰었다. 이대로 시간이 멈춘다 해도, 영원토록 키스만 나눈다고 해도 좋을 만큼 안온한 동시에 황홀했다.

그는 인애의 허리를 끌어안은 채로 등허리를 부드럽게 어루만졌다. 그의 손길이 지나가는 곳마다 살갗이 녹아내리는 듯했다.

손길이 닿으면 만족스러웠고, 손길이 멀어지면 죽을 것만 같았다. 그가 다른 여자의 몸을 만지고 있는 것도 아닌데, 그의 손길이 지나간 살갗에서는 참혹한 고통이 느껴질 정도였다.

온몸을 그에게 내맡기고 싶었다. 구석구석 샅샅이 그와 함께하고 싶어졌다. 말랑말랑한 여체를 그의 단단한 몸에 찰싹 붙였다.

"으음."

그의 목울대에서 신음성이 흘렀다. 억눌린 관능이 새어 나오는 소리는 지나치게 자극적이었다. 등허리를 어루만지던 손이 가녀린 어깨를 움켜잡듯 했다.

딱 달라붙어 있던 입술이 가까스로 떨어졌다.

"하아."

저지할 틈도 없이 더운 숨이 터져 나왔다. 그는 인애가 가쁜 숨을 고르는 모습을 일렁이는 눈동자로 바라보았다. 진갈색과 진회색이 묘하게 뒤섞인 그의 눈동자에는 열기와 금욕이 공존했다.

욕망을 억누르는 그의 시선은 흡족할 만큼 아름다웠다. 이 눈빛을 매일, 매 순간, 영원토록 보고 싶었다. 본능을 억누르며 인애와의 약속을 지키려고 하는 그의 모습은 심장이 저릿할 정도로 사랑스러웠다.

"배고프냐고 묻더니, 이게 뭐야."

열기에 그을린 목소리는 평소보다 한 톤 높게 흘러나왔다. 인애는 그를 놀리듯 장난을 걸었다. 그는 커다란 손으로 달아오른 인애의 뺨을 조심스럽게 쓰다듬었다. 성욕, 수면욕, 식욕, 셋 중 무엇이 가장 강력할까?

아까 그는 수면욕을 택했고, 이번에는 인애가 식욕을 들고 나섰다. 생명과는 직결되지 않지만 셋 중 가장 큰 쾌락을 안겨 줄 수 있는 본능적 욕구를 뒤로하느라, 두 사람은 오래도록 더운 숨을 골라야만 했다.

"그래, 나가서 뭐 좀 먹자."

인애는 고개를 끄덕이고는 그의 허벅다리 위에서 내려왔다. 그가 곤란한 얼굴로 머뭇거렸다.

"왜 안 일어나?"

먼저 바닥을 딛고 선 인애가 여전히 침대 헤드 보드에 기대앉아 있는 그를 바라보며 물었다.

"먼저 나가 있을래?"

그는 두 사람이 나누었던 열기를 홀로 앓고 있는 것처럼 보였다.

"아, 어."

그의 바지 섶을 흘끗 본 인애는 얼른 침실을 나섰다. 그와 직접적인 정사를 벌인 것도 아닌데, 얼굴이 홧홧 달아올랐다.

"사모님, 일어나셨어요?"

아무런 기척도 느껴지지 않았는데, 귀신처럼 다가와 말을 거는 아주머니의 스산하고도 음흉한 목소리에 인애는 하마터면 다리가 풀려 바닥에 주저앉을 뻔했다.

아주머니는 미심쩍은 눈빛으로 흠칫 놀란 인애를 뜯어보듯 했다.

"아직 안 주무셨어요?"

"이제 저녁 7시밖에 안 됐는걸요. 저녁 식사 하시겠어요?"

지금 아주머니가 차려 준 저녁밥을 먹는다면 체할 것만 같았다. 또 그가 마음을 연 이후에 처음으로 함께하는 저녁 식사였다. 그런데 아주머니는 식사 시중을 든다면서 옆에서 감시할 게 뻔했다.

그동안에는 식탁 앞에 무미건조한 얼굴로 마주 앉아서 쇼윈도 부부 연기를 완벽하게 해냈기에 별 어려움이 없었다. 아주머니에게 보이고 싶지 않은 것은 존재하지 않았고, 아주머니에게 보여야 할 것들만 존재하는 자리였다.

그런데 지금은 보여 주고 싶지 않은 것투성이였다. 만들어진 쇼윈도 부부가 아닌, 따뜻한 저녁 한 끼를 나누는 안온한 부부의 모습은 절대 보여 주고 싶지 않았다. 감정에는 틈이 존재한다. 아주머니에게 그 틈을 보여 주고 싶은 생각은 추호도 없었다.

"휘욱 씨가 치킨이 먹고 싶다고 하네요. 치킨 튀길 줄 아세요?"

인애의 물음에 아주머니는 짐짓 당황한 얼굴을 했다.

"튀길 줄 알죠. 마침 닭볶음탕 하려고 사다 놓은 닭도 있고요. 튀기려면 시간이 좀 걸릴 텐데, 기다려 주시겠어요?"

"양념은요?"

인애는 천진한 얼굴로 무구한 물음을 던졌다.

"네?"

"저는 양념치킨이 더 좋거든요. 아, 치킨 무 없으면 느끼해서 못 먹는데……. 그리고 닭볶음탕용 닭은 몇 마리예요?"

"한 마리 반이요."

"저 사람 혼자 다 먹을 양이네요."

사실 그가 치킨을 먹는지, 안 먹는지조차 잘 모른다. 그는 집에서 대체로 건강식을 즐겼고, 패스트푸드, 인스턴트 음식 등 정크 푸드를 먹는 모습을 본 적이 없다. 생각해 보니 인애는 그에 대해 별로 아는 게 없었다.

아는 게 없어도 이렇게 좋아질 수 있나.

새삼 신기해하며 인애는 아주머니를 따돌리기 위해 애썼다.

"그냥 배달 주문 하죠, 뭐. 쉬세요. 알아서 먹을게요."

예상치 못한 전개에 아주머니는 당황한 듯 보였다.

"아, 그리고 부탁드릴 게 있는데요."

"네, 말씀하세요. 사모님."

"제가 지금 생리 전 증후군이 심해서 좀 예민하거든요. 혹시 PMS 약 좀 사다 주시겠어요?"

"지금이요?"

"네, 지금이요. 저녁 먹고 먹어야 할 것 같은데, 제가 지금 두통이 심해서 나갈 수가 없네요."

아주머니는 알겠다며 고개를 끄덕거렸다. 일요일 저녁 7시에 PMS 증후군 약을 사기가 쉽지는 않을 것이다.

아주머니가 나가고, 주문한 치킨이 도착하고 나서야, 그는 침실 밖으로 나왔다.

"무슨 냄새야? 아주머니는?"

"치킨 시켰어. 맥주도 시키고. 아주머니는 잠깐 나가셨어."

그가 한쪽 입꼬리를 들어 올리며 매혹적으로 웃었다. 그의 눈빛은 '제법인데?' 라고 말하는 것 같았다.

"그럼 이 집에 우리 둘뿐이야?"

그가 성큼 다가오며 물었다.

마치 동전을 뒤집듯 상황이 완전히 역전된 것만 같았다. 집에 들어오면 늘 살얼음판 위를 걷는 듯했다. 그리고 그 살얼음은 두 사람을 에워싼 공기 속에서도 시린 온도 그대로 존재했다.

갑자기 누군가 두 사람의 시공간에 온풍기라도 틀어 놓은 것처럼 따뜻해졌다. 아니, 따뜻하다 못해 시시때때로 뜨거웠다.

그가 커다란 손으로 인애의 허리를 감싸 안으며 근사하게 웃었다. 그 웃음이다. 그때 그 미소다. 서교동 골목길에서 오렌지빛 노을을 등지고 지었던 미소다. 세상을 단숨에 녹여 버린 건 그의 미소였던 걸까? 인애는 점점 다가오는 그의 웃음기 어린 입술을 바라보았다.

가라뜬 눈 아래로 보이는 것은 오직 그의 입술뿐이었다.

"오늘은 마음 놓고 밥 먹을 수 있겠다. 그치?"

그가 입술이 닿을락 말락 한 거리에서 속삭였다. 따뜻한 숨결이 입술을 간질이고 멀어졌다. 당연히 키스로 이어질 거라 생각했는데, 갈망을 무참히 저버리듯 그가 한 발짝 뒤로 물러서며 그동안 고단했다는 듯이 말을 이었다.

"밥 먹는데, 감시당하는 기분이었어. 우리가 먹는 밥알 수도 셀 것 같아, 그 아주머니는."

인애도 일면 동의하는 바였다. 하지만 지금 이 분위기의 흐름은 동의할 수 없다.

"그래? 그랬지, 뭐."

세련된 대응을 하고 싶었는데, 골이 났다는 것을 잔뜩 드러내듯 퉁명스러운 목소리가 흘러나왔다.

"왜 그래?"

그가 의아하다는 듯이 물었다. 온종일 아무것도 먹지 않은 탓에 빈속이 요동친 것도 동시였다. 허기는 짜증을 부른다. 인간은 기본적인 욕구가 충족되지 않으면 예민해지기 마련이다. 게다가 지금 인애에겐 그중 두 가지가 결핍되어 있었다. 식욕과 그리고.

"하아."

그가 한숨을 몰아쉬며 웃었다.

"어쩌라고, 윤인애."

인애가 하는 행동이 한스럽다는 듯이 그가 불평했다. 인애는 황당하다는 듯이 그를 올려다보았다.

"치킨 먹자고, 최휘욱 씨."

인애는 그의 말투를 그대로 따라 하며 대꾸했다. 그러자 그가 웃음을 참지 못하겠다는 표정을 짓고는, 쪽 소리가 나도록 입을 맞췄다. 순식간에 일어난 입맞춤에 인애는 허탈함이 밀려들었다.

느낄 새도 없이 멀어지는 입맞춤은 불공정하다.

다가오는 사람이야 입을 맞출 의도로 입술을 내밀었으니, 짧은 순간의 짜릿함을 충분히 만끽할 수 있다. 하지만 당하는 사람으로서는 그저 어린애들 장난 같은 접촉에 불과한 입맞춤이 만족스러울 리 없다.

그는 지금 인애를 놀리는 게 분명했다. 오기가 생겨나기 시작했다. 그렇다고 먼저 입술을 내밀고 싶지는 않아서 심통이 났다.

"왜 그렇게 골이 났어?"

그가 안쓰럽다는 듯이 물었다. 눈썹을 축 늘어뜨리며 어린아이를 달래는 듯한 표정을 짓는 게 못마땅했다. 그와 인애는 나이 차가 제법 나는 편이었고, 어렸을 때 그는 인애를 완전히 애 취급 했었다.

"먹자고. 배고파서 그래. 나 배고프면 화낸다?"

인애는 일부러 더 유치하게 굴었다. 그러자 그가 물러섰던 거리를 좁히며 바짝 다가왔다. 또 이대로 당하는 건 싫어서 몸을 뒤로 물린 인애는 식탁 위에 걸터앉는 꼴이 되어 버렸다.

그가 비스듬히 고개를 내렸다. 느릿한 속도였지만, 피하고 싶지 않았다. 입술이 겹쳐졌다. 오랜 키스로 빨갛게 달아오른 입술이 다시 그에게로 빨려 들어갔다.

커다란 손이 목덜미를 주무르듯 움켜잡았다. 그의 악력에 몸이 또다시 노곤해졌다. 피로감이 풀리면서 속성이 다른 긴장감이 밀려들었다.

인애가 받아들이는 힘보다 그가 밀어붙이는 힘이 더 컸다. 상체가 자연스레 뒤로 기울었다. 등 뒤에 차가운 대리석이 닿았다.

그가 목을 휘감고 있던 손바닥을 펼쳐서 뒤통수를 받쳐 주었다. 딱딱한 대리석 식탁에 머리가 닿지 않게 하려는 그의 세심한 배려에 가슴이 뭉클해졌다.

"흐음."

앓는 소리가 흘러나온 순간 입술이 떨어졌다. 당연히 여기서 멀어질 거라고 생각했다. 그런데 그의 입술이 인애의 턱을 타고 내려가 목덜미에 닿았다.

"흐읏. 휘욱 씨."

탁한 목소리가 흘러나오자 그가 입술을 묻은 채로 중얼거렸다.

"대체, 어쩌라고. 윤인애."

살갗에 닿은 그의 숨결에서 퍼진 전율이 온몸을 관통했다. 인애는 저도 모르게 몸을 잘게 떨었다.

"급한 건 싫다며."

억눌린 욕망이 가득 묻어나는 목소리가 그에게서 흘러나왔다. 밀도 높은 열정은 자꾸만 충동질을 부추겼다.

"그런 얼굴을 하고 있으면, 어쩌라고."

"어떤 얼굴?"

제 무덤을 판 것 같다는 생각은 질문을 던지고 나서야 들었다. 그가 고개를 슬며시 들어 올리며 인애를 내려다보았다.

"갖고 싶어 죽겠다는 얼굴."

직설적인 그의 발언에 얼굴이 순식간에 달아올랐다. 더 차오를 열기가 남아 있다는 게 신기할 따름이다. 물은 100℃에서 끓는데, 인간은 몇 번이고 거듭하여 끓어오를 수 있는 무한한 가능성을 지녔나 보다.

"삼키고 싶어서 미치겠다는 얼굴."

인애가 당황한 모습이 마음에 들었는지, 그가 노골적으로 읊조렸다.

"먹고 싶어서 돌아 버리겠다는 얼굴."

"그만……!"

눈을 질끈 감으며 소리친 순간, 그가 태연하게 대꾸했다.

"그렇게 먹고 싶으면 먹어야지."

이게 지금 무슨 소린가 싶어서 눈을 뜨자, 그가 능글맞게 웃었다.

"치킨."

인애는 순간 그게 아니지 않으냐고 반박해야 하나, 말아야 하나 심각하게 고민했다. 너무 밝히는 것 같아서.

결혼하자마자 자자고 할 때는 언제고, 갑자기 그의 짓궂은 장난에 신경질이 나서 자기 검열을 하게 된다.

아니 근데 좀 밝히면 어떤가? 신혼부부인데 당연한 거 아닌가?

그런데 문제는 인애가 급하게 하고 싶지는 않다고 입방정을 떨어 놨다는 것이다.

누군가 그랬다. 세상에서 가장 큰 죄악을 저지르는 것은 사람의 입이라고. 그리고 사랑 앞에서 변덕이 심해지고, 감정이 널을 뛰는 것은 정상적인 사랑의 행로 아니던가.

"내가 치킨 먹자고 그랬겠어?"

인애가 따지듯 물었다. 그러자 그가 재미있다는 듯이 웃는다.

"그럼?"

그리고 뻔뻔히 되묻기까지 한다.

"최휘욱 씨, 당신이 갖고 싶은 거지."

그는 인애의 이마에 경쾌한 마찰음이 나도록 입을 맞췄다.

"키스만 해도 당황해서 어쩔 줄을 몰라 하면서, 도발하는 재주는 있어, 또."

"그 이상 해 본 적이 없으니까 그렇지."

이번에는 너무 솔직했던 것 같다. 인애는 괜히 억울해져서 아랫입술을 질근 깨물었다. 그리고 가슴속에서 지금껏 느껴 본 적 없는 질투심이 슬며시 고개를 들었다.

그 여자랑 키스할 때도 이렇게 뜨거웠을까?

그 여자를 대할 때도 이렇게 매력적으로 굴며 장난스럽게 웃었을까?

그 여자를 안을 때도 원하는 대로 들어줬을까?

인애는 걷잡을 수 없이 몸집을 불려 가는 상념을 털어 버리려 가볍게 한숨을 한 번 내쉬었다. 하지만 한번 시작된 기분 나쁜 망상을 쉽게 떨칠 수가 없다.

완벽하게 정리한 걸까?

인애는 미묘하게 분위기가 바뀐 그의 눈동자를 가만히 올려다보았다. 침묵이 흘렀다. 관능적인 분위기를 이어 가는 음소거가 아니었다. 적막한 공기를 먼저 깨뜨린 것은 그였다.

"왜 그래?"

그는 인애의 등허리를 끌어안고는 아이처럼 일으켜 앉혔다. 그가 인애를 다루는 방식조차도 마음에 들지 않았다. 화려하게 생긴 그 여자에게는 어땠을까, 하는 생각이 또 불쑥 들어서 인애는 머리를 털어 내야만 했다.

"아니야. 배고파서 그래. 먹자."

아무리 솔직해진다고 해도 지금 두 사람 사이에 그 여자를 끌어올 수는 없다.

"윤인애."

식탁에서 내려서자 그가 인애의 머리카락을 다정하게 쓸어 넘겨 주었다. 헝클어진 머리를 손가락으로 빗겨 주는 손길엔 그동안에는 느끼지 못했던 친밀함이 가득했다.

인애는 대꾸 없이 그를 올려다보았다. 그는 인애의 입술을 내려다보며 말했다.

"앞으로 이 입술에 입 맞출 수 있는 사람은 나뿐이야."

그는 어서 대답하라는 듯이 재촉하는 투였다.

"그럼 이 입술은?"

인애가 그의 입술을 손가락 끝으로 어루만지며 되물었다. 그 여자의 존재감을 지워 버리라는 물음을 에둘러 하고 있었다. 그는 대답 대신 웃었다. 인애의 되물음이 흡족한 대답이 된 듯했다.

다시 한번 더 물으려는데, 인기척이 느껴졌다.

"사모님, 근처에 대형 약국이 없어서 시간이 좀 걸렸어요. 이 약이면 될까요?"

인애는 상냥한 표정을 지으려 노력하며 약이 든 봉투를 건네받았다.

"네, 이거면 돼요. 감사합니다. 이제 쉬세요. 알아서 먹고 치울게요."

아주머니는 약국을 찾느라 꽤 지쳤는지 질척거리지 않고 자신의 방으로 향했다.

"어디 아파?"

"PMS."

"아……."

그가 PMS를 어떻게 아는지 궁금해졌다.

"PMS를 어떻게 알아?"

미처 감추지 못한 의심이 묻어나는 목소리였다.

"TV 광고에서 봤어. 그런 약 광고하는 거. 괜찮은 거야?"

인애는 고개를 끄덕거렸다. 그래, PMS 탓에 예민해진 거다. 지금 그가 보이는 모습은 충실한 남편의 표본이었다.

"초콜릿 사다 줄까?"

그의 뜬금없는 질문에 인애는 어안이 벙벙해졌다.

"갑자기 웬 초콜릿?"

"청포도 맛 사탕 좋아하지 않아? 아니면 바닐라아이스크림?"

"단건 별로 안 좋아하지만, 스트레스 쌓일 때는 초콜릿 가끔 먹지?"

그의 말마따나 단걸 좋아하지 않는다. 하지만 고3 때까지 초콜릿은 가끔 먹었던 것 같다. 어른이 되어서는 먹은 기억이 없다. 아이스크림도 밍밍한 바닐라 맛만 어쩔 수 없다는 듯이 먹는 식이었다.

그걸 다 알고 있는 그가 신기했다.

"내가 바닐라아이스크림만 먹는 건 어떻게……."

알았느냐고 물으려고 했는데, 지난번 아이스크림 가게에서 마주쳤던 상황이 떠올랐다. 그리고 그의 팔뚝을 잡으며 야하게 웃었던 화려하게 생긴 여자의 얼굴도.

"조각은 살아 숨 쉬는 듯한 헬레니즘 양식의 조각상을 좋아해. 루브르 박물관 쉴리관에 종일 있을 수 있을 정도로."

그가 다소 뿌듯해하는 얼굴로 말했다.

"그걸 어떻게 알아?"

"글쎄. 어떻게 알까?"

언제든, 어디서든
추악함은 아름다운 양상을 숨기고 있다.

— 앙리 드 툴루즈 로트렉

휘욱이 인애의 표정을 따라 하며 고개를 비스듬히 기울이더니 이내 웃음을 터뜨렸다.

"그리고."

웃음기를 거둬 낸 그가 다정하고 은은한 미소를 머금으며 속삭였다.

"얼마나 알까?"

그가 하는 말의 의미를 유추하기엔 주어진 정보가 너무 적었다.

"혹시 나한테 사람 붙였어? 아니지, 그러면 내가 어제 갤러리에 있었던 걸 모를 리가."

인애는 얼른 쏟아 놓았던 말을 정정하며 미간을 찌푸렸다.

"차차 말해 줄게. 얼른 먹자. 치킨 냄새에 취해서 미칠 것 같아."

그는 눈동자를 한 바퀴 굴리며 괴롭다는 듯이 웃었다.

이 남자가 원래 이렇게 장난기가 넘치는 남자였나.

생전 보인 적 없는 그의 모습이 친밀감을 더했다. 그리고 그가 쏟아 놓은 자신에 대한 정보가 대체 어디서 나온 것인지도 궁금해졌다. 그런데 그가 쉽게 말해 줄 것 같지는 않았다.

"치킨 안 먹으면 어쩌나 걱정했어. 안 물어보고 시켜서."

식탁 앞에 그와 마주 앉은 인애는 닭 가슴살을 집어 드는 그를 빤히 보며 말했다.

"자, 너는 퍽퍽한 살만 먹지?"

"나 이제 조금 무서워지려고 하는데? 그럼 오빠는."

인애는 아랫입술을 얼른 말아 물었다. 순식간에 튀어나온 오빠라는 단어가 마치 두 사람을 10대 시절로 데려간 듯했다. 그가 닭 다리를 하나 들려다가 말고 인애를 바라보았다.

"나는 퍽퍽한 살 안 먹어. 걱정하지 마."

갑작스럽게 튀어나온 호칭에도 그는 태연하게 대꾸했다. 이제 와서 호칭을 정정하는 것도 우스웠다. 인애는 젓가락으로 치킨 살을 쭉 찢어서 입에 넣었다. 그는 닭 다리를 뜯어 먹는 모습마저 우아해 보였다.

기름진 기다란 손가락을 가만히 바라보는데, 충동적으로 빨아 보고 싶단 생각이 들어서 정신이 번쩍 들었다. 인애는 얼음이 가득 담긴 콜라 잔을 집어 들었다. 그는 콜라 잔에는 손도 대지 않고 있었다.

"탄산음료는 안 마셔?"

"어."

"다른 거 가리는 건?"

"없어."

"그럼 햄버거, 라면, 피자 같은 거 다 먹어? 즉석밥도 먹고?"

"그럼."

인애는 새삼 고개를 가만히 끄덕였다.

"그런 거 다 안 먹고 어떻게 살아?"

"그런가."

"근데 라면, 즉석밥 같은 건 즐겨 먹지는 않아. 안 먹지는 않는다 뿐이지."

"아."

인애는 이번에도 고개를 가만히 끄덕였다.

"정말 먹을 거 없을 때만 먹었던 것 같아. 라면이랑 즉석밥은."

고개가 저절로 옆으로 기울었다. 인애는 의아한 얼굴로 그를 바라보았다. 재벌가에서 귀한 도련님으로 자란 그에게 먹을 게 없어서 먹었다는 말은 지나치게 어울리지 않았다.

"왜 그런 눈으로 봐?"

그가 치킨을 먹다 말고 인애를 쳐다보며 물었다.

"아니야. 먹어."

인애는 깎아 놓은 듯 잘생긴 얼굴을 바라보며 고개를 내저었다. 알고 싶다. 그 무엇도 아니고, 오직 그에 대해서만 알고 싶었다.

그리고 그가 자신의 단편적인 부분에 대해 어떻게 알고 있는 것인지도 궁금했다. 그는 마치 인애의 일부분을 알고 있어서 행복한 것처럼 보였다. 마치 아이돌의 페르소나를 보고 열광하는 10대처럼.

"내가 루브르 쉴리관에 종일 있었던 건 어떻게 알았어?"

"나중에. 이것 좀 먹고."

그가 치킨을 가리키며 대답을 회피했다. 오늘 대답을 듣기는 글러 먹은 것 같다.

———————————— ● ————————————

"좋은 아침."

환한 얼굴로 인사하며 출근하는 휘욱을 보고 정 실장은 저도 모르게 미간을 구겼다. 지난 주말, 그는 이설 건설 관계자와의 미팅을 깨고 귀가했다. 주말 내 내 대표가 무슨 일을 저지르지 않을까, 정 실장은 노심초사했다.

저러다 사고라도 쳐서 자신이 아닌 언론사에 먼저 흘러 들어간다면? 상상만 으로도 끔찍했다. 정 실장은 평소답지 않게, 수만 가지 가정을 하며 속을 끓였 다.

그렇다고 그가 이제껏 사고를 몰고 다닐 만큼의 이슈 메이커였느냐 하면, 그 건 또 아니었다. 일종의 정보원인 송가은 양과의 계략적 스캔들 말고는 지극히 모범적인 삶을 살아온 사람이다.

그런데 아내인 윤인애 양을 데리고 집으로 향하는 그의 얼굴을 본 정 실장은 이번에는 큰 사고가 터질지도 모른다고 생각했다. 누구 하나 때려죽여도 이상 하지 않을 포악한 눈빛으로 귀가하던 대표의 모습은 생전 처음 보는 광경이었 다.

그가 출근하면 이내 풍겨 오는 향이 비강을 자극했다. 비서실 말단 직원이 그에게 가져다줄 블랙티와 크루아상이 오른 쟁반을 옮기고 있었다.

"다솔 씨."

정 실장은 말단 직원을 부르며 이리 오라고 손짓했다. 의아한 얼굴로 다가온 직원의 손에 들린 쟁반을 받아 든 정 실장은 의미심장하게 웃었다.

"일 봐. 이거 내가 갖고 들어갈게."

확인이 필요했다. 정말 대표의 기분이 좋은 것인지, 아니면 태풍의 눈 속에 서 처절하게 화창한 미소를 짓고 있는 것인지.

"좋은 아침입니다, 대표님."

의류 관리기 안에 슈트 재킷을 넣다 말고 대표가 선선하게 고개를 끄덕거렸 다. 왜 그걸 직접 들고 들어오느냐는 물음조차 없었다.

"앞으로 빵은 빼라고 해요."

그는 대체로 아침 식사를 거르고 출근했고, 초콜릿이 들어간 뱅 오 쇼콜라와

햄, 치즈만 넣은 크루아상을 번갈아 아침으로 먹곤 했다.

"네, 대표님."

그런데 갑자기 빵을 빼라고 하는 건 이제부턴 집에서 아침 식사를 하고 출근하겠다는 의미였다. 윤인애 양도 출근하느라 바쁠 것이다. 출근하는 아내에게 아침 식사를 준비하라고 시켰나? 대표가 절대 그럴 리 없다는 것을 정 실장은 잘 알았다.

그에게 윤인애 양만큼 아끼는 존재는 없었다.

"식사하고 오십니까?"

"본가에서 아주머니를 보내셨는데, 아침 식사 안 하면 잡아먹힐 것 같아서요."

정 실장은 잠시 멈칫했다. 지금 대표가 저걸 농담이라고 한 거다. 이 사람이 아침부터 농담이나 늘어놓을 리가 없는데.

그리고 본가에서 아주머니를 보냈다는 말은 두 사람의 결혼 생활이 감시당하고 있다는 것과 다름없었다. 어릴 때부터 지긋지긋하게 통제당해 놓고, 결혼 생활까지 보고되어야 하는 상황이라니.

안쓰럽고 딱하기 그지없었다. 그에게 행해졌던 통제는 여느 재벌가의 자제들이 그런 것처럼 긍정적인 지향점을 두고 이루어진 것이 아니었다. 철저히 그가 망가지기를 바라고 벌인 반인륜적인 행태들이었다.

대표의 아버지, 최태헌 전 이설 자동차 대표가 살아 있을 때, 정 실장은 이제 막 이설에 입사한 신입이었다. 운 좋게 기조실 어시스트로 발령되었고, 그곳에서 그룹의 중심에 서 있던 최태헌 대표의 야망과 능력을 엿보았다.

이설 그룹이 더욱 성장하기 위해선 그의 존재가 절실했다. 하지만 갑작스러운 그의 죽음으로 상황이 바뀌었고, 정 실장은 우연한 기회에 어린 최휘욱과 관련된 일에 배치되었다.

안쓰럽고, 안타까운 날들이었다. 광인들 사이에 껴서 망가지지 않고 멀쩡히

자라난 휘욱이 얼마나 자랑스러웠는지 모른다. 이설 자동차 대표로 취임한 휘욱을 보필하기 위해 비서실장 자리에 오른 정 실장은 이제 그가 마음 놓고 쉴 곳을 얻었으면 좋겠다고 생각했었다.

최씨 집안에는 그를 잡아먹지 못해서 안달인 독사들만 득시글했다. 결혼을 통해서 그의 편이 되어 줄 사람을 만났으면 했다. 하지만 정혼자였던 윤신효는 영 탐탁지 않았다. 그가 마음을 편히 놓을 곳이 아니라, 또 다른 독사 한 마리를 품는 것밖에는 되지 않을 것 같았다.

그러던 어느 날, 그가 스스로 스캔들을 터뜨리고, 파혼을 당하더니 윤신효의 사촌인 윤인애 양과의 결혼을 성사시켰다.

"오늘 혹시 볼만한 공연이 있는지 알아볼 수 있습니까?"

대체로 그는 출근하자마자 하루 업무에 대한 브리핑을 듣고 아침 회의를 한후에 개인적인 일과에 관한 업무를 지시하곤 했다. 그래서 그의 입에서 흘러나온 공연이라는 단어가 생경했다. 아마도 티켓 선물을 염두에 둔 당사자와의 미팅이 있나 보다. 내가 모르는 그런 미팅이 있었나?

"저녁 식사도 하고, 공연도 볼 수 있으면 좋겠는데. 뮤지컬이면 더 좋고요. 소극장 말고 대극장 쪽으로."

"선물하실 겁니까? 메시지 미리 작성해 둘까요?"

"선물이라면 선물이죠. 메시지는 제가 직접 작성하겠습니다."

대표의 얼굴에 드물게 미소가 떠올랐다. 정 실장은 하마터면 두 눈을 비빌 뻔했다. 휘욱은 이렇게 웃는 얼굴을 보는 게 쉬운 사람이 아니었다. 버거운 유년 시절로 인해 몸과 마음이 지칠 대로 지쳐 버려서 웃음을 완전히 잃어버린 것은 아닐까 하는 생각이 들 정도로 그는 웃는 데 인색한 사람이었다.

"아내랑 갈 겁니다. 피폐한 공연은 아니었으면 좋겠네요. 낭만적인 내용이었으면 합니다."

대표의 언어 구사에 정 실장은 전신에 소름이 돋아나는 것만 같았다. 낭만의

니은 자도 모를 것같이 살던 사람이 태연하게 그 단어를 사용하고 있었다.

"네, 준비하겠습니다."

부정적인 변화는 아닌 것 같았다. 가슴이 뭉클 차오를 만큼 긍정적인 전향이었다. 늘 침울하고 무거웠던 분위기가 한결 부드러워진 듯했다. 그리고 그에게서 느껴지는 진한 감정은 행복에 대한 방어 본능이지 싶다.

그는 어떻게 해서든 현 상황을 지키고 싶은 것 같은 모습이었다. 깃든 행복을 만끽하면서도, 행여 깨질까 봐 조심하는 모습이기도 했다.

억울하게 죽은 최태헌 대표의 얼굴이 눈앞을 스치고 지났다. 이제 편히 눈 감으셔도 될 것 같네요, 대표님. 정 실장은 새삼 감격스러워서 모처럼 가벼운 걸음으로 집무실을 나섰다.

휘욱은 혼이 나간 듯 보이는 정 실장의 뒷모습을 보고 고개를 절레절레 내저었다. 또 무슨 생각을 하느라 저렇게 들뜬 얼굴을 하는 건지 모르겠다.

향긋하게 우러난 블랙티를 한 모금 머금은 휘욱은 집무 책상 첫 번째 서랍 잠금쇠를 열고 그 안에서 편지 봉투를 꺼내 들었다.

처음 이 편지를 받았을 때는 라벤더를 닮은 보랏빛이었는데, 조심히 간직했음에도 색이 바래 지금은 누렇게 변해 있었다.

휘욱은 오랜만에 편지를 펼쳐 보았다

●

그해 여름.

"휘욱아."

소름 끼칠 만큼 다정한 부름이었다. 큰아버지인 최태진 부회장이 끔찍이도 다정하게 굴 때면 휘욱은 어금니를 사리물어야만 했다.

"들어와야지?"

최 부회장이 들어오라며 가리킨 곳은 멀티미디어 룸이었다. 그는 진공관 앰프와 턴테이블을 다루는 게 취미였고, 멀티미디어 룸은 그의 값비싼 컬렉션으로 가득했다.

처음에는 장송곡 같은 음악을 틀었었다. 그는 음악에 심취한 광인의 모습으로 악마 같은 짓거리를 서슴지 않았다. 하지만 자극에 중독된 인간은 더 잔인한 것을 원하기 마련이다.

그는 언젠가부터 음악을 틀지 않았다. 휘욱의 살갗이 터지고, 악문 잇새로 신음이 흘러나오는 것을 즐겼다. 그걸 깨닫고 난 뒤부터, 휘욱은 앓는 소리조차 내지 않기 위해 노력했다.

어떻게 해서든 악마에게 즐거움을 주는 것은 피하고 싶다는 오기에서 비롯된 행동이었다. 그런 행동이 최 부회장의 화를 부추긴다는 것을 알면서도, 그가 휘두르는 무조건적인 폭력 앞에서 저항하는 중이었다.

손찌검은 부모님이 돌아가신 날부터 시작되었다. 중학교 1학년, 겨우 열네 살이었던 휘욱은 장례를 마치고 돌아온 집에서 괴물과 마주했다. 체력이 약했던 휘욱은 최 부회장이 휘두른 손에 맞고 계단 아래로 나뒹굴었다.

얼굴에 피멍이 들었고, 발목이 골절되었고, 팔꿈치 인대가 파열되었다. 어떻게 하다가 다친 거냐는 조부의 물음에 휘욱은 계단에서 발을 헛디뎌 넘어졌다는 거짓말을 해야만 했다.

"독한 놈이야. 아주 독해. 일러바치지 그랬어? 내가 그랬다고. 하긴 고자질해 봐야 좋을 게 있겠니? 네 부모 어떻게 갔는지 알잖아, 그렇지?"

최 부회장에게는 자신이 인간 이하의 짓을 하고 있다는 자각이 없어 보였다. 처음엔 화풀이할 대상을 찾는 거라고 생각했는데, 시간이 지날수록 휘욱에 대한 폭력은 유희의 하나일 뿐이라는 걸 깨달아 갔다.

그날 이후 최 부회장은 보이지 않는 곳을 골라서 때렸다. 등허리, 복부, 허벅지 등 옷으로 충분히 가릴 수 있는 곳이 타깃이 되었다.

집 안에서 휘욱을 도울 수 있는 사람은 아무도 없었다. 조부인 최 회장은 서남아 건설 시장 진출과 휘욱 부친의 죽음으로 인해 이설 자동차 대표 자리가 공석이 되면서 일어난 경영 문제로 골머리를 썩는 중이었다.

최 부회장은 새살이 돋아나도록 기다렸다가, 다시 살이 터져 나가는 광경을 목도하는 것을 즐겼다. 허리띠를 풀어서 때리는 것은 예사였고, 어디서 끝에 정이 달린 채찍 같을 구해 와서 때리기도 했다.

죽지 않을 만큼만. 딱 그 정도까지만 맞았다.

이 남자는 미친 인간이다. 이 남자는 괴물이다. 이 남자는 악마다.

끊임없이 되뇌지 않으면 온전한 정신으로 버틸 수가 없었다. 대들어 볼까 생각도 했지만, 그럼 정말 죽을 것 같았다. 죽도록 맞으면서도 죽음은 두려웠다.

그날 역시 최 부회장에게 불려 들어가 등이 다 터지도록 맞았다. 너무 아프면 기절할 수 있다는 것을 그날 알았다. 정신을 잃으며 바닥에 쓰러지는데 귀가 멍해지면서 몸이 붕 떠오르는 것만 같았다.

이제 끝이다. 끝난 것 같다.

그런 생각이 들자 묘하게 기분이 좋아졌다.

눈을 감고 얼마쯤 있었을까, 델 듯이 뜨거운 물이 벗겨진 살갗 위로 쏟아졌다. 신음성을 내뱉으며 눈을 떴을 때, 불지옥보다 더한 현실이 눈앞에 있었다.

차라리 깨어나지 않았더라면 좋았을걸.

처음으로 죽고 싶어졌다.

죽기 직전까지 맞는 일을 반복하느니, 차라리 죽는 게 낫지 않을까?

결국, 살아 봐야 부모님의 전철을 밟기밖에 더 할까?

기력이 다할 때까지 휘욱을 두드려 팬 최 부회장은 조부가 귀가하는 소리에 매질을 멈추었다. 휘욱은 방으로 돌아가 온 집 안 사람들이 잠들기를 기다렸다. 새벽 서너 시쯤 되었을 때, 무작정 현관 밖을 나섰다.

"휘욱 학생 어디 가요?"

정원 관리사가 휘욱을 불러 세웠다. 집 안 사람들 눈을 피해 잘 빠져나왔다고 생각했는데, 어두컴컴한 정원에 누가 숨어 있을 거라고는 예상치 못했다.

"친구가 우편함에 학교 과제 안내문을 넣어 놨다고 했는데, 제가 깜빡해서요. 그거 찾으러 가요."

"아침에 찾아도 되지 않아요?"

집 안에 존재하는 모든 사람은 휘욱을 감시하면서, 은근히 무시했고, 뒤로는 비웃었으며, 불쌍히 여기며 자위했다. 재벌가에서 태어난 허우대 멀쩡한 놈이지만, 기댈 곳 없는 인생이라고.

"오늘 아침까지 제출해야 하는 과제라서요."

"별일이네요. 휘욱 학생이 과제를 다 깜빡해서 친구가 알려 주고."

휘욱은 조부의 뜻에 따라 경영학부에 진학했다. 수석으로 입학했고, 재벌 3세라는 타이틀은 묘한 아우라를 만들었다.

"부모님 기일에 강의를 빠져서, 그날 안내문을 받지 못했거든요."

휘욱은 괴물처럼 구는 핏줄이 아닌 타인을 대하는 법을 잘 알았다. 그들은 재벌가에서 나고 자랐지만, 비빌 언덕이 없는 휘욱을 측은하게 여기곤 했다. 특히 휘욱이 서글픈 얼굴로 돌아가신 부모님 이야기를 꺼낼 때면 그들은 연민을 숨기지 못했다.

"어서 다녀와요. 여기서 내가 기다리고 있을게. 나도 정원 단속하고 자야 하거든."

정원사는 자신의 엄정한 기준에 부합하지 않는 행동이지만, 이번만큼은 너그러이 봐주겠다는 듯이 말했다. 휘욱은 예의 바르게 감사하다고 말하며 웃었지만, 속으론 조소를 퍼부었다.

인간 이하의 짓을 하는 이 집 사람들이 두려워 벌벌 떨면서도, 고용인들은 이 집에서 얻는 이득에 눈이 멀어 떠나지는 못했다.

집안이 미쳐 돌아가고 있는 것만 같았다. 부정한 일을 목격했다 할지라도, 그들은 돈 앞에서 기꺼이 눈을 감고, 귀를 막고, 심지어는 수족이 되기를 자처했다. 먹고살기 위해 그런다는 말은 변명 같았다.

정당하게 일하고, 정의롭게 이득을 취하는 사람들은 멍청해서 그러는 것일까?

먹고살기 위해 그랬다는 말로 이해될 문제라면, 살인강도와 친일도 같은 맥락으로 이해해야 하는 것일까?

정도의 차이가 있지 않느냐고, 그들은 반박할지도 모른다. 대항할 가치가 없는 말이다. 애초에 그렇게 생각하는 방식부터 잘못되었다는 것을 모르는 이들을 설득할 수 있는 방법은 없다는 극단적인 생각이 들었다.

할 수만 있다면.

바꿀 수만 있다면.

정의롭지 못한 일을 저지르면 그 어떤 이유로도 정당화될 수 없다는 것을 알리기 전에, 사람들이 그렇게 하지 않도록 만드는 것이 현시대의 기업과 사회의 역할이 아닌가.

지나치게 이상적인 생각을 하며 휘욱은 자조했다. 할 수 있는 게 아무것도 없는 상황에서 이상만 키워 가고 있는 자신의 모습이 우스웠다.

휘욱은 대문 밖에 형식적으로 만들어 놓은 우편함으로 걸음을 옮겼다. 정원 관리사가 목을 길게 빼고 휘욱을 관찰하고 있는 게 느껴졌다. 진짜 우편함에서 무엇을 찾으려는 것인지, 아니면 거짓말을 한 것인지 감시하는 듯했다.

거짓이면 아마 오늘 아침이 밝자마자 최 부회장의 귀에 휘욱이 새벽녘에 외출하려고 했다는 말이 기어들어 갈 것이다.

안타깝게도 우편함엔 종이 쪼가리 하나 있을 리가 없었다. 대문 밖에 있는 우편함은 말 그대로 형식적인 우편함이었다. 이 집으로 오는 우편물은 지하에 있는 우편함에 수집되었고, 3단계의 보안 절차를 거쳐 집 안으로 들어갔다.

휘욱은 경비원들이 저지하는 탓에 광고 전단지 하나 꽂혀 있지 않은 우편함에 손을 집어넣었다. 부스럭거리는 소리와 함께 마른 손가락 끝에 종이봉투가 닿았다. 휘욱은 허탈하게 웃었다.

부모님이 돌아가신 이후 세상은 단 한 번도 휘욱의 편이 되어 준 적이 없었다. 쓰레기 같은 종잇조각이라도 하나 있기를 바랐는데, 기적처럼 종이봉투가 손에 잡혔다. 무슨 봉투인지는 중요하지 않았다. 휘욱은 종이봉투를 빼 들고 대문 안으로 들어섰다.

새벽녘이 되어 정원 조도를 낮춘 탓에 잘 보이지는 않았지만, 종이봉투 겉면에는 정원 관리사의 의심을 살 만한 글씨 같은 건 없었다.

"여기 있네요. 안녕히 주무세요."

휘욱은 종이봉투를 한 번 흔들어 보이고는 태연하게 걸음을 옮겼다. 심장이 걷잡을 수 없이 빠르게 뛰었다. 별것 아닌 종이봉투의 발견은 마치 풀 더미에서 네잎클로버를 찾은 것과 같은 감상을 안겨 주었다.

좋은 일이 있을 것도 같은 느낌.

방으로 돌아온 휘욱은 책상 위에 봉투를 올려 두고 잠이 들었다.

종이봉투를 다시 발견한 것은 그로부터 며칠이 지난 어느 오후였다. 시험 기간이어서 일찍 학교를 마치고 집으로 돌아온 휘욱은 며칠 전 책상 위에 올려 둔 봉투 겉면에 자신의 이름이 쓰여 있는 걸 발견했다.

어둠 속에서 흰색인 줄로만 알았던 봉투는 라벤더색이었다. 따뜻한 색감의 봉투에 쓰여 있는 글씨는 정갈했다. 휘욱은 아무 생각 없이 봉투를 열어 보았다. 안에는 두 장의 편지지가 들어 있었다.

[휘욱 오빠, 오빠한테 편지를 써 보는 건 처음인 것 같아. 나 인애야.]

인애가 자신에게 보내는 편지를 우편함에 넣어 놨다는 사실이 조금은 얼떨떨했다. 부모님이 살아 계실 때만 해도 무척이나 가깝게 지냈지만 어느 순간부터 인애는 휘욱을 조심스레 경계했다.

모두가 휘욱을 그렇게 대했기에 상처가 되지 않을 거라 여겼지만, 인애의 경우는 조금 특별했다. 세상 사람 모두를 냉소적으로 바라볼지라도, 인애를 향한 눈빛만큼은 따뜻했다.

인애가 어떤 목적으로 자신에게 편지를 보낸 건지 확인하는 게 두려웠다.

휘욱은 호흡을 고르며 편지를 잠시 책상 위에 엎어 두었다.

자신이 아닌 이 집안사람 중 누군가가 인애가 보낸 편지를 먼저 발견했더라면 어땠을까?

그럴 수도 있는데, 왜 인애는 이런 방식으로 편지를 보냈을까?

곁에 존재하는 모든 이에게 부정당하는 삶은 가끔씩 벗어날 수 없는 패배주의적 트라우마와 끔찍한 피해 의식으로 발현되었다.

그러다 문득 얼마 전, 인애가 이 집을 방문했던 일이 떠올랐다. 휘욱은 뺨을 한 번 어루만져 보았다. 그때의 감촉이 되살아나는 것 같았다.

지난주였던가? 조부는 명례 그룹 회장의 맏손녀인 신효가 다녀갈 예정이니 일찍 귀가하라는 말을 했었다.

부모님끼리 각별한 사이였기에 인애와는 어린 시절 스스럼없이 지냈지만, 신효는 달랐다. 오만한 성정과 독단적인 언행은 눈살을 찌푸리기에 충분했다. 어린 나이에 군림하는 법부터 배운 신효는 세상 모든 것을 자신의 발아래 두어야 직성이 풀리는 아이였다.

그리고 신효는 이제 휘욱을 발아래 두려고 하는 듯했다. 어차피 선택지가 없는 처지였지만, 눈앞에 인애의 말간 얼굴이 어른거렸다.

부모님이 돌아가신 후 갖고 싶은 것도 자연스레 없어졌다. 주위에 휘욱의 말을 들어주는 사람이 없었을 뿐만 아니라, 휘욱이 가지려고 하는 대상은 늘 망가졌다. 자연스레 포기하고, 욕망하기 전에 뒤로 물러났다.

마음속 깊이 동생이자, 소중한 인연으로 자리하고 있던 인애에게서 이제 멀어져야 할 타이밍이었다. 물론 시간이 지나면서 두 사람은 지금도 아주 서먹하고, 어색한 관계이기는 했지만 그래도 마음을 접고 완전히 멀어지는 것은 차원이 다른 이야기였다.

그런데 약속된 날에 본가를 방문한 사람은 신효가 아닌 인애였다. 놀란 눈을 한 인애와 눈이 마주쳤을 때, 갑자기 가슴 근육이 뒤틀리는 듯한 착각이 일었다. 휘욱은 앉으라는 조부의 말에 땀 냄새가 나서 씻어야 한다는 핑계를 대고 2층으로 향했다.

갑자기 다리에 힘이 쫙 풀리는 것 같아서 소파에 기대 누웠다. 몸이 붕 떠오르는 것처럼 기분이 이상했다.

놀라서 커다랗게 뜨인 눈에 떠오른 감정은 반가움이었나?

인애는 어릴 때부터 휘욱을 잘 따랐고, 외동인 휘욱은 인애를 친여동생처럼 아꼈다.

가장 힘들었던 순간에 손을 잡아 준 유일한 사람.

인생의 쓴맛 한가운데 몸을 담그기 시작한 자신에게 찰나의 달콤함을 선물했던 아이.

최 부회장의 폭력이 시작되면서 망가진 것은 휘욱의 몸과 마음뿐만이 아니었다. 최 부회장은 휘욱이 아끼는 모든 것을 탐탁지 않아 했다. 빼앗고, 망가뜨리고, 없애 버리고.

그 안에 인애가 속하게 될까 봐 두려웠다. 휘욱은 어느 날부턴가 인애를 슬슬 피하기 시작했다. 머리가 굵어지고, 사춘기를 지나면서 자연스레 멀어지는 것처럼 행동했다.

하지만 어디에 있든 휘욱의 눈은 인애를 좇았다. 재벌가 자제들의 모임이든,

두 집안의 식사 자리든, 휘욱의 시선은 자연스레 인애가 있는 곳에 머물렀다. 들킬세라 조심스럽게 훔쳐보면서 따뜻한 아이의 미소를 마음에 새겼다.

휘욱이 무뚝뚝하게 굴어서인지, 인애도 어느 순간부터는 휘욱에게 다가오지 않았다. 어릴 때처럼 '오빠, 오빠!' 하면서 매달리지 않는 게 서운하면서도 다행이지 싶었다. 명례 그룹 쪽에서도 인애의 부모는 조금 특별한 케이스에 속했다.

그룹과는 상관없이 독자적인 인생을 사는 인애 부모는 그만큼 그룹의 보호를 완벽히 받지는 못하는 듯했다. 패륜과 비슷한 행동인 줄 알면서도 휘욱은 부모의 친우였던 그들도 피했다.

그들과 깊은 연을 이어 간다면, 최 부회장이 가만두지 않을 게 불 보듯 뻔했다. 타고난 팔자로 인해 고통받는 건 제 선에서 끝나는 게 낫지 싶었다.

그런데 그날 찾아온 인애가 2층으로 올라오는 기척을 들었을 때, 휘욱은 아무것도 하지 못하고 그대로 굳어 버렸다. 누군가 결박해 놓은 것처럼 몸을 움직일 수 없었다. 잠이 든 것처럼 눈을 감고 있었음에도 인애의 모습이 생생하게 보이는 듯했다.

따뜻한 눈빛을, 귀여운 미소를, 다정한 말 한마디를 가슴에 담고 싶어서 온몸이 저렸다. 하지만 휘욱은 그저 눈을 감은 채로 죽은 듯이 잠든 척할 뿐이었다.

더는 가까이 오지 마.

휘욱이 속으로 되뇌고 있을 때, 뺨에 부드러운 감촉이 닿았다가 순식간에 멀어졌다. 머릿속이 깨끗이 휘발되는 느낌에 놀란 나머지 저도 모르게 눈을 번쩍 떴다.

'자는 사람 얼굴에 무슨 짓을 한 거야?'

놀라서 물은 말이 고작 그거였다. 인애도 놀랐는지 뒷걸음질 치며 대답을 얼버무렸다.

잠자는 숲속의 공주를 깨운 왕자의 표정이 저랬을까, 백설 공주를 깨운 왕자의 표정이 저랬을까.

자신과는 어울리지 않는 동화 속 공주와 왕자의 반전 상황을 떠올리며 휘욱은 자조했다.

가질 수 없다 해도 상상은 해 볼 수 있지 않은가.

너와 나의 동화도 해피 엔딩일 수 있을까.

잊으려고 할 때마다 불쑥 떠올라 머릿속을 헤집었던 그날 여름 오후의 기억이 또다시 가슴을 뒤틀었다.

휘욱은 덮어 두었던 편지를 다시 집어 들었다.

[나는 단건 안 좋아하는데, 스트레스받을 땐 초콜릿 먹는 걸 좋아해. 아이스크림은 바닐라아이스크림만 가끔 먹고……. 지난겨울에 파리 루브르 박물관에 다녀왔는데, 쉴리관이 정말 멋졌어. 종일 거기에 있고 싶을 정도로, 비비드한 색보다는 파스텔톤을 더 좋아하고, 장편 소설보단 단편 소설이 더 좋아. 수학보단 역사가 더 좋고…….]

편지에는 인애가 좋아하는 것들이 나열되어 있었다. 청량한 목소리가 저절로 연상되는 앙증맞은 글귀였다.

[……근데 그중에서도 요즘 내가 가장 좋아하는 건, 오빠야.]

그리고 편지 끝자락에는 귀여운 고백이 쓰여 있었다. 휘욱의 입가에 어쩔 수 없는 미소가 떠올랐다. 이제 막 사춘기가 시작되었을 소녀의 수줍고도 어리숙한 고백이 어여뻤다.

하지만 이내 휘욱의 미소는 스스로를 비웃는 삐뚜름한 표정으로 바뀌었다.

해피 엔딩이 될 수 없는 동화는 희망과 꿈을 심어 주지 못한다.

휘욱은 종이봉투에 편지를 집어넣고 책상 서랍 깊숙한 곳에 넣어 두었다. 새드 엔딩일지언정, 찰나라도 미소 지을 수 있게 했던 아이의 순수한 마음을 간직할 수는 있으니까.

그날 이후, 휘욱은 편지를 버리지 않고 간직해 왔다. 집 안 청소를 하는 도우미에게 들킬까 봐 학교 사물함으로 옮겼다가, 군대에 갈 때는 가장 친한 친구에게 맡겨 놓고는 훈련소로 보내 달라고 해서 받기까지 했다.

그리고 지금은 휘욱의 집무실 첫 번째 서랍 안에 자리했다. 휘욱은 마음이 삭막해질 때마다 인애가 보낸 편지를 펼쳐 보았다. 하지만 오늘은 삭막한 마음이 아닌, 확고한 의지에서 비롯된 행동이었다.

어릴 적 꿈꿨던 동화가 해피 엔딩이었으면 좋겠다.

아니, 해피 엔딩이 되도록 만들어야겠다.

수만 번 읽어서 외울 것 같은 편지를 또 한 번 읽어 내려갔다. 지난밤, 치킨을 먹으며 편지 내용의 일부를 읊어 주었는데, 인애는 오래전 자신이 보낸 편지의 내용을 기억하지 못하는 듯했다.

기억 못 하면 어떤가, 내가 다 기억하고 있는데.

인애와 함께했던 시간들은 단 한 순간도 잊은 것이 없다. 친구 딸이 태어났다며 예쁘게 웃던 돌아가신 엄마의 미소, 병원 신생아실 유리창 앞에서 마주 보았던 빨갛고 작은 얼굴, 아장아장 걸음마를 배우며 신고 다녔던 삑삑 소리가 나던 신발, 초등학교에 입학하던 날 같은 학교에 다니는 휘욱을 보고 좋아 죽으려고 했던 아이의 천진한 표정.

그리고 가장 슬펐던 날, 휘욱을 대신해 슬프게 울어 주었던 아이.

모든 순간이 소중해서 그대로 영원히 간직하고 싶었다.

신효와의 혼담이 오가면서 최 부회장의 폭력은 중단되었다. 신효의 조부인 윤 회장이 휘욱을 사우나로 부르는 일이 종종 있었기에 최 부회장은 더 이상 휘욱에게 손을 댈 수 없었다.

그리고 폭력은 다른 형태로 발현되었다. 최 부회장은 휘욱의 앞길을 교묘하게 막아섰고, 휘욱은 뜻하지 않는 곳에서 나타나는 장애물을 넘어서기 위해 곱절은 더 노력해야만 했다.

중단된 것은 최 부회장의 폭력뿐만이 아니었다. 인애와의 모든 교류가 사라졌다. 가끔 조심스럽게 말을 걸어오던 인애는 의식적으로 휘욱을 피했고, 휘욱은 그럴 때마다 가슴이 저려서 죽을 것만 같았다.

자신도 인애와 거리를 두고 있었는데, 그동안 인애도 이렇게 마음이 아팠을까.

아니면 그저 어릴 적 풋사랑이었다고 생각하고 마음을 쉽게 접은 걸까.

고달픈 현실을 악으로 버티는 동안, 독이 바짝 올랐다. 이설 자동차 대표 자리에 오르면서는 욕심이 생겨났다.

잠시만이라도. 아주 잠시만이라도 함께할 수 있다면.

아직도 그 마음을 간직하고 있느냐는 질문을 던진다면 미친놈으로 여겨질 것이다. 휘욱은 태어나서 처음으로 이기적인 욕심을 부려 보기로 했다.

잠시만 곁에 두자고.

때마침 인애의 부친 윤 교수가 수세에 몰려 있었고, 휘욱은 그의 편이 되어 주며 거래를 제안했다. 별다른 선택지가 없었던 윤 교수는 고심하는 듯했지만 끝내는 휘욱의 제안에 응했다.

약속처럼 털끝 하나 안 건드리려고 했다. 헤어지고 나서 상처가 되는 일은 만들고 싶지 않았다. 최 부회장은 휘욱이 아끼는 모든 것을 망가뜨리려고 하는 괴물 같은 인간이었다.

만약 휘욱이 인애에게 깊은 마음을 품고 있는 것을 알게 된다면, 인애를 망가뜨리려고 할 게 불 보듯 뻔했다. 자신은 어떻게 되든 상관없었다. 하지만 인애가 최 부회장으로 인해 망가지는 모습을 본다면, 고통에서 영원히 벗어나지 못하리라.

이기적인 욕심을 부리며 곁에 두면서도, 지키기 위해 안간힘을 써야 하는 위험을 무릅쓰면서도, 마음 한 자락 표현할 수 없었다.

그런데 그제 밤, 연락되지 않는 인애를 밤새 찾아다니며 모든 다짐이 허물어졌다. 다른 남자와 함께 있는 상상을 하는 것만으로 영혼이 찢기는 듯했다.

목숨을 걸고, 영혼을 팔고, 가진 모든 것을 내놓고, 지옥불 속에서 살아가야 한다 할지라도, 천벌을 받는다 해도, 그녀를 품에 안고 살아가고 싶었다. 아니, 그래야 살 수 있을 것만 같았다.

그녀는 이미 휘욱의 숨결이었고, 심장 박동이었다.

휘욱은 편지를 고이 접어 도로 서랍 속에 집어넣었다.

[출근 잘 했어?]

집무실 책상 위에 올려 두었던 휴대전화에 불이 반짝 들어오더니, 메시지가 나타났다.

먼저 연락해 볼걸.

늘 인애보다 한 발짝 늦는 휘욱이었다.

고백도, 사랑 표현도.

[응, 잘 했어. 오늘 퇴근 늦어?]

[안 늦을 것 같아. 휘욱 씨는?]

[나도 안 늦을 것 같아. 끝나는 시간 맞춰서 갤러리로 데리러 갈게. 아, 차 갖고 출근했나, 오늘은? 공연 하나 볼까 하는데, 공연장에서 만날까?]

첫 데이트나 다름없었다. 너무 딱딱하게 말했나 싶어서 신경이 바짝 쓰였다. 내내 즉각 답을 하던 그녀가 느릿하게 대구했다.

[오늘은 안 될 것 같아. 휘욱 씨 큰어머님이 본가에 잠깐 들르라고 하셨어.]

메시지를 읽어 내려가는 휘욱의 눈가가 매섭게 변해 갔다.

휘욱은 메시지를 입력하는 대신 그녀에게 전화를 걸었다. 짧은 신호음이 울린 뒤 그녀의 조용한 목소리가 들려왔다.

— 여보세요?

어디론가 급히 이동하고 있는지, 빠르게 움직이는 구둣발 소리가 들린다.

"통화돼?"

— 응, 오래는 못 하고.

마치 옆에서 속삭이는 듯한 그녀의 음성에 휘욱은 두 눈을 지그시 감았다. 아무것도 하지 않고 그녀의 잔잔한 목소리와 조용한 숨소리에만 귀를 기울이고 싶어진다.

— 휘욱 씨?

휘욱이 아무런 대꾸도 하지 않자 그녀가 이유를 묻는 듯이 그의 이름을 불렀다. 이름을 듣는 것만으로도 심장 박동이 빨라지기 시작한다.

"큰어머님이 부르셨다고?"

— 응, 오늘 퇴근 후에 잠깐 들르라고 하시네. 우리 신혼여행 다녀오고 나서 본가에 들른 적 없잖아.

가족 간의 형식적인 인사는 휘욱이 바쁘다는 핑계로 전부 생략했다. 보여 주고 싶지 않았다. 그룹 내 공식 행사와 같은 부득이한 경우가 아니고서야 그녀를 내비칠 생각은 없었다. 자신의 곁에 서 있는 인애의 모습을, 또 그녀를 지키느라 안간힘을 쓰는 자신의 모습을.

휘욱이 어디에 관심을 두고 있는지 파악하는 데, 남다른 촉을 가진 최 부회장은 휘욱의 진심을 알아차릴 게 분명했다. 결혼 생활에 마침표를 찍는 순간이 올 때까지 되도록 집안사람들에겐 보이지 않을 생각이었다.

그런데 이전과는 달라진 상황에 휘욱은 머릿속이 복잡해졌다.

그동안에는 그녀에게 차갑고 못되게 굴어 왔다. 그녀가 상처받을지라도, 마음을 섞지 않는 게 낫다고 판단해서 나온 언행들이었다. 하지만 지금은 아니다.

무슨 이유가 되었건 이제는 그녀에게 상처가 될 일은 털끝만큼도 저지르고 싶지 않았다. 그녀에 대한 마음을 들키게 된다면, 최 부회장은 휘욱의 약점을 잡기 위해 인애를 이용하려 들 것이다.

"꼭 가야 할 필요 없어. 내가 알아서 할 테니까, 그냥 퇴근하고 나랑 공연 봐."

― 휘욱 씨.

그녀가 결연한 목소리로 이름을 불렀다. 자신의 이름이 불리는 순간이 이렇게 가슴 떨렸던 적은 세상에 태어나서 처음이다.

"응, 말해."

지금 그녀가 무슨 부탁을 한다고 해도 들어줄 수 있을 것만 같았다. 애정을 담아 자신을 부르는 누군가가 존재한다는 사실만으로 세상 전부를 얻은 듯 충만해진다.

― 언제까지 피할 수만은 없어. 얼굴을 보이지 않으니까, 아주머니 같은 사람이 우리 집에 들어와 있지. 오늘은 본가로 가는 게 좋을 것 같아.

카랑카랑하고 이지적인 목소리에서 강단이 느껴졌다. 워낙 어릴 때부터 봐 왔기에 휘욱은 그녀를 여전히 어리게만 여겼나 보다.

― 내가 가지 말아야 할 이유라도 있어?

"그 집 사람들한테 너 보여 주기 싫어서."

솔직한 대답이 거침없이 흘러나왔다. 휴대전화 너머에서 낮게 웃는 소리가 들려온다. 그녀는 어이가 없다는 듯이 웃었다. 맑은 웃음이 가슴속에 잔잔히 퍼져 나가더니, 부드럽게 너울지며 심장까지 다다랐다.

― 유치하기는.

"진짠데."

― 적당한 선을 유지해야, 나중에 불리한 일이 생겨도 참작이 되는 거야. 알 만한 사람이 그러네?

그녀가 어린아이를 대하듯 휘욱의 처세를 지적했다. 누군가에게 책잡힐 일은 단 한 번도 한 적이 없었을 뿐만 아니라, 처세에 관한 지적을 받는 건 처음이었다. 그런데도 기분이 나쁘지가 않다.

자신의 언행을 애틋하게 지적해 준 사람은 부모님이 돌아가신 이후, 인애가 처음이었다.

"좋네."

나직한 음성이 흘러나왔다. 휴대전화 너머에서 잠시 침묵이 흘렀다. 그녀는 무슨 영문인지 몰라서 말문이 막힌 듯했다.

침묵을 깬 것은 그녀였다.

— 나도 좋다.

황당하다는 듯이 되물을 줄 알았다. 그런데 그녀는 휘욱의 어조를 비슷하게 따라 하며 대꾸했다.

"넌 뭐가 좋은데?"

— 그러는 휘욱 씨는 뭐가 좋은데?

"나는."

대꾸하려는데 내선 전화가 깜빡이기 시작한다. 휘욱은 깜빡이는 불빛을 무시한 채 말을 이었다. 개인적인 통화 때문에 업무 전화를 무시한 것도 처음 있는 일이다. 그녀로 인해 처음이 늘어 간다.

"너한테 혼나는 게 좋아."

그녀가 바람 빠지는 소리를 내며 웃는다.

"너는 뭐가 좋은데?"

어린아이가 된 기분이다. 태어나서 이렇게 솔직히 감정을 털어놓았던 적이 있었나 싶다. 좋은 감정이건, 나쁜 감정이건, 감정을 표현하는 일에는 훈련이 필요하다는 말을 들은 적 있다.

그런데 그 말이 무색할 만큼 그녀는 자연스럽게 휘욱의 감정을 이끌어 냈다.

어쩌면.

휘욱은 그녀에게 표현할 수 있을 날만을 기다려 왔는지도 모른다. 멀리서 그녀를 지켜보며 수만 번 상상했었다.

네가 내게 웃으며 말을 걸어 줬으면 좋겠다고.

세상에서 가장 가까운 사람인 것처럼 대해 줬으면 좋겠다고.

품에 안겨서 가장 행복한 미소를 보여 줬으면 좋겠다고.

애정을 나누는 사이가 되어, 사랑을 속삭일 수 있었으면 좋겠다고.

꿈꿔 왔던 순간이 찾아오자, 이미지 트레이닝의 결과물인 것처럼 말이 술술 잘도 흘러나왔다.

— 비밀이야.

그녀가 새침한 말투로 속삭였다. 당장 그녀가 있는 갤러리로 달려가고 싶은 충동이 일었다. 주위에 누가 있든 말든 품에 안고 발칙한 농을 걸어온 입술을 집어삼키고 싶었다. 갑자기 온몸에 열기가 오르고, 심박동이 빨라졌다.

그녀의 입술을 상상하는 것만으로 단전 아래가 묵직하게 달아올랐다. 그녀는 그걸 아는지 모르는지 휴대전화 너머에서 장난스럽게 웃어 댔다.

"안 궁금해."

— 삐졌나 보네. 본가에 들렀다가, 집으로 갈게.

"같이 가. 갤러리로 데리러 갈게. 거기에 차 놓고 퇴근하는 건 어때? 내일은 내 차 타고 출근하고."

— 좀 무섭다, 휘욱 씨.

그녀가 이번에도 약간은 놀리는 투로 말했다. 하지만 진심도 묻어나는 오묘한 말투였다.

"뭐가?"

— 매일 명령하듯이 말하던 사람이 너무 달라져서.

가슴이 확 조여드는 듯했다. 못되게 굴었던 순간을 상기하는 그녀의 말투가 어쩐지 쓸쓸하게 느껴졌다. 휘욱은 미안하다는 말도 하지 못하고 굳어 버렸다.

그녀에게 어디서부터 어떻게 설명해야 할지 아직 정리가 되지 않았다.

결혼 전, 장인인 윤 교수와 결혼 기간의 종료 시점에 관한 협의까지 마친 상태였다. 명례 건설 쪽에서 윤 교수가 자리를 잡고 난 뒤, 일이 순조롭게 풀릴 기미가 보이면 장인부터 설득해야 했다.

인애에게는 끝까지 비밀로 해야 할 것이다. 휘욱은 그렇다 쳐도 아버지가 안위를 위해 딸을 팔아넘기듯 했다는 사실을 알게 되면 그녀가 큰 상처를 입을 것이다.

"잘할게, 앞으로."

— 두고 볼 거야.

그녀는 회의가 있다며 퇴근 후에 보자는 말을 마지막으로 통화를 마쳤다. 휘욱은 통화 종료 문구가 깜빡거리는 휴대전화를 멍하니 바라보았다.

잠깐 그녀의 목소리에 귀를 기울였을 뿐인데, 하루를 버텨 낼 힘을 충전한 것처럼 느껴졌다.

지켜야지, 무슨 일이 있어도.

가지지 못했을 때는 알지 못했다. 그녀의 마음을 얻기 전에는 상상조차 할 수 없는 감정이었다.

한번 얻고 나니, 절대로 잃고 싶지 않아졌다. 가진 모든 것을 내어 주는 한이 있더라도, 하늘과 땅이 뒤집히고, 세상 전부를 잃게 되더라도, 그녀만큼은 지켜 내고 싶어졌다.

"먼저 들어갑니다."

오후 5시, 휘욱은 집무실을 나서며 비서진을 향해 인사했다. 아연실색한 정 실장이 자리에서 일어나 빠른 걸음으로 다가온다.

"대표님."

무슨 일 있느냐고 묻는 듯한 얼굴이다.

"아내를 데리러 가야 해서요. 오늘 좀 일찍 들어갑니다."

휘욱이 얼굴에 은은한 미소를 머금은 채로 읊조리자, 정 실장의 표정이 묘하게 풀어졌다.

"들어가십시오, 대표님."

귀까지 빨개져서 어쩔 줄 몰라 하는 정 실장을 뒤로하고 휘욱은 고개를 한 번 주억거리며 돌아섰다.

갤러리 앞에 다다르자, 그녀가 이미 대로변까지 나와 있었다. 기사는 그녀를 발견하자마자 비상등을 켜고는 정차했다. 휘욱은 얼른 뒷좌석에서 내려 그녀의 어깨를 감싸 쥐었다. 그녀의 얼굴에는 피로감이 가득했다.

"전화하면 나오지. 왜 벌써 나와 있어?"

그녀가 입술이 가늘게 맞물리도록 미소 지었다. 그런데 그녀의 선한 눈빛에는 웃음기가 전혀 깃들어 있지 않았다.

"그냥……."

말끝을 흐린 그녀는 차에 오르기 전 휘욱에게만 들리도록 조용히 덧붙였다.

"빨리 나오고 싶어서."

목소리에도 지친 기색이 역력했다. 휘욱이 보고 싶어서 빨리 나왔다거나, 본가에 늦을까 봐 걱정되어서 빨리 나왔다는 의미가 아니었다.

"무슨 일 있어?"

그녀를 먼저 차에 태운 휘욱이 옆 좌석에 오르며 물었다. 그녀는 두 눈을 내리깐 채로 아래를 내려다보고 있었다. 그녀의 시선이 향한 곳이 손등인지, 아니면 네 번째 손가락인지 모르겠다.

순간 그녀의 갤러리에 자신이 방문했던 일이 떠올랐다. 그때는 일의 진척을 위해 움직인 거였다. 어리석게도 그녀가 상처받는 것이 당연하다고 여겼었다. 나중에 마음을 나누고 헤어지는 것보다야 차라리 자신을 미워하게 만드는 게 낫겠다고 아둔하게 생각하던 때였다.

"나 갤러리 그만두면, 진짜 휘욱 씨가 만든 재단에서 일해야 해?"

가벼운 질문인 것처럼 장난스럽게 물었지만, 그녀가 진지하게 생각하고 있다는 게 느껴졌다.

"굳이 안 그래도 돼."

이제껏 휘욱이 정해 놓은 것은 쓸모가 없어졌다. 완전한 무無의 상태, 모든 것을 그녀와 함께 조율하고 싶었다. 휘욱은 검지와 엄지로 결혼반지를 만지작거리고 있는 그녀의 손을 끌어다 꼭 잡았다.

그녀가 그제야 시선을 들어 휘욱을 바라보았다. 원망스러운 눈빛일 줄 알았는데, 그녀의 눈동자는 피로감에 버석거릴 뿐이었다.

"가지 말자, 오늘."

갤러리에서 힘든 일을 겪은 것 같은 그녀를 데리고 본가로 가고 싶지 않았다.

"아냐, 가야지. 큰어머님께 미리 그림도 보내 드렸는데?"

"그림?"

휘욱이 미간을 미세하게 구기며 물었다.

"큰어머님 그림 좋아하신다고 소문이 자자하던데? 내가 구할 수 있는 선에서 최대한 좋은 거로 보내 드렸어. 가서 생색내야지. 내가 보내 드린 거라고."

그녀는 말간 미소를 머금으며 눈을 치떴다. 가야 한다고 휘욱을 설득하는 얼굴이었다. 큰어머니가 그림에 관심을 두게 된 이유가 불현듯 떠오르자 가슴이 갑갑해졌다.

"표정이 왜 그래?"

갑작스럽게 어두워지는 휘욱의 얼굴을 보고 그녀가 불안한 눈빛으로 물었다.

"아니야."

휘욱은 그녀의 손을 꼭 잡은 채 차창 밖으로 시선을 옮겼다. 감정을 감추고, 표정을 숨기고, 눈빛을 들키지 않는 것에 익숙해진 삶이었다.

그런데 마음을 열고 모든 것을 털어놓고 싶은 상대에게는 그게 쉽지 않다는 것을 휘욱은 인애를 통해 깨달았다.

분노와 증오를 넘어서 살의마저 담긴 눈빛을 그녀에게 들키고 싶지 않았다.

큰어머니가 그림에 관심을 두기 시작한 것은 어머니가 최 부회장에게 험한 일을 당한 직후부터였다.

최 부회장은 아버지가 가진 모든 것을 시기했고, 빼앗고 싶어서 안달이 나 있었다. 그 범주에는 어머니도 속해 있었다. 한국에 몇 없는 서양화 전문 컨서 베이터(복원 전문가)로 일했던 어머니를 최 부회장은 그녀의 작업실에서 범했다.

늘 웃음기 가득했던 어머니의 얼굴이 어느 날부턴가 어두워지기 시작한 것을 휘욱은 알아차리지 못했다. 중학생이 되어 학교와 학원을 오가며 늦은 밤이 되어서야 귀가했던 휘욱이 어머니의 주검을 발견한 것은 장마가 막 시작된 여름이었다.

아버지는 이설 자동차의 올림픽 공식 후원을 위해 회의 참석차 싱가포르를 방문 중이었다. 사춘기가 시작되려는 시기였다. 어머니가 손목을 그은 작업실에는 피비린내와 함께 불결한 정사의 흔적이 남아 있었다.

'아버지, 어머니가 돌아가셨어요.'

자신이 내뱉었던 건조한 목소리가 아직도 귓가에 선연하다. 휴대전화 너머의 아버지는 아무런 대꾸도 하지 않았다. 그리고 곧 한국으로 들어오겠다고 했던 아버지는, 싱가포르 창이 공항으로 향하던 길에 교통사고를 당해 즉사했다.

태풍으로 인해 비바람이 휘몰아치던 상황이었다고 했다. 비행기의 이륙 여부가 불확실한 상황인데도 아버지는 공항으로 향했다고 했다.

'이 그림은 내가 보관하는 게 좋겠구나.'

어머니가 복원 중이었던 그림을 사들인 사람은 큰어머니였다.

'그림 보는 눈은 있었지.'

큰어머니는 복원이 끝나지 않은 그림을 보며 어머니의 능력을 인정한다는 듯이 말했다.

'남자 꼬시는 재주도 탁월했고.'

최 부회장과의 관계를 진작부터 알고 있었다며, 큰어머니는 어머니를 증오하듯 읊조렸다. 그리고 어느 날부턴가 큰어머니는 병적으로 예술 작품을 사 모으기 시작했다. 부모를 모두 잃고, 살던 집을 떠나 그들의 집에 가서 살게 된 휘욱은 큰어머니의 비뚤어진 시기심과 소유욕에 시달려야만 했다.

'어떠니? 너희 엄마가 살아 있었다면, 이걸 샀겠니?'

휘욱의 상처를 들쑤시는 말은 서슴없이 흘러나왔다.

'아닌가? 이 정도 작품 보는 눈은 없었나? 전공자가 실력이 그 정도밖에 안 되니, 소규모 프로젝트만 근근이 참여했지.'

어머니의 경력을 깎아내리는 것도 모자라, 어머니가 복원한 그림의 흔적이 하나둘씩 사라지기 시작했다.

'너희 엄마가 복원한 건데, 내가 고이 간직하는 게 좋지 않겠니?'

이미 죽은 사람인데도, 큰어머니는 어머니의 흔적을 없애는 데 병적으로 집착했다. 그리고 가장 명백한 흔적 중 하나인 휘욱이 최 부회장의 폭력에 시달리는 것을 즐거워하는 듯한 눈치였다.

온갖 수집품으로 가득한 본가에 들를 때마다, 고가의 예술 작품들이 휘욱의 목을 조르는 것만 같았다.

어릴 때부터 어머니를 따라 갤러리와 박물관, 복원 작업실 등을 제집처럼 드나들었던 휘욱에게 작품이 있는 곳이 놀이터나 다름없었다. 그런데 이제는 어머니를 그리워할 수 있는 작품들이 고통이 되어 버렸다.

"걱정 마. 아무 일도 없을 거야."

깊은 상념에서 벗어난 것은 옆에서 들려온 그녀의 잔잔한 목소리 덕분이었다. 그녀는 소리 낮춰 속삭이기 시작했다.

"큰어머니가 나 얕잡아 보고 막 대할까 봐 걱정돼?"

그녀가 미간을 모으며 휘욱의 눈동자를 깊이 들여다보았다. 마치 휘욱의 마음속을 들여다보겠다는 듯이 신중한 눈빛이었다.

"그럼 나도 얕잡아 보고, 막 대하면 되지, 뭐."

장난스러운 말투로 말을 이은 그녀의 표정이 어쩐지 결연해 보였다.

"어렸을 때부터 변종 취급 받고 살았어. 부모님 덕에 멋대로 살 수 있었잖아, 나. 물론 휘욱 씨랑 결혼한 건 예외."

그녀는 진한 미소를 머금으며 휘욱의 손을 꼭 움켜잡았다. 그러고는 오해하지 말라는 듯이 덧붙였다.

"그래도 나⋯⋯."

쉽지 않은 얘기인지 말끝을 흐리는 그녀의 입술이 아주 미세하게 떨렸다. 휘욱은 떨리는 그녀의 입술에 입을 맞추고 싶은 충동을 느꼈다. 잡히지 않은 손을 뻗어 엄지손가락으로 아랫입술을 슬며시 쓸어 보았다.

그녀가 뭉근하게 달뜬 눈빛으로 휘욱을 바라보았다. 시간이 멈췄으면 좋겠다는 생각은 단 한 번도 해 본 적 없었다. 한시라도 빨리 시간이 흘러 원하는 바를 이루고 싶을 뿐이었다. 그들과 맞설 힘을 얻고 싶었었다.

그런데 따뜻한 그녀의 눈동자를 마주하고 있는 지금은 이대로 영원 속에 갇힌다 해도 좋을 것만 같았다.

"어쩔 수 없이 끌려오듯 결혼한 건 아니야."

진중한 눈빛이 휘욱을 향했다.

"휘욱 씨 좋았거든."

이제껏 뜸을 들인 것과는 달리 덤덤한 목소리로 고백하는 그녀의 모습에 휘욱은 잠시 할 말을 잃어버렸다. 빠르게 뛰는 심장이 왈칵 치솟아서 목구멍을 막아 버린 것처럼 목소리가 흘러나오질 않는다.

휘욱은 그녀의 어깨를 부드럽게 끌어안고는, 옆머리가 예쁘게 흐트러진 관자놀이에 부드럽게 입을 맞췄다. 마음 같아서는 당장 집으로 차를 몰고 싶었다. 집이 아니라도 단둘이서만 함께할 수 있는 공간으로 향하고 싶어졌다.

급하게 서두르지 말자는 그녀의 말에 따라 천천히 다가가고 싶었지만, 참고 버티는 게 쉬운 일은 아니었다.

곁에 둘 수 없을 거라 여겼던 사람이었다. 곁에 두고도 모진 말로 상처 입히고 멀어지려 했었다.

그런 그녀가 품에 들어왔다. 그동안 그녀를 배제한 채로 살아왔던 삶이 무색하리만큼 조바심이 났다. 갖고 싶고, 안고 싶고, 만지고 싶고, 머금고 싶고, 맛보고 싶은 본능이 무섭도록 치솟았다.

그녀는 휘욱의 왼쪽 어깨에 머리를 살짝 기대며 웃었다. 휘욱은 그녀의 정수리에 입을 맞추며 눈을 지그시 감았다. 어느새 차는 본가 주차장 입구로 들어서고 있었다.

응접실에 들어서자 큰어머니가 자애로운 미소를 머금으며 두 사람을 맞았다.

"우리 휘욱이도 같이 왔네. 바쁘다더니, 시간이 난 거야?"

살갑게 구는 큰어머니의 태도가 가증스러웠다.

"제때 인사드리지 못해 죄송합니다."

휘욱은 고개를 살짝 숙이며 진심이라고는 눈곱만큼도 담기지 않은 사과의 말을 건넸다.

"내가 우리 새아가 얼마나 보고 싶어 했는지 알아? 보여 주고 싶은 것도 많고."

그녀에게 팔짱을 끼며 큰어머니는 세상천지 좋은 사람인 것처럼 굴었다.

"보내 준 그림 너무 좋더라. 내가 후기 인상파 정말 좋아하거든."

"마음에 드신다니 다행이에요. 워낙 작품을 잘 보셔서, 걱정했어요."

그녀는 마치 고객을 대하는 듯한 전형적인 투로 대꾸했다.

"내가 모은 것 좀 볼래?"

"보여 주시면 감사하죠."

걱정하지 말라는 듯이 눈짓한 그녀는 큰어머니와 함께 수집품이 모여 있는 별채로 향했다. 응접실에 홀로 남은 휘욱은 도우미 아주머니가 내온 차를 마시며 초조해진 마음을 달래려 노력했다.

한동안 순간을 넘기기 위해 애쓰는 삶을 살았었다. 발을 디딘 얼음판이 깨지지 않았음에 감사하며, 다음 발걸음 내딛기 위해 노심초사하는 삶이었다.

그룹 내에서 자리를 잡아 가며 삶은 조금씩 변화했다. 발밑 얼음이 두꺼워지고, 거침없이 내디딜 수 있는 요령이 생겨났다. 그런데 얼음 위에 그녀와 함께 올라선 게 잘한 일인지 확신이 서질 않는다. 딛고 선 바닥이 두 사람의 무게를 견딜 수 있을지.

30분쯤 지났을까. 큰어머니가 그녀를 데리고 다시 응접실로 들어섰다.

"죄송해요. 저녁 식사 하고 가고 싶은데, 말씀드렸다시피 갤러리에 일이 좀 있어서 바로 들어가 봐야 해서요. 오늘 급하게 오느라 시간을 제대로 못 만들었어요."

갤러리에 다시 가 봐야 한다는 것은 핑계일 것이다. 인사치레를 위해 들르기는 했지만, 식사까지는 하고 싶지 않았는지 그녀는 상황을 유연하게 이끌었다.

"아니야, 갑자기 급하게 불렀는데도 와 줘서 내가 고맙지. 우리 자주 봐요. 어쩜 이렇게 작품 보는 눈이 탁월할까?"

큰어머니의 음성이 과거 어느 시점과 겹치는 듯한 착각이 일었다.

"그럼, 이만 가 보겠습니다."

큰어머니에게 작별 인사를 한 그녀가 휘욱을 돌아보았다. 휘욱은 눈치껏 그녀의 곁에 섰다.

"가 보겠습니다."

휘욱의 딱딱한 음성에 치를 떨었던 큰어머니였는데, 이번에는 진한 미소를 머금으며 바깥 현관까지 두 사람을 배웅해 주기까지 했다.

집으로 향하는 차에 오른 휘욱은 아무 일도 없었느냐고 묻는 눈빛으로 그녀를 바라보았다.

"휘욱 씨."

"응."

"우리."

"응."

그녀는 고심하듯 아랫입술을 한 번 깨물고는 입을 열었다.

"휘욱 씨 어머님이 복원하신 작품 도로 갖고 오자."

휘욱은 잠시 멍해진 시선으로 그녀를 바라보았다. 어머니가 복원한 작품이 큰어머니에게 있다는 말을 한 적이 없었다. 그런데 그녀는 마치 모든 것을 꿰뚫어 본 사람처럼 말하고 있었다.

"어떻게 알았어?"

"나 보기보다 유능한 갤러리스트야. 그걸 몰라봤을까 봐? 시장에서 갑자기 사라졌다고만 들었는데, 저기 있을 줄은 몰랐네."

잠시 숨을 고른 휘욱은 그녀가 걱정스러워서 괜한 일을 벌이지 말았으면 하는 마음에 조심스럽게 입을 열었다.

"절대 안 놓아줄 거야."

"이 동네에는 허기를 채우기 위해 작품을 수집하고, 집착의 대상이 자신을 봐 주지 않아서 생기는 외로움을 작품을 소유하는 것으로 해소하는 사람들이 꽤 많아. 큰어머니도 그런 과 같은데?"

거기에 어머니에 대한 시기심도 물들어 있다는 말은 꺼내기가 어려웠다. 그 말뜻을 온전히 이해시키려면 어머니가 당했던 끔찍한 일을 입에 올려야만 했다.

"허기와 소유욕을 다른 작품으로 옮겨 가게 하면 돼. 나 믿어, 휘욱 씨. 내가 찾아 줄게."

휘욱은 그녀의 정수리에 다시 한번 입을 맞추었다.

"그렇게 말해 준 것만으로도 고마워."

"휘욱 씨, 보기보다 되게 쉬운 사람이었구나? 나는 아무것도 한 게 없는데, 말 한마디에 감동하네."

그녀의 얼굴에 장난기 어린 미소가 떠올랐다. 아무것도 하지 않아도 감동적일 수 있는 존재라는 말을 해 주고 싶었지만, 낯간지러운 말에 익숙하지 않아서 입이 쉽게 떨어지질 않는다.

"저녁 먹고 들어갈까?"

본가에 들르느라 벌써 저녁 8시가 넘은 시각이었다.

"그냥 집에 가서 김치볶음밥 같은 거 해 먹자. 피곤해서 빨리 집에 가고 싶어."

누군가와 함께 돌아갈 수 있는 집이 있다는 것이 이토록 행복한 일인 줄 몰랐다. 저녁 식사를 함께하고, 일상의 소소한 순간을 나눌 수 있는 사람이 존재한다는 게 이토록 감사한 일인 줄도 몰랐다.

그녀의 눈동자가 바라보는 곳을 따라 시선을 옮겼다. 서울의 도심은 언제나처럼 같은 모습이었지만, 그녀와 함께 바라보는 야경은 하늘의 별의 흩뿌려 놓은 듯 아름다웠다.

샤워를 마치고 나온 그녀는 반쯤 젖은 머리카락을 귀 뒤로 꽂은 채 싱크대 앞에 서 있었다. 휘욱이 다가서자 그녀가 고개를 돌리며 싱긋 웃는다.

"씻었어?"

"응."

휘욱은 그녀의 등 뒤로 다가가 허리를 꼭 끌어안았다. 그녀의 어깨 위에 턱을 얹고 김치를 써는 모습을 가만히 내려다보았다. 그저 가만히 지켜보려고 했는데, 입술이 저절로 그녀의 목덜미에 내려앉았다.

그녀가 어깨를 움츠리며 협박하는 투로 읊조렸다.

"휘욱 씨, 나 지금 칼 들었다?"

휘욱은 그녀의 목덜미에 입술을 묻은 채로 웃었다.

"간지러워."

그녀가 어깨를 돌리며 휘욱을 물리치려 애썼다.

"이리 줘 봐."

휘욱은 허리에 두르고 있던 손을 풀고는 그녀의 손에 쥐어져 있는 칼을 빼앗았다. 그러곤 그녀를 뒤에서 안은 채로 김치를 썰기 시작했다. 정갈하게 썰리는 김치를 보고 그녀가 혀를 내둘렀다.

"우와, 칼질 잘하네?"

"너 나를 너무 바보로 아는 것 같다? 한국에서 나고 자란 성인이 김치도 못 썰면 어떡해?"

그녀가 듣기 좋은 웃음소리를 내며 돌아서더니 휘욱의 볼에 쪽 소리가 나도록 입을 맞췄다.

"어? 나 지금 칼 들었다?"

휘욱이 그녀의 말투를 똑같이 따라 하며 겁을 줬는데도 그녀는 아랑곳하지 않고 입술을 옮겨 가기 시작했다. 턱을 간질이던 부드러운 입술이 목덜미 움푹한 곳에 닿았다.

"윤인애."

휘욱의 목소리가 갑자기 탁하게 변해 버렸다. 순식간에 치솟은 열기를 감당할 수 없어서 칼을 든 손끝이 파르르 떨렸다. 휘욱은 도마 위에 칼을 내려놓고는 한 발짝 물러서서 그녀를 내려다보았다.

그녀는 발갛게 상기된 얼굴로 휘욱을 올려다보고 있었다.

"배 많이 고파?"

질문에 섞인 관능적 열기를 알아차렸는지 그녀가 숨을 급히 들이쉬는 게 눈에 들어왔다.

"배고파 죽을 정도는 아니지?"

휘욱은 물러섰던 만큼 다가서며 물었다. 그녀는 대꾸 없이 시선을 내리깔았다. 가라뜬 눈꺼풀 끝에 처연하게 매달린 속눈썹이 파르르 떨렸다.

"밥은 좀 이따 먹자."

휘욱은 그녀를 끌어안듯이 손을 뻗어 물을 틀고는 천천히 손을 닦아 냈다. 싱크대에서 물이 흐르는 소리가 야하게 들릴 수도 있다는 것을 처음 알았다. 품에 갇힌 그녀가 천천히 돌아서는가 싶더니 물에 젖은 휘욱의 손 위로 자신의 작은 손을 겹쳐 왔다.

그녀는 주방용 세제 옆에 있는 핸드워시를 한 손으로 꾹 짜고는 두 사람의 손 위에 거품을 얹었다. 부드럽게 흘러내리는 물기와 미끌미끌한 거품을 사이에 두고 두 사람의 손이 관능적으로 뒤엉켰다.

손가락 사이사이 가장 예민한 살이 부딪치자, 그녀가 '하아' 하고 달뜬 숨을 내쉬었다. 휘욱은 젖은 손으로 그녀의 턱을 잡아끌었다. 그녀가 내뱉은 달콤한 숨결을 집어삼키듯 거칠게 입을 맞추었다.

"으음."

몸을 돌린 그녀가 젖은 손을 뻗어 휘욱의 목을 휘감았다. 휘욱은 한 손으론 그녀의 등허리를 감싸고 다른 손으론 무릎 아래를 받치며 작은 몸을 안아 들었다. 당장에 부엌에서 그녀를 가진다 해도 이상하지 않을 만큼, 휘욱의 상태는 임계치를 벗어나 있었다.

휘욱은 그녀를 안아 들고 침실로 걸음을 옮겼다. 하루라도 빨리 아주머니를 집에서 내보내야겠다는 생각이 들었다. 침실 문을 발로 걸어차다시피 해서 닫은 휘욱은 침대 위에 그녀를 눕히자마자, 목덜미가 젖은 티셔츠를 벗어 던졌다.

그녀가 팔꿈치로 상체를 지탱한 채 어깨가 들썩이도록 크게 숨을 들이마셨다 내쉬기를 반복했다. 휘욱은 그녀의 행동을 하나도 놓치지 않겠다는 듯 집요한 시선으로 바라보았다.

옷을 채 다 벗기도 전에 그녀의 목덜미에 입술을 묻었다.

"흐읏, 휘욱 씨."

가녀린 손가락이 머리카락 사이사이에 스며들었다. 머리를 쓸어 넘기는 것만으로 쾌락이 증폭되었다.

"하아, 인애야."

휘욱은 한숨을 몰아쉬며 그녀의 원피스 자락을 들췄다. 매끄러운 살결에 닿은 손이 녹아내릴 것만 같았다.

그녀의 온도, 그녀의 질감, 그녀의 향기, 모든 게 휘욱을 충만하게 만들었다. 원피스를 벗겨 내자 그녀가 크게 숨을 들이쉬었다. 하얀 레이스 속옷에 감싸인 가슴이 크게 들썩였다.

숨결을 내뱉기 전에 입술을 집어삼켰다. 그녀가 내뱉는 숨결조차 아까워서 전부 자신의 안으로 빨아들이고 싶었다.

입 안에서 그녀의 신음이 울렸다. 휘욱은 소리마저 삼킬 것처럼 거칠게 흡입했다. 혀가 단단하게 뒤엉켰다. 그녀의 작은 손이 두꺼운 어깨를 움켜쥐는 게 느껴졌다. 견딜 수 없다는 듯이 꽉 움켜쥐는 손길에 심장이 걷잡을 수 없이 요동쳤다.

그녀가 고개를 비틀며 입술을 떼어 냈다. 휘욱의 입술은 그녀의 매끈한 턱선과 목덜미를 따라 흘러내렸다.

"숨, 막혀."

토막 난 그녀의 말은 지나치게 자극적이었다.

"그만할까?"

절대 그만두고 싶지 않았지만, 그녀가 그러길 원한다면 멈춰야만 했다.

"나 화낸다?"

뾰로통한 목소리가 흘러나온 순간, 휘욱은 몸을 일으켜 하의를 끌어 내렸다. 그녀의 시선이 드러나는 나신을 따라 아래로 움직였다. 입을 반쯤 벌린 채로 넋을 놓고 바라보는 눈빛에는 정염이 어려 있었다.

휘욱은 더운 숨을 한 번 훅 내쉬고는 장난스럽게 물었다.

"이제 해도 돼?"

그녀는 얼굴을 붉히며 천천히 고개를 끄덕였지만, 눈빛에는 영문 모를 걱정이 묻어났다. 휘욱은 몸을 숙이며 재우쳐 물었다.

"아직 안 되겠으면, 말해. 너무 급한 것 같으면."

"아니, 아니야."

그녀의 목소리가 미세하게 떨렸다. 끝까지 발기한 물건을 보고 놀란 눈을 동그랗게 뜨는 그녀가 미치게 갖고 싶었다. 휘욱은 그녀의 이마를 시작으로 발끝까지 입을 맞추었다. 젖무덤을 빨고, 우묵한 배꼽에 혀를 들이밀고, 매끄러운 살갗에 입술이 닿는 횟수가 늘어 갈수록 그녀의 숨소리가 가빠졌다.

"하아, 흐읏."

열기가 차오른 목소리를 듣는 게 좋았다. 그녀가 자신으로 인해 달뜨고, 열이 오르고, 쾌락을 느끼고 있다는 사실만으로 온몸에 전율이 흐를 정도였다.

"인애야."

휘욱은 그녀의 이름을 나직이 부르며 손바닥만 한 팬티를 끌어 내렸다. 흰색 레이스 팬티가 투명하게 젖은 자국은 머리가 어떻게 되어 버릴 것처럼 자극적이었다. 하얗게 드러난 그녀의 부드러운 가슴과 새빨간 속살을 드러내며 젖은 입구를 내려다보는 휘욱의 눈동자는 깊게 가라앉았다.

들썩거리는 가슴을 손바닥 가득 움켜쥐며 몸을 겹쳤다. 뜨거운 물길을 조심스럽게 파고들자, 그녀가 하체에 바짝 힘을 주며 신음을 토해 냈다.

"흐으읏."

그녀가 괴로운 듯 아랫입술을 꾹 깨물었다. 꾹 감은 눈가를 뒤덮은 속눈썹이 눈물에 젖어 검게 물들었다. 휘욱은 혀를 살짝 내밀어 그녀의 눈물을 음미했다.

"아아, 휘욱 씨."

천천히 몸을 움직이자, 그녀가 자지러질 듯 몸을 뒤틀었다. 가녀린 팔뚝, 잘록한 허리, 허공에 뜬 하얀 두 다리, 조금만 몸을 격하게 움직여도 그녀가 부서질까 봐 두려울 정도였다. 하지만 느릿하게 움직이는 것에도 한계가 있었다.

휘욱은 그녀의 등과 매트리스 사이로 한쪽 팔을 집어넣었다. 그러곤 상체를 꽉 끌어당겨 안으며 안으로 더욱 깊숙이 파고들었다. 이제야 물건 뿌리까지 그녀의 몸 안에 오롯이 묻혔다.

"으읏."

단단한 품 안에 갇힌 그녀의 몸이 파르르 떨렸다. 흐느끼는 신음이 울음과 뒤섞였다.

"인애야."

휘욱은 그녀의 이름을 부르며 입술을 집어삼켰다. 되도록 힘들게 하고 싶지 않았는데, 처음 여자를 안는 휘욱은 그 방법을 알지 못했다. 서툴게 움직이는 자신 때문에 그녀가 힘들어하는 것 같아서 죄스러운 마음마저 들었다.

"하아, 인애야."

그녀가 휘욱의 목덜미를 깨물며 울음을 삼켰다. 부서질까 봐 두려워했던 게 무색하리만큼 휘욱은 쾌락에 젖어 커다란 몸을 성마르게 움직였다. 허리를 쳐올릴 때마다 그녀가 자지러질 듯 신음했다.

"하아읏!"

휘욱이 그녀를 품 안 가득히 끌어안은 채로 열기를 발산했다. 그녀가 입 안으로 울음을 토해 내며 몸을 축 늘어뜨렸다. 받아들이기 버거웠는지 그녀는 기진맥진해 버렸다.

작은 몸을 품에 안은 채 휘욱은 옆으로 돌아누웠다. 휘욱의 팔을 베고 누운 그녀가 거친 숨을 골랐다. 그 모습이 미치도록 자극적이어서 또다시 무섭게 몸이 일어났다.

"미치겠다, 정말."

그녀를 품에 꽉 끌어안았다. 방금 전까지 그녀의 깊숙한 곳을 차지하고 있었는데도, 아쉬운 마음이 들어 심장이 저렸다. 질릴 날이 올까, 서로의 가장 은밀한 곳을 차지한 채 가장 깊숙한 유대감을 느끼는 순간이 지루해질 날이 과연 오기는 할까.

영원토록 그녀를 안고 있다고 해도 결코 그런 날은 오지 않을 것만 같았다.

새벽녘, 뺨을 간질이는 손길에 휘욱은 천천히 눈을 떴다.

"왜, 안 자고."

잠에 취한 목소리로 묻자, 그녀가 낮게 한숨을 내쉬었다. 그녀의 숨결에 의미를 알 수 없는 불안함이 묻어났다.

"인애야."

혹시 후회하느냐고 물어야 할까.

그녀는 처음부터 이 결혼을 잘해 내고 싶다고 했었다. 책임감이 강하고, 한번 결정한 것은 끝을 보고야 마는 그녀의 성격을 모르는 바가 아니었다.

그녀가 가진 감정의 정체에 확신이 없어졌다. 서로 깊이 사랑해서 한 결혼이 아니기에, 마음을 깊이 나눈 적 없기에……. 마음을 온전히 섞기 전에 너무 급하게 몸을 섞었나 하는 후회가 밀려들었다.

"미안해."

그녀가 갑자기 사과를 해 왔다. 그녀의 목소리에 미세한 물기가 묻어나서 심장이 덜컥 내려앉았다.

이대로는 안 되겠다고 말하려는 걸까.

"뭐가 미안해?"

딱딱한 목소리가 흘러나왔다. 휘욱은 상체를 일으켜 헤드 보드에 기대고는 침대 옆에 자리한 등을 밝혔다. 은은한 불빛이 방 안을 스산하게 비췄다.

사랑도, 미움도 이해가 우선이다.

― 레오나르도 다빈치

갑자기 밝아진 빛 때문에 눈이 부신 듯 그녀가 미간을 찌푸렸다.

"뭐가 미안한데? 무슨 꿈 꿨어? 자다가 갑자기 뭐가 미안해?"

마음이 급해져서 목소리가 더욱 딱딱하게 흘러나왔다. 만약 그녀가 지금 모든 것을 번복하면 어쩌나 싶어서 가슴이 딱딱하게 굳어 갔다. 절대 그럴 수는 없다고 화를 낼 것만 같았다.

할 수만 있다면 그녀를 가둬 두고 혼자만 보고 싶었다. 스스로 생각해도 무서운 감정이 치솟았다.

지금껏 살면서 위치를 공고히 하기 위해 많은 것을 손안에 넣었다. 내 것으로 만들었을 때의 쾌감은 언제나 짜릿했다. 이설 자동차 대표 자리에 올랐을 때, 그룹 내에서 차츰 지분을 늘려 갈 때마다 휘욱은 소유의 쾌락을 만끽했다.

그런데 이제껏 느껴 온 쾌락은 모두 관념적인 허상에 불과하다는 듯이, 지난밤 그녀를 안았을 때의 쾌감은 직접적이고 육감적이었다. 가진 모든 것을 내어 놓는다고 해도 바꿀 수 없는 감각, 이제는 그녀를 품 안에 두는 것이 세상에서 가장 가치 있는 일이었다.

"나는."

그녀는 괴로운 듯이 입을 열었다. 예쁜 미간에 섬세한 주름이 잡힐 때마다 심장이 갈라지는 것 같았다.

"내가."

어떻게 말을 꺼내야 할지 모르겠다는 듯이 그녀는 말을 고르고 또 골랐다.

"네가, 뭐."

휘욱에게서 안타까운 음성이 흘러나왔다. 그녀가 대체 무슨 말을 하려는 건지 알 수 없어서 입 안이 바짝 말라 버렸다.

"내가 경험이 없어서, 너무 서툴러서…… 휘욱 씨가 만족스럽지 않을 것 같아서."

"너 지금 무슨 말을 하는 거야?"

큰어머니에게서 어머니의 그림을 찾아오겠다는 말을 하던 강단 있는 모습은 온데간데없었다.

휘욱이 말을 끊어 내자 그녀는 울음을 삼키며 아랫입술을 깨물었다.

"나 정말 이런 말 하기 힘든데."

그녀가 울음 섞인 목소리를 냈다.

"솔직히 너무 자존심 상하는데."

상체를 일으켜 앉은 그녀가 침대 헤드 보드에 몸을 기대고는 고개를 푹 숙였다. 그녀가 덮은 이불 위로 눈물방울이 똑 떨어졌다.

"내가 이런 쪽으로 좀 부족해도…… 그 여자한테는 안 갔으면 좋겠어. 사람 마음이 한순간에 돌아설 수는 없다는 거 알아."

방 안 공기의 밀도가 갑자기 높아지며 휘욱을 압박하는 듯했다. 그녀가 내 뱉은 말을 듣는 순간 휘욱은 지금 이 상황이 잘못돼도 한참 잘못되었다는 것을 깨달았다.

내연 관계의 여자가 있다고 속인 채 그녀와 결혼했고, 그녀가 다른 남자와 그런 관계에 빠질까 봐 두려워 앞뒤 재지 않고 급하게 붙잡았다.

시작부터 이기적이었다. 잠시라도 곁에 두고 싶어서 무모하고 비정상적인 결혼을 강행했다. 그리고 막상 그녀를 곁에 두고 나니, 그 누구에게도 빼앗기고 싶지 않아서 또다시 무모한 짓을 저질렀다.

휘욱은 손바닥으로 마른 얼굴을 비벼 댔다. 그녀의 입장에서 봤을 때, 휘욱은 얼마 전까지만 해도 사랑하는 여자를 숨겨 놓았던 남자였다. 그녀가 이런 생각을 하도록 만든 사람이 바로 자신이었다.

"절대 그럴 일 없어."

그녀의 어깨를 끌어다 품에 안았다. 흐느끼는 울음이 휘욱의 심장을 바닥으로 끌어 내리는 듯했다.

●

북쪽 가을 하늘은 쪽빛 물감을 풀어 놓은 듯했다. 해를 품지는 못하지만, 시리도록 푸른 색감을 머금을 수 있는 북쪽 하늘을 올려다보며 인애는 한숨을 한 번 크게 내쉬었다.

하늘조차도 타오르는 붉은 태양과 푸른 색감을 동시에 갖지는 못한다. 얻는 게 있으면, 잃는 게 있는 법이고, 가지고 싶은 것을 모두 가질 수는 없는 게 인생이다.

결국, 정직 처분이 내려졌다. 갤러리에서 나온 인애는 하릴없이 공원 벤치에 앉아 파란 하늘을 올려다보고 있었다.

전시관 관리를 소홀히 한 것이 첫 번째 이유, 그리고 임원들만 공유하는 CCTV의 비밀번호를 공식적인 절차 없이 보안 팀 직원에게 알려 준 것이 두 번째 이유라고 했다. 그런 상황에서도 절차를 따지고 있는 임원들의 태도는 가관이었다.

관장은 어쩔 수 없다며 인애에게 잠시 쉬다 오는 게 좋겠다고 했다. 휘욱이 갤러리를 방문한 이후로 임원들이 인애를 은근히 고깝게 보고 있다는 말도 덧붙였다.

한숨이 저절로 흘러나왔다. 뜻하지 않게 한가해지니, 밀려오는 박탈감이 굉장했다. 자괴감과 공허함 속에서 새벽에 있었던 일이 머릿속에 불현듯 떠올랐다.

불현듯 떠올랐다는 말에는 어폐가 있는지도 모르겠다. 오늘 인사 위원회에 회부되어 불편한 질문을 받고, 심각한 대답을 하고, 부정적인 결과를 전해 들으면서도 머릿속에는 줄곧 오늘 새벽에 내뱉었던 말이 부유했다.

차라리 말을 꺼내지 말걸. 새벽녘에 밀려든 불안한 감정이 터져 버렸고, 잠에서 깬 그에게 보여서는 안 될 모습을 보았다.

'절대 그럴 일 없어.'

다짐하듯 말했던 그의 목소리가 끊임없이 귓가에 맴돌았다. 그의 목소리가 듣고 싶었다. 그저 말 한마디였을 뿐인데, 새벽녘 그의 목소리를 듣자마자 놀랍도록 빠르게 불안감이 사그라들었다.

이번에도 그 목소리를 들으며 마음을 다독이고 싶었다. 말 한마디에 감동한다며, 그에게 쉬운 사람이라고 했던 적이 있다. 하지만 그의 말 한마디로 천국과 지옥을 오가는 쉬운 사람은 자신이었다.

그에게 전화를 걸었다. 갤러리 일을 잠시 쉬어야 한다는 말을 꺼내야 한다고 생각하니, 그가 자책할까 봐 걱정되었다. 아직 할 말이 정리되지 않은 것 같아서 전화를 끊으려는 순간, 통화 연결음이 끊기고 그의 목소리가 들려왔다.

—응, 출근 잘 했어?

그러고 보니 오늘 아침에 그가 일찍 출근하는 바람에 얼굴을 보고 이야기를 나눌 여유가 없었다. 여상한 그의 목소리를 들으며 어젯밤 일을 떠올리자, 얼굴이 화르르 달아올라 버렸다.

— 여보세요? 듣고 있어?

인애가 아무런 대꾸도 하지 않자, 그가 확인하듯 물었다.

"어, 잘 했지."

— 전화 잘못 눌러서 걸린 줄 알았어. 아무 말도 안 해서.

"그럴 리가."

— 목소리에 왜 이렇게 힘이 없어?

어젯밤의 일을 염두에 두고 있는 듯, 그의 물음에는 걱정이 묻어났다.

"아냐, 그냥 좀 일이 있어서."

인애는 일부러 활기찬 목소리를 내기 위해 노력했지만, 말투가 어색했다.

— 무슨 일인데?

"나 정직당했어."

잠시 침묵이 흘렀다. 그는 아무런 대꾸도 하지 않고 가만히 있었다.

인애 역시 말을 덧붙였다가는 억울함에 눈물이 왈칵 치솟을 것 같아서 잠자코 있었다. 이런 일에 울 만한 성격이 아닌데, 그의 목소리를 듣고 있으려니 괜히 더 울컥했다. 원래 달래 주는 사람이 있으면, 더 서러운 법이다.

그가 아무런 말도 하지 않아서 어쩔 수 없이 인애가 먼저 입을 열었다.

"당분간 좀 쉬려고. 잘됐지, 뭐. 제대로 쉬지도 못했는데."

— 어디 가고 싶은 데 있어?

그는 정직당한 이유에 대해 가타부타 묻지 않았다.

"글쎄. 모르겠네."

당장 어디에 가서 무엇을 해야 한다는 생각을 할 겨를이 없었다.

— 어디 가고 싶은지 생각해 놔.

가고 싶은 곳은 없다. 함께하고 싶은 사람이 있을 뿐이다.

"같이 가 주게?"

바쁜 그가 절대 그럴 수 없다는 것을 알면서도 괜히 한번 물어보았다.

— 어.

"어?"

짧은 그의 대답에 잘못 들었나 싶어서 되물었다.

— 같이 가자. 가고 싶은 데 생각해 놔.

"어디든?"

마치 어린아이가 된 것처럼 물었다.

— 어, 어디든.

입가에 미소가 감돌았다. 통화를 마친 인애는 자리를 툴툴 털고 일어났다. 짧은 통화였는데도 마음이 가뿐해진 기분이다.

해결된 것은 아무것도 없다. 갤러리 전시관은 아직도 엉망이고, 그래서 정직까지 당했고, 지난밤의 일에 대해 그에게 해명 비슷한 것도 하지 못했다.

그런데도 그의 목소리를 잠시 들었다는 이유만으로 마음이 한결 가벼워졌다.

"단풍이나 보러 가자고 할까."

늦가을 단풍을 보러 떠나자고 할까, 하는 생각을 하며 공원을 빠져나가고 있을 때였다.

"윤인애 씨?"

누군가 뒤에서 인애를 불러 세웠다. 처음 듣는 목소리인데도, 음성에서 느껴지는 기질이 어쩐지 불길해서 목덜미에 소름이 끼쳤다.

인애는 못 들은 척 걸음을 옮기는 것을 멈추지 않았다. 평일 오전의 공원은 텅 비어 있었고, 분위기가 사뭇 스산했다. 본능적으로 사람이 많은 곳으로 가야 한다는 생각이 들었다.

"윤인애 씨, 잠깐 이야기 좀 하시죠."

대로변으로 나왔을 때, 소름 끼치는 목소리가 한 번 더 들려왔다. 워낙 흉흉한 세상이다. 일면식이 없는 남자가 신변을 알고 다가오는 것에 겁을 내지 않을 여자는 없다.

인애는 휴대전화 비상 연락 버튼에 손가락을 가져다 대고는 남자를 돌아보았다. 목소리는 귀에 익지 않았는데, 얼굴은 어딘지 모르게 낯익었다.

"안녕하세요, 윤인애 씨. 제 명함부터 받으시죠."

남자가 건넨 명함에 새겨진 엠블럼이 익숙하다.

이설 그룹 부회장 비서실 소속.

인애는 명함을 내려 보던 시선을 들어 남자를 바라보았다.

"결혼식 때 봤을 겁니다. 부회장님 곁에 있었거든요."

"아, 네."

그의 큰아버지인 최 부회장의 비서실 소속이라는 남자는 50대 중반쯤 되어 보였다.

"저희 부회장님께서 긴히 만나 뵙기를 원하십니다."

긴히? 인애는 대놓고 의구심을 드러내지는 않았다. 이 바닥에서 이런 접근에 반응을 보이는 것은 어리석은 짓이다. 어떤 목적을 가지고 다가왔는지 모르는 상대에게 섣불리 감정을 들켜서는 안 된다.

"제가 큰아버님 연락을 못 받았던 걸까요? 비서실장님이 저를 직접 찾아오시게 해서 죄송합니다."

인애는 은은한 미소를 머금은 채로 상냥하게 대꾸했다.

"아닙니다. 최 부회장님께서 일부러 저를 보내셨습니다. 오늘 정직 처분을 받으셨다고요?"

갤러리에서 나온 지 20분도 채 되지 않았는데, 최 부회장이 그걸 어떻게 알고 있는지 모르겠다.

"윤인애 씨는 모르고, 최 부회장님은 알고 계시는 최휘욱 대표와 관련된 일로 만나자고 하십니다."

남자의 단호한 어조에 목덜미를 타고 다시금 소름이 끼쳤다.

나는 모르고, 최 부회장은 알고 있는 일?

인애는 평정을 유지하려 노력하며 은은한 미소를 머금었다. 심란하게 만들려는 목적으로 찾아온 사람에게 불안해하는 모습을 보일 필요는 없었다.

"무슨 말씀을 하시는 건지 모르겠네요."

무구한 눈빛으로 최 부회장의 비서실장을 바라보자, 그가 심각한 사안이라는 듯이 미간을 찌푸리며 대꾸했다.

"윤인애 씨는 지금 최휘욱 대표에게 속고 있습니다."

인애는 잠시 아무런 대꾸 없이 남자를 응시했다. 남자의 말을 알아들었다는 긍정도, 그럴 리 없다는 부정도 하지 않은 채 그저 바라보기만 했다. 최 부회장 쪽에서 어떤 의도를 갖고 움직인 건지 예상 못 하는 바는 아니었다.

휘욱은 집안에서 천덕꾸러기 같은 삶을 살아왔다. 인애와 비슷하지만, 더욱 고된 역경을 헤쳐 왔을 것이다. 그룹과 동떨어진 삶을 사는 인애와 달리 그는 그룹 내 요직을 차지하기 위해 끊임없이 노력해 왔다.

그들에게서 떨어져 나오는 것은 패자의 삶이라고 여겼을 것이다. 스스로 길을 찾은 인애의 삶을 얕잡아 보려는 의도가 아니라, 그에게는 집안에서 완전히 벗어나는 일이 패배를 인정하는 거나 다름없었다.

그가 인생 전부를 걸고 승부에 매달리는 이유를 큰어머니의 수집품을 전시해 둔 별채에서 발견할 수 있었다. 큰어머니는 그와 그의 어머니를 모욕하듯 작품을 전시해 놓았다. 마치 전장에서 어렵게 가져온 전리품을 자랑하듯 큰어머니는 작품 면면을 인애에게 늘어놓았다.

물론 그의 어머니가 복원한 작품이라는 말은 쏙 빼놓고 인애에게 감상을 물으며 미심쩍은 눈빛으로 바라보았다.

너도 결국은 이런 신세가 되고 말걸?

그의 큰어머니는 그렇게 말하고 싶은 것처럼 보였다.

"제가 제 남편에게 속고 있다고요?"

인애는 다소 기분이 나쁘다는 듯이 되물었다. 일부러 고압적인 목소리를 냈다. 저들이 생각하는 방식대로 따져 보면, 겨우 최 부회장의 비서가 찾아왔을 뿐이다. 인애는 명례 그룹 회장의 손녀딸이자, 이설 그룹 회장의 손자며느리다.

아무리 최 부회장의 비서라고 한들, 함부로 겁줄 수 있는 사람은 아니라는 듯한 자세를 취했다. 전혀 예상하지 못한 반응이었는지, 비서실장이 주춤하는 게 느껴졌다.

"말씀이 지나치네요. 최 부회장님께서 직접 그렇게 말씀하신 겁니까?"

"아, 그게."

비서실장은 당혹스러운지 말끝을 흐렸다. 그들은 인애를 그저 정략혼의 희생양으로 생각했을 것이다. 최휘욱에게 문제가 있다고 전하면 그들이 원하는 대로 움직일 거라고 여겼나 보다.

권력에 눈이 멀어 세상천지를 호령하려 든 이들이 간과한 게 있다면, 인애의 마음이었다. 인애는 지금 누구보다도 그가 간절하고, 누구보다도 그를 지지하고 있다.

"말씀 끝나셨으면 이만 가 보겠습니다. 오늘 일은 없었던 거로 하죠."

인애는 차갑게 일갈하고는 돌아섰다. 마치 비서실장이 수작을 부렸다는 듯 무시하는 투였다. 비서실장은 당장 인애를 설득할 수 없다고 여겼는지, 더는 붙잡지 않았다.

하지만 저쪽에서 움직인 이상 이대로 물러설 리 없었다. 오늘의 설전은 시간을 조금 버는 것에 불과했다. 조만간 최 부회장이 직접 인애를 찾아올 것이다.

그 전에 조부를 만나 주식 증여와 재단 업무에 관한 이야기를 해야 할 것 같았다. 그와 신경전을 벌이고, 아슬아슬한 신혼 생활의 긴장감을 이어 가는 동안 인애는 잠시 이 결혼의 목적을 잊고 있었다.

그늘진 삶을 살아온 부모님을 떠올리자 가슴이 갑갑해졌다. 이제는 부모님 뿐만 아니라, 그에게 힘을 실어 주기 위해서라도 손에 많은 것을 쥐어야 했다. 정직 처분이 달게 느껴졌다. 앞으로 해야 할 일이 많았다.

어쩌면 깊은 애정을 갖고 있는 갤러리를 스스로 그만둬야 할지도 모르겠다.

그를 위해서라면, 이제 무엇이든 할 준비가 되었다.

가을바람이 이는 대기가 청명했다. 맑고 깨끗한 하늘만큼이나 마음이 분명 해졌다.

───────────── ● ──── ────

꾀꼬리단풍이 물든 설악산의 정취는 아름다웠다. 푸른 하늘과 대조되는 울 긋불긋한 나뭇잎의 색감에 매혹된 인애는 창밖을 오래도록 바라보았다. 그대로 머무는 풍경인 것 같지만, 관심을 주지 않아도 시시각각 변해 가는 자연은 놀 랍고 기특하다.

"여기 좋다."

홀린 듯 아련한 목소리가 흘러나왔다.

"여기 휘욱 씨 별장이야?"

"응."

등 뒤에서 짧은 대꾸가 이어졌다. 인애에게 가고 싶은 곳이 있으면 어디든 함께 가 주겠다고 했던 그는 이곳까지 일거리를 싸 들고 왔다. 소파에 앉아 랩 톱을 열심히 두드리는 그가 인애의 말을 제대로 듣고나 있는지 모르겠다고 생 각했다.

"명의자는 내가 아니고."

그는 인애의 의중을 읽은 듯, 설명을 덧붙였다. 인애의 말에 귀를 기울이고 있다는 듯이 말이 길어졌다.

"이종사촌 동생 안사람의 남동생 앞으로 되어 있어."

"이종사촌 동생 안사람의 남동생? 완전히 남이잖아. 왜 그렇게 복잡해?"

탁 하는 소리와 함께 그가 랩톱을 접고는 자리에서 일어났다.

"혼자 숨어 있을 곳이 필요했거든."

그는 인애가 서 있는 발코니 창가로 성큼성큼 다가왔다. 그가 다가오는 것만으로 심장이 뛰기 시작했다. 인애는 새침하게 고개를 돌려 다시 창밖을 바라보았다.

"좀 피곤한데."

등 뒤에서 그의 나른한 목소리가 들려왔다.

"좀 자, 그럼."

인애는 조용한 목소리로 대꾸했다. 허리께에 그의 단단한 팔이 둘린 것도 동시였다.

"나 이제 너 없으면 못 자는데."

그가 인애의 어깨에 턱을 기대며 속삭였다. 그의 얕은 숨결이 살짝 드러난 어깨 위로 쏟아졌다. 숨결이 흐르는 방향이 어쩐지 야릇하다. 마치 숨결이 액체가 되어 살갗을 타고 흘러내리는 듯했다.

인애는 그와 잠시 닿았을 뿐인데도 달아오르는 심장을 달래려 잠시 숨을 멈추었다. 그의 입술이 여지없이 목덜미에 닿았다.

"이러려고 여기로 오자고 한 거야?"

간지럼을 느끼며 그를 놀리듯 물었다. 강원도에 가고 싶다고 했을 때, 당연히 이설 그룹에서 보유한 양양의 리조트로 향할 줄 알았다. 그런데 그는 인애를 속초의 한 별장으로 이끌었다.

그가 숨을 때마다 찾았다는 곳.

"여기보다 숨기 좋은 데는 없거든."

마치 누군가 인애를 찾아다니는 걸 알아차렸다는 말 같았다. 비서실장이 다녀간 이후 최 부회장은 호시탐탐 인애에게 접촉할 기회를 노렸을 것이다. 하지만 지난 며칠간 두문불출하며 집에만 있었다.

다음 주 월요일 조부와의 대면을 위해 잠시 외출할 계획은 있지만, 아무리 최 부회장이라고 한들 명례 그룹 회장을 만나러 외출하는 인애를 감히 막아서지는 않을 것이다.

"숨어서 뭐 하려고?"

인애가 달콤하게 속삭이듯 물었다.

"숨어서 착한 짓 하는 거 본 적 있어? 나쁜 짓 하려고 숨는 거 아닌가?"

"나쁜 짓?"

되물은 순간, 원피스 자락을 훌렁 들친 그의 손이 순식간에 가장 예민한 부분에 닿았다.

"아아."

그저 손길이 한 번 스쳤을 뿐인데, 신음이 흘러나왔다. 집에서는 그의 품에 안기며 신음을 내지르는 것조차 조심스러웠다. 바깥에서 아주머니가 염탐하고 있을지도 모른다고 생각하니, 온몸에 힘이 바짝 들어갈 만큼 긴장이 되었다.

그런데 지금은 사방이 적막한 산속 별장 안에 두 사람뿐이다.

그도 같은 생각을 하는 건지 그의 손이 더욱 대범하게 움직였다.

"아아, 휘욱 씨."

순식간에 하의가 끌려 내려가는가 싶더니, 단숨에 그가 치고 들어왔다. 손바닥에 닿은 유리는 지나치게 차가웠고, 예민한 곳을 건드리는 그는 지나치게 뜨거웠다.

인애는 오른손을 뒤로 뻗어 그의 목을 휘감아 안았다. 그가 인애의 납작한 배를 커다란 손으로 감싸 안으며 신음했다. 이제껏 들어 보지 못한 소리가 흘러나오고, 경험해 본 적 없는 온도가 치솟았다.

"흐읏."

감당할 수 없는 감각에 인애는 다리에 힘이 풀려 버려서 주저앉고 싶어졌다. 그가 인애의 허리를 바짝 당겨 안았다. 서로를 차지할 수 있는 가장 내밀한 곳의 결합은 그동안 상상해 왔던 것 이상으로 은밀했다.

이런 행위를 나눈 관계는 결코 동떨어질 수 없을 거란 생각이 들 정도였다. 세상이 끝난다고 해도 서로를 그리워하는 존재가 될 것만 같았다.

오로지 상대를 위해서만 존재하는 사람이 된 것 같은, 사랑이 충만한 착각.

그와 함께할수록 그를 위한 사람이 되고 싶어졌다. 이제껏 자신을 위한 삶을 살아온 인애에게 무척이나 생경하고 당황스러운 감정이었지만, 홀로 살아올 때보다 훨씬 삶이 충만해진 것만 같았다.

"사랑해."

참을 수 없는 고백이 흘러나온 순간, 그가 인애의 입술을 베어 물었다. 따뜻한 기운이 몸 안 가득 퍼져 나갔다.

그의 가슴에 머리를 기댄 인애는 기진맥진한 숨을 간신히 골랐다. 그의 품에 몇 번이나 안긴 건지 모르겠다. 커다란 손이 등을 어루만지며 엉덩이를 부드럽게 움켜잡았다.

"그만."

인애는 그의 손을 저지할 힘도 없어서 조용히 속삭였다. 작은 목소리였지만, 강단 있는 어조였다. 그는 손에 들고 있던 사탕을 빼앗긴 어린아이처럼 크게 한숨지었다. 인애는 그의 탄탄한 맨가슴에 턱을 기대며 그를 올려다보았다.

"죽을 것 같아."

볼멘소리를 하자, 그가 인애의 앞머리를 천천히 쓸어 넘겼다. 기분 좋은 접촉에 인애는 잠시 눈을 감았다.

"나도 죽을 것 같아."

"그러니까 그만하면 되지."

그가 낮게 웃는 소리에 인애는 슬며시 감았던 눈을 떴다.

"그 뜻이 아닌데?"

겹쳐진 허벅지 안쪽을 밀고 들어오는 물건은 또다시 흉흉해져 있었다. 얄미울 정도로 매혹적으로 웃는 그에게 인애는 가볍게 눈을 흘겼다.

"나 배고파."

"잠깐 있어 봐. 뭐라도 만들어 볼게."

그는 꼼짝 말고 누워 있으라고 하고는 침실을 나섰다. 인애는 이불을 몸에만 채 그가 시키는 대로 가만히 누워 있었다. 막 잠이 들려는데, 머리맡에서 옅은 진동이 느껴졌다. 인애는 습관적으로 손을 뻗었다.

[월요일 저녁에 어디서 볼까?]

집어 든 휴대전화는 그의 것이었고, 발신인은 가은이었다.

갑자기 사고가 멈추는 순간이 있다. 평소였다면 논리적으로 따져 보고 이성적인 판단을 내렸을 테지만, 논리로 설명할 수 없는 감정이 폭발해 버리면 사고 능력은 제로에 수렴하게 된다.

인애는 그의 휴대전화를 베개 밑으로 도로 집어넣어 버렸다. 눈앞에서 벌어지고 있는 일을 당장은 생각하고 싶지 않아졌다. 또 어떻게 헤쳐 나가야 할지 판단이 서질 않는다.

분명 그는 여러 번에 걸쳐 그 여자를 다시 찾는 일은 없을 거라 대답했었다. 자존심까지 다 버려 가며 그에게 눈물 어린 호소까지 했었다.

그런데 그 모든 게 물거품이 되어 버린 것처럼 그는 그 여자와 아직도 만나고 있는 듯했다.

사랑이 쉽게 잊힐까?

신효와의 파혼을 감당하면서까지 지켰던 여자였다. 그 여자와 쉽게 끝낼 수 있을 거라고 생각했던 게 패착이었는지도 모른다.

인애는 가만히 누워서 천장을 올려다보았다. 그가 뜨겁게 닿았던 곳에서는 아직도 욱신거리는 통증이 느껴졌다.

그는 분명 사랑하지 않는 여자와는 잘 수 없다고 했었다. 사랑 없는 섹스는 역겨운 행위라는 듯이 짜증을 내던 얼굴이 아직도 눈에 선했다. 그게 인애와는 잘 수 없는 이유라고도 했었다.

그래서 착각했던 걸까?

그가 당연히 자신을 사랑한다고 무의식적으로 결론 내리고 행복해했다. 그가 자신을 사랑하기에 품었다고 여겼다. 이제 모든 면에서 완벽한 결혼 생활이 될 거라고 생각했다.

그를 위해 모든 것을 할 준비도 되어 있었다. 조부와의 약속을 지키면서, 부모의 위신을 세우고, 남편의 사랑을 받으며 행복한 인생을 살게 될 거라고 장밋빛 꿈을 꾸었다.

저도 모르게 입가가 조소로 물들었다.

왜 그렇게 순진하게 굴었을까?

그는 처음부터 철저히 계산적이고, 오만방자했었다. 그를 자극해 보려고 안간힘을 썼던 게 불과 얼마 전의 일이다. 그가 그런 것처럼 자신도 내연 관계를 맺겠다며 자극했고, 필원과 함께 있는 모습을 보고 그가 오해한 날, 하필 외박을 하게 되었다.

그날 밤 이후, 그는 말 그대로 하루아침에 인애를 대하는 태도를 바꿔 버렸다.

의심을 했어야지, 너무 쉬웠잖아.

지금에 와서 하나하나 되짚어 생각해 보니, 모든 게 너무 쉽게 변해 버렸다. 그런데도 의심 한 점 없이 그를 믿었다. 심지어는 그의 어머니가 복원한 작품을 찾아 주겠다는 약속까지 해 버렸다.

그만큼 그가 간절했나. 대체 왜.

인애는 팔을 들어 눈가를 덮어 버렸다. 눈물이 주륵 흘러내릴 것만 같아서 팔뚝으로 지그시 눌렀다.

처음엔 그저 필요에 의한 결혼이었다. 하지만 그와 대면하면 할수록 무섭도록 끌리는 감정을 제어할 수 없었다. 과거에 묻어 두었던 감정을 터뜨리고 싶었다. 공식적으로 결혼식을 올리고, 신 앞에 무릎 꿇고 맹세하고, 법적으로 완전해진 부부였다.

사랑을 갈구하고, 요구하는 것은 당연하다. 남편을 절대적으로 믿고, 따르는 것도 당연한 거였다.

그런데 그 당연한 일을 하면서 배신당할지도 모른다는 것을 전혀 예상하지 못했다.

진짜 같았으니까.

그의 진중한 눈빛이, 그의 근사한 미소가, 그의 뜨거운 입술이, 그의 다정한 손길이.

진심을 담고 있는 것 같았으니까.

심장이 무겁게 가라앉았다. 뱃속이 뒤틀리는 것만 같았다. 온 마음을 다해 품는 것처럼 굴어 놓고, 뒤에선 그 여자와 여전히 함께였다고 생각하니 가슴이 찢기는 듯했다. 묵직하게 차오르는 한숨을 겨우 집어삼켰다.

"스파게티 했어. 소스는 그냥 토마토소스, 마트에서 병에 담아 파는 거. 이거 좋아하지 않나?"

그가 커다란 베드 트레이를 들고 침실로 들어오며 함박웃음을 지었다. 그는 주인의 칭찬을 바라는 충견처럼 인애를 바라보았다. 인애는 상체를 일으켜 앉으며 대꾸했다.

"어, 좋아해."

건조한 대답이 흘러나왔다. 그러고 보니 그는 언젠가부터 인애가 좋아하는 것을 줄줄 읊기 시작했다. 마음을 얻으려고 이런 뒷조사까지 했나, 싶은 생각이 들어서 입맛이 썼다.

"먹어 봐."

침대 위에 트레이를 내려놓은 그가 인애의 손에 포크를 쥐여 주었다. 그의 손끝이 닿은 순간 짜르르한 감각이 온몸으로 퍼져 나갔다.

그와 더 오래도록 가까이 닿고 싶다는 열망과 그에게 분노하고 밀어내고 싶은 충동, 극과 극을 달리는 감정이 무서운 기세로 치솟았다.

인애는 잠시 눈을 감은 채로 숨을 골랐다.

"왜 그래?"

그가 진지한 투로 물었다. 사람이 기민하다고 해야 하는지, 그는 인애의 심리 상태가 미묘하게 바뀐 것을 기가 막히게 잡아내곤 했다. 인애는 대꾸 대신 가만히 고개를 내저었다.

"그냥, 좀 머리가 아파서."

골치 아픈 상황을 대면하고 있는 건 사실이니까, 인애가 거짓말을 하는 것은 아니었다. 그의 손이 인애의 이마에 닿았다.

"열은 없는 것 같은데. 머리가 어떻게 아파?"

자상한 그의 목소리에서 눈물겹도록 진중한 염려가 묻어났다.

"그냥, 좀."

"두통약 찾아올게. 약 먹기 전에 일단 뭘 좀 먹어야 할 텐데. 스파게티 말고 다른 거 해 줄까? 수프나 죽 같은 거 먹을래?"

"아니야. 괜찮아."

"일단 먹고 있어. 약 가져올게."

그는 저지할 틈도 없이 침실을 빠져나갔다. 마치 두통약을 찾아오는 게 대단한 사명이라도 되는 것처럼 굴었다.

315

의심할 여지 없이 사랑하는 아내를 걱정하는 남편의 모습이었다. 가슴 한구석이 짜르르 아파 왔다.

이게 전부 계산된 행동이라면, 저 남자는 얼마나 무서운 사람인 걸까.

나는 지금 여기 앉아서 무슨 짓을 하고 있는 걸까.

결혼할 때만 해도, 결혼 생활을 제대로 하겠다고 덤빌 때까지만 해도 전혀 느끼지 못했던 두려움이 생겨나기 시작했다.

그는 무슨 생각인 걸까.

그리고 또 다른 두려움이 가슴 반대편에서 피어올랐다.

그가 보여 주는 모든 게 거짓이고, 끝내는 그를 잃게 된다면, 나는 어떻게 될까.

약을 찾으러 갔던 그는 5분도 채 되지 않아 침실로 돌아왔다.

"이거면 될까?"

그는 이부프로펜 계열의 두통약을 내밀며 안절부절못했다.

"응."

"왜 안 먹고 있어? 안 먹혀?"

그가 인애의 곁에 다가와 앉으며 물었다. 인애가 아무런 대꾸도 하지 않고 가만히 있자, 그가 인애에게서 포크를 가져갔다. 그러곤 은색 포크에 스파게티를 돌돌 말아서 인애의 턱밑에 갖다 바쳤다.

"딱 세 번만 먹고, 약 먹자. 응?"

그는 대단한 부탁이라도 하는 것처럼 애원했다. 그의 눈동자엔 진심 어린 염려가 녹아 있었다. 인애는 입을 벌려 그가 떠먹여 주는 스파게티를 받아먹었다.

"내가 토마토스파게티 좋아하는 건 어떻게 알았어?"

그의 입가에 연한 미소가 그려졌다. 그는 포크를 움직이며 대꾸했다.

"한 4년 전쯤 신효 생일이었을 거야. 가족 전부 모여서 식사하는데, 네가 다른 건 넣지 말고 토마토소스만 넣은 스파게티로 달라고 주문하는 거 봤어. 그 날만 그런가 했는데, 다음에도 또 그러더라고."

주로 소화가 잘되지 않을 것 같은 자리에서 주문하는 단순한 요리였다.

"그걸 어떻게 기억해?"

그의 진심을 시험하듯 물었다. 그는 인애에게 스파게티를 한 번 더 떠먹여 주고는 대꾸했다.

"나는 다 기억해."

그의 눈동자에 아련한 감정이 어렸다.

"뭘 다 기억해?"

"너에 관한 건, 전부 다."

설명할 수 없는 감정이 왈칵 치솟았다. 그는 온 마음을 다해 고백하는 것 같은 얼굴로 인애를 마주하고 있었다.

세상에서 가장 소중한 사람을 대하고 있는 듯 구는 남자에게 그 여자와 어떻게 된 거냐고 다시 물을 용기가 나질 않는다. 그 여자가 일방적으로 연락하고 있는 걸지도 모른다는, 아둔한 생각에까지 이르렀다. 남자가 바람피우는 걸 왜 몰라, 저걸 어떻게 참지, 신파극을 보며 비웃었던 주인공이 된 것만 같았다.

"신기하네. 그런 걸 다 어떻게 기억해."

"내가 기억하고 싶은 유일한 사람이었으니까."

잠시 트레이를 향해 있던 인애의 시선이 천천히 그를 향해 움직였다. 가슴 떨리는 고백을 한 그는 선한 눈빛으로 인애를 바라보고 있었다. 눈물이 왈칵 치솟았다. 평소 눈물이 많다거나, 감수성이 예민한 성격도 아니었다.

그런데 그가 진심인 듯 혼란게 하는 감정을 내뱉을 때마다 눈물이 터져 나왔다.

"그랬구나."

싱거운 대꾸를 했는데도, 그는 진한 미소를 머금으며 인애의 상태를 살폈다.

"더 먹을 수 있겠어?"

인애는 가만히 고개를 내저었다. 가슴이 자꾸만 왈칵 차올라서 음식을 넘기기가 힘들었다.

"그럼, 약 먹자."

그가 물컵과 함께 두통약을 한 알 내밀었다. 인애는 아무런 저항 없이 약과 물을 받아먹었다. 그러고는 도로 침대에 누워 눈을 감았다.

"있잖아."

그가 인애의 머리카락을 쓸어 넘기는 게 느껴졌다. 한 올 한 올 조심스럽게 넘기는 손길에는 애정이 가득했다.

"공연은 됐고. 나 보고 싶은 영화 있는데, 서울 가서 볼까?"

"그러지, 뭐."

그는 기분 좋게 대꾸하고는 인애의 이마에 부드럽게 입을 맞췄다.

"그럼, 월요일 저녁 어때?"

"월요일 저녁은 안 될 것 같은데."

머리를 쓸어 넘기는 그의 손길은 여전했다. 그의 목소리에서도 떨림은 느껴지지 않았다.

"왜?"

구차한 질문인 걸 알면서도 물었다. 그를 의심하고 있다는 것을 들키지 않기 위한 간결한 물음이었다.

"선약이 있어."

머리카락 쓸어 넘기던 그의 손이 목 아래를 파고들었다. 그는 인애의 머리를 자신의 단단한 팔로 받친 뒤, 어깨를 끌어당겨 안았다. 그의 품은 놀랍도록 안온했다.

"누구랑? 일 때문에?"

그의 품 안에서 목소리가 울렸다.

"응."

그 역시 짧게 대꾸했다. 거짓말하고 있다는 것을 들키지 않기 위한 간결한 대답처럼 느껴졌다.

더는 물을 수가 없었다. 여기서 더 물었다가는 그 여자가 보낸 메시지를 봤다는 말이 흘러나올 것만 같았다. 섣불리 물었다가는 그가 그 여자를 더 깊숙이 숨겨 놓을까 봐 걱정되었다.

바람난 남편이 꼼짝 못 할 증거를 잡기 위해 혈안이 된 아내가 된 기분이었다.

그에게는 여느 날과 같은 월요일 아침인 것처럼 보였다. 인애는 결혼하고 처음으로 그의 넥타이를 손수 골라 매 주기까지 했다. 그는 인애가 매 준 넥타이의 매듭을 매만지며 흡족하게 웃었다.

"넥타이를 왜 이렇게 잘 매?"

신기하다는 듯이 묻는 그의 목소리에 어쩐지 서운한 기색이 묻어났다.

"남자들 넥타이 많이 매 줬거든."

불안한 마음에 그를 또 자극하고 싶은 건지, 말도 안 되는 대꾸가 흘러나왔다. 거울을 향해 있던 그의 시선이 느릿하게 인애에게로 옮겨 왔다. 그의 눈동자가 푸르게 빛났다. 상처 입은 것처럼 보이는 그의 눈빛에는 옅은 분노까지 감돌았다.

"장난이라도 그런 말 하지 마."

그가 무거운 숨을 간신히 들이켜는 듯 가라앉은 목소리로 읊조렸다.

"네가 넥타이 매 줬다는 남자들 전부 그 넥타이로 목 졸라 죽이고 싶으니까."

서슬 퍼런 그의 질투에 인애는 가슴이 아렸다. 그 말이 진심이라는 걸 증명하기라도 하듯 그의 눈빛이 형형했다.

"일주일에 한 번은 내가 아빠 넥타이 매 드렸거든. 매듭 잡는 법도 아빠가 가르쳐 주셨어."

그가 팔을 뻗어 인애의 허리를 휘감아 안았다.

"착한 딸이네. 갑자기 장인어른이 엄청 부러워지려고 하네. 이런 딸도 있고."

그의 입술이 인애의 입가에 머물렀다. 그러고 보니 처음 몸을 섞기 시작한 순간부터 피임을 하지 않았다. 아이가 생기면 그가 마음을 더 확실하게 잡을 수 있을 거라는 생각을 했던 것도 사실이었다.

정말 그럴까.

인애는 가볍게 고개를 비틀어 입술을 떼어 냈다. 키스에 열중하고 있던 그가 열이 오른 눈빛으로 의아하다는 듯이 인애를 내려다보았다.

"아직도 안 좋아?"

머리가 아프다는 핑계로 엊그제부터 그의 손길을 은근히 피해 왔다.

"좀 어지러워. 어서 출근해야지."

그는 여차하면 나가지 않을 것 같은 얼굴이었다.

붙잡아 볼까? 아무 데도 가지 말고 여기 있으라고.

하지만 오늘 하루를 그렇게 버텨 낸다고 한들 크게 달라질 건 없을 것이다.

"저녁때 많이 늦어?"

그는 가만히 고개를 끄덕였다.

"먼저 자고 있어. 많이 늦을 거야."

가슴이 무겁게 가라앉았다. 그에게 지금이라도 어떻게 된 거냐고 묻고 싶은 충동이 일었지만 애써 미소를 머금었다.

"알았어. 얼른 가. 늦겠다."

출근하는 그를 배웅하고, 다시 드레스 룸에 들어선 인애는 전투복을 고르듯 옷을 골랐다. 그가 만약 자신을 속이고 있는 거라면, 그래서 속고 있는 거라면 대비가 필요했다.

인애는 결혼의 목적을 다시 한번 상기했다.

어쩔 수 없는 정략혼이었지만, 일차적으로 부모님을 위해 나선 일이었다. 최후를 도모하기 위해서는 조부와의 거래를 잊어서는 안 되었다.

감정이 앞서면 일을 그르친다. 그에게 그 여자에 관해 따져 묻지 못한 데는 조부와의 거래도 한몫 크게 작용했다. 이대로 결혼이 어그러진다면, 조부와의 거래도 깨지게 된다.

인애는 한숨을 크게 들이마시며 이성을 되찾기 위해 노력했다. 그와 결혼할 때 그런 생각을 했었다.

사랑은 잠깐이라고. 오히려 조건이 맞는 결혼이 더 성공적일 수 있다고.

그 후에 사랑해도 늦지 않는다고.

그런데 정말 사랑이 잠깐일까. 왜 그와 그 여자의 사랑은 영원히 끝나지 않을 것 같은 동화처럼 느껴지고, 그를 향한 자신의 마음이 잠깐일 것 같은 불길한 예감이 드는 걸까.

생각이 점점 많아지기 시작했다. 그러지 않으려고 해도 머릿속을 좀먹는 것처럼 몸집을 부풀렸다.

사랑이라는 감정에 휩쓸린 인간은 가장 나약하고, 어리석은 존재였다.

───── ● ─────

조부를 만나기로 한 곳은 삼성동에 있는 호텔 스위트룸이었다. 조부는 그곳에 일주일간 머물며 기후변화포럼 건으로 전시장을 찾은 국내외 인사들과 회의를 이어 갔다. 조부와 만나는 이들은 정치인, 경제인, 문화 예술인 등 다양한 분야에 포진해 있었다.

그들은 나이가 지긋한 기성세대들이었다. 일선에서 물러난 뒷방 늙은이처럼 보이지만, 여전히 실권을 장악하고 있는 실세들이기도 했다.

그들과의 회의 중간에 인애가 끼어들었다. 원래 조부와 약속했던 것보다 한 달이나 이른 대면이었다. 가족이라고 한들 약속을 잡지 않으면 쉽게 만날 수 없기에 업무 중간에 약속을 잡을 수밖에 없었다.

인애의 앞에는 시원한 향을 풍기는 로즈메리차가 놓여 있었다.

"들거라."

인애는 조부가 시키는 대로 찻물을 한 모금 머금었다. 입 안 가득 퍼지는 로즈메리 향이 복잡한 머리를 한결 가벼이 만드는 듯했다.

"차 한잔 정도는 마실 여유가 있어야 하지 않겠니?"

"호텔방에 머무시는 것으로도 모자라, 주무시는 시간까지 줄여 가면서 회의하시는 할아버지가 하실 말씀은 아닌 것 같은데요."

조부는 미소를 머금었지만, 미심쩍다는 듯이 인애를 바라보았다.

"네 머리 말이다."

인애는 듣고 있다는 듯이 조부를 바라보며 찻잔을 소서 위에 내려놓았다.

"생각이 많은 얼굴이로구나. 그런 얼굴로 급히 할아비를 찾은 걸 보면, 어지간히 급했던 게지."

조부는 재미있다는 듯이 웃었다. 유리한 위치를 즐기는 모습이었다.

"누군가 절 건드리면 지켜 주실 건가요?"

빙빙 돌려서 물을 생각은 전혀 없었다. 바쁜 조부와 길게 이야기할 시간도 없었을 뿐만 아니라, 말을 길게 늘이며 대거리를 하고 싶지도 않았다.

"누가 감히 내 손녀딸을 건드릴 생각을 하는지 모르겠구나."

과장되게 걱정스러운 눈빛을 하며 조부는 그 정체를 묻고 있었다.

"최 부회장이요."

일러바치는 기분이었지만, 인애가 더욱 대범하게 움직이기 위해서는 더 큰 힘이 필요했다. 최 부회장이 발톱조차 세우지 못하게 만들어야 했다.

직설적인 인애의 대꾸에 조부의 눈빛이 사뭇 달라졌다. 인애가 휘욱과 관련한 일을 들고 왔다고는 예상한 눈치였지만, 최 부회장을 언급할 거라고는 생각 못 했나 보다.

"그 작자가 너를?"

조부의 목소리에 노기가 어렸다. 가장 높은 곳에 올라서, 가장 많은 것을 손에 쥐고, 모든 것을 좌지우지하는 것처럼 보이지만, 그런 위치에 있기에 놓치는 것도 있었다. 조부는 미수를 넘긴 나이에도 정정함을 과시했지만, 교묘하게 움직이는 피라미 같은 인간들에게는 눈이 어두워진 듯했다.

"정확히는 최휘욱 대표를 노리고 있는 거겠죠. 최휘욱 대표를 망가뜨리기 위해서는 제가 어떻게 되든 상관없을 거고요."

조부의 낯빛이 삽시간에 어두워졌다.

"하고 싶은 대로 하거라."

인애가 원하는 바를 털어놓지도 않았는데, 조부는 더 들을 필요 없다는 듯이 말했다.

"대신 제대로 해야 한다."

그렇지 않으면 가진 모든 것을 잃게 될지도 모른다는 경고를 하는 것처럼 보였다. 비단 그 경고는 물질적인 것에만 국한되는 게 아니었다. 손녀딸의 마음을 꿰뚫어 본 것인지, 상처를 입을 수도 있다는 의미 또한 포함되어 있었다.

"제대로 할게요."

아직 정해진 것은 아무것도 없었다. 큰 그림을 그리고만 있을 뿐, 어떤 붓으로 어떤 색을 칠할지는 시시각각 변하는 환경에 따라 달라질 것이다.

빛의 움직임에 따라 빠르게 그림을 그려야 하는 인상파 화가가 된 기분이었다. 변한 건 없지만, 모두가 달라져야 하는 상황.

인애는 마음을 굳게 먹어야겠다고 다짐하며 호텔방을 빠져나왔다.

굳은 결심을 한 듯한 손녀딸의 뒷모습을 바라보면서 윤 회장은 비서실장을
호출했다.

"사고 건은 알아보았나?"

남의 집안사에는 굳이 관심 없었다. 신효가 휘욱과 결혼한다고 했을 때도 이
렇게 신경이 쓰이지는 않았다. 신효가 연심을 품고 있기는 했지만, 두 집안의
혼맥을 이용한 사업적 파트너가 될 수 있는 기회라 여겼을 뿐이었다.

하지만 인애의 경우는 달랐다. 지나치게 영특하고, 기민해서 생각이 많은 아
이였다. 한 수를 앞서 봐도 기특할 나이에 그림 전체를 바라보는 통찰력이 있
는 아이이기도 했다.

둘째 아들 내외의 처지를 고려해 일부러 정을 덜 주고, 일부러 눈 밖에 난 아
이처럼 대했었다. 훗날 그룹을 물려받을 인물이 있다면 인애라고 여기면서도
관심을 주지 않는 것처럼 굴었다.

시기심에 눈이 먼 자들의 눈총을 받아 손녀딸이 다칠까 저어되었다. 그래서
남몰래 아끼고, 남몰래 정을 쏟았다.

아이의 보석 같은 성정을 알아본 것은 조부인 자신만이 아닌 것 같았다. 휘
욱의 눈빛은 인애를 더없이 아끼는 사내의 것이었다. 그걸 최 부회장도 눈치챘
나 보다.

"워낙 오래전 일이고, 국외에서 발생한 사건이라 쉽지 않았습니다만, 최 부
회장 쪽 소행은 맞는 것 같습니다."

촉망받는 경영인이었고, 장차 이설 그룹의 후계가 될 거라고 여겼던 휘욱 부
친은 우연이 아닌 필연적 사고를 당한 것이었다.

"인애 좀 잘 돌봐 주게."

비서실장은 깊이 고개를 숙이며 알겠다고 대답했다. 최 부회장이 휘욱을 괴

롭히려 한다면 제일 먼저 인애를 건드릴 것이다. 아직 아무 일도 일어나지 않은 상황이지만, 경고는 필요했다.

"최 부회장하고 점심 약속 한번 잡지."

더욱 교묘하게 움직이려고 들 테지만, 이쪽에서 거미줄을 더 촘촘하게 짜 넣으면 그만이다. 교활한 인간에게 양심적으로 대해 줄 생각은 없다.

"그 전에 휘욱 군하고도 점심 약속 한번 잡고."

신효보다는 인애와 어울리는 짝이라고 생각했었다. 그런데 지금은 인애보다 휘욱의 그릇이 더 작은 것은 아닌지 저어될 정도다. 자존심이 센 아이, 한번 마음먹은 것은 꼭 해내고야 마는 인애가 결혼 후 자신을 찾아와 내놓은 말이 든든한 뒷배가 되어 달라는 거였다.

그 말인즉, 휘욱을 지키기 위해 나서겠다는 의미겠지.

그럴 가치가 있는 놈인지, 재고가 필요했다.

●

"네, 회장님. 네, 그렇게 하겠습니다."

윤 회장과의 통화를 마친 휘욱은 종일 손대지 않았던 넥타이 매듭을 느슨하게 잡아당겼다.

"윤 회장님? 윤인애 씨 할아버지?"

가은의 물음에 휘욱은 그저 가만히 고개만 끄덕거렸다.

결혼 이후 한 번도 연락이 없던 윤 회장이 직접 연락을 해 왔다. 비서실을 통해 전화를 걸어 왔을 때, 조만간 찾아뵙겠다는 말을 전했더니 당장에 만나자며 윤 회장으로부터 직접 전화가 걸려 왔다.

"손자사위가 보고 싶으신가 보지. 왜 그렇게 심각해?"

휘욱은 한숨을 한 번 내쉬었다. 윤 회장이 만나자는 데는 분명 이유가 있을 것이다. 그런데 그 이유가 무엇인지 감이 서질 않는다.

"그런 이유였으면 좋겠네. 파일은?"

"여기."

가은은 별로 중요하지 않은 서류인 척 보험 회사 로고가 박힌 낡은 대봉투를 내밀었다. 휘욱은 그 자리에서 A4용지 뭉치를 꺼내 보았다.

"바누아투, 몰타, 라이베리아 조세 회피 지역 곳곳에 페이퍼 컴퍼니를 숨겨 뒀어. 워낙에 신중을 기했는지 잡히는 게 없다고 하더라고. 근데 꼬리가 길면 밟히는 법이잖아?"

가은이 흥미롭지 않느냐는 듯이 물었다. 휘욱의 반응을 원하는 거였다. 꼭 반응을 보여야 중요한 정보를 내놓는 가은의 습성에 휘욱은 하마터면 혀를 찰 뻔했다. 휘욱이 시원한 대답을 내놓지 않은 것에 다소 실망한 눈치였지만, 가은은 술술 정보를 풀어놓기 시작했다.

그게 마치 자신의 영웅담을 풀어놓는 것처럼 느껴지는지 가은은 말을 하면서 점점 흥분하는 것처럼 보였다.

"라스베이거스에서 도박 자금이 부족했던 적이 있었나 봐? 버뮤다에서 돈을 급하게 인출했는데, 그걸 미국에서 받아서 도박에 쏟아부은 적이 있더라고."

"그게 다야?"

흔한 도박 스캔들로는 부족했다.

"아니."

가은의 표정이 사뭇 어두워졌다. 드물게 보이는 표정에 휘욱은 눈썹을 추켜 올렸다.

"그걸 처리한 재무 담당자가 실종 상태."

모두 최 부회장의 큰아들이 벌인 일이었다.

"주식 브로커랑 펀드 매니저들 사이에서도 유명한 사람이었나 봐. 그 사람 통해서 투자한 사모님들도 꽤 되고. 근데 미국 가서 실종 상태래. 들리는 말로는 그랜드 캐니언 갔다가 실족사했다고도 하는데, 모르지. 뭐."

"그 사람 통해서 불법 자금 부풀린 사람이 한둘이 아닐 거야. 실종까지 됐을 정도면, 최 부회장도 개입했을 확률이 높아."

"일단 검사 사모 통해서 미끼는 던져뒀어. 최휘욱 대표가 불법 도박 자금에 손댄 것 같다고."

곧 재벌 3세들의 불법 도박 행태에 대한 수사가 이뤄질 것이다. 검찰이 움직이지 않고는 못 배기도록 판을 짜 놓았다. 그중에 걸려드는 사람은 털어도 먼지 한 톨 나오지 않는 휘욱이 아닌 사촌 형이 될 것이다.

"근데 직접 나서는 건, 너무 위험한 거 아냐? 저쪽에서 무슨 일을 꾸밀 줄 알고."

"그래서 직접 나서는 거야. 단번에 승부를 봐야 하는데, 이런 일을 믿고 맡길 수 있는 사람 많지 않은 거 너도 알잖아. 결백해 보이는 사람을 미끼로 썼는데, 엉뚱하게 걸리면 골치 아파."

"그래서 거리낄 거 없고, 죄 없는 최휘욱이 직접 나서는 거다? 애초에 계획한 것보다 일이 빨리 진행되는 것 같네. 무슨 일 있어?"

눈치 빠른 가온이라면 당연히 물어 올 거라고 생각했다.

"어."

휘욱은 지체 없이 대꾸했다.

"앞으로 우리 만나는 건 조심해야 할 것 같다. 내가 먼저 연락하기 전에는 연락하지 말고."

"그냥 안사람한테 솔직하게 말하는 건 어때? 너랑 나랑 아무 사이 아니라고."

그런 방법을 생각하지 않은 것은 아니었다. 하지만 그렇게 되면 그녀 아버지와의 거래까지 전부 이야기해야 하는 상황이 올지도 모른다.

일주일에 한 번은 아빠 넥타이를 매 드렸다고 말하던 그녀의 선한 얼굴이 눈앞에 선연했다. 그녀는 휘욱이 자신을 속였다는 것보다, 낳아 준 부모가 자신을 속였다는 것에 더 상처받을 것이다.

휘욱에게 등을 돌리는 것은 상관없었다. 죽을 때까지 빌 수도 있으니까.

하지만 그녀가 사랑하고 존경하는 부모에게 상처받는 것은 원하지 않는다.

"일단 더 나오는 거 있는지 알아봐 줘. 내일 점심때쯤 다시 연락할게."

"그래, 그럼. 이제 윤 교수님 만나러 가?"

"응."

"최휘욱 긴장해야겠다. 이제 정말 사위 시켜 달라고 허락받으러 가는 거잖아. 돕겠다고 나선 놈이 이제 딸내미까지 내놓으라고 하니, 윤 교수님 얼마나 황당하실까."

가은이 휘욱을 놀리듯 말했다. 일이 진척되기 전까지는 당분간 만남을 피하는 게 좋겠다고 했지만, 인애에게 털어놓기 전에 윤 교수에게 먼저 언질을 해 두어야 했다.

그녀가 아버지를 미워하게 되는 것은 원하지 않는다고.

자신은 평생 용서를 빌며 살 테니, 당신은 그녀에게 자상한 아버지로 남아 달라고.

주제넘은 짓이라고 할지도 모른다. 감히 이제 와서 딸을 마음에 품고 있었노라고 고백한다면, 그간에 쌓아 온 신뢰마저 흔들릴지도 모른다.

일이 해결되기 이전에 윤 교수가 먼저 물러나서 모든 게 수포로 돌아갈 수도 있다. 하지만 지금 휘욱에게는 인애가 더 중요했다.

"갈게. 몸조심하고."

휘욱은 오피스텔을 나서기 위해 현관문을 열어젖혔다.

"천하의 최휘욱이 내 옆에 있는데, 누가 날 건드려? 그리고 최휘욱이 자기 사람 다치게 하는 허술한 남잔가?"

가은은 일부러 오피스텔 복도에 들리도록 말하는 것 같았다. 그럴 필요까지는 없다고 해도 가은은 이런 우스꽝스러운 치정극을 즐겼다. 휘욱으로서는 죽었다가 깨어나도 가은의 성격을 이해 못 하지 싶다.

"갈게."

이제 이 오피스텔도 조만간 정리해야 할 것 같았다. 여러 사람에게 가은과의 관계를 속이기 위해 잡아 놓은 장소였고, 가은도 편의상 일주일에 며칠은 이곳을 이용했다.

두 사람을 관찰하는 이들이 보기엔 더없이 은밀한 내연 관계처럼 보일 터였다. 그들에게 인애를 향한 마음을 숨기기 위한 연막 장치로도 충분했다. 감춘 것처럼 보이지만, 일부러 보이기 위한 장소였다.

그런데 지금 이 순간에는 보여서는 안 되는 존재가 눈앞에 서 있었다.

"약속 장소가 여기였나 봐?"

청량한 목소리가 복도를 조용히 울렸다.

"인애야."

탄식처럼 그녀의 이름이 흘러나왔다.

"누가 왔어?"

하필 가은이 휘욱의 팔짱을 끼며 현관 밖으로 고개를 내밀었다. 휘욱은 서둘러 가은의 손을 뿌리쳤다.

"어? 윤인애 씨."

가은도 당황했는지 말을 더듬거렸다. 내내 전형적인 미소가 걸려 있던 아내의 얼굴이 어둡게 가라앉았다.

"또 뵙네요. 다시는 볼 일 없을 거라고 생각했는데."

그녀는 한숨처럼 내뱉고는 덧붙여 물었다.

"내가 여기 어떻게 왔는지 궁금해?"

마치 확인 사살을 하는 듯한 말투였다.

"실은 강원도 갔을 때, 저 여자가 보낸 문자 봤어. 월요일 저녁때 만나자고 한 거. 휘욱 씨한테 물어볼까 하다가, 그러면 내가 너무 우스워질 것 같아서."

그녀의 얼굴에 자조적인 미소가 감돌았다.

"아니지. 지금도 우습지?"

"인애야, 내가 다 설명할게."

"아니, 내 말 먼저 듣고."

그녀는 결연하게 눈을 한 번 지그시 감았다 뜨고는 말을 이었다.

"나 지금 바람피우는 남편 현장 급습한 거야. 꼼짝 못 할 증거 잡으려고. 오해라고 설명해도 소용없다는 거, 모르겠어?"

감정을 억누르며 미소를 머금고 있는 얼굴이 안쓰럽게 느껴질 정도다.

"윤인애 씨, 오해하고 있는 거 맞아요."

보다 못한 가은이 끼어들었다. 그녀의 처연한 시선이 가은을 향했다. 어이가 없다는 듯이 웃는 인애의 눈빛이 다시금 휘욱에게 돌아왔을 때, 그녀가 상냥한 목소리로 입을 열었다.

"최휘욱, 당신 정말 끔찍하다."

돌아서는 그녀의 눈가에 눈물이 가득했다. 휘욱은 재빨리 그녀를 뒤따랐다. 그녀는 구두굽이 흔들릴 정도로 빠르게 걷고 있었다. 휘욱은 달리듯 걸어가 그녀의 앞을 가로막아 섰다.

"오해라고. 내가 다 설명할게."

애원하듯 그녀를 바라보았다.

"듣기 싫다고, 지금은."

그녀의 뺨을 타고 눈물방울이 흘러내렸다. 휘욱이 손을 뻗어 그녀의 뺨을 감쌌다. 그녀가 지그시 눈을 감았다. 젖은 속눈썹이 파르르 떨렸다.

"하지 마."

그녀가 울음을 한 번 삼키고는 덧붙였다.

"제발, 하지 마."

손길을 따라 얼굴을 기울이면서도 그녀는 휘욱을 밀어내려 애썼다.

"제발, 인애야. 다 설명할게."

"오늘은 안 듣고 싶어."

그녀는 감정을 갈무리하듯 크게 숨을 한 번 들이쉬고는 눈을 떴다. 보드랍게 젖은 뺨을 어루만지고 있는 손을 작은 손이 잡아 내렸다. 그녀의 손끝은 금세 떨어져 나갔다.

잠시 닿았던 손이 멀어짐과 동시에 걷잡을 수 없는 박탈감이 일었다. 이대로 그녀를 잃을지도 모른다는 생각에 심장이 나락으로 떨어지는 것만 같았다.

"인애야."

"우리 나중에 이야기하자. 오늘은 내가 좀 지나쳤어. 이렇게 감정적으로 대할 일이 아닌데. 나 당분간 밖에 나와서 지낼게. 생각 정리할 시간 좀 줘."

그녀의 얼굴에 사무적인 미소가 어렸다. 마치 완전한 타인을 대하는 것 같은 태도였다. 휘욱은 마른 얼굴을 한 번 쓸어내렸다. 그녀의 눈빛은 여전히 결연했다.

"나 지금 간신히 버티는 중이거든? 이대로 휘욱 씨 볼 자신 없어."

얼굴엔 미소를 띠고 있지만, 괴로워 죽겠다고 호소하고 있었다.

"그리고 나 오늘은 좀 그랬지만……. 앞뒤 재지 않고, 감정적으로 우리 결혼 망칠 만큼 바보도 아니야."

그녀는 마치 이제 이 결혼에 감정이 끼어드는 일은 없을 거라고 말하는 것처럼 보였다. 계산이 끝나면, 이 관계도 끝이 날 거라는 의미와 같았다.

"그럼, 연락할게. 나 붙잡지 마. 그럼 정말 휘욱 씨 다시는 보고 싶지 않을 것 같아."

돌아서려는 그녀의 팔을 저도 모르게 붙잡았다. 현실적으로 이 결혼을 당장에 끝낼 수 없다고 그녀가 말했는데도, 지금 붙잡지 않으면 다시는 그녀의 애정 어린 눈길을 받지 못할 것 같은 절박함에 손이 저절로 움직였다.

"정말 나 다시는 안 보고 싶어?"

"아니, 전혀. 볼 거야, 평생. 죽을 때까지 너만 보고 살 거야."

뻔뻔하고 끔찍한 인간을 다 본다는 듯이 그녀가 자조했다. 애정과 증오가 뒤섞인 눈가에는 차가운 눈물이 서럽게 차올랐다.

타인의 마음을 움직이려면,
먼저 자신의 마음이 움직여야 한다.

― 장 프랑수아 밀레

열네 살의 여름이었다. 삼복더위 속에서 부모 모두를 잃었다. 어머니의 장례는 아버지와의 합동 발인을 위해 오일장으로, 아버지의 장례 역시 어머니와의 합동 발인을 위해 삼일장으로 치러졌다.

상주가 된 휘욱은 부모님의 영정 사진을 들고 장례 행렬의 가장 앞에 섰다. 숨죽여 우는 이들만 있을 뿐, 두 사람의 죽음을 안타까워하며 통곡하는 이는 없었다.

이설 자동차의 대표 이사직을 맡고 있던 아버지와 컨서베이터였던 어머니의 죽음을 두고 언론에서는 연일 자극적인 보도를 이어 나갔다. 불운의 사고가 이설가를 덮쳤다는 말과 함께 증시도 요동쳤다.

장례식장을 찾은 이들은 휘욱을 위로하는 것보다, 뒤에서 계산기를 두드리는 일에 열을 올렸다. 주가가 낮아진 틈을 타 주식 브로커와 펀드 매니저, 투자가들이 뭉텅이로 움직이기 시작했고, 할아버지와 큰아버지는 이 틈을 타 주식 증여를 통한 합법적 탈세를 모의하는 듯했다.

열네 살밖에 안 된 휘욱이었지만, 아버지 곁에서 보고 자란 게 많았다. 언젠가 아버지의 뒤를 이어 훌륭한 경영인이 되는 게 휘욱의 꿈이었다.

'모나코에서는 자동차 경주장이 아닌 도로에서 F1 경기가 열린대요. 우리도 서울에서 그런 거 하면 멋지겠다. 아빠가 회사에서 그런 거 하면 안 돼요?'

언제인지 기억도 나지 않는 어린 휘욱이 아버지에게 꺼낸 말이었다.

'아버지가 유럽 자동차 회사 버금가게 자동차를 열심히 만들어야겠구나. 우리 휘욱이랑 서울 시내를 달리는 F1 경기를 보려면.'

아버지는 단 한 번도 어린 휘욱의 물음을 그냥 지나친 적이 없었다. 어린 아들에게 눈을 맞추고, 귀를 기울이는 일을 소중히 생각하던 분이었다. 아버지의 자상한 면모는 경영 일선에서도 빛을 발했다.

이설 자동차에는 비정규직 근로자가 없었다. 노사 간의 화합을 위한 대화를 끊임없이 이어 갔고, 일할 맛 나는 회사를 만들기 위해 아버지는 물심양면으로 노력을 기울였다.

'사람 살자고 하는 일이야. 사람 못 살게 구는 회사는 존재 자체를 고민해 봐야 한다.'

아버지는 늘 사람을 귀하게 여겨야 한다고 말씀하셨다. 그런 아버지가 어머니에게 각별했던 건 당연했다. 두 분은 대학교 미술 동아리에서 처음 만났다고 했다. 미술에 소질이 있었던 아버지는 조부의 뜻에 따라 경영학과로 진학했는데, 취미로라도 붓을 잡고 싶어서 동아리 활동을 했다고.

서양회화를 전공한 어머니는 친구를 따라서 얼결에 동아리에 가입했다가 아버지를 만났다. 성정이 올바른 두 분은 단번에 서로가 짝이라는 것을 알아봤다고 했다. 아들 휘욱 앞에서 애정 표현을 숨기는 일도 없었다.

'사랑하는 사람에게는 표현을 해야 하는 거야. 마음에만 담아 두면 상대는 절대 알 수가 없단다.'

늘 아버지의 곁에서 행복한 미소를 짓던 어머니가 하신 말씀이었다.

'그럼요. 엄마, 아빠도 날 사랑하니까, 그 표현으로 동생 하나만 낳아 줘요. 귀여운 여동생으로.'

'그건 안 돼. 엄마가 힘들어서.'

아버지는 휘욱을 낳을 때 어머니가 너무 힘들어했다며, 둘째는 절대 안 된다고 선을 그었다. 그리고 둘째가 생기면 어머니가 하고 싶은 일을 하는 데 방해가 될 거라는 말도 했었다.

그러다 인애가 태어났다. 인애의 어머니는 휘욱 어머니의 절친이었고, 두 사람은 흉허물 없는 막역한 사이였다.

'여동생을 이모가 낳아 줬네.'

신생아실 유리창 너머로 마주한 갓 태어난 아이는 새빨간 피부가 쪼글쪼글했고, 눈도 제대로 뜨지 못한 채 속싸개에 감싸여 있었다. 그 모습이 마치 번데기처럼 보였다.

'너무 못생겼잖아요.'

그렇게 말하면서도 호기심에 심장이 두근두근 뛰었다. 사람처럼 생기지 않은 작은 아기가 어떻게 자랄지 궁금해서 날마다 보고 싶을 정도였다.

'엄마, 인애 얼마만큼 컸대? 이모한테 전화해 봤어?'

유치원에 다녀오면 어머니에게 졸라서 인애 집에 전화를 걸어 보라고 했다. 이제는 얼마나 컸는지, 말은 하는지, 걸어 다닐 수는 있는지 궁금해서 안달이 났다.

인애가 백일이 지났을 무렵, 마침내 인애 집에 초대를 받아 갈 수 있었다. 신생아실 유리창 너머로 보았던 빨갛고 조그맣던 아기가 포동포동 살이 올라 뽀얀 얼굴을 빛내며 휘욱을 바라보았다.

'귀엽다.'

눈을 동그랗게 뜨고 휘욱을 응시하는 모습이 못 견디게 귀여웠다.

'안아 봐도 돼요?'

휘욱은 인애 어머니의 허락을 받고 작은 아기를 두 팔로 조심스레 감싸 안았다.

'좋은 냄새 난다. 따뜻해.'

아기에게서 나는 달콤하고 고소한 향기가 좋았다. 휘욱은 저도 모르게 얼굴을 내려 아기의 코끝에 자신의 코끝을 비벼 보았다. 기분이 좋은지 아기가 까르륵 소리를 내며 웃었다.

'휘욱아, 그러면 안 돼.'

어머니가 휘욱을 나무랐다.

'휘욱이가 우리 인애를 엄청 좋아하네. 휘욱아, 나중에 크면 우리 인애랑 결혼할래?'

인애 어머니가 던진 말에 어른들 모두 웃음을 터뜨렸고, 휘욱은 어안이 벙벙해진 얼굴로 품에 안은 아기를 내려다보았다.

마냥 누워만 있을 것 같았던 아기는 삑삑 소리가 나는 신발을 신고 걸음마를 떼기 시작했다. 성당에서 삑삑거리는 신발을 신고 돌아다녀서 수녀님에게 혼이 나기도 했다. 휘욱은 인애가 혼나는 게 싫어서 인애를 내내 품에 안고 다녔다.

'우리 휘욱이가 인애를 잘 돌보네. 기특하기도 하지.'

수녀님들은 휘욱의 머리를 쓰다듬어 주며 흐뭇해했다.

오직 인애만 귀엽고, 예뻤다.

'엄마, 우리 이모한테 인애 잠깐만 빌려 오면 안 돼? 인애랑 잠깐만 같이 살면 안 돼?'

휘욱이 물은 말에 어머니가 함박웃음을 지으며 말했다.

'우리 휘욱이 이러다 진짜 인애한테 장가가겠네. 인애가 그렇게 좋아?'

인애를 돌볼 때마다, 아버지가 늘 말씀하셨던 사람을 아끼는 일을 휘욱도 할수 있을 것 같은 기분이었다. 그래서 인애를 마주하면 기분이 좋아지고, 뜻 모를 책임감이 생겼다.

그렇다고 휘욱이 모든 아이들을 인애처럼 대했던 것은 아니다. 다른 아이들은 귀엽지도, 예쁘지도 않았다. 그저 귀찮고, 시끄러운 존재들이었다.

부모님 친우의 딸이어서 그런 건지, 인애는 남달랐다. 서럽게 울다가도 휘욱을 보면 울음을 뚝 그치고 방긋방긋 잘도 웃었다.

'이모도 휘욱이가 이모 집에 와서 살았으면 좋겠다. 인애가 휘욱이만 보면 울음을 뚝 그치네.'

'그럼 우리 엄마, 아빠가 서운해할걸요. 이모, 그냥 인애를 우리 집에 보내 주세요. 제가 잘 돌볼게요.'

'휘욱아, 나중에 커서도 우리 인애 잘 돌봐 줘야 해. 알았지?'

꼭 그러겠다고 인애 어머니와 손가락까지 걸고 약속했었다.

인애가 사립초등학교에 입학하던 날, 휘욱은 전교 회장으로 단상에 올랐다. 후배들의 입학을 축하한다는 축사를 읽는데, 아이들 속에 섞여 있는 인애의 모습이 눈에 들어왔다.

휘욱의 시선이 인애에게 잠시 머물렀다.

'오빠!'

인애가 입 모양으로 반갑게 인사하며 손을 흔들었다. 하마터면 읽고 있던 축사를 내려놓고 손을 흔들 뻔했다. 휘욱은 얼른 정신을 차리고 축사를 마저 읽어 내려갔다.

오빠라고 반갑게 말하던 아이의 얼굴이 눈앞에 아른거렸다. 인애에게 '오빠'라는 말을 가르치기 위해 휘욱이 얼마나 피나는 노력을 했는지, 저 아이는 알까?

아빠라는 말과 혼동해서 휘욱을 아빠라고 부를 때마다, '아'를 '오'로 정정해 주느라 애를 먹었다. 그랬던 핏덩이가 어느새 자라서 초등학교에 입학한다고 하니 감개가 무량했다.

누가 보면 휘욱이 업어 키운 줄 알겠다. 맞다, 업어 키웠다. 아주 가끔 인애를 등에 업고 재워 본 적도 있었다. 인애는 다른 사람 손을 타는 것은 싫어해도 휘욱에게는 곧잘 안겼으니까. 등에 착 감기는 따뜻한 감촉은 무척이나 사랑스러웠다.

이듬해 휘욱은 중학교에 들어갔고, 인애와 만나는 일도 뜸해졌다. 사춘기가 올까 말까 한 시기여서, 세상 모든 게 유치해 보이기 시작했다. 어린애와 노는 게 시시해졌고, 인애와 만나게 돼도 예전처럼 가까이 다가가지 않았다.

그게 속상한 듯 인애는 울음을 터뜨리기도 했다.

'휘욱아, 인애랑 좀 놀아 줘.'

휘욱만 바라보고 있는 인애를 안타깝게 여긴 어머니가 한마디 하면, 겨우 말을 붙이곤 했었다.

그렇게 시간이 흘러갔다. 남부러울 것 없이 자란 환경, 모두가 휘욱을 총명하다고 칭찬했고, 사춘기의 반항심과 함께 비뚤어진 자만심도 슬슬 고개를 들었다.

그러던 여름, 휘욱의 세상이 완전히 뒤집어지는 일이 벌어졌다. 전부를 잃었고, 휘욱을 칭찬하던 이들은 뒤에서 수군거렸으며, 사춘기 소년은 갑자기 어른이 되어야 했다.

현실감이 너무 없어서 울음조차 나오질 않았다. 누군가 꿈을 꾸고 있는 거라며 휘욱을 깨워 줬으면 좋겠다는 바람만 간절했다.

부모님의 유해를 화장해서 봉안당에 모실 때까지 휘욱은 정신이 멍했다. 어디선가 어머니가 다정한 목소리로 휘욱을 부를 것 같았고, 아버지가 휘욱을 혼내며 정신 차리라고 말씀하실 듯했다.

휘욱은 봉안당 건물 뒤에 쪼그리고 앉아서 바닥을 열심히 기어가는 개미 떼를 보았다.

그렇게 열심히 일하면 뭐 하나, 내가 발로 짓이겨 버리면 죽고 말 텐데.

신이 휘욱의 가족을 짓밟아 놓은 것처럼 느껴졌다.

개미 한 마리 악의로 죽여 본 적 없는 자신에게 왜 이런 가혹한 일이 벌어졌는지 모르겠다. 울고 싶은데 눈물이 나오지 않아서 더 괴로웠다.

'오빠.'

가만히 땅을 내려다보고 있던 휘욱을 부른 것은 이제 아홉 살이 된 인애였다. 까만색 원피스를 입고 있는 인애의 얼굴에는 안도감이 어려 있었다.

'다행이다. 오빠 찾아서.'

선한 미소를 머금으며 다가온 인애는 아무 말도 하지 않고 휘욱의 옆에 가만히 서 있기만 했다. 어디선가 매미 우는 소리가 시끄럽게 들려왔다.

'오빠, 밥 안 먹었지?'

장례가 진행되는 3일 내내 끼니를 거른 것도 잊고 있었다. 그 누구도 휘욱이 무엇을 먹었는지, 어떻게 깨어 있는지 신경 쓰지 않았다.

'이거라도 먹어. 아무것도 안 먹다가 갑자기 밥 먹으면 배 아파.'

인애는 판 초콜릿을 까서 휘욱의 입에 넣어 주었다. 마른 입 안에 달콤한 기운이 가득 퍼져 나갔다.

그리고 눈가에 눈물이 핑 돌았다.

'나 어떻게 찾았어?'

휘욱은 초콜릿 향과 함께 눈물을 삼키며 물었다.

'그냥 돌아다니다가 길을 잃어버렸어.'

총명한 아이가 혼자 돌아다니다가 길을 잃었을 리 없다. 그런데 인애는 길을 잃었다고 말하고 있었다.

'그래서 오빠 보고 다행이라고 한 거야?'

'응. 아니. 오빠가 어디 안 없어져서 다행이라고.'

인애는 울음이 가득한 목소리로 대꾸했다. 휘욱은 자신의 가슴께에도 못 미치는 아이의 머리를 다정하게 쓰다듬어 주었다. 한동안 서먹하게 굴었는데도, 인애는 변함없이 휘욱을 따르고 좋아했다.

누군가 자신의 존재 여부를 확인해 주고, 걱정하고 있다는 사실 하나만으로도 힘이 났다.

'오빠가 없어지긴 왜 없어져. 오빠 어디 안 가. 걱정 마.'

인애에게 하는 말이 스스로에게 전하는 다짐 같았다. 나약해지지 말자고, 버
텨 내고, 살아야 한다고 말하고 있었다.

'응.'

눈물을 꾹 참고 있는지, 인애가 짧게 대꾸하며 고개를 끄덕였다.

초콜릿 하나를 다 먹고 나자, 마음이 한결 편안해졌다. 휘욱이 아무 말 없이
초콜릿을 녹여 먹는 동안, 인애는 조용히 휘욱의 곁을 지켰다. 작은 손이 휘욱
의 손을 조심스럽게 움켜잡았다.

'오빠 손 되게 차갑다.'

가만히 있어도 더운 삼복더위라, 상복 안에서는 땀이 줄줄 흘러내리고 있는
데도 휘욱의 손은 차가웠다. 인애는 휘욱의 시린 가슴을 감싸듯 손을 감싸 쥐
었다.

'오빠 잘 때 무서우면 우리 집에 전화해. 내가 꼭 받을게. 응?'

'그래, 그럴게. 가자. 부모님 걱정하시겠다.'

부모님께서 걱정하시겠다는 말에 인애가 울음을 터뜨렸다. 갑작스럽게 큰
울음소리를 내서 휘욱은 당황스러울 정도였다.

'인애야.'

휘욱이 인애를 내려다보며 걱정스럽게 물었다.

'미안해.'

인애가 꺽꺽거리는 울음을 삼키며 겨우 내뱉은 한마디는 미안하다는 말이었
다.

'인애가 뭐가 미안해. 왜 미안해.'

우는 모습이 하도 서러워 보여서 휘욱은 안쓰러운 눈빛으로 아이를 바라보
았다. 팔뚝으로 눈두덩이를 세차게 비빈 아이는 아무런 대꾸도 하지 못했다.

부모님이라는 말을 한 순간 인애가 울음을 터뜨린 것으로 보아, 부모님의 존재 자체를 미안해하고 있는 것처럼 보였다.

이렇게 착해 빠져서, 어쩌려고 그래.

사실 부모님이 돌아가시기 전까지, 휘욱도 세상이 이렇게 험한 곳인 줄 미처 몰랐다. 주변에 있는 모든 사람들이 휘욱을 향해 계산기를 두드려 댔고, 얼마나 버틸 수 있을지, 어디까지 갈 수 있을지 가늠하는 듯했다.

이런 세상에 태어난 것은 인애도 마찬가지였다. 인애의 부모는 그룹과 완전히 동떨어진 삶을 살았다. 어찌 보면 편하고, 어찌 보면 가혹한 인생이었다.

'울지 마, 그런 거로 안 미안해해도 돼. 왜 네가 잘못한 일도 아닌데, 사과를 해. 그러지 마.'

휘욱은 우는 아이의 손을 잡고 걸음을 옮겼다. 장례 차량이 정차해 있는 주차장에 다다랐을 때, 인애의 부모님이 놀란 얼굴로 달려왔다.

인애의 어머니는 인애를 안아 들고는 등을 도닥이며 달랬다. 휘욱에게는 안쓰러운 눈인사를 한 번 건넸을 뿐이었다.

'나중에 보자.'

인애 아버지가 건넨 인사를 마지막으로 세 사람은 걸음을 옮겼다. 인애는 눈물이 그렁그렁한 눈을 비비며 휘욱에게 손을 흔들었다. 인애가 점점 멀어져 갔다.

잠에서 깨어난 휘욱은 곧장 부엌으로 향했다. 차가운 물을 받아 머리가 찡 울릴 정도로 빠르게 들이켰다. 눈앞에서 멀어지던 어린 인애의 잔상이 아직도 눈에 선했다.

그날 일이 꿈으로 나타난 것은 처음이었다. 자신만을 바라봐 주었던 그녀가 간절한 나머지, 어린 시절의 모습을 그려 낸 것인지도 모르겠다.

그녀와 연락이 끊긴 지 정확히 일주일, 하루하루 피를 말리는 것 같은 시간이 지속되었다.

"사모님이 친정에 머무시는 시간이 길어지시네요. 아침 준비할까요?"

휘욱이 일어나는 소리를 들었는지, 어느새 아주머니가 부엌으로 들어와 있었다.

"됐습니다. 일찍 출근할 겁니다."

처리해야 할 일이 산더미였다. 곧 검찰 조사가 시작될 예정이었다. 수순대로 휘욱이 소환될 것이고, 뒤이어 사촌인 광욱이 불려 갈 것이다. 도박 자금 불법 조성과 더불어 회사 공금 횡령을 통한 비자금 발각까지, 각본대로 흘러가게 하려면 때에 맞춰 준비해야 할 것들이 한두 가지가 아니었다.

휘욱이 사무실에 들어서자, 먼저 와서 사무실을 지키고 있던 정 실장이 휘욱의 뒤를 따라 집무실로 들어왔다. 낯빛이 어두운 게 검찰 소환이 임박했나 보다.

"대표님, 사모님께서 전화를 주셨습니다."

뜻밖의 말에 데스크톱 전원 버튼을 누르려던 휘욱의 손이 멈칫했다. 휘욱은 표 나지 않게 숨을 크게 들이쉬고는 의자에 천천히 기대앉았다.

"그래서요?"

평정을 잃은 목소리가 미세하게 흔들렸다. 휘욱에게 직접 연락한 것이 아닌, 비서실장을 통한 연락은 불길했다.

"오늘 저녁 식사를 함께했으면 한다는 말씀을 하셨습니다."

탄식 같은 한숨이 터져 나왔다. 딱딱하게 굳어 있던 가슴이 스르륵 녹아내리는 것만 같았다. 그녀가 저녁 식사 자리에 나와서 무슨 말을 할지 모르지만, 그저 얼굴을 마주할 수 있다는 것만으로 어리석은 안도감이 밀려들었다.

"그리고 윤 교수님도 연락을 주셨습니다."

"장인어른이?"

지난주, 약속대로 윤 교수를 만났다. 인애에게 마음을 품고 있다고 전하자, 윤 교수는 예상외로 안도하는 모습이었다. 마치 딸애의 마음을 알아차리고 있었던 것처럼 보였다.

큰 걸림돌이 될 거라고 여겼던 윤 교수와의 일은 의외로 순조롭게 풀렸다. 문제는 당사자에게 있었다.

인애와의 매듭은 아직도 풀리지 않은 채로 답보 상태였다.

"네, 출근하시면 전화 달라고 하셨습니다."

휘욱은 정 실장을 내보낸 뒤, 곧장 윤 교수에게 전화를 걸었다.

— 자네 무슨 일 있나?

대뜸 묻는 말에는 희미한 염려가 묻어났다.

"연락 자주 못 드려 죄송합니다. 잘 지내셨습니까?"

휘욱의 물음에 수화기 너머에서 한숨 소리가 들려왔다.

— 어제 인애가 집에 다녀갔네.

그녀가 친정이 아닌 호텔에서 생활하고 있다는 보고는 받았었다. 이해관계가 얽힌 결혼 생활을 쉽게 끝내지는 않을 거라고 말했던 그녀는 친정에도 가지 않은 듯했다.

"그랬습니까?"

— 1년 후에는 자네와 이혼하게 될 거라고. 이해해 달라고 하던데……. 무슨 일 있나? 답답해서 견딜 수가 있어야지, 원.

휘욱은 할 말을 잃고 굳어 버렸다.

"이혼이요?"

— 혹시 자네가 다 말한 건 아닌가 해서 전화했네. 그래서 일이 이렇게 된 건가 해서.

"아닙니다. 아무 말도 안 했습니다. 다만."

— 다만?

"제가 잘못을 좀 했습니다. 잘 해결하겠습니다."

— 인애가 보기보다 고집이 훨씬 센 아이야. 한번 결정한 일을 번복하지는 않을 걸세.

윤 교수의 목소리에 안타까운 기색이 역력했다.

"제가 잘하겠습니다."

— 알아서 잘하리라 믿겠네. 아, 그리고 오늘 명례 건설 부사장하고 점심 같이하기로 했는데, 내 다녀와서 연락하지.

통화를 마친 휘욱은 마른 얼굴을 쓸어내렸다. 짧은 시간 동안 천국과 지옥을 오간 기분이다. 그녀에게 만나자는 연락이 왔다는 말에 안도한 것도 잠시, 1년 후에 이혼하겠다는 선언을 했다는 얘기를 듣자 가슴이 뒤틀리고 숨이 턱 막혀 왔다.

그녀는 어떤 의도로 1년간의 유예 기간을 둔 것일까.

가늠할 수 없는 비극을 눈앞에 둔 기분이다.

그녀가 정한 약속 장소는 성수동에 있는 원 테이블 프렌치 레스토랑이었다. 주차장에서 엘리베이터를 타고 건물 꼭대기로 올라가면 바로 레스토랑 앞이었다.

사람들의 눈을 피하기 좋은 장소였고, 연인이 은밀한 만남을 즐기기에 손색이 없는 곳이었다.

"일찍 왔네? 늦을 줄 알았는데."

그녀는 단정한 미소를 머금은 채 레스토랑 안으로 들어섰다.

"여기 전에 필원이랑 같이 왔었는데, 맛이 괜찮더라고. 남프랑스 요리라, 이탈리아 느낌도 나고 좋아. 괜찮지?"

그녀는 마치 둘 사이에 아무 일도 없었던 것처럼 스스럼없이 굴었다.

"어."

휘욱이 짧게 대구하자, 그녀는 진하게 웃으며 메뉴판을 펼쳤다.

"사실 여기 요일별로 메뉴가 정해져 있어. 오늘은 채소수프에 버섯라비올리, 뵈프부르기뇽이네. 나도 차 가져와서 와인은 못 하겠다."

메뉴판을 꼼꼼히 살피는 그녀를 바라보며 휘욱은 가만히 고개를 끄덕거렸다. 웃는 얼굴이었지만, 그녀의 안색은 어두웠다. 청명한 눈동자 아래로는 짙은 음영이 드리워 있었고, 매끈하고 보드라웠던 피부도 거칠어 보였다.

잠을 설친 얼굴, 식사도 제대로 못 한 듯 보였다. 휘욱이 차갑고 매정하게 굴 때도 이런 얼굴을 했던 적은 없었다. 안간힘을 쓰며 웃고 있는 모습이 안쓰러워서 가슴이 타들어 가는 것만 같았다.

수프와 버섯라비올리, 뵈프부르기뇽이 차례대로 서빙되었다. 그녀는 음식을 먹는 게 아니라, 입 안으로 꾸역꾸역 집어넣고 있는 것처럼 보였다. 그러면서도 미소를 잃지 않은 얼굴로 맛있다는 말을 연신 쏟아 냈다.

배를 갈아서 만든 소르베가 디저트로 나온 뒤, 셰프는 문단속을 부탁하고는 레스토랑을 나섰다.

"여기 저녁 마지막 예약자가 문 닫고 가야 하는데, 오늘은 내가 전세 냈거든."

로맨틱한 순간을 쏟아 내는 것처럼 말했지만, 그녀의 눈동자는 쓸쓸했다. 그녀는 디저트 스푼으로 유리그릇 안을 휘저으며 물었다.

"이제 솔직해졌으면 좋겠어."

유리그릇 안을 들여다보던 시선이 휘욱을 향했다. 미소가 가신 그녀의 얼굴은 건조했다. 아무런 감정도 담지 않은 얼굴은 차가워 보이기까지 했다.

"왜 나랑 결혼한 건지, 최휘욱 씨가 나랑 결혼해서 얻으려고 했던 게 뭐였는지, 솔직하게 말해 줘."

계산을 시작한 듯 보이는 그녀에게서 애정은 눈곱만큼도 찾아볼 수 없었다.

그가 몇 년 전부터 여자와 함께 지냈다던 오피스텔로 찾아갔던 게 벌써 나흘 전의 일이다. 인애는 그날 이후 그와 연락을 끊고 호텔에서 지냈다. 그와는 당분간 마주하고 싶지 않았다.

자존심이 상했다. 삼류 막장 드라마의 주인공이라도 된 것처럼 남편의 외도 현장을 급습한 자신이 역겹게 느껴질 정도였다.

또 한편으로는 그를 발로 걷어차기라도 하고, 여자의 머리채를 한 번 더 잡고 뺨이라도 후려쳤어야 했나 하는 다소 과격한 후회도 들었다.

유치하고 저열한 장면을 머릿속에 떠올리자 모멸감과 수치심이 밀려들었다.

그에게 여자가 있다는 것을 알고 한 결혼이었다. 그는 중요한 사전 공지처럼 사랑을 바라지 말라는 말을 제일 먼저 꺼냈었다. 그런데도 갑작스러운 그의 심경 변화가, 아련한 눈빛이, 다정한 목소리가, 뜨거운 손길이 모두 진심일 거라고 여겼다.

인애는 티끌 하나 없이 정리된 호텔 침대에 얌전히 몸을 누였다. 보드라운 면 이불을 덮자, 노곤함이 밀려들었다. 마치 며칠 전에 있었던 일이 허상처럼 느껴졌다. 이대로 포근한 이불에 휘감긴 채 숨어 있으면 아무 일도 일어나지 않을 것 같았다.

완벽한 현실 도피. 그에게 생각을 정리할 시간을 달라고 했지만, 머릿속은 여전히 엉망진창이었다. 그의 말대로 사랑을 바라지 말았어야 했다.

사람 마음은 손바닥 뒤집듯 뒤집을 수 있는 게 아니다. 어릴 적부터 지켜본 그의 성격에 비추어 볼 때 그는 사랑하는 여자를 곁에 두기 위해서라면 무슨 짓이든 할 수 있는 사람이다.

그가 지금 그 여자를 지키기 위해 고군분투하고 있는 건지도 모르겠다는 생각이 들자, 이루 말할 수 없는 우울함이 전신을 덮쳐 왔다.

그동안 아무렇지 않다고 생각하며 버텨 왔다.

뜻하지 않게 사촌의 정혼자였던 그와 결혼을 하게 된 것도, 갤러리에서 정직을 당하게 된 것도.

인생이 꼬일 대로 꼬여 버렸는데, 그걸 어떻게든 극복해 보겠다고 애를 써왔다.

정신력으로 간신히 버티고 있었는데, 한 번에 무너져 내린 듯 무력감이 찾아들었다. 안온한 호텔방에만 머물고 싶을 뿐, 아무것도 하고 싶지 않았다. 이제는 정말 하비샴이 된 것 같은 기분이다.

이불 속을 파고드는데 머리맡에 둔 휴대전화가 윙윙 울려 댔다. 그와의 관계를 배제한 세상은 변함없이 돌아갔다.

"네, 여사님. 잘 지내셨어요?"

오랜만에 정 여사에게서 온 연락이었다.

— 응, 요즘 어때? 갤러리에도 없던데.

정 여사의 목소리에는 서운한 기색이 역력했다.

"좀 쉬고 있어요. 먼저 연락드렸어야 했는데, 죄송해요."

— 죄송하긴. 그럼, 나랑 좀 볼까? 어디 콕 박혀 있길래 얼굴도 안 보여 주고 그래.

요즘 같은 시기에는 필원을 만나는 것도 부담스러웠다. 표정만 봐도 인애가 어떤 기분인지를 알아차리는 막역한 친구와의 만남은 피로감을 불러일으킨다.

"그럴까요?"

대화를 나눌 누군가가 간절했었다. 다소 거리를 두며 적당한 예의를 차릴 수 있고, 업무적인 이유로 사적인 이야기를 덮을 수 있는 사이.

기분 전환을 위해 정 여사를 만나는 것도 나쁘지 않겠다는 생각이 들었다.

정 여사가 인애에게 만나자고 한 곳은 청담대로에 있는 티 카페였다. 똑떨어지는 영국식 꽃 장식이 기품 있게 어우러진 카페에서는 영국 황실에 납품되는 티 세트가 인기라고 했다.

"이게 그 첫째 왕자비가 결혼할 때 고른 그릇이래. 원산지가 헝가리랬나? 예쁘지?"

"네, 예뻐요."

인애는 나비와 꽃 문양이 섬세하게 그려진 찻잔을 들어 올리며 대꾸했다.

"결혼하기 전에 그릇 고르고, 이불 고르고, 그럴 때가 제일 재미있잖아. 안 그래?"

"저는 제가 직접 준비한 게 없어서 잘 모르겠어요."

그냥 그렇다고 대답하면 될 일인데, 인애의 입에서 저도 모르게 솔직한 대꾸가 흘러나왔다. 정 여사는 자신이 실수했다 싶었는지, 얼른 말을 돌렸다.

"요즘 뭐 하고 지내? 재미있는 일 있어?"

세상 무력하게 지내고 있는 사람에게 재미있는 일이라니.

"그냥 아무 생각 없이 쉬고 있어요."

"그렇구나. 좋은 물건은 없고? 쉬고 있는데 일 이야기 해서 미안해."

"아니에요. 다음 주에 서울옥션 부산 프리뷰 열리는 건 아시죠?"

"알지, 알지. 근데 나는 거기 나오는 거 말고 우리 윤 과장이 골라 주는 게 좋더라."

정 여사는 작품에 관해서는 인애에게 절대적인 믿음을 갖고 있었다.

"예전에 서양화 전문 복원사가 복원하다가 사라진 작품이 하나 있어요."

인애의 입에서 저도 모르게 그의 어머니가 복원한 작품에 관한 이야기가 흘러나왔다. 해당 물건을 사들이는 데 정 여사는 굉장히 적합한 인물이었다. 일단 정 여사가 손에 넣으면, 인애가 더 비싼 값에 사 오면 된다.

발이 넓고, 흉허물 없이 고루 어울리는 사람이 많은 정 여사였다. 사모님들의 세상에서는 큰손으로 통했고, 휘욱의 큰어머니도 정 여사가 나선다면 움직일 가능성이 있어 보였다. 큰어머니의 관심사는 휘욱의 모친에게서 인애에게로 옮겨 오는 중이었다.

여러 가지를 잘 이용하고 조율하면 그의 어머니가 복원하다 만 작품을 손에 넣을 수 있을지도 모른다.

그런데 뭐 하러?

험한 꼴을 봐 놓고도 그를 위해 할 수 있는 일을 생각하고 있는 자신이 안쓰 럽기까지 했다. 비련의 여주인공은 딱 질색이다.

"어떤 그림인데?"

작품에 사연이 있으면, 가치는 치솟는다. 정 여사가 흥미를 보이기 시작했 다.

"1950년대 미국 작가의 그림인데요. 아상블라주(Assemblage; 여러 물건을 이용 하여 미술 작품을 제작하는 방법) 작품이에요."

그의 어머니가 복원했던 작품에 관한 설명을 이어 가며, 인애는 아직도 자신 이 그를 위해 무언가를 해 주고 싶어 하는 마음이 있음을 느낄 수 있었다.

사람 마음이 손바닥 뒤집듯 뒤집히지 않는 것은 그뿐만 아니라 자신에게도 적용되는 말이다. 증오하고 미워하는 것도 감정이 남아 있다는 증거다. 아무것 도 아닌 사람에게는 그런 감정조차 일어나지 않는다.

"자기가 그렇게 말하는 거 보니까, 좋은 건가 봐?"

사실 복원 담당자가 최휘욱 대표의 모친이었다는 말을 꺼내려 입을 열었을 때였다.

"어머, 정 여사님 오랜만에 뵙네요."

저도 모르는 사이에 귀에 익은 여자의 목소리가 들려왔다. 인애의 시선이 어 색하게 돌아갔다. 무릎 바로 위까지 오는 검은색 가죽 원피스를 입은 가은이 두 사람을 내려다보며 서 있었다.

붉은 립스틱을 칠한 입술이 지나치게 색정적이다. 그가 여자의 육감적인 입술을 게걸스럽게 집어삼키는 장면이 제멋대로 그려졌다.

인애는 눈을 감지도, 그렇다고 고개를 돌리지도 못한 채 여자를 바라보았다.

보기 싫은데, 보게 된다.

왜 저 여자인지, 왜 나는 아닌지.

"오랜만이네. 잘 지내지? 인사해. 여긴 윤인애 과장이라고. 내가 자주 가는 갤러리 갤러리스트야."

이제야 알아보겠다는 듯 가식적인 시선이 인애에게 닿았다.

"안녕하세요? 송가은입니다."

"네, 안녕하세요?"

마치 모르는 사람인 것처럼 우아하게 인사를 건넸다.

"그럼, 두 분 이야기 나누세요. 저는 일행이 있어서."

그녀는 아무렇지 않게 일별하고는 자리를 떴다. 정 여사는 잠시 아무 말도 없이 차를 음미하는 척했다. 인애가 감정을 추스를 시간을 주려는 의도 같았다.

"여사님."

침묵을 먼저 깬 것은 인애였다. 정 여사는 무슨 말이든 들을 준비가 되어 있다는 눈빛으로 인애를 바라보았다.

"저 이만 먼저 들어가 봐야 할 것 같아요."

인애가 죄송하다고 덧붙이자, 정 여사가 한쪽 입꼬리만 들어 올리며 의미심장하게 웃었다.

"가 봐. 나는 차 좀 더 마시고 갈게."

그러고는 핑거푸드 하나를 집어 들며 읊조렸다.

"꼭 이겨야 해."

누구를 만나러 갈 작정인지 깨달았다는 듯이 정 여사는 응원을 보냈다. 인애는 뒤처졌을까 싶어서 얼른 티 카페를 빠져나갔다.

청담대로 한복판에 서서 먼저 나간 여자를 찾겠다고 어리석게 두리번거리고 있을 때였다.

"윤인애 씨."

마치 인애가 나올 것을 알고 있었다는 듯이 여자의 목소리가 들려왔다.

"기다렸어요. 내가 일부러 알은체한 거예요. 윤인애 씨랑 이야기하고 싶어서."

당당한 태도에 기가 막혔다.

"여기서 이러지 말고, 어디 들어가죠. 부인이랑 내연녀랑 청담대로 한복판에서 붙었다는 소문 도는 꼴은 내가 못 보겠거든요."

인애가 고까운 목소리로 쏘아붙이자, 그녀는 재미있다는 듯이 웃으며 고개를 끄덕거렸다.

두 사람은 비교적 인적이 드문 골목에 자리한 술집 안으로 들어갔다. 이제막 문을 열었는지, 가게 안에 사람이 하나도 없었기에 선택한 장소였다.

"좀 기다려 봐요. 너무 성급하게 판단하지 말고."

자세한 이야기는 할 수 없다는 듯이 여자는 모호한 말을 내뱉었다.

"주제넘은 말도 정도가 있어요."

"윤인애 씨가 휘욱이랑 결혼을 하기는 했지만, 완전히 믿을 수 있는 사람인지 모르겠고. 내가 그런 말을 해 줄 위치도 아닌 것 같고. 나는 일이 어디까지 진척됐는지 자세히는 몰라서 그러니까."

여자가 하는 말이 어딘가 이상했다.

그와의 관계를 과시하며 인애를 약 올리려고 기다린 줄 알았다. 일전에 그녀는 인애를 자극하는 말을 서슴없이 내뱉었었다.

자신이 결혼한 두 사람 사이에 끼어든 것이 아니라, 인애가 연인 관계인 두 사람 사이에 끼어든 거라고.

막장 치정극에서 머리채 잡고 싸워야 하는 맞상대인 것처럼 굴었으면서, 지금은 그를 두둔하면서 인애를 설득하려는 뉘앙스였다.

사랑하는 남자를 채 가서 결혼한 여자에게 그를 믿고, 이해하고, 기다려 주라고 말하는 내연녀?

세상에 그런 미친년이 어디 있을까 싶다.

생각해 보니, 그녀는 오피스텔에서부터 오해라는 말을 했었다.

갑자기 심장이 차갑게 식는 것 같았다. 누군가 뒤통수를 세게 때린 것처럼 얼얼했다. 애정과 시기, 자괴감과 무력감이 어우러져 뿌옜던 머릿속에 지금껏 생각지 못했던 사실 하나가 떠올랐다.

두 사람의 관계가 의심스러웠다.

"송가은 씨, 정말 대단한 분이네요. 그 사람 정말 사랑하나 봐요?"

인애가 떠보듯 묻자, 그녀는 눈 하나 깜짝하지 않고 웃기만 했다.

"성 불능인 남자랑 어떻게 그렇게 오래 만났어요? 나는 벌써 질리던데."

이어진 물음에 그녀가 입을 떡 벌리며 멍해진 얼굴로 인애를 바라보았다.

당황스러운지 눈을 빠르게 깜빡거린 그녀는 보드카가 들어간 칵테일을 단번에 들이켰다. 그러곤 미간을 찌푸리며 고개를 갸웃거리더니 궁금해서 못 견디겠다는 표정으로 조심스럽게 물었다.

"최휘욱이 고자예요?"

인애는 하마터면 헛웃음을 흘릴 뻔했다. 인애의 표정이 묘하게 변해 가는 것을 그제야 감지했는지, 그녀는 얼른 안색을 바꾸며 덧붙였다.

"세상에는 플라토닉 한 사랑도 있는 거죠."

자극적인 말에 홀라당 넘어가 실수했다고 여겼는지, 가은의 대답이 구차해졌다.

"남자랑 플라토닉 한 사랑을 할 사람처럼 보이지는 않네요."

가은이 기분 나쁘다는 듯이 인애를 노려보았다.

"돈이라면 모를까. 최휘욱이 얼마 준다고 했어요?"

그녀의 눈동자에 이제껏 보지 못했던 이채가 어렸다. 이것저것 따져 보고 계산하는 눈치였다.

"내가 그만큼 줄 수도 있어요. 그 사람이랑 무슨 사이예요?"

그에게는 듣고 싶지 않았던 이야기를 여자에게 물었다. 어쩌면 그에게 듣게 될 이야기가 두려웠는지도 모른다. 여전히 여자를 사랑하고 있다는 마음 아픈 이야기를 되풀이할 것 같아서 피했는지도.

그런데 우연히 마주친 여자의 미심쩍은 태도에 두 사람의 관계에 대한 의심이 들었다. 의심이 확신으로 변한 순간, 머릿속이 놀라울 정도로 맑아졌다. 이성이 돌아오고, 사고가 가능해지고, 논리적으로 상황을 바라볼 수 있게 되었다.

"진짜 최휘욱이 주기로 한 만큼 줄 거예요?"

"그쪽 하는 거 봐서 더 줄 수도 있어요."

여자는 의외로 고민하는 것처럼 보였다.

"내가 친구 부탁으로 윤인애 씨한테 상처 준 건 미안하게 생각해요. 그런데 여전히 최휘욱은 내 친구거든요. 친구 뒤통수치는 일은 하고 싶지 않은데, 윤인애 씨는 최휘욱 편이에요?"

"유치하게 편 가르기 하자는 거예요?"

"그 유치한 것 때문에 정치를 위한 정당도 생기고, 보편적 가치 추구를 위한 사회단체도 생기고, 국경선도 만들어지는 거거든요."

이렇게 불편한 이유로 만나지만 않았다면, 인애는 가은을 좋아했을지도 모르겠다는 생각이 들었다.

"아직 그 남자 편 들지, 말지 고민 중이에요."

가은은 입을 꾹 다문 채로 미간을 찌푸렸다. 한참을 생각하던 여자가 산뜻한 목소리로 입을 열었다.

"오늘 우리 만난 건 없었던 일로 하죠. 그쪽이 최휘욱 고자라고 한 것도 안 일러바칠게요. 무슨 사인지는 최휘욱한테 직접 듣는 게 낫지 않겠어요? 나한테 원하는 만큼은 확인했을 테니까."

보이는 것만큼 계산이 빠르고 영민한 여자였다. 재벌들 사이에서 정보를 사고판다는 말이 사실인 듯, 그녀는 맺고 끊는 게 정확했고, 발을 담그고 빼야 할 타이밍을 기가 막히게 아는 듯했다.

"그러죠, 뭐."

그녀는 휘욱의 요구대로 움직였을 뿐, 인애를 향한 악의는 없어 보였다.

이렇게 된 이상 인애도 그녀에게 품었던 시기나 질투, 증오의 감정 따위는 접어 두기로 했다. 아무것도 아닌 것을 파고들면서 괴로워해 봐야 본인만 손해다.

털어 내야 하는 것은 빨리 털어 내는 게 현명한 일이다. 어떻게 그렇게 잊을 수 있느냐고, 바보 같다고 손가락질하는 호사가들의 자존감 깎아 먹는 말에는 신경 쓸 필요가 없다.

이제 그와 담판을 지어야 했다. 애초부터 얼굴을 맞대고 이야기를 나눠야 했던 사람은 마주 앉은 여자가 아닌 그였다.

하지만 만약의 상황을 위한 대비는 필요해 보였다.

———————————— ● ————

마주 앉은 그의 안색은 파리했다. 잠을 못 잤는지 얼굴이 까칠했고, 눈동자는 건조해 보였다. 인애는 그와 만나기 전 조부와 한 번 더 대면했다. 1년간의 결혼 생활을 유지할 경우 약속했던 주식 증여에 관한 이야기를 마무리 지었다.

그러고는 아버지를 만났다. 아버지에게는 1년 후에 자신이 이혼을 요구할 수도 있다는 말을 해 두었다.

만약의 상황.

송가은, 그 여자의 역할이 그랬던 것처럼, 자신 역시 그의 형식적인 아내 역할로만 필요했던 거라면, 이 결혼의 목적이 충족되는 시점에서 마무리 지을 생각이다.

"말해 봐. 이 결혼을 통해서 휘욱 씨가 궁극적으로 원했던 게 뭔지."

그는 깊은 시선으로 인애를 바라보았다. 무표정한 얼굴이었지만, 그의 눈빛에는 복잡한 감정이 가득했다.

"너랑 잠시라도 살아 보는 거."

그가 내뱉은 말이 너무나도 뜻밖이어서 인애는 잠시 멈칫했다. 당연히 그룹 내에서의 이권 다툼이나, 세력 확장에 관한 이야기가 흘러나올 줄 알았다.

그런데 그는 인애를 궁극적인 목적으로 꼽았다. 그리고 소화되지 않은 단어 하나가 가슴에 얹힌 듯 불편했다.

잠시라도…….

그렇다면 애초에 헤어질 의도가 있었다는 의미다.

"잠시라도?"

"내가……. 지금 당장은 너를 우선순위에 둘 수 없는 위치에 있으니까. 평생 그럴 수 없을지도 모르니까."

그의 말이 이해가 될 것도 같고, 되지 않을 것도 같아서 인애는 미간을 찌푸렸다.

"무슨 소릴 하는 거야. 알아듣게 말해."

모호한 그의 말이 답답했다.

"네가 태어나던 순간부터 지금까지 하나도 빠짐없이 다 기억해. 행복했던 순간, 불행했던 순간, 전부 네가 없는 곳이 없었는데……. 그런데 어느 순간부터 네가 없었어. 내가 밀어냈고, 네가 밀려났고. 어쩔 수 없이 멀어졌고. 그러다 영영 아무것도 아닌 사람이 된다는 게 견딜 수 없어졌어."

"그래서 그 여자한테 그런 일 시켜서, 신효랑 파혼한 거야?"

직접적인 물음에도 그는 타격감 없는 얼굴로 고개를 끄덕였다.

"그러고는 나랑 결혼 먼저 한 거고? 나한테 솔직하게 말해 볼 생각은 안 들었어?"

"미친놈처럼 보였겠지. 오래전부터 마음에 담고 있었으니까, 사랑하니까. 잠시만 같이 살아 달라고 말했다면 너는 수긍할 수 있었겠어?"

인애는 자조했다. 말도 안 되는 소리라며 물러섰을 것이다.

"그러면 남들이 하는 것처럼 연애하는, 정상적인 관계로 시작해 볼 생각은?"

"그럴 시간이 없었어, 나한테는."

그는 무언가를 숨기는 듯한 눈빛이었다. 그가 오래전부터 인애를 지켜봐 왔다고 한 것처럼, 인애 역시 그를 오랫동안 지켜봐 왔다. 거짓 연기의 허물이 벗겨진 그의 표정을 인애는 저도 모르게 읽어 냈다.

"여전히 휘욱 씨는 나한테 숨기는 게 있어. 그게 뭔지 끝까지 말 안 할 생각인 것 같네?"

그는 묵묵부답이었다.

"그래서 그게 다야? 잠깐 살아 본 거로 됐어, 그럼?"

"아니."

그가 이번에는 단호하게 대답했다.

"왜, 살아 보니까 달라?"

"어, 달라. 가지기 전에는 몰랐는데……. 네가 내 곁에 없으면, 살아도 사는 게 아니야. 이젠."

그는 간절한 고백을 무덤덤한 얼굴로 쏟아 냈다. 애원하고 울부짖는 것보다 울림이 더 큰 고백이었다.

"만약 내가 휘욱 씨 곁에 있는 게 싫다고 한다면?"

"붙잡겠지."

"붙잡아도 싫다고 하면?"

"죽을 때까지 붙잡겠지."

"내가 다른 남자가 좋다고 하면?"

순간 그의 눈빛이 형형해졌다. 상상하는 것만으로도 끔찍하다는 듯이 그가 눈을 지그시 감고는 숨을 멈추었다. 뜨겁게 치솟은 감정을 다스리는 듯 그의 얼굴은 차갑게 굳어 있었다.

"네가 갤러리 일로 외박했던 날, 나는 죽다 살아난 기분이었어."

눈을 감은 채로 읊조리는 그의 음성에 고통이 스몄다.

"휘욱 씨랑 결혼한 순간부터 갤러리에서 밤새고 들어간 날 아침까지, 나는 어떤 기분으로 살았을 것 같아?"

그가 죄스러운 눈빛으로 인애를 마주했다.

"본인이 이기적인 사람이라는 거 알아?"

그는 수긍한다는 듯이 고개를 끄덕였다.

"그럼 내가 이제 어떻게 할 건지도 알아?"

그는 숨을 한 번 들이켜고는 전혀 모르겠다는 얼굴로 인애를 바라보았다.

"오늘 휘욱 씨랑 같이 집에 들어갈 거야."

그의 얼굴에 안도감이 어렸다. 입가에 미소가 번지려는 찰나 재빨리 덧붙였다.

"너무 좋아하지 마. 나도 이 결혼의 목적 달성을 위해서 들어가는 거니까."

그의 눈빛에 의문이 어렸다.

"왜? 휘욱 씨만 이 결혼을 통해 얻으려는 게 있었을 것 같아?"

인애가 엷은 미소를 머금었다.

"네가 나랑 결혼해서 얻으려고 한 건 뭔데?"

"명례 건설 주식 1.5%, 명례 호텔 주식, 그리고 명례 재단 이사장 자리."

전혀 예상치 못했던 일인 듯 그는 당황한 얼굴이었다.

"이 바닥에서 이 정도 계산도 안 하고 결혼하는 사람도 있어? 내가 단지 최

휘욱 당신이 좋아서 결혼한 것 같아? 그래서 완벽한 결혼 생활을 요구한 거로 보였어?"

그의 낯빛이 점점 어두워졌다. 통쾌함이 서린 고통이 가슴을 잔인하게 베었다.

"아니, 착각하지 마. 사촌 언니의 오랜 정혼자였던 남자인 것도 모자라서 내 연녀까지 있다는데, 내가 순순히 끌려와서 결혼했겠어? 내 성격 알면서 그렇게 순수하게 생각한 거야?"

"그럼, 네가 원하는 걸 얻으면 너도 이 결혼을 끝낼 생각이었어?"

"아니. 나는 최휘욱 씨랑 잘 살아 볼 생각이었지. 이왕 결혼하는 거 잘 살아 보고 싶지 않겠어? 게다가 첫사랑이었던 남잔데?"

그의 눈동자가 눈에 띄게 흔들렸다.

"그런데 지금은 아니야. 원하는 걸 얻으면 끝낼 생각이야. 1년, 딱 1년만 버텨 줘."

"싫다면?"

"1년도 버티기 싫어?"

인애가 미간을 찌푸리며 되물었다.

"1년 후에도 끝내고 싶지 않다면."

"뭐 명례 그룹 회장 손녀랑 이설 그룹 회장 손자가 결혼 1년 만에 지루한 이혼 소송에 들어갔다고 세상이 떠들썩해지겠지?"

무엇을 위해서 이런 말을 쏟아 내고 있는지, 이제는 인애 자신조차 헷갈렸다. 그를 괴롭히고 싶었다. 자신에게 마음을 품고 있으면서도 아닌 척 매정하게 굴었던 남자가 야속했다.

"신혼여행 기간 내내 나타나지 않는 남편을 기다리면서 내가 무슨 생각을 했을 것 같아? 처음……. 그래, 처음 당신 품에 안겼을 때는? 그 여자랑 있나? 신혼여행에도 데려왔나? 비교될까? 내가 그 여자랑 비교되면 어쩌지?"

그에게 대답할 틈을 주지 않고 말을 이었다.

"내가 얼마나 비참했을 것 같아? 그런데도 나는 미련하게 스스로 괜찮다고 다독이면서, 그렇게 마음 다잡으면서……. 휘욱 씨 옆에 있었어."

지금 울면 우스워진다는 것을 안다. 인애는 울컥 차오르려는 감정을 집어삼키기 위해 숨을 한 번 들이켰다. 그가 안쓰러운 눈빛으로 인애를 바라보았다. 얇은 숨을 연신 내뱉는 모습이 그도 감정적으로 격앙된 듯 보였다.

"이제 너한테 상처 주는 일 없을 거야, 절대. 무슨 일이 있어도."

그는 대단한 결심이라도 한 것처럼 결연한 얼굴로 말을 이었다.

"내가 이루려고 했던 모든 걸 다 포기해야 한다고 해도. 너만은 지킬 거야."

인애의 입가에 쓴웃음이 번졌다.

"여전히 나한테 뭘 숨기고 있으면서, 그걸 믿으라고?"

감정이 울컥 치솟아서, 목소리 끝이 미세하게 달라졌다. 인애의 미묘한 감정 변화를 알아차린 휘욱이 간절한 목소리를 냈다.

"인애야."

그의 다정한 눈빛이 가슴에 긴 선을 긋는 듯했다. 선을 따라 피가 철철 흘러넘쳤다.

"아무리 이 바닥에 정상적인 결혼이 드물다고 해도. 휘욱 씨랑 나는 어긋나도 한참 어긋났어."

숨을 한 번 고른 인애는 최후통첩을 하듯 결연하게 말했다.

"어긋난 걸 바로잡아 보려고 솔직한 대답을 바랐는데도, 휘욱 씨는 그러지 않았어. 내가 할 말은 다 한 것 같아. 나는 1년 후에 최휘욱 씨랑 이혼할 거야."

그는 이제 인애의 부정적인 말에는 대답하지 않기로 했는지, 지극한 시선으로 바라보기만 할 뿐이었다.

휘욱의 눈빛은 마치 구름에 휩싸인 산 정상처럼 아득했다. 분명 그곳에 있는데 모습을 드러내지 않는 산꼭대기처럼 무지근한 그의 눈빛이 가슴을 짓누르려는 듯했다.

"차라리."

그의 눈빛에 잠식당한 나머지 진심이 흘러나왔다.

"처음부터 나한테 솔직하게 말했더라면."

진심을 내뱉는 순간인데, 놀랍도록 마음이 평온해졌다. 이제껏 그와 말다툼을 하는 동안 격앙되었던 감정이 차분히 가라앉았다.

"나는 휘욱 씨 말을 따랐을지도 몰라. 물론 고민했을 거야. 그렇게 휘욱 씨곁에 있는 게 맞는 건지, 아닌지. 그러다가 아마."

묵직한 한숨이 흘러나왔다.

"지금과 비슷한 상황이 되었을 거야, 우리는. 애초에 이런 식으로 결혼하는 건 옳은 방법이 아니었던 거야."

시작부터 잘못된 관계를 바로잡는다고 해서, 시작의 의미가 갖는 그 순수함을 회복할 수는 없다.

그림을 그리다가 실수를 했다면, 새로운 캔버스에 다시 그리면 된다. 하지만 관계는 다르다. 사람은 감정을 가진 존재다. 관계 회복을 위한 노력을 기울인다고 해서, 그렇게 애쓴다고 해서 과거의 애석한 감정이 없던 게 되는 것은 아니다.

역사는 끊임없이 되풀이된다. 헤어졌던 커플이 다시 만났다가 같은 이유로 헤어지는 경우를 주변에서 흔치 않게 볼 수 있다.

과거에 서로에게 경험했던 일에 대해 또다시 실망하고, 그러한 까닭에 헤어졌다는 것을 다시금 깨닫게 된다.

"만약 우리가 1년이 지난 후에도 같이 살게 된다면."

인애의 목소리가 잦아들었다. 그가 테이블 위에 깍지 낀 손을 올리며 상체를 바짝 숙였다. 아득했던 그의 눈동자에 희망의 빛이 어렸다. 인애에게 일말의 여지라도 보여 달라고 애원하는 얼굴이었다.

"나는 끊임없이 휘욱 씨를 의심할 거야. 기적처럼 우리 사이가 좋아진다고 하더라도, 나는 휘욱 씨를 바라보면서 속으론 또 나를 속이고 있는 건 아닌지 속앓이를 하게 될 거야."

차라리 아예 마음에 없던 사람이라면, 그와의 결혼 생활을 잘해 내기 위해 부단히 노력하지 않았더라면, 그날 밤 그의 품에 안기지 않았더라면.

이해득실을 철저히 따진 뒤, 계산적이고 무미건조한 결혼 생활을 지속했을지도 모른다.

"내가 괴로워질 걸 뻔히 알면서, 휘욱 씨 곁에 있고 싶지 않아. 나는 이제 이 결혼보다 나를 먼저 지키고 싶어."

"나도 널 지키고 싶어."

그의 간절한 목소리에 인애는 고개를 가로저었다.

"솔직히 나, 우리 부모님 지키기 위해서 휘욱 씨랑 결혼한 거야."

그가 잠시 멈칫하며 말을 꺼내려다 말고 입을 다물었다.

"내가 명례 건설이나 명례 호텔 주식이 왜 필요하겠어? 누구를 위해서? 두 분 평생 그늘에서만 사셨어. 내가 원하는 삶을 살 수 있도록 키워 주신 분들이야. 나는 어머니, 아버지 지키기 위해 휘욱 씨랑 결혼한 거야."

그의 낯빛이 어두웠다. 무언가 하려던 말을 또 감춘 얼굴이다. 무엇을 숨기고 있는 건지, 말하지 못하는 그의 심정을 헤아리고 싶지 않았지만, 그의 눈빛은 마음을 툭 건드릴 만큼 아팠다.

"내가 할 말은 여기까지야."

새로운 캔버스를 꺼내 든 것처럼, 있었던 일을 완전히 잊을 수는 없을 것이다.

그를 향해 여전히 예민하게 반응하는 심장이 천천히 무뎌지기를.

그의 눈동자에 갑자기 차오른 열기가 천천히 식어 가기를.

아무것도 아닌 사이가 될 수 있기를 바랄 뿐이다.

차창에 부딪치는 빗방울이 거셌다. 닿기가 무섭게 줄줄 흐르는 물줄기에 와이퍼가 쉴 새 없이 움직였다.

"아빠한테는 말씀드렸는데, 엄마는 모르셔."

조수석에 앉은 그녀는 건조한 목소리로 읊조렸다. 그녀가 다시 집으로 돌아온 지 일주일이 흘렀지만, 달라진 것은 없었다. 레스토랑에서 그녀를 마주한 이후 처음으로 말을 섞는 거나 마찬가지였다.

서로가 함께하는 공간에서 그녀는 휘욱을 없는 사람 취급 했다. 지금처럼 휘욱의 시선은 항상 그녀를 향해 있었지만, 그녀는 눈길조차 주지 않았다.

그녀가 했던 말이 가슴에 박혀 곪아 가기 시작했다.

'신혼여행 기간 내내 나타나지 않는 남편을 기다리면서 내가 무슨 생각을 했을 것 같아? 처음……. 그래, 처음 당신 품에 안겼을 때는? 내가 얼마나 비참했을 것 같아?'

그녀는 마치 그 당시의 휘욱처럼 차갑게 굴었다. 했던 짓을 돌려받고 있을 뿐이었다. 가슴이 미어졌다.

그녀의 태도 때문에 가슴이 아픈 것이 아니라, 자신이 저지른 짓 때문에 그녀가 받았을 상처가 느껴져 미칠 것 같았다.

"그래, 잘할게. 장모님 눈치채시지 않게."

모처럼 장모님의 생신을 맞아 처가에 가는 길이었다. 할 도리를 하며 1년의 결혼 생활을 마친 뒤, 서로가 잘 맞지 않는다는 이유를 대며 이혼하자는 게 그녀의 뜻이었다.

서로 잘 맞지 않는다는 이유. 만약 그게 진짜 이유라면 휘욱은 그녀를 위해 뭐든 맞춰 줄 준비가 되어 있었다. 하지만 이미 돌아선 그녀의 마음은 굳건해 보였다.

차에서 내리기 전, 그녀는 마치 전투태세를 갖추는 것처럼 크게 한숨을 들이 쉬었다. 그러고는 휘욱을 돌아보며 산뜻하게 웃었다.

"가자, 휘욱 씨."

그녀를 이설 자동차에서 설립한 재단 미술관으로 이끌었던 날이 머릿속을 스치고 지났다. 휘욱은 그녀에게 야멸차게 대하면서도 공식적인 자리에서는 완벽한 아내의 모습이 되어 주기를 바랐다.

그날, 그녀가 느꼈을 감정이 고스란히 전해졌다. 사실 그녀가 지금 보이는 행동보다, 휘욱의 언행이 더 악랄했다. 가은과 함께 후원을 거닐며 그녀를 능멸하는 짓을 서슴지 않았다.

사랑하는 사람이 괴로워하는 모습을 보면서 만족하는 변태냐고 화를 내던 가은의 목소리가 또다시 들려오는 듯하다.

그녀가 말했던 것처럼 휘욱은 완벽히 잘못된 선택을 했다. 잠시라도 그녀와 있고 싶었다는 변명은 지나치게 궁색했다.

정확히 말하자면, 휘욱은 사랑하는 사람을 사랑하는 법을 몰랐다. 휘욱에게 사랑은 생소한 감각이면서, 지나치게 무거운 감정이었다. 오직 분명한 것은 휘욱이 세상에 태어나 부모님을 제외하고 사랑을 느낀 사람은 인애가 유일하다는 것이었다.

그녀는 생각에 잠겨 있는 휘욱을 의아한 눈빛으로 바라보았다.

"안 갈 거야?"

그녀가 미소를 지워 내며 무미건조한 얼굴로 물었다. 휘욱은 그녀가 그랬던 것처럼 애써 산뜻한 미소를 머금으며 대꾸했다.

"아냐, 가야지. 가자."

자신보다는 그녀가 사랑하는 법을 더 잘 알고 있지 않을까?

화목한 가정에서 나고 자란 그녀에게는 결핍이 존재하지 않았다. 모날 이유가 없었기에 태생적으로 다정하고 다감한 성품을 지닌 사람이었다. 그녀가 결혼 생활을 열심히 해 보겠다고 마음먹은 것도 그녀의 기질에서 비롯되었을지도 모른다.

그녀에게 그런 기질을 물려준 사람이 마주 선 윤 교수와 장모님이었다.

"오랜만에 뵙습니다. 그간 찾아뵙지 못해 죄송합니다."

휘욱이 예의를 차리며 인사를 건넸다.

"최 서방 바쁜 거 대한민국에 모르는 사람 있을까? 어서 들어와. 저녁부터 먹어야지."

장모님이 휘욱의 등을 가볍게 두드리며 집 안으로 이끌었다. 그녀가 새침한 목소리로 속삭이는 소리가 들려왔다.

"엄마는 또 딸보다 사위가 더 반가운가 봐?"

그녀의 목소리에는 모친을 향한 애정이 담뿍 담겨 있었다.

"그럼, 우리 듬직한 사위가 더 반갑지."

"아빠는요?"

그녀가 윤 교수를 향해 애교 섞인 목소리로 물었다.

"나야 당연히 우리 딸내미가 더 반갑지."

기분 좋은 웃음소리를 내며 그녀가 윤 교수의 팔에 팔짱을 꼈다.

"나도 아빠가 세상에서 제일 좋다."

"얘는 최 서방도 듣는데, 사람 섭섭하게 그런 소리를 해."

장모님이 그녀를 나무라며 휘욱을 다독였다.

"최 서방, 너무 서운해 말아. 쟤 저래 봬도 최 서방이 첫사랑이었다니까. 어릴 때 속앓이를 얼마나 많이 했는지 알아? 내가 모른 척해서 그렇지 자네 정혼한다고 했을 때."

"엄마!"

그녀가 장모님의 말을 막아서며 얼굴을 붉혔다. 이 모든 게 누군가를 위해 연기하는 허상이 아닌 현실이라면 얼마나 좋을까. 뺨이 붉게 물든 그녀는 지나치게 사랑스러웠다.

"이제 와서 숨길 게 뭐 있어? 뭐가 창피해서?"

장모님은 하나밖에 없는 딸 놀리는 재미에 짓궂게 굴었다. 휘욱은 너그럽고 다정한 남편이라도 되는 것처럼 말을 받았다.

"장모님, 저도 이제 와서 얘기지만 제 첫사랑도 인애였어요."

잔잔한 목소리가 울려 퍼지자, 그녀의 시선이 휘욱을 향했다. 원망스러운 기색이 희미하게 어렸던 것도 잠시, 그녀가 은은한 미소를 머금었다.

"엄마, 우리는 너무 똑같아서 탈이라니까. 융통성이 제로에 가까운 것 같아. 서로가 첫사랑인데, 우리 둘 다 고백도 안 하고 결혼했다? 이렇게 답답한데 어떻게 같이 사는지 참 신기해."

친근한 목소리로 장모님에게 너스레를 떠는 듯 보였지만, 그녀의 말에는 뼈가 있었다.

"부부는 닮는다잖아."

장모님은 보기 좋다는 듯이 그녀의 머리를 쓸어 넘기며 웃었다.

"배고프지? 얼른 저녁부터 먹자."

"엄마, 이제 내년부터는 우리 밖에 나가서 먹자. 엄마 생일인데, 왜 엄마가 상을 차려. 아니면 내가 할게, 응?"

그녀가 장모님이 손수 차린 식탁 앞에 서서 볼멘소리를 냈다.

"내 생일이니까 내가 먹고 싶은 거 하려고 직접 하는 거야. 앉지, 최 서방."

장모님이 해사한 미소를 머금으며 휘욱을 다정하게 바라보았다. 고개를 끄덕이며, 자리에 앉은 휘욱은 장모님이 손수 차렸다는 식탁 위를 찬찬히 훑어보며 가슴 한구석이 저릿해지는 것을 느꼈다.

"많이 먹어, 최 서방."

휘욱의 생일에 어머니가 차려 주었던 생일상과 흡사한 모습이었다. 갈비찜, 잡채, 갖가지 버섯과 만두를 넣은 전골, 육전과 잘 익은 파김치 등 휘욱의 젓가락이 쉴 새 없이 움직였다.

어릴 적, 휘욱의 생일이면 두 가족이 모여 앉아 식사했던 그때 그 생일상을 장모님은 분명히 기억하는 눈치였다.

"사실 말이야."

장모님은 복스럽게 먹는 휘욱을 흐뭇한 눈빛으로 바라보았다.

"내 식구 되면 우리 휘욱이 불러다 밥 한 끼 먹이는 것도 편할 텐데, 하는 생각 많이 했어. 신효랑 정혼한다고 했을 때, 사실 우리 인애보다 내가 더 서운했던 거 알아? 남의 집 사위 된 사람 불러다 밥 먹일 수는 없잖아."

갑자기 목구멍이 좁아진 것처럼 음식물을 삼키기가 힘들었다. 감정이 울컥 밀고 올라와 휘욱은 물잔을 집어 들었다.

"이제는 이렇게 내가 차린 밥 한 끼 먹일 수도 있고, 참 좋네. 앞으로 자주 와서 먹어. 그래야 내가 나중에 지희 볼 낯이 생기지."

지희는 죽은 모친의 이름이었다.

"지금 와서 말인데, 신효랑 파혼하고 우리 인애랑 결혼한다고 했을 때, 내가 좀 반대했어. 지희가 하늘에서 나 원망했을지도 몰라. 이렇게 잘 살 줄 알았으면 그러지 말걸. 먼저 간 사람한테 면목이 없어서, 원."

장모님은 그동안 챙겨 주지 못해서 미안하다는 얼굴로 휘욱을 바라보았다.

"네, 자주 찾아뵙겠습니다."

장모님에게 볼멘소리를 했던 그녀가 이번에는 묵묵부답이었다. 입 안에 있는 음식물을 씹어 삼키는 것이 대단한 숙명이라도 되는 것처럼 그녀는 그저 식사에만 집중했다.

그런데 문득 스친 시선 끝에 눈가에 눈물이 가득한 그녀가 보였다. 혹여 눈물이 흘러내릴까 봐 꼼짝도 하지 않는 모습이었다. 예쁜 눈가에 고인 눈물조차 안타까웠다.

내 과거를 너까지 아파할 필요는 없어. 너는 아름답고 선한 것만 생각했으면 해. 이제껏 그렇게 살아왔던 것처럼.

휘욱은 왼손을 내려 그녀의 등허리에 가만히 손을 얹었다. 다독이지도 않고 그저 가만히 손을 댔을 뿐인데, 그녀의 등 근육이 바짝 긴장하는 게 느껴졌다.

이제 눈물을 숨길 수 있을 정도가 되었는지 그녀의 시선이 휘욱에게로 향했다. 그녀의 눈빛에는 소거된 감정의 잔재가 남아 있었다.

휘욱을 안타까워하는 마음, 사랑했던 감정, 미워할 수밖에 없는 심경. 휘욱은 그녀를 달래듯 옅은 미소를 머금었다.

그녀의 사랑을 바라지만, 그녀가 자신을 안타깝게 여기며 아파하기를 원하지는 않는다.

그녀에게 진정한 사랑을 바라지 않을 때는 가지지 못했던 감정이었다. 그녀의 사랑을 무작정 거부할 때만 해도 생기지 않았던 아픔이었다.

그저 못되고, 못나고, 악랄한 놈에게 잘못 걸려서 결혼했다가, 무사히 이혼했다는 생각을 하며, 휘욱을 잊고 평생 행복하기를 바랐다.

그런데 지금, 그녀의 사랑을 간절히 바라는 지금은.

그녀가 절대 자신으로 인해 아프지 않기를 바랄 뿐이다. 그녀의 가슴에 생긴 균열을 메꿀 수만 있다면 제 심장이라도 뚝 떼어 내어 줄 수 있었다.

"많이 먹어, 휘욱 씨."

그녀는 별스러운 감정이 담기지 않은 담담한 목소리로 읊조렸다. 하지만 말 한마디의 잔잔한 파동은 큰 파도가 되어 휘욱의 가슴을 일렁이게 만들기에 충분했다.

식사를 마친 뒤, 윤 교수는 친근한 분위기를 유지하며 휘욱을 서재로 이끌었다.

"어떻게 된 일인가?"

서재 문이 닫히자마자, 윤 교수가 답답하다는 듯이 물었다. 지긋하고 점잖은 성격의 윤 교수였지만, 딸 인애와 관련한 일에는 성급하게 구는 구석이 있었다.

"죄송합니다."

휘욱은 죄송하다는 말 외에는 할 수 있는 말이 없었다.

"인애가 자네를 마음에 두고 있는 건, 진작 알고 있었네만."

딸이 지닌 감정을 미리부터 알아차렸었다는 윤 교수는 휘욱의 마음에 대해 묻고 있었다.

"아까 말씀드린 그대로입니다."

식사 전, 휘욱은 인애가 자신의 첫사랑이었다는 말을 했었다.

"사람 참. 애들 감정놀음을 묻는 게 아니지 않아."

"그때부터 쭉 변한 적 없습니다."

윤 교수는 다소 당황스럽다는 듯이 입을 벙긋거리다가 이내 다물었다.

"제 변명을 좀 해도 괜찮겠습니까?"

한숨을 한 번 내쉰 윤 교수는 그렇게 하라며 고개를 끄덕거렸다.

"지난번에는 결혼하고 인애가 좋아졌다고 간단히 말씀드렸습니다만, 사실 거짓말이었습니다."

윤 교수는 미간을 찌푸리며 휘욱을 응시할 뿐, 아무런 말도 하지 않았다.

"부모님이 돌아가시고 아무도 제 곁으로 다가오지 않을 때, 유일하게 제 옆에 있어 주었던 사람이 인애였습니다. 아직 죽음에 대해 모르는 아이가 저를 위로한답시고 곁을 내어 주던 모습이 아직도 잊히질 않습니다."

휘욱의 목소리는 무겁게 가라앉아 있었다. 그만큼 그에게는 무겁고 깊은 이야기였다.

"시간이 갈수록 저는 원하는 것을 바랄 수 없는 처지가 되었습니다. 원하면 빼앗겼고, 바라면 사라졌습니다. 제가 인애를 마음에 두고 있다는 걸 드러내면, 해가 될까 봐 두려워 인애를 멀리했습니다."

"저런."

윤 교수는 안타깝다는 듯이 읊조렸다.

"그런데 이제 다시는, 평생에 단 한 순간조차 곁에 둘 수 없다고 하니, 욕심이 났습니다. 잠시라도 곁에 두고 싶다는 생각이 들어서, 윤 교수님이 어려움에 처한 것을 알고 나선 겁니다."

"인애를 얻고 싶은데, 내가 좋은 구실이 된 게로군."

윤 교수는 논리적으로는 이해가 간다며 고개를 끄덕였지만, 그 이후 이어진 휘욱의 선택은 이해할 수 없다는 듯이 물었다.

"그럼, 정식으로 결혼까지 했으면, 처음부터 잘 살 일이지. 왜 선을 그어 놓았나?"

"인애가 저 때문에 다칠까 봐 두려웠습니다."

잠시 정적이 흘렀다. 윤 교수는 무표정한 얼굴로 굳어서는 아무 말도 하지 않았다.

"그리고 제가 인애를 지키지 못할 상황이 올까 봐 두려웠습니다."

휘욱은 용기를 내어 덧붙였다.

"인애를 최우선 순위에 둘 수 있는 상황이 아니어서, 온전히 대할 수 없었습니다."

윤 교수는 속에서 끓어오르는 감정을 식히듯 짙은 한숨을 내뱉었다.

"그럼, 지금은 달라진 게 있나? 상황적으로는 똑같지 않은가?"

"다릅니다."

휘욱은 담대한 어조로 말을 이어 나갔다.

"이제껏 더 많이 갖기 위해 살아왔습니다. 더 많이 가져야 그들에게 받은 치욕을 갚아 줄 수 있을 테니까요. 그런데 이제는."

잠시 숨을 골랐다. 서재 안은 쥐 죽은 듯이 조용했다.

"그게 다 무슨 소용인가 싶습니다. 인애가 없다면, 제 삶도 의미가 없거든요."

윤 교수는 허탈하게 웃었다. 사위 된 사내에게 이용당해 놓고도 기분이 나쁘지 않은 눈치였다.

"그런데 어쩌다가 우리 인애한테 미운털이 박힌 건가? 우리 인애가 자네 마음을 알면 등 돌릴 아이가 아닌데."

"시작부터 제가 잘못한 일이니까요."

휘욱은 자조했다.

"근데 이런 말은 인애에게 직접 해야 하는 것 아닌가? 이제 와서 나한테 해 봐야 무슨 소용이야."

"이미 했습니다. 장인어른께 도움을 요청하고자 드리는 말씀입니다."

"말해 보게."

휘욱은 가장 어려운 말을 꺼내 들어야 했다.

"제가 인애를 지킬 수 없는 상황에 처하게 되면, 인애가 큰 상처 받지 않도록 위로 부탁드립니다."

"내 별말을 다 듣겠네. 내 딸인데 어련히 잘 알아서 하겠는가?"

말을 저렇게 했지만, 휘욱이 이제껏 살아온 삶이 처절하고, 치열했음을 이해했다는 듯이 안타깝고 분한 목소리였다.

"그리고 자네는 인애를 잘못 봐도 한참 잘못 봤네. 그 애가 자네를 감당 못할 만큼 유약해 보였나? 상처 주기 싫었다는 말로 인애 자존심에 더 큰 상처를 줬으니, 그렇게 미운털이 박혔지. 기다려 보세. 우리 인애 현명한 아일세. 자네가 진정으로 인애를 위하는 거라면 진심은 통할 거야."

가능성이 희박한 위로처럼 들렸지만, 절박한 심정은 그 위로에 애원이라도 하고 싶어졌다.

누구에게나 명화 속 한 장면이 존재한다.

시리도록 푸른 하늘에 비행운이 길게 그어져 멋스러운 풍광을 그려 냈다. 인애는 오랜만에 하늘을 올려다보며 숨을 크게 들이쉬었다.

명례 재단의 실질적 규모와 지금까지의 운영 방안에 관한 수업 아닌 수업을 듣느라 정신이 하나도 없었다. 재단 운영은 전문 경영인이 맡을 거고, 재단 이사장 자리에 올라 소유권과 최종 결정 권한만을 갖게 되겠지만, 알아야 할 게 산더미였다.

명례 재단 재무관리인과 만나고 오는 길, 인애는 종로 거리를 거닐며 신생 갤러리의 기획 전시를 살피는 중이었다.

"윤인애 양? 이런 데서 보니 반갑네요."

귀에 익지 않는 목소리를 가진 누군가가 인애에게 알은체했다. 목소리가 들려온 쪽을 향해 돌아서자, 휘욱의 큰아버지인 최태진 회장이 비서진을 위시한 채로 서 있었다.

"안녕하셨어요, 부회장님."

"아무리 밖이어도 그리 부르면 내가 섭섭하지요."

"죄송합니다, 큰아버님."

인애가 깍듯이 예의를 갖추자 최 부회장이 사람 좋은 미소를 지으며 물었다.

"여기 작품 어떻습니까? 좀 걸으며 이야기 좀 나눌까요?"

분명 사람이 많은 갤러리에 함께 서 있는데도, 오한이 느껴질 만큼 불길한 소름이 살갗을 타고 올랐다.

"내가 바쁜 사람에게 괜한 제안을 했나요?"

인애의 대답이 즉각적으로 흘러나오지 않은 탓에 물은 말이라고 여겼다.

"요즘 갤러리도 그만두고 쉬고 있다고 들었는데, 아닌가?"

일거수일투족을 꿰뚫고 있다는 듯 묻는 말에 인애는 애써 침착하게 미소를 머금었다.

"저도 이번 전시는 처음 접하는 입장이라, 감히 제가 제 의견을 말씀드려도 되는지 잠시 고민했습니다. 대답이 늦어 죄송합니다."

예의를 차린 인애의 대답에 최 부회장은 흡족하다는 듯이 큰 소리로 웃었다.

"자네 참 아까운 사람이야."

안타깝다는 듯이 말하며, 과장되게 고개까지 흔들어 보인 최 부회장이 먼저 걸음을 옮기기 시작했다. 인애는 최 부회장에게서 대각선으로 한 발짝 떨어진 곳에서 그의 뒤를 따랐다. 비서진은 최 부회장이 미리 언질을 해 놓은 것인지 어느새 전시관 밖으로 나가고 없었다.

최 부회장은 인적이 드문 전시관에 들어서며 걷는 속도를 늦췄다.

"일하던 사람이 집에만 있으려니 심심하지는 않고?"

"네, 괜찮습니다."

인애가 명례 재단 쪽 일을 배우고 있다는 사실이 아직 최 부회장의 귀에 들어가지 않은 것 같았다.

"말은 그렇게 해도, 막중한 책임감으로 열심히 해 오던 일을 남편 때문에 그만두게 되었으니 얼마나 억울한가."

그는 우뚝 멈춰 서서 인애의 표정을 살피듯 물었다. 최 부회장의 등 뒤에는 극사실주의 작가가 광화문 집회를 주제로 그린 작품이 걸려 있었다.

"무슨 말인지 모르는 눈치네, 이 사람. 똑똑한 것 같으면서도 참……. 이렇게 착하니 그렇게 속았지."

얼마 전 최 부회장의 비서가 찾아와 인애는 모르고, 최 부회장은 알고 있는 사실에 관해 이야기하자고 했던 적이 있었다.

이제 최 부회장의 입에서 흘러나올 말, 최 부회장이 무슨 말을 하려고 저렇게 호기로운 얼굴을 하고 있는 건지 감히 상상조차 할 수 없었다.

"자네 전시관에 말썽 부리고 간 치들 말일세. 휘욱이가 고용한 놈팡이들이었다는데, 몰랐나?"

물음을 듣는 순간 뭉근한 의심이 피어오르기 시작했다. 전시관을 망치라고 지시한 이는 휘욱이 아닌, 최태진 부회장일 가능성이 높아 보였다.

"무슨 말씀이신지."

인애는 무구한 얼굴로 물었다. 최 부회장이 원하는 인애의 모습이 바로 그런 것이기 때문이었다. 최 부회장은 인애가 휘욱을 오해하고 상처받고 물러서기를 바라는 의도로 인애에게 접근한 듯 보였다.

인애와의 결혼을 통해 명례 그룹을 등에 업은 휘욱이 못마땅했을 것이다. 인애가 등을 돌리면 휘욱은 명례 그룹과 척을 지는 거나 다름없었다.

휘욱의 곁에 있는 인애가 최 부회장에게는 반드시 제거해야 하는 눈엣가시일 것이다.

"허허, 참. 전시관을 스프레이로 도배하고 도망간 무뢰배들 말이야. 휘욱이가 자네 갤러리 다니는 꼴 보기 싫어서 그리한 거라네. 내 자네를 만나면 언젠가는 이야기해 주려고 했는데. 내 조카지만 몹쓸 놈이지. 아내를 자기가 원하는 대로 움직이는 꼭두각시로 만들려고 그런 짓을 저지르다니."

최 부회장은 혀를 끌끌 차며 안쓰럽다는 듯이 인애를 바라보았다. 인애는 미간을 찌푸리며 전혀 몰랐다는 듯이 굴었다. 진위를 모르는 자극적인 이야기에 휘말리지 않고, 대화를 빨리 끝내려면 상대가 원하는 대로 속아 넘어가 주는 척하는 게 상책이다.

"설마, 그이가 그랬을까요."

남편이 절대 그랬을 리 없다는 듯이 순진하고 무구한 얼굴로 말끝을 흐렸다.

최 부회장은 인애의 기질을 파악하려 애쓴 듯했다. 인애가 커리어를 중요시해 왔다는 것, 일에 대한 열정이 대단했다는 것을 간파하고 의도적으로 접근했음이 느껴졌다. 하지만 최 부회장은 인애의 기민한 성격을 파악할 여유는 없었나 보다.

"그이가 그랬을 리가 없어요. 제가 갤러리 일을 얼마나 좋아하는지 잘 아는 걸요."

인애는 울분에 찬 표정을 지으며 최 부회장을 바라보았다.

"휘욱이 그놈이 참 악랄한 놈이야. 제가 갖고 싶은 건, 물불 안 가리고 덤벼. 내 자네가 딸 같아서 해 주는 말이야."

최 부회장의 손이 인애의 어깨를 다독이는가 싶더니, 등허리를 타고 내려와 잘록한 허리를 훑고 엉덩이가 시작되는 부분에 머물렀다가 떨어졌다.

더러운 새끼.

두꺼비처럼 두껍고 시꺼먼 입술에는 색욕이 가득했고, 초점을 흐릿하게 뭉개 놓은 듯한 눈동자는 징그러운 성적 도발을 숨기지 못했다. 발정제를 맞아 미쳐 날뛰는 금수가 된 듯한 모습이 역겨웠다.

딸 같아서 해 주는 말? 딸 같은 사람의 몸을 더듬는 버러지보다 못한 놈.

얼굴에 침이라도 뱉어 주고 싶었지만, 인애는 한숨을 몰아쉬며 그에게서 한 발자국 떨어졌다.

"말씀 감사합니다. 저는 먼저 들어가 볼게요. 확인할 게 있어서요."

"응, 응. 그래야지. 어서 가 봐."

마치 최 부회장이 한 말을 휘욱에게 따져 물을 것처럼 급하게 전시관을 빠져나갔다. 물론 그에게 그 사건의 진위 여부를 물을 생각은 없었다.

확인해 보지 않아도 알 수 있었다. 그 사건은 그가 아닌 최 부회장 쪽에서 저지른 일인 게 분명했다.

인애와 휘욱 사이에 오해가 생겼으면 하는 바람에 저런 일을 저지른 거라면, 대체 그동안 그에게는 무슨 짓을 하면서 살아왔을까.

한숨이 절로 새어 나왔다. 최 부회장을 상대하기엔 아직 그도, 자신도 너무 약했다. 더 많이 가져야 했다. 이 바닥에서는 돈이 권력이고, 면죄부였다.

또다시 조부에게 도움을 요청해야 할까.

최 부회장이 인애에게 직접 접근해 왔다는 것은 이제 더한 짓도 하겠다는 의미였다. 가슴이 어찌할 바를 모르고 빠르게 뛰어 댔다.

안쓰러운 그의 얼굴이 떠올랐다.

한스러운 그와의 관계가 답답했다.

───── ● ─────

이설 자동차에서 설립한 미술관이 프리 오픈 기간을 마치고, 정식으로 개관하는 날이었다. 휘욱은 아름답게 치장한 인애와 함께 미술관으로 향했다.

타오를 듯 붉게 물든 나뭇잎보다 인애의 입술이 더 매혹적으로 붉었고, 높은 하늘만큼이나 인애의 자세는 고아했다. 휘욱의 시선이 떨어질 줄 모르고 인애만을 파고들었다.

"일전에 여기서 있었던 일은 미안해."

미술관 후원에서 그와 가은이 저질렀던 일을 사과하는 말이었다.

"괜찮아. 나도 그 여자 머리채 잡았었잖아. 뭘 그런 걸 가지고 사과를 해, 새삼스럽게."

인애는 그가 미안해하고 있다는 것을 알면서도 애써 무심하게 대꾸했다.

그의 곁에 설 때마다 인애는 마음속 깊이 다짐한다. 절대 이 남자의 품 안으로 다시 쉽게 무너지는 일은 없게 해 달라고.

약해지는 마음을 다잡으려, 평소보다 다소 강한 말투가 흘러나왔다. 그를 자극해서 좋을 게 없는데, 한마디도 지고 싶지 않은 충동마저 일었다.

조용히 후원을 따라 걷고 있는데, 그의 비서가 시원시원한 걸음으로 달려와 그에게 귓속말을 해 댔다.

인애는 자신이 들으면 안 되는 정보 같아서 조금 떨어진 곳으로 걸음을 옮겼다. 들어서 좋을 게 없는 정보를 기를 쓰고 듣는 것은 괜히 피곤해지는 짓이었다.

"잠깐만."

휘욱은 인애에게 양해를 구하듯 안타까운 미소를 한 번 지어 주고는 미술관 안으로 향했다.

인애는 홀로 후원을 거닐었다. 처음 이곳을 방문했을 땐 자신의 남편과 남편의 곁을 당당하게 지키고 있는 여자에게 정신이 팔려서 보지 못했던, 아름다운 정원의 모습이 눈에 들어오기 시작했다.

헬레니즘 양식을 따른 조각은 아름다웠고, 세심하게 심긴 꽃들은 설레는 마음으로 제 차례를 기다리며 사계절 내내 피고 지고를 반복할 것처럼 보였다.

어느 계절이든 아름다운 꽃과 조각을 볼 수 있는 비밀의 정원을 오래도록 구경한 인애는 별채를 거쳐 본관으로 들어가 보기로 했다.

아직 공식 개관 행사를 시작하지 않은 데다가, 별채는 일반 관람객에게 공개되는 범위가 아니었기에 괜히 더 가 보고 싶었다.

별채 문을 열고 들어섰을 때, 여러 개의 전시관 너머 멀리에 있는 익숙한 실루엣이 눈에 들어왔다. 걸음을 내디딜수록, 인물들의 정체가 분명하게 드러났다.

그의 미간에는 미세한 주름이 잡혀 있었다.

"지금 누구를 만났다고 했습니까?"

분노한 감정을 억누르는 그의 목소리가 지극히 낮게 울렸다.

"자네가 참 인물 하나는 잘 봐 뒀더라고. 인애인지 인아인지 죽은 지희랑 묘하게 닮았단 말이지?"

그의 돌아가신 어머니 이름을 아무렇지 않게 내뱉으며 자신과 비교하는 최 부회장의 어조는 어딘지 모르게 불순하게 들렸다.

"경고했을 텐데요. 내 아내를 건드리면, 가만히 있지 않을 거라고."

"최휘욱. 너 대단히 착각하고 있는 것 같다? 내가 아무나 건드리는 그런 무뢰한으로 보여? 네 어미는 나한테 제발 좀 해 달라고 다리 벌리고 매달려서 그런 거고. 명례 그룹 손녀딸 건드렸다가는 내가 제명에 못 죽지."

이죽거리는 웃음소리에 인애는 머릿속이 멍해지는 것만 같았다.

어머니를 범한 큰아버지, 휘욱이 가진 모든 것을 해치려고 드는 최 부회장이라면 인애에게도 충분히 손을 뻗칠 수 있을 것이다. 갑자기 그가 했던 사랑에 대한 무참한 변명에 일면 수긍이 가기 시작했다.

탐욕스럽게 웃으며 등허리를 훑어 내려가던 징그러운 손길의 섬뜩함이 떠올라 인애는 한숨을 몰아쉬었다.

"나는 인애같이 순진한 애는 안 좋아해. 애가 남자 경험이 있어야, 데리고 놀기 좋지. 안 그래? 네 어미는 그런 데 전문이었잖아. 아, 모르려나? 아무리 쌍년이라도 제 아들놈이랑은 안 붙어먹었겠지. 시숙인 나한테는 들러붙었어도."

"말 삼가세요."

그가 서슬 퍼런 목소리로 읊조렸다. 푸르게 타오르는 분노가 흉흉했다. 인애는 소름이 오싹 돋아서 팔뚝을 여러 번 문질렀다.

"내 동생도 참 불쌍하지. 그런 년 장례식에 오겠다고 무리했다가 사고로 죽은 거 아냐."

최 부회장은 마치 궁지에 몰린 피식자처럼 발악하는 모습이었다. 모든 것을 동원해 그를 자극하려는 의도가 다분했다.

"아, 아닌가? 내가 잘못 기억하고 있는 건가? 사고가 아니었나?"

비열하게 웃는 옆모습을 바라보며, 인애는 심장이 멎는 것 같은 착각에 사로잡혔다.

그의 표정이 미세하게 변하는 게 눈에 들어왔다. 심장이 입 밖으로 튀어나올 것처럼 날뛰었다.

"아버지께서는 교통사고로 돌아가셨습니다."

그가 건조한 목소리로 사실을 확인시키듯 말했지만, 그 속에는 최 부회장의 말을 끌어내려는 의도가 담겨 있는 것처럼 느껴졌다.

그리고 최 부회장은 휘욱을 자극하기 위해서라면 무슨 말이라도 할 것처럼 입을 열었다.

"순진하기는. 그놈이 사고로 죽었으면, 그렇게 사고 처리가 빨랐을 리가. 마누라가 죽었다고 태풍이 오는데도 공항으로 이동하겠다는데, 그게 뒤지려는 의도가 아니면 뭐겠어? 그래서 뜻대로 해 줬지, 뭐."

"뜻대로 해 줬다니요?"

그의 나직한 물음에 최 부회장은 만면에 미소를 머금으며 읊조렸다.

"트럭으로 밀어 버리라고 했지, 뭐. 이쯤 되면 하늘도 날 도운 게 아닌가? 빗길 사고로 자연스레 위장할 수 있었으니 말이야."

마치 대단한 사업적 성공을 이룬 사업가가 자신의 업적을 떠벌리듯 자랑스러워하는 말투였다.

돈이라면 수단과 방법을 가리지 않고 덤벼드는 치들이 있다. 정당한 방법으로 노력에 대한 대가를 얻는 것을 미련하다고 여기고, 요행과 투기를 일삼으며 부당한 이득을 취하는 것에 맛 들인 미친놈 말이다.

그들은 사람의 생명조차도 가벼이 여긴다. 특히 재물을 두고 겨뤄야 하는 상대라면 악랄하고 치밀하게 해를 입히기도 한다.

그런 희생양이 되고 싶지 않아서, 아버지는 학자의 길을 택했다. 하지만 그의 아버지는 달랐다. 살아생전에 이설 그룹의 실세로 꼽혔던 그의 아버지는 최 부회장에게 위협적인 존재였을 것이다.

최 부회장은 능력으론 동생을 뛰어넘을 수 없으니, 결국 제거하는 방법을 택했나 보다.

"우리 조카님이 순진해서 아직도 사고사라고 믿고 있었나 보네. 이렇게 순진하니까, 그렇게 순진한 여자를 만났지."

그의 턱이 굳어 가는 게 보였다.

"아니, 얼마나 순진한지. 그 갤러리 스프레이 사건 말이야. 그게 네가 벌인 짓이라고 하니까 믿던데?"

"지금 무슨 말을 하는 겁니까?"

그가 분개한 목소리로 되물었다.

"아, 이 중요한 말을 먼저 꺼냈어야 했는데 말이야. 내가 갤러리에서 갤러리스트 노고를 치하하느라 마음이 들떠서, 인애 갤러리 일도 자네가 그런 거라고 말했지, 뭔가."

최 부회장은 기분 나쁘게 낄낄 웃었다. 그는 묵묵부답이었다. 인애가 곧이곧대로 믿었다고 생각하고 고민하는 눈치였다. 인애는 친정에 다녀온 뒤로 그와 별다른 대화조차 하지 않았다.

오늘 미술관 개관 행사가 없었다면, 둘이 같이 외출하는 일도 없었을 것이다. 그러니 최 부회장을 만났다고 말할 기회도 없었다. 사실 최 부회장이 말했던 것에 대해 휘욱에게 따져 물을 생각조차 하지 않았다.

인애에게 미끼를 던졌는데도 휘욱이 아무렇지 않게 결혼 생활을 하는 것 같아서 몸이 달았을 것이다. 결국, 최 부회장은 직접 그를 자극하는 방법을 택했고, 이 지경까지 치닫게 된 것처럼 보였다.

그리고 최 부회장의 목적은 지나치게 분명했다. 그룹의 실세로 자리매김해가는 그를 망쳐 놓는 것, 그 과정에서 인애를 이용하려고 무진장 애를 쓰고 있었다.

불안한 박자로 크게 뛰어 대는 가슴을 가라앉히려 인애는 조용히 숨을 골랐다.

잠시라도 함께하고 싶었다는 그의 고백, 이제 와서 그의 이상했던 고백이 묵직한 설움으로 다가왔다.

사랑이 지나치게 버거운 남자, 사랑하는 방법을 알지 못하는 그가 자신과의 결혼을 택했을 때, 어떤 간절함이 작용했을지 감히 상상조차 할 수 없었다.

"눈물 뚝뚝 흘릴 것 같은 눈을 보니까 믿는 눈치더라고."

휘욱의 얼굴이 일그러졌다. 인애가 자신을 오해하고 있다고 생각하는지 괴로운 얼굴이었다. 지금 상황에서 저런 얼굴로 최 부회장을 대하면 약점을 잡힐 게 뻔했다.

"아뇨. 안 믿었어요."

끼어들까 말까 고민했다. 다분히 충동적으로 말을 던지기는 했지만, 곧 미술관의 공식적인 개관식에서 연설해야 하는 그를 자꾸 도발하고, 뒤흔들어 놓는 최 부회장을 견딜 수가 없었다.

최휘욱, 당신이 여기까지 어떻게 버텨 왔는데, 저깟 놈이 나를 걸고넘어진다고 무너져.

또 한편으로는 한번 속아 줬을 뿐인데, 자신을 천치 취급 하는 놈을 가만히 두고 보기 싫었다.

두 남자의 시선이 대번에 문 쪽으로 향했다. 별채 안에 아무도 없을 거라고 확신했는지, 휘욱은 마치 귀신이라도 본 얼굴이었다.

"인애야."

그가 당황한 음성으로 인애의 이름을 불렀다. 인애는 그의 곧은 시선을 받으며 걸음을 옮겼다.

"되게 순진하시네요. 그 위치까지 오르셨는데, 이렇게 사람 보는 눈이 없으셔서야."

인애는 안타깝다는 듯이 엷은 미소를 머금으며 그의 곁에 섰다. 최 부회장은 얼굴이 붉으락푸르락해져서는 황당해했다.

"뻔히 보이는 수를 쓰는데, 넘어가 드려야죠. 어른이 그렇게 나오는데, 나이 어린 사람이 장단 맞춰 드려야 하는 게 도리 아닌가요?"

"윤인애 양, 자네 지금 나한테 말이 너무 심하다고 생각하지 않나?"

인애는 손에 쥐고 있던 휴대전화를 들어 보였다. 최 부회장이 볼 수 있도록 화면을 그쪽으로 향하게 했다.

"여기서 누가 가장 심한 말을 했는지, 한번 들어 볼까요?"

혹시나 하는 마음에 최 부회장이 그악한 말을 퍼붓던 시점부터 인애는 휴대전화 녹음 어플을 통해 두 사람의 대화를 녹음했다.

하나밖에 없는 친동생의 아내를 범한 것도 모자라, 동생까지 죽음으로 몰고 간 악인의 진술이 고스란히 인애의 휴대전화에 기록되었다.

"이리 내."

최 부회장은 귀찮은 일을 마주했다는 듯이 미간을 찌푸리며 휴대전화를 내놓으라고 어깃장을 놓았다.

"이걸 제가 드려야 하는 이유가 있나요?"

인애가 진한 웃음을 머금으며 이해할 수 없다는 듯이 물었다.

"인애야."

휘욱은 인애가 최 부회장을 자극하는 게 두려운 듯 침잠한 목소리를 냈다. 인애는 휘욱의 커다란 손을 꼭 움켜잡았다. 꽤 긴장했는지 늘 따뜻했던 그의 손이 차갑게 식어 있었다.

인애는 자신의 손에 있는 온기를 그에게 불어 넣듯이 악력을 더했다. 그를 향해 고개를 돌리기는 했지만, 시선은 여전히 탐욕으로 그득한 최 부회장에게 둔 채로 입을 열었다.

"휘욱 씨, 잘 봐 둬. 이런 쓰레기 같은 놈은 좋은 말로 해서는 안 통해. 휘욱 씨처럼 착한 사람이 상대하기 버거우면, 나한테 맡겨."

"착한 사람? 자네가 휘욱이 녀석을 잘 모르고 하는 말이야."

최 부회장은 세상천지에 가장 선한 사람이라도 된 것 같은 목소리로 읊조렸지만, 지나치게 가식적이었다.

"그리고 감히 쓰레기라니. 자네, 내가 어떤 사람인지 모르고 하는 소린가?"

명백하게 인애를 겁박하는 투였다.

"저 협박하시는 건가요?"

최 부회장은 과장되게 손사래를 치며 능글맞게 웃었다.

"그럴 리가."

그러고는 비열하게 덧붙였다.

"시간 아깝게 협박은 왜 해. 그런 수고를 할 시간에 움직여서 행동으로 보여야지. 세상이 말로만 돌아가나, 어디?"

최 부회장은 두려울 게 없다는 듯이 거만하게 굴었지만, 이따금 불안한 시선으로 인애의 휴대전화를 살폈다. 호시탐탐 기회를 엿보는 것 같았다. 어떻게 하면 빼앗을 수 있을까 궁리하는 얕은 수가 눈에 보였다.

"해 보세요, 어디."

인애는 일부러 그를 자극하는 방법을 택했다.

"뭐?"

최 부회장은 무뢰배들이나 쓸 법한 저속한 어조로 되물었다.

"행동으로 보여 주시라고요. 단, 그때는."

인애는 단호하게 덧붙였다.

"아마 명례 그룹과 최 부회장님의 전면전이 될 겁니다."

전쟁을 선포하듯 장엄하게 말했다. 준열하고 엄정한 시선으로 최 부회장을 단죄하듯 쏘아보았다. 엄벌을 내릴 수 있는 능력이 있는 것도 아닌데, 마음 같아서는 여러 사람의 인생을 망가뜨려 놓은 그에게 사형선고를 내려 주고 싶었다.

"어린 여자라 세상을 몰라도 너무 모르네. 명례 그룹 윤 회장님이 노망이 나셔도, 우리 이설하고 척질 분은 아니시지."

인애는 가소롭다는 듯이 대꾸했다.

"누가 이설 그룹하고 척진다고 했나요? 최 부회장님을 상대할 거라고 했지. 이 녹음 파일이 만천하에 공개된다고 해도, 이설 그룹이 최 부회장님을 보호할지는…… 글쎄요."

이설 그룹 내에서 흔들리는 그의 입지를 반영한 말이었다.

"이놈의 계집애가!"

최 부회장은 성정이 올곧은 사람이 아니었다. 입과 손을 함부로 놀리는 데 거리낌이 없는 인간이었다. 모 기업 부회장이 비서진을 폭행해서 구설수에 올라 있다는 증권가 찌라시의 주인공이 바로 최 부회장이었다.

제 버릇 개 못 주는 법이다.

최 부회장은 휘욱이 곁에 서 있는 것도 망각한 채 인애를 향해 손을 휘둘렀다. 그리고 내내 속을 알 수 없는 눈빛으로 인애를 지켜보기만 하던 그가 순식간에 움직였다.

둔탁한 소음과 함께 최 부회장이 바닥으로 나자빠졌다.

"괜찮아?"

그가 인애의 양어깨를 잡아 돌리며 눈을 마주했다. 그의 눈동자에는 어지럽게 뒤섞여 있는 분노와 염려가 여과 없이 드러났다.

"휘욱 씨는 괜찮아?"

인애가 무슨 의도로 질문을 던진 것인지 모르겠다는 듯이 그가 미간을 좁혔다.

"겨우 한 대 친 거로 속이 풀리겠어? 내가 망봐 줄게. 죽도록 패."

인애는 한숨을 한 번 몰아쉬고는 결연한 얼굴로 말했다.

"아니, 그냥 죽여 버리자. 우리도 사고로 위장하지, 뭐. 여기 휘욱 씨 재단이잖아? CCTV가 무슨 소용이야, 안 그래?"

과격한 물음에 그는 웃지도 울지도 못하는 표정으로 인애를 내려다보기만 했다.

"뭐 해? 저 새끼 도망가잖아. 저대로 도망가게 둘 거야? 죽도록 때려 주라니까?"

최 부회장은 앓는 소리를 내며 슬금슬금 문 쪽으로 기어가고 있었다.

그는 흔들림 없는 곧은 시선으로 인애만을 바라보았다. 아무것도 하고 싶지 않다는 듯이, 그 누구도 신경 쓰고 싶지 않다는 듯이, 오롯한 눈빛이었다.

"휘욱 씨."

평소보다 반 옥타브쯤 높아진 인애의 음성에서 다급함이 묻어났다.

"어."

하지만 그의 짧은 대꾸는 평소보다 훨씬 느긋하게 느껴졌다.

"못 하겠으면, 내가 죽여 줄까?"

인애가 눈을 부릅뜨며 재우쳐 물었다. 그가 재미있는 농담을 들었다는 듯이 눈을 지그시 감으며 웃었다. 비논리적인 상황에서 열불을 내고 있는 사람은 인애뿐인 것처럼 느껴졌다. 할 수만 있다면 최 부회장을 죽여 버리고 싶은 과격한 충동을 느끼는 사람도 오직 인애뿐인 것처럼 보였다.

그의 부모님이 눈앞에서 돌아가신 것도 아닌데, 억울한 죽음에 대한 상실감과 그때는 느끼지 못했던 깊이를 알 수 없는 슬픔이 전신을 덮쳐 왔다.

무지에서 오는 절망감, 그에 대해 아무것도 알지 못했다는 자괴감, 그래서 그를 이해할 수 없었다는 억울함, 복잡한 감정이 뒤엉켰다. 그중에서도 가장 강렬하게 치솟은 감정은 분노였다.

동생 부부를 파멸로 이끌어 놓고도 아무렇지 않게 살아가며 그들의 하나뿐인 아들인 그를 괴롭힌 최 부회장은 악마 그 자체였다.

수많은 신화와 작품 속에서 동생에게 권좌를 빼앗기는 게 두려워 장자가 동생을 죽이는 이야기가 수없이 등장한다.

문명이 이제 막 태동하던 시기, 기원전부터 전해 내려오는 비극은 현대에도 되풀이되고 있었다.

오만하고 비열한 최 부회장은 그의 눈을 피해 슬금슬금 바닥을 기는 중이었다. 최 부회장이 인애에게 손찌검하려던 순간 그는 본능적으로 최 부회장의 손을 잡아 밀쳤다. 그는 그저 방어만 했을 뿐인데, 최 부회장은 기골이 장대한 조카의 힘에 밀려 바닥으로 나가떨어졌다.

"네 손으로 그런 더러운 짓 안 해도 돼."

마침내 그가 입을 열었다. 그는 인애의 두 손을 모아 쥐고는 손바닥에 가만히 입을 맞추었다. 성물을 다루듯 귀하게 인애의 손바닥에 입을 맞춘 그가 마침내 최 부회장 쪽으로 고개를 돌렸다.

"지금 당장 죽이면 내가 너무 억울하지. 그동안 당한 게 있는데."

그는 근사한 미소를 머금은 채로 말했지만, 그의 매혹적인 입술이 읊조린 말은 간담이 서늘해질 만큼 차가운 냉기를 품고 있었다.

"내가 이 두 연놈들을, 내가."

부들부들 떨며 자리에서 일어난 최 부회장은 달아나듯 별채를 빠져나갔다. 이대로 최 부회장을 보내도 좋은 건지 확신이 서질 않았다.

"저러고 그냥 보내면 어떡해?"

"사냥할 때는 도망갈 구멍이 있다는 걸 보여 주면서 몰아가야 해. 안 그러면 사냥꾼을 공격하거든. 섣불리 움직였다가는 본인만 손해라는 걸 알 거야.”

“그러다 큰 사고라도 치면?”

인애의 말끝이 불안하게 떨렸다. 그가 인애의 눈을 깊이 들여다보며 말했다.

“큰 사고 치기 전에 잡을 거야, 걱정 마.”

그의 목소리에는 전과 다른 확신이 깃들어 있었다.

“갈까? 이제 개관식 시작할 시간이야.”

그는 인애를 향해 팔뚝을 내밀며 은은한 미소를 머금었다. 그의 미소를 마주하자 가슴이 저몄다.

부모가 어떻게 죽어 갔는지 그는 알고 있었던 눈치였다. 고통을 오래도록 삭이고 정제한 끝에 내린 결론이, 사랑하는 사람을 우선순위에 두지 못한다는 말이었을지도.

인애가 진실을 요구했을 때도 말하지 못했던 그의 심정이 헤아려지자, 가슴이 무겁게 침잠했다.

그런데 그는 이제 반쯤은 홀가분해졌다는 얼굴이었다. 여전히 인애에게 무언가를 숨기고 있는 듯, 그는 말을 아꼈다. 하지만 이제는 그에게 사실을 말해 달라고 요구할 수도 없을 것 같았다.

또 어떤 아픔을 숨기고 있을지 몰라서, 그의 상처를 들추게 될까 봐 두려웠다.

“휘욱 씨.”

“응.”

감히 위로를 건넬 수 없는 비극 앞에서 인애는 애써 미소를 머금었다.

“개관식 연설 잘해.”

선선히 건넨 말에 그도 진한 미소를 보여 주었다.

개관식이 시작되고 삼삼오오 모여 있던 인파가 테이블 앞에 착석했다. 초대

된 인원만 200여 명 남짓, 참석자 대부분은 인애와 안면이 있는 이들이었다.

업계에서 내로라하는 굵직한 인사들이 참석한 미술관 개관식은 엄숙한 분위기에서 진행되었다. 프리 오픈 기간 동안 현대 미술을 선도하는 아티스트들의 팝 아트 기획 전시가 주를 이뤘던 캐주얼한 분위기와는 대조적이었다.

그의 개관 연설이 시작되었다. 가벼운 농담조차 하지 않고, 그는 본론부터 꺼내 들었다.

"그동안 공개하지 않았던 미술관의 이름은 '이내' 입니다. '어느 때부터 줄곧 한결같이' 라는 뜻을 가진 부사입니다."

그가 미술관 이름을 발표한 순간부터 사람들의 이목이 인애에게 쏠렸다. 그들도 중의적인 단어의 주인을 알아차린 듯한 눈치였다.

"이 미술관은 설립 목적부터 설계 방법, 전시관 구성, 후원에 심긴 꽃 한 종까지 전부, '어느 때부터 줄곧 한결같이' 제 마음속에 있는 제 아내를 위한 것입니다."

침조차 삼킬 수 없을 정도로 심장이 뛰어 댔다. 청중을 바라보던 그의 시선이 마침내 인애에게 머물렀다.

"앞으로 이 공간이, 제 아내가 사랑하고 아끼는 것들로 가득 찼으면 합니다. 참석해 주셔서 감사합니다."

개관 연설은 지나치다 싶을 정도로 짧았지만, 여운은 길었다. 그가 단상에서 내려와 조용히 걸음을 옮기는 동안 재즈 공연이 시작되었다.

인애에게 몰려 있던 시선은 브라스 밴드와 어우러진 현악 4중주 소리에 자연스레 흩어졌다. 하지만 인애의 시선은 여전히 그에게 고정되어 있었다. 오늘따라 유난히 그의 걸음이 느릿하게 느껴졌다.

인애가 앉아 있는 테이블 앞에 그가 도착했을 때, 인애는 겨우 숨을 가늘게 내뱉었다. 고맙다고 해야 하는지, 미리 귀띔이라도 해 주지 그랬느냐고 나무라야 하는지, 감동받았다고 해야 하는지, 과분하다고 나무라야 하는지.

뭐라고 해야 할지 몰라서 애꿎은 입 안쪽 살을 짓씹었다.

그가 착석하며 인애 쪽으로 상체를 살짝 숙이더니 귓가에 나지막이 속삭인다.

"연설 때 깜빡한 말이 있네."

인애는 고개를 비스듬히 돌려 의문 어린 시선으로 그를 바라보았다.

"사랑해. 앞으로 내가 하는 모든 일은 너를 위해서야."

그가 꿈결처럼 읊조렸다. 인애는 행복한 미소를 짓고 있는 남자를 가만히 바라보았다. 귀가 멍해지며 재즈 선율이 아득해졌다. 조금 전에 그가 내뱉은 말한마디, 한마디가 느릿하게 반복되며 귓가에 맴돌았다.

———————————— ● ————————————

"그렇게 하실 거면, 연설문 준비를 지시하지 마셨어야죠."

정 실장이 볼멘소리를 하며 입술을 삐죽 내밀었다. 나이가 들더니 호르몬의 변화를 보이는 건지 요즘 정 실장은 유독 잘 삐졌다. 예전 같았으면 그러거나 말거나 했겠지만, 휘욱은 심심한 사과의 말을 건넸다.

"미안합니다."

마주 앉은 정 실장이 멍한 시선으로 휘욱을 바라보았다. 휘욱은 옅은 미소를 한 번 머금어 주었다. 그녀의 존재는 휘욱의 마음가짐에 변화를 불러일으켰고, 일상에도 조금씩 영향을 미치고 있었다.

예전에는 보이지 않았던 인간적인 면모가 하나씩 드러나기 시작했다. 곁을 지키는 사람들이 고마웠고, 그런 그들에게 성의를 표하고 싶어졌다.

"재무 담당자가 사라지던 날 밤에 찍힌 근처 차량 블랙박스 영상은 확보했습니까?"

하지만 그런 것에 서툰 휘욱은 이내 서늘한 목소리로 돌아갔다. 최 부회장의 큰아들이자, 휘욱 사촌 형인 광욱의 불법 도박 자금에 관한 열쇠를 쥐고 있는 재무 담당자를 추적 중이었다.

가은이 건넨 정보에 의하면 미국에서 사라졌다고 했지만, 휘욱이 알아본 바 그는 가족이나 친구에게도 연락하지 않은 채 귀국한 지 이틀 만에 종적을 감췄다.

"차주 두 명에게서 영상을 넘겨받았습니다. 차주가 경찰에 제보하겠다는 의사도 분명히 밝혔습니다. 보상도 충분히 했습니다."

충분히 했다는 말은 비밀리에, 아무런 흔적도 남기지 않고 진행되었다는 뜻이다.

"블랙박스 영상에서 12인승 승합차에 오르는 모습이 잡혔는데요. 시내 CCTV를 추적한 결과, 경기도 파주 건설 현장으로 이동한 것을 발견했습니다."

"건설 현장이요?"

"영세 업체가 짓던 타운하우스였는데, 업체 부도로 공사가 중단된 채 방치된 곳이었습니다."

"이동 차량은 당연히 대포차겠죠?"

정 실장은 반은 맞고, 반은 틀리다는 듯이 대꾸했다.

"마지막에 올라탄 차는 대포차가 아니었습니다. 부동산 중개인의 차였는데, 중개인의 전 직장이 부도난 건설 업체였습니다. 회사를 그만두면서 분양권 일부를 챙겨 나와 헐값에 마이너스 분양을 시도했고요."

"재산도 꽤 됐던 사람이 부도난 업체의 마이너스 분양권을 샀을 리는 없고. 최근 그곳에 입주한 세대가 있습니까?"

"입주 세대는 없고, 최근에 꾸미기 시작한 모델 하우스는 있습니다. 그리고 마이너스 분양권을 매매한 사람이 셋 있는데, 시멘트 운반 트럭과 굴착기를 다루는 중장비 기사들이었습니다."

"소속은? 개인업자입니까?"

"이설 건설 서드 파티의 하청을 받는 개인업자였습니다."

휘욱의 미간에 미세한 주름이 잡혔다.

"서드 파티에는 별 문제 없습니까?"

"업체 선정 과정에서 잡음이 많았습니다. 최광욱 대표의 최측근 인사의 외가 쪽 회사라고 하는데, 매출액을 정정 공시하는 일이 있었습니다. 그로 인해 최 대표의 측근이 주식으로 이득을 좀 봤고요. 금감원에서 분식회계 관련 감리에 착수할 예정입니다."

"뉴스 뜨면 최 부회장 녹음본까지 전부 언론에 흘리세요."

그녀에게서 받은 녹음 파일의 내용 중 어머니의 죽음과 관련한 부분은 제외하고 기사화될 예정이다. 그녀가 그날 거기 있을 거라고는 상상조차 할 수 없었다. 게다가 녹음까지 해서 최 부회장을 옥박지를 줄은 꿈에도 몰랐다. 애초에 휘욱은 미술관에서 확보한 CCTV 영상으로 대응할 생각이었지만, 그녀가 건넨 도움을 주효하게 사용하고 싶었다.

그녀를 떠올리는 것만으로 입가는 호선을 그렸지만, 가슴 한쪽은 여전히 묵직하게 가라앉았다.

휘욱의 미묘한 표정 변화를 알아차린 정 실장이 의문 어린 눈빛을 보였다. 휘욱은 복잡한 감정을 갈무리하며 건조한 목소리를 냈다.

"큰어머님이 고가의 미술품을 수집하면서, 뇌물 수수 혐의와 이설 건설 비자금 조성에 연루되었다는 기사도 순차적으로 흘리시고요."

오랜 시간을 공들여 준비한 일이었다. 혹자는 복수가 제 발을 옭아맬 수도 있는 어리석은 선택이라는 말을 하기도 한다. 그건 죄지은 사람이 복수당할까 봐 두려워서 하는 말이 아닐까.

끝내 최 부회장이 무너지는 모습을 두 눈으로 똑똑히 지켜볼 것이다. 이번에 성공하지 못하면 다음 기회를 노려 보자는 생각 따위는 그녀에 대한 마음을 깨달은 이후로 접었다.

반드시 단번에 목을 베어 내야 뒤탈이 없을 것이다. 그동안 자신이 당했던 수모와 그들이 끼쳤던 해악이 그녀에게는 눈곱만큼도 미치지 않아야 한다.

보고를 마친 정 실장이 집무실을 나가고 난 뒤, 휘욱은 슈트 재킷을 입으며 휴대전화를 만지작거렸다.

아직까지 그녀와의 관계는 달라진 게 없었다. 잠시라도 그녀를 곁에 두고자 부린 욕심은 스스로 생각해도 설득력이 떨어졌다. 매사에 철저하게 방비하는 휘욱이 무모한 짓을 저지른 것은 그녀와의 결혼이 처음이었다.

스스로 이해되지 않는 관계를 타인에게 이해시키려 드는 것 자체가 말이 안 되는 짓이었다.

할 수만 있다면 처음부터 다시 시작하고 싶었다. 그녀의 마음을 다치게 한 일을 모두 지우고, 순수한 고백으로 그녀의 마음을 움직일 수 있는 기회가 주어진다면 가진 모든 것을 내놓을 수도 있다.

그녀는 요즘 명례 재단 일로 바쁘게 지내는 듯 보였다. 휘욱보다 귀가가 늦는 경우도 다반사였고, 집에 와서도 정리된 자료를 들여다보며 밤을 지새우곤 했다.

그녀가 부모님의 죽음에 관한 비밀을 알게 되었다고 한들, 그것이 휘욱에게 면죄부가 될 수는 없다.

개인적인 상황을 면죄부 삼아 상처 준 행동을 정당화하는 것은 이기심이지, 사랑이 아니다. 휘욱은 그저 미안해할 뿐이었고, 그녀와의 관계는 오히려 이전보다 더 어색해진 것 같았다.

섣불리 위로를 건넬 수 없는 사건임을 안다는 듯이 그녀는 적당한 거리를 유지하며 더는 다가오지 않았다. 그녀가 휘욱을 멀리하는데도 그나마 견딜 수 있는 건, 개관식 날 불같이 화를 내던 그녀의 모습이 뇌리와 심장에 깊숙이 새겨졌기 때문이다.

휘욱의 역성을 들어 주며, 최 부회장에게 당차게 할 말을 다 하던 모습이 아직도 눈에 선하다.

마음껏 껴안아 줄 수도, 입을 맞출 수도, 딱 붙어서 잠자리에 들 수도 없다.

언젠가는. 그래, 언젠가는.

그녀가 거리를 좁혀 가는 휘욱을 허락해 주길 바랄 뿐이다.

———————————— ● ————————————

명례 재단이 벌인 사업을 파악하는 데는 꽤 많은 시간이 소요되었다. 인애는 재무 담당자와 인사 담당자, 기획 팀장 등 다양한 인물들과 접촉하며 재단의 속성에 대해 익혀 가는 중이었다. 퇴근도 잊고 자신을 돕는 그들이 그저 고마울 따름이었다.

"손님이 오셨습니다."

향후 6개월간의 재단 운영 로드맵을 들여다보고 있는데, 재단 일을 인수인계 받으면서 인애의 곁을 수행 비서처럼 따라다니는 직원이 말을 걸었다.

"손님이요?"

갑작스러운 말에 집중력이 흩어진 탓에 인애의 미간에 실금이 그어졌다. 지금 인애가 명례 재단에 드나드는 것을 아는 사람은 남편뿐이었다. 그와는 요즘 조심스레 거리를 두고 있는 중이었다.

과거의 일이 현재 일어나고 있는 일에 대한 이해를 도울 수는 있지만, 온전한 이유가 될 수는 없다. 또 그가 부모님의 죽음에 관한 치부를 타인에게 낱낱이 들키기를 바라지는 않았을 거라는 생각이 들자, 미안해졌다.

시간이 필요했다. 각자가 서로에게 복잡하게 얽힌 감정을 되짚으며, 어느 정도 무뎌질 만큼의 시간을 가져야만 했다.

그저 덧없는 시간이 흐르기를 바랄 뿐이다. 소극적인 대응이라고 탓할지 모르지만, 때론 소극적인 대응 사이에 엉성하게 얽힌 관계망에 해법이 걸리는 경우도 있다.

"누가 왔는데요?"

직원은 아무런 표정 변화 없이 입을 열었다. 마치 무미건조하게 행동하라고 훈련받은 사람처럼 보일 정도로 그녀는 딱딱했다.

"윤 교수님, 이사장님의 아버님께서 오셨습니다."

직원의 입에서 흘러나온 이사장님이라는 단어는 여전히 어색하다.

"아빠가요? 지금 어디 계세요?"

"1층 접견실로 모셨습니다."

알아들었다는 듯이 고개를 끄덕인 인애는 곧장 소회의실을 나서서 접견실로 향했다. 전화도 없이 인애를 찾아올 분이 아니었다. 게다가 인애가 이곳 명례 재단에 와 있다는 것을 아버지가 알고 있다는 것도 의아했다.

접견실 문을 열고 들어가자, 안색이 좋지 않은 아버지가 인애를 맞았다.

"아빠, 어디 안 좋으세요?"

어떻게, 왜 이곳에 오셨느냐는 물음보다, 걱정 어린 말이 먼저 흘러나왔다.

"며칠 잠을 못 자서. 그런데, 이제는 괜찮다."

아버지는 인애를 안심시키려 애썼다.

"저 여기 있는 건 어떻게 아셨어요?"

"회장님께 들었다."

조부가 자신과의 거래를 아버지께 말씀드렸나 하는 생각이 들자, 가슴이 철렁했다. 부모를 지킨답시고 원하지 않는 상대와 결혼한 딸을 지켜보는 아버지의 심정이 어떨지 떠올릴 수조차 없었다.

"할아버지 만나셨어요?"

아버지는 가만히 고개를 끄덕였다.

"죄송해요……. 어디까지 들으셨어요?"

인애의 목소리가 잦아들었다. 아버지는 한숨을 한 번 몰아쉬고는 애써 미소를 머금으며 말했다.

"내가 너한테 꼭 해 줘야 할 이야기가 있는데."

아직 아무런 말도 꺼내지 않았는데, 아버지의 어조에서 어쩐지 불편한 기색이 느껴졌다.

"말씀하세요."

"휘욱이 말이다."

사위의 이름을 입에 올리는 아버지를 인애는 불안한 눈빛으로 바라보았다.

"사실 신효와 파혼하기 전에 나를 찾아왔었다."

"네?"

인애는 멍해진 눈빛으로 아버지를 바라보았다. 자신이 조부와 거래를 했던 것처럼, 아버지와 그 사이에도 모종의 거래가 있었다는 얼굴이었다.

"아빠……."

당황스러워서 뭘 어떻게 물어야 할지 감이 서질 않는다. 아버지는 그간 있었던 일을 가감 없이 말해 주었다. 인지 부조화가 오는 것처럼 머릿속이 산란해졌다.

"그러니까 그 사람이 저와 결혼하려는 목적으로 신효 언니와 파혼했다는 게 사실이라는 말씀을 하고 싶으신 거예요?"

"못난 아비도, 휘욱이도 용서해 다오."

아버지는 가정을 지키려는 목적으로 그와 손을 잡았다고 했다. 아버지가 생각했던 것보다 훨씬 안타까운 궁지에 몰려 있었다는 생각이 들자 가슴이 미어졌다.

고마워해야 할까, 그 사람한테. 우리 가족을 지킬 수 있도록 손을 내밀어 줘서 고맙다고, 아니면 아버지까지 매수해서 나와 결혼을 하고 싶었느냐고 화라도 내야 할까.

답답하게 둑을 쌓아두었던 가슴이 저도 모르게 허물어져 내렸다.

"아빠, 잘못하신 거 없어요. 저한테 그런 말씀 하지 마세요. 저도 할아버지랑 거래한 건 마찬가지예요."

같은 목적을 위해 서로를 속이고, 서로에게 속았다. 아버지는 이제 명례 재단을 위해 애쓰는 일을 그만둬도 된다고 했다. 아버지의 향후 거취에 관해 조부와 따로 이야기를 나누었다고.

"그리고요."

인애는 잠시 뜸을 들이고 말을 이어 나갔다.

"혹시 휘욱 씨가 저한테 말하지 말라고 하던가요?"

아버지는 씁쓸한 얼굴로 입을 열었다.

"그래, 그러더구나. 처음에는 서로 불미스러운 거래 때문에 그런 줄만 알았지. 그런데 나중에……. 아주 나중에 그러더구나."

"뭐라고요?"

인애는 불안하게 떨리는 숨을 조심스레 들이켰다.

"나는 인애 너한테 인자하고 좋은 아버지로 남아 있어 달라고. 무슨 일이 있어도 자기와 거래한 일은 밝히지 말라고. 자기는 나쁜 놈이 되더라도 평생 속죄하며 살 거지만, 네가 아버지와 등져서 상처받는 건 원치 않는다고 말이다."

가슴을 타고 서러움이 젖었다.

"너한테 용서를 구하기 위해 하는 말이 아니라……. 휘욱이 안쓰러운 아이야."

아버지는 자신의 잘못을 용서해 달라는 목적보다, 사위인 휘욱을 두둔하려는 목적으로 인애를 만나러 왔다고 말했다.

안쓰러운 사람, 사랑을 몰라서, 사랑이 버거워서, 어쩔 줄을 몰랐던 사람.

가슴에 맺힌 응어리가 흘러넘친 감정과 함께 흩어지는 듯했다.

아버지와 헤어진 인애는 곧장 집으로 향했다. 그는 요즘 특별한 일이 없으면 일찍 귀가해 집에서 저녁 시간을 보냈다. 아주머니는 여전했지만, 두 사람은 예전처럼 작위적인 연기를 할 생각조차 하지 않았다.

그가 빨리 귀가했으면 좋겠다는 생각이 들었다. 당장 그와 얼굴을 마주하면 어떤 말부터 해야 할지 감이 잡히질 않았지만, 그를 빨리 보고 싶었다.

갑자기 그리운 감정이 물밀 듯이 밀려왔다. 사랑을 모르는 사춘기 소년 같다는 결혼 초의 감상은 기가 막히게 들어맞았다.

인애의 휴대전화가 부드럽게 진동했다. 발신인은 휘욱이었다.

"여보세요?"

고민할 겨를도 없이 전화를 받았다.

— 나야.

그의 목소리가 아득하게 느껴졌다.

"응."

짧은 대꾸에 복잡한 감정을 싣지 않기 위해 노력했다.

— 집에 들어갔어?

"응."

— 잠깐 밖에서 볼까?

"어딘데?"

— 지하 주차장이야. 내려올래?

통화를 마친 인애는 곧장 지하 주차장으로 향했다. 그는 공동 출입구 앞에 정차해 놓은 차 옆에 서서 인애를 맞았다. 조수석 문을 열어 주며 환히 웃는 그의 얼굴은 무구해 보이기까지 했다.

인애는 아무 말 없이 차에 올랐다. 주차장을 빠져나와 지상에 올라온 차는 한강변을 달리기 시작했다. 그의 차가 멈춰 선 곳은 야경이 내려다보이는 북악 스카이웨이였다.

무슨 말을 하려는 건지, 그의 분위기가 심상치 않았다.

분위기가 좋은 레스토랑으로 데려가 솜씨 좋은 플로리스트가 구성한 화려하고 감각적인 꽃다발을 내미는 등의 환심을 사기 위한 행동들을 그는 하지 않았다.

단 한 번도 그는 전형적인 방식으로 인애의 관심을 이끄는 법이 없었다.

오늘도 마찬가지였다. 차에서 내린 그는 편의점에 들어가 따뜻한 유자차가 담긴 유리병 음료 두 개를 사서 차로 돌아왔다.

"저녁부터 먹어야 하는데, 밥 먹으면서 말하면 체할 것 같아서."

"나도 배는 별로 안 고파. 괜찮아."

인애는 따뜻한 유자차가 담긴 병을 손에 쥐고 만지작거렸다. 히터가 틀어진 차 안에 있는데도 손끝이 찼다. 그는 인애의 손이 차다는 것을 알고 일부러 따뜻한 음료를 사 온 듯했다.

인식하지 못한 사이 그는 인애의 면면을 살피고, 세심하게 대해 주었다. 화려한 허세로 환심을 사려고 하는 어리석은 짓은 하지 않았다. 그는 소소한 것을 놓치지 않으려 애쓰고 있었다.

"인애야."

좁은 차 안에 단둘이 있는 지금, 나직이 부르는 그의 목소리가 살갗을 타고 들어와 심장 깊숙한 곳까지 건드렸다.

"응."

새삼 떨리는 목소리가 흘러나올 것만 같아서 대답을 짧게 했다.

과거의 일은 현재 상황을 이해하는 데 도움이 될 뿐이지, 그게 이유가 될 수는 없을 거라고 여겼었다.

그동안 이성적으로 굴겠다고 머리로는 생각을 정리하며, 심장이 하는 말에는 귀를 기울이지 않았다.

그럼에도 그의 곁에 머물고 싶다는 사실을, 1년 후에는 이혼해 달라고 당당히 요구했으면서도, 다른 한편으로는 지금 당장 그가 곁에 있다는 사실에 안도했다.

이기적인 안도감. 그의 마음은 거부하면서, 그가 원하는 사랑은 줄 수 없다고 하면서 그를 지켜볼 수 있다는 것에 은근히 안심하고 있었다.

휘욱은 어떻게 말을 꺼내야 하는지 모르겠다는 듯이 망설였다.

"나는 인애야."

그는 아득한 시선으로 유리창 밖을 바라보고 있었다. 입동이 지나고 해가 짧아진 탓에 아직 저녁 6시 반밖에 되지 않았는데도, 한밤중처럼 느껴졌다.

"듣고 있어. 말해."

그는 미소를 한 번 머금고는 인애 쪽을 한 번 바라보았다. 오늘따라 그의 눈동자 가득 처연한 슬픔이 자리하고 있는 것처럼 보였다. 사랑을 갈구하며 아프게 애원하던 눈빛과는 사뭇 달랐다.

"나는 사랑하는 사람을 사랑하는 법을 몰라."

그는 마치 고해 성사를 하는 것처럼 경건한 목소리로 덧붙였다.

"그래서 내가 너를 대한 방식은 처음부터 틀렸던 게 맞아. 지금도 네가 원하는 건 뭐든 다 해 주고 싶고, 너한테 잘해 주고 싶은데……. 그 방법을 잘 모르겠어."

그는 전형적인 방법으로 환심을 사는 것조차도 모르는 사람인 것처럼 보였다. 아니면 그런 것들이 인애에게 작용하지 않으리라는 것쯤은 아는 건지도 모르겠다.

사랑하는 사람을 사랑하는 법을 모른다고 솔직히 말하는 남자라니.

"너한테 네가 없으면 안 된다고 말했었잖아. 이제 내 인생에서 너를 빼고는 생각할 수 없다고."

"그랬었지."

1년 후 이혼하겠다는 인애에게 그는 그렇게 말했었다.

"그때 너는 그래 봤자 우리가 같은 이유로 헤어지게 될 거라는 말을 했었고."

그는 중요한 사실을 되짚듯 신중한 목소리를 냈다.

"어, 그랬어."

인애는 그의 말을 확인해 주듯이 대답했지만, 어쩐지 마음이 짜르르 아파 왔다. 그를 상처 입힐 만한 말을 던져 놓고, 막상 그때를 회상하면 그의 괴로워하는 얼굴이 떠올라서 가슴이 저몄다.

"네가 나한테 야멸차게 대하는 동안, 마음이 참 아팠어."

그의 목소리에 어쩐지 불길한 기운이 떠돌았다. 마치 과거의 일을 이야기하는 듯, 그의 어조는 아득했다. 이제 마음 아픈 일은 그만하겠다는 말이 하고 싶은 걸까?

"네가 차갑게 대해서 내 마음이 아팠던 게 아니라……. 내가 너한테 차갑게 대했던 동안, 네 마음이 어땠을까 하는 생각이 들어서. 그게 너무 아팠어."

그는 자신의 상처가 아니라, 인애의 상처를 헤아리느라 아팠다고 말하고 있었다. 가슴이 무겁게 침잠했다. 심장도 뛰는 게 버거운지 숨이 차올랐다.

"그랬구나."

인애가 할 수 있는 대답은 고작 짧은 말 한마디뿐이었다.

"평생을 빌면서 살겠다고, 그렇게 붙잡겠다고 말했는데. 방법을 모르는 내가 너한테 더 큰 상처를 주게 될까 봐 두렵더라. 결국, 네가 말한 대로 우리가 같은 이유로 헤어지게 될지도 모른다는 생각을 할 때마다 죽을 것 같더라."

그의 말 한마디, 한마디가 가슴에 기다란 선을 그었다. 그가 지금 이런 말을 하고 있는 의도를 파악할 수 없어서 인애는 말을 보태지 못하고 잠자코 있었다.

잠시 침묵이 흘렀다. 그는 가장 중요하고, 어려운 말이 남아 있는 것처럼 망설였다. 매사에 거침없는 그가 주저하는 모습을 보니 안타까웠다.

그리고 한편으론 두려워졌다. 이제 네가 한 말이 다 맞는 것 같다며, 자신 없으니 이대로 놓아주겠다는 말을 할 것 같아서 가슴이 죄어들었다.

안 되겠구나. 나도 이 남자가 없으면 안 되는 거구나.

그에게 호기롭게 1년 후의 이혼을 말했던 이유는, 그가 붙잡을 것이라는 것을 알았기 때문인지도 모른다. 이별을 이야기하면서도, 절대 헤어질 수 없을 거라는 전제하에 안도했을 것이다. 관계의 주도권을 잡았다고 오만하고 비열하게 굴었다.

나는 비겁하게 이 남자를 벌주고, 상처 입게 하고 싶었던 걸까?

사랑하는 사람을 사랑하는 법을 모른다고 고백하는 소년 같은 남자를?

갑자기 눈시울이 뜨거워지고, 코끝이 찡해졌다. 그가 만약 이별을 고하면, 인애에게 붙잡을 용기가 있는지 확신이 서질 않았다.

모진 말로 그를 아프게 했다. 그에게 정상적인 결혼 생활을 요구하며 당돌하게 굴었지만, 그뿐이었다.

돌이켜 보면, 인애도 사랑하는 사람을 사랑하는 법을 모르는 건 마찬가지라는 생각이 들었다.

그가 인애가 앉아 있는 조수석 쪽으로 고개를 비스듬히 기울이며 입을 열었다.

"인애야."

다정한 부름에는 무게감이 실려 있었다. 중압감이 가슴을 짓누르듯 답답했고, 그가 전해 주는 압도감은 그에 대한 간절함을 불러일으켰다.

"조금씩, 천천히 알아 가게 해 줄래?"

휘욱이 신성한 고백을 하듯 조심스럽게 물었다. 인애가 고개를 끄덕인 순간 눈 안 가득 고여 있던 눈물이, 뺨을 타고 또르르 흘러내렸다.

그가 안도의 한숨을 내쉬며 웃었다. 그의 따뜻하고 커다란 손이 보드라운 두 뺨을 감쌌다. 그가 엄지로 눈물을 부드럽게 쓸었다. 그의 숨결이 점점 가까워졌다.

인애는 자꾸만 시야를 가리는 눈물을 거둬 내려 지그시 눈을 감았다가 뜨려고 했다. 눈꺼풀이 내려앉은 순간, 입술에 그의 부드러운 입술이 닿았다. 감촉은 그 어느 때보다도 따뜻했다.

아랫입술과 윗입술에 차례대로 입술을 맞춘 그는 고개를 조금 더 기울여 촉촉한 안쪽으로 파고들었다. 말캉하게 맞닿은 순간, 그가 부드럽게 빨아들였다.

인애는 손을 뻗어 그의 팔뚝을 움켜잡았다. 손끝이 저릿할 정도로 강렬한 감각이 전신을 관통하는 듯했다. 오래도록 그의 따뜻한 입술을 맛보았다. 그는 그간의 갈증을 해소하듯 인애의 입술을 부드럽게 집어삼켰다.

아쉬움 끝에 입술이 떨어졌을 때, 더운 숨이 흘러나왔다. 그는 인애의 입술과 코끝, 두 뺨에 여러 번 입을 맞추고는 운전석으로 멀어졌다.

"이제 집에 갈까?"

열기에 젖은 그의 목소리가 낮게 쉬어 있었다. 인애는 두근거리는 심장을 가라앉히려 잠시 숨을 고르고는 말했다.

"집으로는 가기 싫어."

거의 속삭이는 목소리였다.

"그럼, 어디 가고 싶은 데 있어?"

그가 어디든 데려가 줄 것 같은 투로 물었다.

"집만 아니면, 어디든."

그와 단둘이 있고 싶었다. 아주머니가 감시하고 있는 집이 아닌 다른 곳.

"강원도 별장은 너무 멀고. 가까운 호텔이라도."

그는 한동안 인애를 멍하니 바라보는가 싶더니, 진지해진 얼굴로 질문했다.

"조금씩, 천천히 알아 가게 해 주겠다며?"

"뭐, 이미 아는 걸 일부러 조금씩, 천천히 복습할 필요는 없잖아."

인애가 당돌하게 대답하자, 그의 눈빛이 사뭇 어두워졌다.

"인애야. 너 나랑 며칠 만에 키스하는지 알아?"

그걸 세어 보지는 않아서 모른다.

"그럼 섹스는? 며칠 만인 것 같아?"

그의 물음에 아랫배가 확 조이는 것 같은 기분이었다. 사랑하는 법은 모른다면서 도발하는 법은 기가 막히게 아는 남자다.

"그럼, 호텔로 갈게."

엔진 스타트 버튼을 누른 그가 운전대를 그러쥐었다.

"조금씩, 천천히는 침대 위에서는 예외인 거다."

단정하듯 단호하게 내뱉은 그가 운전하는 차가 부드럽게 도로를 미끄러져 나아갔다. 그의 차가 멈춰 선 곳은 멀지 않은 곳에 있는 호텔이었다.

예약을 하지 않은 탓에 리셉션 직원이 객실 체크인 가능 여부를 확인하고, 체크인을 진행하는 동안 그는 차갑게 굳은 무서운 얼굴을 하고 있었다.

그와의 잠자리가 처음도 아닌데, 인애 역시 바짝 긴장해서 아무 말도 하지 않았다. 마침내 체크인을 마치고 객실로 향하는 길, 그는 인애의 손을 꼭 붙잡고는 빠른 속도로 걸음을 옮겼다.

"조금만 천천히 걸어."

보폭이 넓은 그를 따라가느라 인애는 거의 뛰다시피 했다. 그가 아차 싶었는지, 걸음을 늦추며 짧게 사과했다.

"미안."

그는 인애를 바라보며 겸연쩍다는 듯이 웃었다.

"이건 또 너무 느리고."

인애는 그의 손을 붙잡은 채로 앞서 나갔다. 마침내 방 앞에 도착했을 때, 그가 가슴이 들썩이도록 숨을 골랐다.

"인애야."

"응? 혹시 뭐 중요하게 할 말 있으면 지금 할래?"

"왜 갑자기?"

다소 황당한 질문에 고개를 기울였을 때였다.

"이제 이 방에 들어가면 말할 새가 없을 것 같아서."

객실 문이 열리고 그가 인애의 어깨를 끌어안았다. 입술이 깊게 맞물린 것도 동시였다.

둔탁한 소음과 함께 호텔방 문이 닫히는 소리가 들려왔다. 머릿속은 멍해지는데 감각은 점점 예민해지고, 선명해졌다.

그가 인애의 등허리를 끌어안으며 입술 사이를 깊숙이 파고들었다.

"으음."

참을 수 없는 신음이 목에서 울렸다. 이성적 사고 능력이 소거되고, 오직 본능적 욕망만이 남아 있는 듯했다.

연분홍색 캐시미어 코트가 바닥으로 뚝 떨어졌다. 인애는 떨리는 손을 다급하게 움직여 그의 재킷을 벗겨 냈다. 손끝에서 그의 드레스 셔츠 단추가 미끄러졌다. 인애는 위에서 아래로, 그는 아래에서 위로 단추를 끌렀다.

그가 성급하게 드레스 셔츠를 벗어 던지고는 인애를 바짝 끌어당겨 안았다. 그는 단단하고 뜨거운 가슴에 인애를 가두듯 안은 뒤, 천천히 걸음을 옮겼다. 그의 손길을 따라 원피스 지퍼가 내려갔다.

"하아."

잠시 입술이 떨어진 순간, 옷자락이 바닥으로 미끄러져 내려갔다. 그는 인애를 지그시 내려다보며 거칠어진 숨을 몇 번이고 몰아쉬었다. 인애는 그를 올려다보며 미소를 머금었다.

"이렇게 하면 되겠다."

그가 무슨 말을 하는 건지 알아듣지 못하겠다는 듯한 얼굴을 했다.

"사랑 앞에선 생각을 많이 하면 안 되는 것 같아. 휘욱 씨랑 나는 부부잖아. 마음껏 사랑한다고 해도 누가 뭐라고 할 수 없는 관계야. 그냥 앞뒤 재지 말고, 본능에 따르면 되는 거 아냐?"

인애의 물음에 그는 매혹적으로 웃었다.

"넌 참 한결같아."

어딘지 모르게 칭찬처럼 들리지 않아서 뾰로통하게 그를 올려다보았다.

"결혼 초부터 그렇게 밝히더니, 아직도 그러네."

"내가 다른 남자한테 그러는 것도 아니고, 남편한테 그러는 건데. 뭐 어때?"

그의 장난기 어린 말에도 인애는 주눅 들지 않고 대꾸했다. 그가 상체를 비스듬히 내리며 인애의 쇄골 근처에 입을 맞추었다. 부드럽고 따뜻한 숨결이 살갗을 간질였다.

"좋다고, 그래서."

그가 목덜미를 부드럽게 한 번 빨아들이고는 속삭였다.

"너는 언제나 한결같은 모습이어서……. 고마워."

비단 결혼 이후만을 말하는 것은 아닌 것 같았다. 그는 아주 오래전부터 지금까지 인애의 모습을 통틀어서 말하는 것처럼 아득하게 속삭였다.

"나는 휘욱 씨가 예전처럼 웃었으면 좋겠어."

휘욱 씨 부모님이 살아 계실 때처럼.

차마 뒷말은 붙이지 못했다.

"내가 휘욱 씨 곁에 있을게."

대신 휘욱의 곁을 지키겠다는 말을 더했다.

몸이 천천히 뒤쪽으로 기울었다. 푹신하고 차가운 침구가 등허리를 부드럽게 감쌌다. 그에 비해 단단하고 뜨거운 몸이 가슴을 짓누르듯 맞닿았다.

기분 좋은 압박감에 더운 숨이 절로 흘러나왔다.

"하아, 휘욱 씨."

그의 입술이 목덜미를 배회하는가 싶더니 턱선을 타고 올라와서는 갈증으로 인해 살짝 벌어진 인애의 입술을 촉촉하게 머금었다. 그의 손은 옆구리를 타고 오르고 있었다.

가슴이 물리적으로 좁아지는 것 같은 착각이 일 만큼 숨이 격하게 차올랐다.

그의 품 안에 갇혀서 가슴이 들썩이도록 가쁜 숨을 간신히 골랐다. 그는 인애의 입술을 입에 문 채로 떨어질 줄을 몰랐다

인애는 전기가 오르는 듯한 손끝을 들어 그의 어깨를 끌어안았다. 손으로 직접 그의 매끄러운 피부를 어루만지고 있는데도, 그와 입술이 깊게 맞물려 있는데도, 마치 꿈을 꾸고 있는 것만 같았다.

그는 입술을 머금은 채 인애의 안으로 깊숙이 파고들었다.

"흐음."

머릿속이 또다시 아득해졌다. 아무것도 생각하고 싶지 않을 만큼 황홀한 기분이었다. 이대로 그의 품에 안겨서 세상이 멈춘다고 해도 좋을 만큼 안온하고, 평화로웠다.

반면 본능적 감각이 그가 전하는 쾌락에 잠식당해 올올이 살아났다. 세포 하나하나가 붉게 달아오르는 것은 아닐까 싶을 만큼 뜨거웠고, 격렬했다.

그의 단단한 팔이 인애의 등과 매트리스 사이로 들어왔다. 가녀린 몸을 꽉 끌어안은 채로 그는 거칠게 허리를 뒤챘다.

그가 자신으로 인해 달아오르는 모습이, 그가 내뱉은 거친 숨결과 억눌린 신음이, 구속하는 듯한 품 안이 미친 듯이 좋아서 눈물이 고일 지경이었다.

왈칵 눈물이 차오른 순간, 그가 더욱 깊게 빨아들이며, 더욱 깊게 파고들었다. 숨이 막혀 왔다. 열기를 발산할 다른 통로가 필요했다.

인애는 고개를 간신히 비틀어 입술을 떼어 냈다.

"아아! 휘욱 씨."

거친 신음과 함께 뜨거운 숨이 터져 나왔다. 그의 이름을 부르는 목소리는 스스로 생각하기에도 무척이나 야했다.

"인애야."

타들어 가듯 아슬아슬한 그의 목소리도 듣기 좋았다. 그런 음성으로 이름을 불러 줄 때면, 온몸이 발화될 것처럼 뜨거워지는 게 느껴질 정도였다.

그의 어깨를 꽉 움켜쥔 순간, 그가 움직임을 멈추고 인애를 꽉 끌어안았다. 온몸이 심장이 되어 뛰는 듯했다. 가슴에서 가슴으로 그의 심박동이 느껴졌다.

쾌락이 전해 준 진한 감동은 두 사람을 인간 자체가 아닌 커다란 심장이 되어 서로를 얼싸안고 뛰는 듯한 착각에 빠지게 했다.

그 순간, 아무것도 중요치 않아졌다.

그가 자신을 속인 것도, 그가 아버지에게 접근한 것도, 그가 상처를 준 것도.

이제 아무것도 아닌 것 같다.

오직 중요한 것은 그와 함께 있다는 사실과 앞으로도 함께할 거라는 희망적 확신뿐이었다.

───────── ● ───

빈틈없이 준비한 사건들 앞에서 최 부회장과 그의 아들은 속수무책으로 무너져 갔다. 그들이 무너지는 모습을 본 최 회장은 손자인 휘욱을 본가로 불러들였다.

이제 아무렇지 않아졌다고 생각하고 싶었지만, 본가로 들어설 때마다 불쾌한 감정을 지울 수는 없었다.

인간의 가장 추악한 면을 목도했던 곳에서 조부와 마주 앉았다.

"어디까지 할 셈이냐?"

최 회장은 휘욱을 바라보며 회한 섞인 한숨을 몰아쉬었다.

"깨물어서 안 아픈 손가락은 없는 법이다. 이제 그 정도 했으면 그만 노여움 풀거라."

마치 지긋지긋한 일을 맞닥뜨렸다는 얼굴이었다.

"그러면 제 부모님이 살아 돌아오십니까? 회장님 둘째 아들이 살아납니까?"

최 회장은 말문이 막힌 듯 휘욱을 노려보기만 했다.

"산 사람은 살아야 하지 않겠니."

"죽은 사람도 죽을 이유가 없었습니다. 회장님에게 제 아버지는 자식이 아니었습니까?"

서늘한 물음에 최 회장은 대로했다.

"네 이놈! 어딜 감히 할아비한테 그런 망발을 서슴지 않느냐! 내가 네 아비가 죽고 나서 어찌 살았는지 모르느냐?"

최 회장은 일에만 매달렸다. 마치 그룹을 키우는 것에만 모든 목적의식이 있는 사람처럼 굴었다. 그런 최 회장의 모습을 모르는 바가 아니었다.

하지만 죄 있는 자식을 벌하는 것에는 인색했다. 최 회장은 최 부회장마저 어떻게 될까 봐 노심초사했다. 그리고 최 부회장의 목에 칼이 들어간다면, 칼을 겨누는 상대가 휘욱이 될 거라는 것을 아는 것 같았다.

"내가 이래서 너를 경계한 거다. 내가 이래서 네놈이 요직에 오르지 않기를 바랐다."

최 회장은 진심이 아닌 독설을 내뱉었다. 열 손가락 깨물어 안 아픈 손가락 없다고 하지만, 최 부회장에게 제동을 걸지 못한 것은 자신의 불찰인 줄을 알면서도.

"최태진 부회장은 너무 오랫동안, 너무 많은 것을 아무렇지 않게 누리며 살았습니다. 이제 그만 벌을 받을 때가 되었다고 생각합니다."

휘욱은 한 치의 물러섬도 없이 대꾸했다. 최 회장은 잠시 망설였다. 아들과 손자의 싸움. 부추길 수도, 어느 한쪽을 응원할 수도 없었다.

"그래도 휘욱아. 지금 이대로 가다가는 그룹에 타격이 커진다. 평생을 내 자식처럼, 내 식구처럼 키운 곳이다. 너도 이제는 한 사업체의 대표로서 책임감 있게 행동해야지."

"책임감 없는 행동 한 적 없습니다. 최태진 부회장과 최광욱 이설 건설 대표는 경영인으로 적합하지 않은 인물입니다. 오히려 두 사람이 그룹을 좀먹고 있었습니다."

휘욱은 미리 준비해 온 자료를 최 회장에게 내밀었다.

"두 사람이 각각 타인의 명의를 도용해 설립해 놓은 페이퍼 컴퍼니만 300여 개가 넘습니다. 해당 회사에 투자하고, 투자금을 모두 손실액으로 잡은 뒤, 뒤에서는 이득을 챙겼습니다. 표면상으로는 문제 될 게 없어 보이지만, 명백한 횡령, 배임입니다."

목소리에 고저가 없었다. 휘욱은 그저 있는 사실 그대로를 설명한다는 듯이 말을 이었다.

"두 사람의 친부, 조부가 아닌 최 회장님께 묻겠습니다. 이설 그룹을 해하는 그들을 그대로 두실 겁니까?"

휘욱의 질문에 최 회장은 잠시 생각에 잠긴 듯 아무런 대꾸도 하지 않았다. 휘욱은 기다리기로 했다. 최 부회장과 최광욱 대표를 아끼기는 했지만, 그 이전에 최 회장은 계산이 빠른 타고난 경영인이었다.

"네가 잠시 두려웠던 날들이 있었다."

최 회장이 뜻밖의 말을 쏟아 내서 휘욱은 잠시 멈칫했다. 깊은 속내를 좀처럼 내비치는 일이 없는 최 회장이 허심탄회한 말을 꺼내 들 거라고는 예상치 못한 탓이었다.

"만약 이설 그룹을 공중분해 할 수 있는 능력을 갖게 될 이가 있다면, 나는 그게 네가 될 거라고 여겼다. 그래서 네가 그룹에서 커 가는 걸 경계했다. 네게 힘을 실어 주지 않았는데도, 잘 성장해 가더구나."

"제가 왜 이설 그룹을 공중분해 할 거라고 생각하신 겁니까?"

휘욱은 건조한 목소리로 물었다.

"그것 때문에 네 부모가 안타깝게 갔으니까."

최 회장은 만감이 교차하는 얼굴이었다. 오늘따라 유난히 최 회장의 주름이 깊어 보였다.

"저희 부모님은 이설 그룹 때문에 죽은 게 아니라, 분수 넘치는 탐욕을 부린 인간 때문에 죽은 겁니다. 제가 이설 그룹을 공중분해 할 일은 없습니다. 제 아버지는 이설의 건전한 경영 문화를 위해 일생을 바치셨다고 해도 과언이 아닙니다. 그런 곳을 제가 하찮게 생각하는 무지한 인간은 아닙니다."

최 회장의 얼굴에 그제야 평온함이 깃드는 것 같았다.

"알아서 하거라."

휘욱은 알겠다며 고개를 끄덕거렸다.

본가를 나오는 길, 그녀에게서 전화가 걸려 왔다.

"여보세요?"

그녀의 목소리를 들을 수 있다는 사실만으로 가슴이 떨렸다. 조부를 독대할 때의 긴장감은 온데간데없이 사라졌다.

— 휘욱 씨, 지금 어디야?

그녀가 일상 보고를 원하는 전화를 해 온 것은 이번이 처음이지 싶다.

"본가에 왔다가, 이제 나가는 길이야."

— 최 회장님 만났어?

그녀의 목소리가 사뭇 가라앉았다.

"어, 방금."

— 휘욱 씨, 무슨 일 있는 거야?

걱정 어린 목소리를 듣는데, 가슴이 뭉클했다. 그녀에게 손톱만큼도 걱정을 끼치고 싶지 않지만, 그녀가 휘욱의 모든 상처를 감싸 안아 줄 것처럼 굴 때면, 어울리지 않는 어리광을 부리고 싶은 충동마저 일곤 했다.

"아냐. 아무 일도 없어."

— 최 회장님, 나는 되게 예뻐하시는데. 나랑 같이 갈 걸 그랬다. 그럼 휘욱 씨 기분이 더 좋지 않았을까?

그녀의 말처럼 최 회장은 핏줄도 아닌 그녀를 유독 예뻐했다.

"네가 전화한 것만으로도 기분 좋아."

그녀가 듣기 좋은 웃음소리를 냈다. 맑게 울리는 소리에 귀를 기울이며 눈을 지그시 감았다.

— 최 대표님, 이내 미술관으로 좀 오시겠어요?

"미술관?"

그녀에게 헌정하는 미술관이었지만, 그녀는 이내 미술관하고는 아무런 일도 하지 않았다. 공식적으로 명례 재단 일을 시작한 그녀는 휘욱만큼이나 바쁜 시간을 보내고 있었다.

— 응, 지금 올 수 있어?

어쩐지 그녀의 목소리가 평소의 톤보다 살짝 들떠 있는 것처럼 느껴졌다. 올 수 있겠느냐고 묻고 있었지만, 그녀는 반드시 와야 한다고 말하고 있는 듯했다.

"네가 오라면 가야지."

순순히 대꾸하자 그녀가 겸연쩍게 웃었다.

— 얼른 와. 보여 줄 거 있어.

통화를 마친 휘욱은 오후 일정을 잠시 뒤로 미루고 이내 미술관으로 향했다. 미술관은 기획 전시들로 운영되고 있었다. 아직 상시 전시관에 관한 구체적은 계획은 없었다.

미술관 주 출입구로 들어서자, 직원 중 한 명이 다가와 휘욱을 알은체했다.

"오셨어요, 대표님?"

그녀와 같은 갤러리에서 일했다던 직원이다. 늘 김 대리라고 부르는 것만 들어서 그녀의 이름이 뭔지는 모르겠다.

"그 사람 어딨습니까?"

"2층 복원실에서 기다리고 계십니다."

상냥하게 웃는 직원에게 묵례하고 2층으로 향했다. 이설 자동차의 첫 번째 자동차가 놓여 있는 복원실 문을 열고 들어서자, 그녀가 벽에 걸린 그림을 바라보며 서 있는 모습이 눈에 들어왔다.

"여기 있었네."

휘욱이 들어오는 것도 모르고 넋을 놓은 채로 벽을 바라보는 그녀를 향해 나직이 속삭였다.

"어, 휘욱 씨. 왔어?"

"왜 텅 빈 벽을 올려다보고 있어?"

그녀는 어여쁜 미소를 머금으며 대꾸했다.

"여기 걸리면 좋을 것 같아서."

"여기? 뭘?"

휘욱은 반가운 목소리로 물었다. 그녀가 드디어 이내 미술관에 놓을 첫 번째 작품을 골랐나 보다. 그런데 전시실이 아닌 복원실에 그림을 건다는 말이 조금은 의아했다.

"뭘 걸고 싶은데?"

그녀는 특유의 장난기가 어린 다정하고 상냥한 눈빛으로 휘욱을 올려다보며 물었다.

"보여 줄까?"

휘욱은 고개를 끄덕이며 미소를 머금었다. 그러자 그녀가 휘욱의 손을 잡고는 천천히 걸음을 옮기기 시작했다. 지금 보니 복원 중인 자동차 옆에 놓인 커다란 이젤이 눈에 들어왔다. 그곳에 놓인 작품은 하얀색 실크 천으로 덮여 있었다.

"이거야."

그녀가 조심스럽게 실크 천을 걷어 냈다. 그 안에는 혹여 망가질세라 유리관 속에 넣어 둔 그림이 한 점 있었다.

"이거……."

작품을 마주한 휘욱은 저도 모르게 몸을 굳혔다.

"내가 사랑하는 작품들로 여길 채워 달라고 했잖아. 내가 가장 사랑하는 작품은 휘욱 씨인데? 휘욱 씨를 미술관에 갖다 놓고 전시할 수는 없잖아."

휘욱의 기분이 가라앉는 것을 원하지 않는다는 듯이 그녀는 부드러운 목소리로 말을 이었다.

"휘욱 씨를 이 세상에 있게 해 주신, 어머님께서 마지막으로 복원하신 작품이야."

넋을 놓고 그림을 바라보던 휘욱은 천천히 돌아서서 인애를 내려다보았다.

"이걸 어떻게 갖고 왔어?"

"사실 정 여사님 도움을 좀 받았어. 정 여사님이 비싼 값을 부르니까, 큰어머니가 혹하더라고. 처음에는 그렇게 안 판다고 난리를 치더니. 최 부회장이랑, 최광욱 대표가 나란히 구속되고 자금 압박이 좀 심했나 봐. 어머님이 복원하신 작품들만 전부 정 여사님 통해서 내가 사들였어."

그녀는 결연한 얼굴로 말을 이었다.

"자동차 복원 끝나고 나면, 어머님이 복원하신 작품들만 여기 모아서 상시 전시관 열자. 이설에서 처음 만든 자동차랑 같이 전시하는 거야. 어머님 작업실 분위기도 여기에 그대로 살려 두고, 복원실이 전시실이 되는 거지."

그녀는 휘욱의 상처를 어루만지듯 조심스러운 말투였다.

"휘욱 씨한테 뭔가 해 주고 싶었어. 어때, 마음에 들어?"

그녀가 환히 웃으며 물었다.

"고마워."

휘욱은 세상 전부를 끌어안듯 팔을 넓게 벌려 그녀를 가만히 품에 안았다. 이제 휘욱에게 그녀는 세상 그 자체였다.

"그냥 회화 작품도 복원하는 데 굉장히 힘들거든. 엑스레이 기계 사용해서 붓칠 연구하고, 그 당시 물감 색 재연하려고 성분 분석도 하고. 그런데 어머님이 복원하신 작품들은 그보다 훨씬 더 복잡하고 정교한 작업이었어. 이상블라주 작품을 처음 보는데, 기가 막혀서 말이 안 나오더라. 그 멋진 작품이 이상한 컬렉터 방 안에 있는 게 숨이 막혔어, 나는."

그녀가 휘욱의 왼쪽 가슴에 얼굴을 기대며 속삭이듯 덧붙였다.

"어머님 정말 너무 멋진 분이셔. 살아 계셨다면 내가 엄청 따랐을 거야."

"그래, 어머니도 살아 계실 때 너 많이 예뻐하셨어."

"아, 맞다."

그녀는 생각난 것이 있다며 휘욱의 품을 잠시 벗어났다. 품 안에 가득했던 따뜻한 온기가 갑자기 사라지자, 순간 외로움이 느껴질 지경이었다.

"또 보여 줄 거 있어."

그녀가 재킷 주머니에서 꺼내 든 것은 초등학교 때 썼다던 단어 암기장이었다.

"이건 왜?"

"이거 봐 봐."

그녀가 엄지로 단어장이 좌르륵 넘어가도록 했다. 그 안에는 단순하게 표현된 여자아이와 남자아이가 따로 놀다가, 같이 손을 붙잡고 노는 장면이 만화처럼 그려져 있었다. 페이지가 빠르게 넘어가자, 마치 애니메이션처럼 움직였다.

"이거 나 어릴 때 어머님이 그려 주신 거야."

"정말?"

"응. 내가 공부 안 하고 나가서 놀고 싶다고 했더니, 오빠랑 나랑 손잡고 노는 거 그려 주셨어. 이게 그 증거고."

그녀는 마지막 페이지를 펼쳐서 휘욱에게 보여 주었다.

[휘욱과 인애. 사이좋게 잘 지내렴.]

코끝이 시큰해지면서 눈가가 뜨거워졌다.

"나도 까맣게 잊고 있었는데, 엄마가 창고에 있는 내 짐 정리하다가 발견했다면서 주셨어. 잘 지내자, 어머님 말씀처럼 사이좋게."

그녀가 작은 손으로 휘욱을 얼굴을 어루만지며 웃었다. 휘욱은 그녀의 손바닥 안으로 얼굴을 기울이며 두 눈을 지그시 감았다.

"고마워."

"고맙기는. 이 그림 그려 주신 건 어머님이셔."

"그걸 잘 간직해 줘서 고마워."

목소리가 깊게 가라앉았다. 그녀의 보드라운 입술이 위무하듯 휘욱의 입술에 닿았다. 휘욱은 그녀의 허리를 꽉 끌어안으며 멀어지려는 입술을 물고는 혀를 얽었다.

아무것도 안 할 것처럼 굴더니, 이렇게 사랑스러운 일을 벌이다니. 서서히 퍼져 나가는 행복감에 가슴이 벅찼다.

"으응."

그녀가 고개를 모로 비틀며 입술을 떼어 냈다. 휘욱은 아쉬운 마음에 그녀의 이마에 길게 입을 맞추었다.

"오후에 사무실 꼭 복귀해야 해?"

그녀의 물음이 어쩐지 야하게 들렸다. 이미 오후 5시가 가까운 시각이었다. 내일 아침에 일처리를 한다고 해서 큰일이 날 것도 없었다.

"들어가 봐야 할 것 같아."

하지만 마음에도 없는 소리를 해 보았다. 그녀가 간절한 눈빛으로 어떻게 휘욱을 꼬여 낼지 궁금해졌다.

"그래? 아쉽네. 아주머니 이제 안 오잖아. 혹시나 우리 자기 바로 퇴근해도 되나 싶어서."

그녀가 생전 처음 듣는 애칭까지 읊어 가며 매혹적으로 웃는다. 휘욱은 그녀와 이마를 맞댄 채로 속삭였다.

"그럼, 바로 퇴근해야겠다. 그치?"

고개를 세차게 끄덕인 그녀가 더 진하게 웃는다. 지나치게 사랑스러워서 심장이 버겁게 뛰었다.

집에 도착했을 때, 휘욱은 침대로 갈 새도 없이 그녀를 현관 앞에서 안았다.

"흐웃, 휘욱 씨. 안으로 들어가. 응?"

힘이 다 빠져서 매달리는 그녀를 번쩍 안아 들고 이번에는 소파에서 멈춰 섰다.

"아아."

그녀가 신음을 내지를 때마다, 그녀를 원하는 감각이 그 부피를 점점 부풀려 나가는 듯했다.

"사랑해, 휘욱 씨."

못 참겠다는 듯이 그녀가 고개를 뒤로 한껏 젖히며 내뱉은 말에 휘욱은 그녀를 품 안에 꽉 끌어안았다.

거칠고 뜨거운 숨결이 목덜미에서 부서졌다. 그녀가 가쁜 숨을 고르는 모습은 안쓰러우면서도 지나치게 자극적이다.

휘욱은 마침내 그녀를 안고 침실로 향했다. 그녀가 몸서리가 난다는 듯이 온몸을 부르르 떨며 휘욱의 품을 파고들었다.

"그만할까?"

그녀가 힘들다고 하면 물러설 생각이었다.

"아니."

밤새도록 안는다고 해도 부족할 것 같은 그녀를 다시금 안았다. 그녀는 자지러지며 몸을 비틀었다. 휘욱은 그녀의 목덜미에 입술을 묻은 채로 속삭였다.

"사랑해, 인애야."

"응."

신음인 듯, 대답인 듯 기분 좋게 나른한 음성이었다.

"나도 사랑해, 휘욱 씨."

"사이좋게 살자. 평생."

쐐기를 박듯 말했다. 그러자 그녀가 웃으며 고개를 끄덕거렸다.

올겨울 첫눈이 창밖으로 쏟아져 내리고 있었다. 세상을 탈색해 버리는 흰 눈처럼 그녀는 휘욱의 모든 아픔을 탈색해 버리는 재주가 있었다.

태어나서 이토록 행복했던 적은 없었다. 살면서 이렇게 지키고 싶은 사람도 없었다. 사이좋게 지내라는 어머니의 말씀처럼, 평생을 그녀와 행복하게 보내리라는 다짐을 하며 휘욱은 지그시 눈을 감았다.

사랑하는 이를 품에 안고 잠이 드는 것, 이것보다 더 진한 행복은 세상에 없을 것이다. 지극히 평범하지만 소중한 일상, 평범한 일상을 즐겨 그린 화가들이 있다. 그들은 아름다운 색채와 구도로 평범한 삶에서 비범한 순간을 끄집어내곤 했다. 누구에게나 아름다운 명화 속 한 장면이 존재하지만, 그것을 알아보는 이는 많지 않다.

휘욱은 인애의 매끈한 이마에 입술을 붙인 채로 미소를 머금었다. 남은 일생은 그녀가 있기에 매 순간이 명작으로 남을 것이다.

— *fin*

The Hidden Piece

소리 없이 내리는 눈이 대기를 점점 하얗게 물들였다. 때늦은 눈이었다. 봄꽃이 빠끔히 고개를 내밀기 시작하고, 연둣빛 잎이 돋아나는 3월 중순.

봄의 만개를 시샘하듯 눈꽃은 소복한 흰색으로 곱게 곱게 쌓여 갔다. 휘욱은 손목시계를 한 번 확인하고는 다시 창밖으로 시선을 옮겼다. 아무 이유 없이 웃음이 나올 것만 같아서 조심스럽게 입단속을 해 보았지만, 웃음이 물린 입술은 호선 그리기를 멈추지 않았다.

"나 지퍼 좀 올려 줘."

프랑스의 음악가 에릭 사티가 화가인 수잔 발라동을 위해 만들었다는 곡 Je te veux(나는 당신을 원해)가 매끄럽게 흐르고 있었다. 선율보다 더 아름다운 목소리가 들려온 쪽으로 휘욱은 가만히 고개를 돌렸다.

초콜릿색 실크 드레스를 입은 그녀가 지퍼가 채워지지 않은 등을 그의 쪽으로 돌린 채 서 있었다. 휘욱은 한걸음에 성큼 그녀의 뒤로 다가섰다.

유려한 선을 그리는 풍만한 엉덩이 시작점에 있는 지퍼 끝을 잡고 그녀의 목덜미로 얼굴을 내렸다. 따스한 숨결이 매끄러운 살갗 위로 유연하게 흩어졌다.

"어서."

채근하는 그녀의 목소리도 휘욱의 심장만큼이나 부드럽게 달떠 있었다. 휘욱은 올려 묶은 그녀의 머리와 목선을 은근한 눈길로 바라보았다. 귀엽게 흘러내린 잔머리에 보드랍게 입술을 가져다 대며 천천히 지퍼를 올리기 시작했다.

그녀는 끈적끈적한 분위기가 이어질까 봐 약간은 짜증을 낼 것처럼 굴더니, 지퍼 소리가 들리자 이내 어깨를 늘어뜨렸다.

"오늘은 꼭 가야 해."

인애는 다정한 목소리로 속삭였지만, 그 어조만큼은 단호했다. 데이트다운 데이트를 하겠답시고 준비를 하고 나면, 언제나 이 고비를 넘지 못하고 침실로 향했다. 그러면 드레스 지퍼쯤이야 스스로 올리면 될 일인데, 인애는 그를 은근히 자극해 보고 싶은 마음을 억누를 수가 없어서 늘 이렇게 맨등을 들이밀었다.

"오늘 공연은 꼭 보고 싶단 말이야."

상트페테르부르크 발레 씨어터의 백조의 호수 내한 공연이 있는 저녁이었다. 단 이틀의 내한 공연 중 마지막 날, 오늘 보지 못하면 상트페테르부르크를 일부러 방문하지 않는 이상 기약 없이 내한 공연을 기다려야 했다.

"그럼 이렇게 맨살 드러내며 꼬시질 말아야지."

그가 인애의 귓불을 아프지 않게 깨물었다. 그의 치아에 귀걸이가 부딪혀 달그락 소리가 났다.

"아야."

인애는 엄살을 부리며 어깨를 움츠렸다. 그는 요즘 인애가 어떤 짓을 하든 다 받아 줄 것처럼 굴어서, 그녀는 툭하면 주인 속을 태우는 고양이처럼 제멋대로 굴고 싶어졌다. 물론 그의 사랑스러운 손길을 받을 수 있는 범위 안에서.

그의 나직한 웃음소리가 듣기 좋게 울렸다. 인애는 뭐가 그렇게 즐거우냐는 듯이 입술을 뾰로퉁하게 내밀며 돌아섰다. 뾰족한 눈으로 그를 올려다보았지만, 눈동자에서는 숨기지 못한 그를 향한 애정이 물큰 배어났다.

"공연을 보러 가자는 거야, 말자는 거야?"

그가 눈썹을 추켜올리며 도통 알 수 없다는 듯이 물었다.

"가자는 거지."

"근데."

말끝을 길게 늘이는 그의 끓는 듯한 목소리는 인애의 배꼽 아래도 살근살근 긁으며 데우는 듯했다.

"근데 왜 이렇게 또 사람을 안달 나게 해."

내가 뭘 했다고.

인애는 그런 표정을 지으며 새침하게 시치미를 뚝 뗐다.

"가자. 또 나 때문에 못 봤다고 삐져서 입 댓 발 내밀지 말고."

그는 팔뚝에 걸치고 있던 포근한 캐시미어 코트를 인애의 어깨에 걸쳐 주었다. 말하지 않아도 그는 하나부터 열까지 인애의 일거수일투족을 살피며 손수 거들었다. 그가 얼마나 세심하고 자상한 남자인지 인애는 새삼 깨달아 가는 중이다.

공연장 로비는 인산인해를 이루었다. 아는 얼굴이 없었으면 했지만, 그럴 리가 있나. 꼭 이런 곳에서 마주치고 싶지 않은 사람만 골라서 만나는 게 세상 이치가 아니던가.

"어머. 오랜만이네요. 잘 지냈어요?"

남편에 대한 의부증을 작품 콜렉팅으로 해소하는 사람 중 한 명인 사림 그룹 회장의 부인 조 여사였다. 휘욱의 이설 그룹뿐 아니라 인애의 조부가 운영하는 명례 그룹과도 라이벌 구도를 그리고 있는 곳이 사림 그룹이었다.

조 여사는 재계에서 새로운 자리매김을 하고 있는 인애를 은근히 경계하는 눈치였다. 그도 그럴 것이 조 여사는 인애가 소규모 갤러리의 갤러리스트로 일할 당시, 그녀를 은근히 깔보고 폄훼했던 사람 중 하나였다. 그저 동떨어지고 덜떨어진 사람으로 치부하다가, 갑자기 자신들의 세계에 등장한 인애의 존재감에 어느 정도 반감도 들었을 터.

"최 전 부회장이 그랬을 줄 누가 알았겠어요? 최 사장이 고생이 많았지?"

최 부회장이 저지른 비위는 세상에 낱낱이 밝혀져서 초등학생도 다 알 정도였다. 휘욱 부모의 죽음부터, 그들 부자가 저지른 그룹 내 악행까지. 험한 일이 알려지고 나자, 마치 기다렸다는 듯이 피해자들이 속출했다. 최 전 부회장의 아이를 낳아 키우고 있다며 등장한 여자들만 다섯이었고, 사업체를 빼앗겼다는 중소 업체 경영인들은 셀 수 없을 정도로 많았다. 그렇다고 해도 피해를 본 당사자 앞에서 사건을 입에 올리는 건 2차 가해가 아닌가. 하긴 그걸 즐기기 위해 저 입이 존재하는 거겠지. 인애는 탐탁지 않은 눈빛으로 조 여사의 흐리멍덩한 눈을 바라보았다.

"아닙니다. 이 사람이 옆에 있어서 별 어려움 없이 지내고 있습니다."

조 여사는 약간은 우쭐한 표정을 지으며, 가라뜬 눈으로 휘욱을 바라보았다.

"우리 사람에서는 절대 있을 수 없는 일이지. 그래도 큰아버지고, 핏줄인데……. 너무 독하게 그러지는 마요. 세상 보기 불편해."

대체 무슨 개소리를 지껄이고 있는 건지. 저게 지금 고상한 척한다고 떠드는 말이라기엔 맥락이 없어도 너무 없지 않나.

인애는 재미있다는 듯이 손사래를 치며 과장되게 웃었다. 조 여사가 눈을 휘둥그렇게 뜨며 인애를 바라보았다.

"뭐가 그렇게 재미있어?"

"예전부터 조 여사님 말재간 좋으신 건 알았지만, 이렇게 농담을 잘하시는 줄은 몰랐어요."

인애는 캐시미어 장갑을 벗은 뒤 두 손을 턱 아래에서 꼭 맞잡았다. 인애의 네 번째 손가락에서 25캐럿 다이아몬드가 휘황하게 빛났다. 조 여사의 눈길이 자연스레 반지로 향했다. 조 여사가 세상에서 가장 못 견디는 것, 가장 눈꼴시게 생각하는 게 바로 애정이 넘치는 부부였다.

"그치, 자기야? 나도 평생 사랑받고 살려면 조 여사님한테 좀 배워야겠어."

인애는 자신이 말하고도 수줍다는 듯이 입을 가리고 표정을 단속하는 척했다. 조 여사는 흐음, 하고 목을 가다듬었다.

"여사님, 반어법이신 거 다 알아요. 이 사람이 마음이 약해서 더 독하게 하지 못한다고 다그치시는 거죠? 권선징악은 분명해야죠. 안 그러면 보는 사람 마음이 참 불편해져요. 죄인이 따끔하게 벌 안 받는 것만큼 불쾌한 게 또 없잖아요. 이번엔 솜방망이 처벌은 없을 거예요. 재벌 봐주기식 수사도 없을 거고요."

조 여사는 자신이 분위기에 말렸다는 걸 알아차렸는지, 주위 눈치를 보며 '그렇지.' 하고 맞장구를 쳐 댔다.

"잘못을 저지른 사람이 재벌이라는 이유로 이래저래 피해 가는 거, 기업의 사회적 책임하고도 맞닿아 있을 뿐만 아니라."

인애는 비밀스러운 말을 덧붙일 것처럼 상체를 조 여사 쪽으로 살짝 숙였다.

"제 얼굴에 침 뱉기죠. 우리 같은 선량한 사람이 그런 무뢰배 때문에 피해 보면 안 되는 거잖아요? 세상 사람들이 같은 재벌이라는 이유로 우리까지 벌레처럼 본다고 생각하면 너무 끔찍하잖아요."

소름이 돋는다는 듯이 인애를 몸서리를 한 번 쳤다. 그러자 조 여사가 인자한 미소를 머금으며 고개를 주억거렸다.

"그렇지. 그런 사람이랑 우리가 같은 부류는 아니지."

턱끝을 우아하게 치켜든 조 여사는 이거 보통이 아니라는 눈빛으로 인애를 응시했다.

"아 그리고 여사님. 요즘도 여전히 작품에 관심 많으시죠?"

인애는 웃음을 머금은 채로 조 여사에게 조곤조곤 물었다.

"내가 예술을 좀 탐닉하기는 하지."

빤히 보이는 컴컴한 사정을 감추려는 듯 조 여사는 엄숙한 낯빛을 했다.

"뉴욕 경매에 렘브란트 초기 스케치가 경매로 나온다는 소문이 있어요. 벌써 파리 박물관들이 덤비고 있나 봐요. 조 여사님 안목과 재력이면 충분히 손에 넣으실 수 있지 않을까 싶어서요."

유럽과 뉴욕의 굵직한 업자들을 비롯해 유명 박물관에서도 눈독을 들이고 있는 작품이 경매에 나온다는 소문이었다. 아까 조 여사가 큰 목소리로 휘욱을 건들던 순간부터 이쪽으로 쏠려 있던 이목이 더욱 집중되었다.

"어머, 조 여사. 이번에 큰 건 하나 하겠네."

멀리서 듣고 있던 무리가 조 여사에게 다가오며 한마디씩 거들어 댔다. 남들 앞에서 허세 부리기 좋아하는 성격을 가진 조 여사는 빳빳한 자존심을 지키기 위해서라도 큰돈을 써야 하는 분위기가 되고 말았다. 물론 안타깝게도 루브르까지 덤비고 있는 렘브란트의 스케치를 조 여사가 손에 넣을 수 있을 가능성은 희박해 보였지만.

사모들의 고상한 대화에 감히 자신은 낄 위치가 못 된다는 듯, 인애는 은은한 미소를 머금고 눈인사를 건넨 뒤 휘욱의 손을 잡고 걸음을 옮겼다. 등 뒤에서 사냥감이 된 조 여사가 물어뜯기거나 말거나.

"윤인애 성격 어디 안 가지."

여태껏 잠자코 있던 휘욱이 그녀의 귓가에 대고 조그맣게 속삭였다. 인애는 눈을 부릅뜨며 휘욱을 노려보았다.

"그래서 내가 너 사랑하잖아."

그의 매혹적인 입술이 부드러운 고백을 내뱉었다. 입술을 살짝 내민 그는 인애의 코끝에 감질이 나도록 짧게 입을 맞췄다.

"누구든 나 건드리면 가만 안 두지, 내가."

인애는 생기 가득한 시선으로 휘욱을 응시했다.

"아까는 너 건드린 거 아닌 것 같은데? 나한테 뭐라고 했잖아."

휘욱이 인애의 눈빛을 넉넉히 받아 내며 물었다.

"조 여사 말고."

인애가 조용히 속삭였다. 휘욱의 눈빛이 더욱 깊어졌다.

"누가 여기다가 하래?"

집게손가락 끝으로 코끝을 통통 두드리며 짧은 키스에 대해 항의했다. 그러자 그가 참을 수 없다는 듯이 웃었다. 소리 없는 그의 짙은 웃음에 심장이 두근두근 뛰어 댔다.

"윤인애, 진짜."

그가 공연장 안으로 들어서며 한숨을 한 번 내쉬었다.

"공연을 보자는 거야, 말자는 거야."

경쾌한 시름이 묻어나는 어조였다. 휘욱이 저로 인해 안달하는 뉘앙스를 내비칠 때마다 인애는 심장이 활짝 피어나는 봄꽃처럼 몸집을 키우는 듯한 착각이 일었다. 부피감이 커진 심장 때문에 가슴이 빼듯해졌다.

"보자는 거지. 여기까지 와서 공연 안 보고 가면, 말 많은 입들이 우리 부부 싸움 해서 공연 안 보고 갔다고 소문낼걸?"

인애는 진지한 목소리로 말했지만, 눈가에는 장난기가 그득했다. 그가 빙그레 웃었다.

자주 웃음이 나왔다. 마치 10대가 된 것처럼 아무것도 아닌 일에도 웃음이 터졌고, 세상이 현격히 즐거워 보였다. 사랑에 빠지면 세상이 경쾌해지나 보다.

———————   ●   ———

휘욱은 슬리퍼를 손에 든 채 간밤에 비에 젖은 잔디 위를 맨발로 걸었다. 여름의 초엽, 화사한 장미 향과 흙냄새, 녹음의 싱그러움이 코끝을 물씬 자극하는 아침.

발바닥을 간질이는 빗방울과 풀잎의 부드러움을 느끼며 마당을 천천히 걸었다.

"혼자 뭐 해?"

목소리가 들려온 쪽으로 고개를 돌리자 파랗게 갠 하늘이 먼저 눈에 들어온다. 세상을 창조한 신은 색을 사용하는 데 있어서 탁월한 감각을 가진 게 틀림없다. 파란 하늘에 떠 있는 새하얀 구름의 뭉텅이가 그 증거였다.

그리고 신은 완벽주의자일 것이다.

"혼자서 뭐 하냐고."

잔뜩 헝클어진 머리를 하고선 침대 시트를 몸에 둘둘 말고 서 있는 그녀가 바로 그 증거다. 그녀는 2층 침실 테라스에 서서 잠이 덜 깬 듯 입이 찢어져라 하품을 했다. 그 모습이 사랑스러워서 웃음이 났다. 그리고 밤새 움직인 것으로도 모자란지 단전 아래가 묵직하게 뭉쳤다.

"산책. 내려올래?"

휘욱이 손차양을 만들며 물었다.

"아니, 더 잘래."

그녀는 피곤하다는 듯이 손사래를 치며 안으로 사라졌다. 휘욱은 얼른 현관 앞으로 걸음을 옮겼다. 현관 입구 화장실에서 대충 발을 닦고 복도로 들어서자 제일 먼저 두 사람의 결혼사진이 눈에 들어온다.

한 달 전 두 사람은 성수동 주상복합 아파트를 나와서 옥수동에 자리를 잡았다.

휘욱은 단숨에 2층 침실로 올라갔다. 그녀는 죽은 듯이 침대에 누워 있었다. 휘욱은 얼른 옷을 벗어 버린 뒤, 이불 속으로 들어갔다.

"으응."

앓는 소리를 낸 그녀가 휘욱의 품에 등을 기대 왔다.

"응."

휘욱은 대답하듯 그녀와 같은 어조로 맞장구를 쳤다.

"졸리다고."

"자라고."

재울 생각은 눈곱만큼도 없으면서 자상한 목소리를 냈다. 부드러운 그녀의 여체에 몸이 닿자마자 아래가 뜨겁게 굳었다. 휘욱은 버릇처럼 그녀의 허리선을 어루만진 뒤 가슴을 부드럽게 움켜쥐었다.

따뜻하고 부드러운 살덩이가 손안 가득 감겼다. 살살 주무르자 그녀가 작게 몸을 움찔거렸다.

"으응."

칭얼거리는 그녀의 안으로 거칠게 파고들고 싶은 욕구가 불쑥 솟는 것을 느끼며 휘욱은 그녀의 목 안쪽에 입술을 묻었다. 길게 빨아들이자, 그녀의 목소리가 조금씩 붉게 물들었다.

"아……. 음."

마침내 그녀가 고개를 뒤로 돌리며 휘욱의 입술을 찾았다. 입술이 깊게 맞물리자마자, 휘욱은 그녀의 몸 안으로 불쑥 밀고 들어갔다.

"으음."

입 안으로 신음이 쏟아져 들어왔다. 부드럽게 허리를 움직일 때마다, 그녀의 몸이 가볍게 들썩거렸다.

"아아."

입술을 떼어 낸 그녀가 새된 신음을 내뱉었다. 안 그래도 사랑스러워서 미칠 지경인데, 관계를 즐거이 감각하는 그녀의 모습을 볼 때면 단숨에 삼켜 버리고 싶은 충동마저 일었다.

휘욱은 참지 못하고 그녀의 가슴을 쥐어뜯듯이 움켜잡았다.

"아앗!"

그녀가 뒤로 팔을 뻗어 휘욱의 목에 팔을 둘렀다.

"으응, 아아!"

신음이 점점 짙어졌다. 그녀를 뒤에서 안고 있던 휘욱은 조심스럽게 그녀를 돌려 눕히고 몸을 일으켰다. 이불이 침대 아래로 떨어지며 벗은 몸이 고스란히 드러났다.

"흐으으, 으응."

고개를 젖힌 채 신음하는 그녀의 가슴이 봉긋하게 솟아올랐다. 휘욱은 그녀의 다리를 허리에 감은 뒤 고개를 숙이고 가슴 끝을 입에 물었다. 단단하게 차오른 열매 같은 동그란 살점을 이로 살근살근 씹자, 그녀가 허리를 비틀며 휘욱의 머리를 감싸 안았다.

"아아, 휘욱 씨."

어쩌면 저주받은 이름일지도 모른다는 생각을 했던 적이 있었다. 평범한 환경에서 태어나지 못해, 사람답지 못한 꼴로 살아가는 게 힘겹기만 했었다.

"휘욱 씨."

그런데 그녀가 고운 음성으로 이름을 부를 때마다, 오래전 생긴 피멍이 옅어지고, 상처가 아물어 갔다.

"응."

휘욱은 가슴을 머금고 있던 입술을 떼고 그녀의 부름에 대답했다. 마음껏 그녀를 바라보고, 껴안고, 응답할 수 있다는 사실이 아직도 현실처럼 느껴지지가 않았다.

"아아!"

그래서 그녀를 이토록 몰아붙이고 싶은 걸까. 저로 인해 붉게 물드는 몸이 보고 싶어서, 저에게만 활짝 열리는 그녀의 몸을 느끼고 싶어서. 휘욱은 요즘 정신 나간 사람처럼 온종일 그녀를 안는 생각만 했다.

"흐으응."

그녀가 휘욱의 어깨를 물며 신음을 삼켰다. 물길이 바짝 좁아지는 느낌이 선명했다. 휘욱은 뜨겁게 젖은 틈으로 유연하게 몸을 놀렸다.

"하아."

한쪽은 한계까지 좁아졌고, 다른 한쪽은 한계까지 부풀어서 조금의 틈도 허락하지 않은 채 완전히 맞닿았다.

"흐으웃."

여린 숨을 내쉰 그녀의 몸이 침대 위로 축 늘어졌다. 휘욱은 그녀의 몸이 흩어져 없어지는 것도 아닌데, 품 안으로 쓸어 담듯 소중하게 끌어안았다.

꽃잎 위의 빗방울이 햇살을 담아 반짝반짝 빛나는 동안, 휘욱은 따스한 몸을 품은 채 다시 잠이 들었다.

늦은 점심을 먹고 두 사람은 1층 창고에 쌓아 둔 상자들을 살폈다. 번갯불에 콩 볶아 먹듯 한 결혼이 마음에 들지 않는다며 그녀는 두 사람의 새로운 보금자리를 직접 꾸미고 싶어 했다.

하지만 재단 일로 바쁜 그녀는 평일에 좀처럼 시간을 내지 못했고, 주말마다 조금씩 짬을 내서 집을 정리하다 보니 한 달이 지나도록 답보 상태였다.

"이건 왜 이렇게 꽁꽁 싸 놓은 거야? 이 안에 뭐가 있는데?"

그녀가 커터 칼로 작은 종이 상자를 둘둘 감싸고 있는 테이프를 순식간에 갈라 버렸다.

"그건."

인애는 당황하는 휘욱을 빤히 바라보았다.

"왜 여기 내가 보면 안 되는 거 들어 있어?"

그가 눈에 띄게 긴장하는 모습이 여간 수상한 게 아니었다. 누구에게나 추억이 깃든 물건이 있을 것이다. 그런데 귓불이 빨개진 남편의 모습을 보니 인애는 호기심이 동했다.

"여기 뭐가 있는데? 진짜 내가 보면 안 되는 거야? 오빠 내가 첫사랑이라더니 거짓말했구나?"

흘끔 본 상자 안에는 누군가 그에게 준 편지 봉투가 들어 있었다. 원래는 무슨 색이었는지 모르겠지만, 누렇게 변색된 종이봉투에는 작은 꽃무늬가 앙증맞게 그려져 있었다.

누구 취향인지, 촌스럽기도 하지.

그래도 남편이 소중히 간직해 온 편지인데 막말을 할 수는 없어서 속으로만 생각했다.

글씨로 멋 부린 것 좀 봐. 글씨는 글씨답게 써야지. 글자를 아주 그렸네, 그렸어, 겉멋만 잔뜩 들어서 저게 뭐니.

그의 이름 석 자가 쓰여 있는 편지 봉투가 신경이 쓰여서 돌아 버릴 것만 같았다.

"이거 봐도 돼?"

인애는 편지를 집어 들고 물었다. 그는 곤란하다는 듯이 머리를 긁적이며 뜻미지근한 표정을 지었다.

어쭈. 이것 봐라?

지나간 애들 장난 가지고 유치하게 질투하고 싶지는 않은데, 속에서 괜한 화가 솟구쳤다. 그는 어릴 때부터 재벌가 자제 중에서도 눈에 띄는 외모였었다. 뭇 소녀들의 가슴을 설레게 한 죄, 그래서 고백 편지를 받은 죄, 그 편지를 보물이라도 되는 듯 여태까지 간직한 죄를 지금의 아내에게 추궁당하게 될 줄은 몰랐을 뿐.

"보면 안 돼?"

목소리가 한껏 퉁명스럽게 나오고 말았다. 그가 미간을 찌푸리며 고개를 끄덕거렸다. 인애는 황당해서 천장을 바라보며 아랫입술을 내밀고 입바람을 훅 불었다. 입김에 앞머리가 들썩거렸다. 자신이 생각해도 꽤 유치한 질투에 눈이 멀어 어처구니없게 불량해진 모습이었다.

"왜 안 되는데?"

"그냥……."

그의 얼굴이 심각해졌다.

"네가 안 보는 게 좋을 것 같아서."

내내 시선을 피하고 있던 그가 인애를 똑바로 쳐다보며 엄중한 어조로 말했다.

뭐야, 정말 뭐 있어? 그렇게 나오니까 삐뚤어지고 싶네.

인애는 입술을 말아 물었다 놓고는 한숨을 내쉬었다.

"오빠 솔직히 말해. 이 편지 보낸 사람 나도 아는 사람이야?"

"어."

그가 바로 대답하자 인애는 정신이 약간 멍해지는 것 같았다.

"싫은 사람이 보낸 편지를 지금까지 갖고 있었던 건 아닐 거잖아."

"어."

그가 미안하다는 듯이 눈을 내리깔았다. 갑자기 속이 상해서 왈칵 눈물이 나올 것만 같았다. 인애는 따끔거리는 눈을 얼른 깜빡거렸다.

"아니. 아무리 그래도 그렇지. 이걸 결혼하고도 갖고 있어? 성수동 아파트는 그렇다 치자. 그래도 이번에 이사할 땐 사무실에 두든지 했어야지. 이걸 우리 집까지 들고 와?"

억울해서 울먹이는 소리가 흘러나오고야 말았다.

나는 네놈이 첫사랑인데?

첫사랑이랑 결혼한 사람들이 이따금 억울할 때가 있다고 말하는 게 이제야 이해가 갔다.

"미안."

"미안하면 이거 버려도 돼?"

인애가 그를 노려보았다. 당연히 그러라는 대답이 흘러나올 줄 알았는데, 그는 한참을 망설였다.

"그럼 내가 봐도 돼? 내가 보고 나서 괜찮다고 판단되면 오빠가 평생 가지고 있을 수 있게 해 줄게."

인애는 거래를 하는 능력은 타고난 듯했다. 우쭐하며 어깨를 들썩이자, 그가 이제 포기했다는 듯이 고개를 끄덕거렸다.

유치한 스티커가 말라붙은 봉투를 열고 종이를 꺼냈다.

두 장이나 쓰셨어?

삐뚤어진 마음으로 편지를 펼쳐 들었다.

[휘욱 오빠, 오빠한테 편지를 써 보는 건 처음인 것 같아. 나 인애야.]

인애는 등줄기가 빳빳하게 얼어붙고, 사고가 정지하는 것을 느꼈다. 누군가 물리적으로 스위치를 탁 내려 버린 것처럼 뉴런의 움직임이 멈춘 듯했다. 입술 만 겨우 벙긋거리며 어리벙벙했다.

촌스러운 취향도, 잔뜩 멋 부린 글씨도, 모두 10대 윤인애의 것이었다.

뭐 이렇게 장황하게 지가 좋아하는 걸 잔뜩 써 놨어, 윤인애!

특히 그 끝이 정말 가관이었다.

[……근데 그중에서도 요즘 내가 가장 좋아하는 건, 오빠야.]

이건 신이 어른 윤인애의 항마력을 테스트하기 위한 몰래카메라인가?

인애는 편지에서 눈을 떼지 못한 채 꼼짝도 하지 않았다.

"어떡해? 평생 간직해, 말아?"

인애는 시치미를 뚝 떼고 편지를 도로 접어서 봉투 안에 넣었다. 그에게 고 백 편지를 보냈던 것은 기억했지만, 이렇게 유치한 모습이었을 거라고는 미처 생각하지 못했다. 인간의 기억은 미화되기 마련이고, 그 시절 그 편지는 인애의 심미안이 발달함에 따라 세련된 모습으로 변모해 버린 것이다. 추억을 아름답 게 만드는 인간의 뇌가 원망스러울 따름이다.

"아, 왜 대답을 안 해? 네가 시키는 대로 한다니까."

인애는 눈을 지그시 감으며 콧김을 내뿜었다. 상자 너머에 있던 그가 다가오는 기척이 느껴졌다.

그냥 내가 쓴 편지라고 말해 주면 좋았잖아?

스스로가 너무 멍청하게 느껴져서 차마 따질 수도 없었다.

"윤인애. 가끔 보면 생각 외로 좀 바보 같아."

"뭐?"

인애는 버럭 화를 내며 눈을 부릅떴다. 그가 유쾌하다는 듯이 웃고 있었다. 그 모습이 또 너무 멋있어서 인애는 잠시 넋을 잃어버렸다.

그가 커다란 손으로 인애의 뺨을 감싸 쥐었다. 그가 고개를 비스듬히 숙이는 동안, 인애의 눈길은 본능적으로 그의 입술을 향했다.

매혹적인 입술이 얼마나 키스를 잘하는지 알아서 인애는 저도 모르게 목을 길게 빼고 마른침을 삼키고 말았다. 그가 그런 인애를 인식하고 소리 없이 웃었다.

웃음기를 물고 있는 그의 입술이 인애의 입술을 부드럽게 머금었다. 인애는 발꿈치까지 슬쩍 들어 올리며 그의 키스에 응했다. 입 안 깊숙이 파고들어서 가장 예민한 곳을 부드럽게 어루만지는 키스는 창피한 생각마저 잊을 만큼 좋았다.

"으응."

앓는 소리가 절로 흘러나온 순간, 입술이 부드럽게 멀어졌다. 그가 엄지로 인애의 젖은 입술을 어루만지며 속삭였다.

"내가 윤인애가 아닌 다른 사람이 준 걸 그렇게 소중하게 간직할 리가 있나."

가슴이 너무 세차게 뛰어서 불안증이 일 정도다. 넉넉한 그의 품에 안겨서 안정감을 느끼고 싶다는 생각에 인애는 그의 목을 와락 끌어안았다. 휘욱은 당연하다는 듯 단단한 팔로 그녀를 안아 주었다.

"근데 왜 너는 기억을 못 해? 저런 편지 한두 명한테 쓴 게 아닌가 봐?"

인애의 심장을 터뜨려 죽일 셈인지, 그가 귀여운 질투가 어린 목소리로 물었다.

"나는 내가 저렇게 촌스러운 편지 봉투를 골랐을 줄은 상상도 못 했지."

인애는 기어들어 가는 목소리로 대꾸했다. 그가 재미있다는 듯이 웃음을 터뜨렸다.

"윤인애답다."

"뭐가 또 윤인애다워?"

요즘은 온종일 그의 머릿속이 궁금해서 몸이 달 지경이었다. 자신에 대한 수수께끼 같은 말을 할 때는 더더욱 그랬다.

"과거의 본인 취향을 필터 없이 까잖아."

"촌스러운 건 촌스러운 거지, 뭐."

괜히 부끄러워져서 그의 단단한 품에 얼굴을 묻었다.

"네 편지가 나를 살게 했어."

가슴을 조이듯 아프게 들리는 목소리가 넉넉한 그의 품 안에서 나직하게 울렸다.

"네가 나를 생각해 주는 마음이, 날 버티게 했어."

인애의 눈가가 따끔하게 젖어 들었다.

"나보고 바보라더니, 휘욱 씨가 더 멍청하네."

휘욱이 가늘게 떨리는 인애의 어깨를 커다란 손으로 잡으며 거리를 벌렸다.

"그런 말을 왜 이제 하냐? 진작 하지."

그가 웃음을 터트리며 인애의 이마에 조심스럽게 입을 맞추었다.

"누가 알면 탈이 날까 봐. 평생 혼자서만 간직하고 싶을 만큼 소중했으니까. 그게 당사자인 너라고 해도."

"멍청이."

"그래, 내가 멍청했다. 윤인애가 나랑 이혼한다고 그랬을 때, 이 편지부터 보여 줄걸."

그는 인애의 어깨에 턱을 기대며 작은 몸을 커다란 덩치 안에 가두듯 안았다.

"나는 여전히 그래."

인애가 조용히 읊조렸다.

"응?"

휘욱은 잘 듣지 못했다는 듯이 되물었다.

"나는 여전히 내가 좋아하는 것 중에 오빠가 제일 좋아."

세상에서 변치 않는 한 가지를 꼽으라면, 인애는 주저 없이 누군가를 그리는 마음이라고 할 것이다.

"나는 그림을 잘 그리지는 못하지만, 평생 한 사람만을 마음속으로 그려 왔어."

인애가 부드러운 목소리로 덧붙였다. 휘욱이 고개를 숙여 입술이 닿을락 말락 한 거리에서 물었다.

"그때 그 편지 봉투는 촌스럽지만, 그 남자는 꽤 괜찮았나 봐?"

인애가 예쁘게 웃으며 고개를 끄덕거렸다.

"엄청 쓸 만하더라. 나한테 이런 것도 가지게 해 주고."

인애는 어떻게 말할까, 망설이던 이야기를 끄집어냈다. 주머니 속에 넣어 두었던 임신 테스트기를 내밀자, 휘욱의 눈이 커다랗게 뜨였다.

그는 테스트기와 인애를 번갈아 보며 어리숙한 표정을 지었다.

"두 줄이면, 임신이야?"

확신하고 있으면서도 묻는 말끝이 미세하게 떨렸다.

"응."

인애가 미소를 머금으며 고개를 끄덕거렸다.

"근데 짐 정리를 하려고 했어?"

"이 정도 움직이는 건 괜찮아."

휘욱이 얼른 인애를 안아 들었다.

"안 돼. 앞으로 이런 일에는 손도 대지 마."

그는 인애를 안아 든 채로 성큼성큼 창고 문을 나섰다.

"이제 내가 손대도 되는 거, 안 되는 것도 정해 주려고?"

인애가 그의 목을 끌어안은 채로 새침하게 물었다.

"인애야."

그가 인애를 소파에 앉히고는 바닥에 한쪽 무릎을 꿇었다. 같은 높이에서 시선이 마주쳤다.

그는 어려운 고백이라도 하려는 것처럼 머뭇거렸다.

"왜 그래?"

인애는 고개를 비스듬히 기울이며 그를 바라보았다.

"나 때문에 마음고생 많이 했잖아. 이제 예쁘고 좋은 것만 봐."

인애의 성격상 터무니없이 이상적인 말이라고 나무라고 싶었지만, 그의 말을 끊고 싶지 않았다.

"세상에서 제일 아름다운 것만 골라서 너한테 줄게."

소소한 일상에서 아름다움을 발견하는 일이 잦아지면, 삶이 그만큼 풍요로워진다. 마치 인애의 그런 인생관을 꿰뚫어 본 듯, 그는 잔잔한 고백을 해 왔다.

"휘욱 씨가 주는 건 뭐든 다 소중히 여길게. 휘욱 씨가 그런 것처럼."

어리숙한 표현이 가득한 촌스러운 편지를 소중하게 간직해 온 그가 고마웠다.

이 남자와 함께라면 삶의 가장 못난 순간이 닥쳐도 순순하게 견딜 수 있을 것만 같은 기분.

"특별히 먹고 싶은 건?"

그가 더없이 자상한 음성으로 물었다. 배움이 빠른 남자였다. 사랑하는 사람을 사랑하는 법을 잘 모르겠다던 그는 어느새 인애만을 사랑하는 법을 깨우친 바람직한 남자가 되어 있었다.

"아직 없어."

"생기면 꼭 말해."

인애는 고개를 가만히 끄덕거렸다. 활짝 열린 창밖에서 장미 향이 물씬 밴 바람이 불어 들어왔다. 향긋한 꽃내음에는 힘차게 뻗는 진초록색 줄기의 싱그러움과 빗방울에 깨끗이 씻긴 산뜻한 초여름의 열기가 묻어 있었다. 그리고 마음을 안온하게 만드는 흙냄새까지. 꽃향기가 그 어느 때보다 다채롭게 다가왔다.

예전에는 미처 알아차리지 못했던 계절의 자연스러운 변화가 그와 함께하면서부터는 더없이 생기 넘치게 느껴졌다.

"평생 오늘을 기억하게 되겠지?"

인애의 물음에 그가 가만히 고개를 끄덕거리고는 대꾸했다.

"이렇게 기억할 수 있는 날들이 많아지게 해 줄게."

"이런 날? 내가 임신했다고 말하는 날? 애가 너무 많은 건 곤란한데?"

인애가 고개를 갸웃거리며 장난스럽게 대꾸했다. 그 뜻이 아니란 걸 알면서도 짓궂게 굴었다. 실없는 농담이 늘고, 웃음이 자주 터졌다.

"그럼 너는 몇 명이나 낳고 싶은데?"

그가 몸을 일으켜 인애의 옆에 바싹 붙어 앉으며 물었다. 인애는 잔디밭을 바라보며 행복한 상상에 젖었다. 그와 자신을 닮은 아이들이 뛰어노는 상상을 하는 것만으로도 괜히 눈물이 핑 돌았다.

"모르겠어. 힘닿는 데까지 낳아 볼까?"

"윤인애, 또 센 척한다. 너, 나를 어떻게 감당하려고 그래?"

인애가 두 손으로 납작한 배를 감싸며 미간을 구겼다.

"애가 들어. 그런 야한 말은 앞으로 가려서 해."

그가 사랑스러워 죽겠다는 눈빛으로 인애를 바라보았다. 또다시 바람결에 장미 내음이 실려 들어왔다.

짙어진 향기만큼, 삶은 한층 더 깊어졌다.

Afterword

지금은 코로나 19 바이러스로 인해 외출이 어려운 시절이지만, 예전에는 미술관 나들이를 즐겼었습니다. 집에서 조금만 걸어 나가면 3개의 미술관과 박물관이 있는데요. 그곳에 노트북을 들고 나가 시놉시스 스케치를 해 보기도 하고, 등장인물의 방에 걸릴 만한 작품들을 생각해 보기도 했답니다. 등장인물의 방에 걸어 놓는 작품은 대부분 해당 인물의 취향에 걸맞은 작품이고, 이는 그들의 성격을 고스란히 대변하는 소품이니까요.

작중에서 그런 면모를 가장 잘 드러내는 사람은 바로 인애의 조부인 윤 회장입니다. 스스로 세상을 다스리는 왕의 권위를 갖고 싶었던 노인은 임금의 어제가 들어간 그림을 모으고 있었죠.

반면 여주인공 인애는 철저히 화상畵商의 입장에서 작품을 바라봅니다. 은근히 계산이 빠르고 제 것을 챙기는 일에 기민한 편입니다. 하지만 그런 여주인공의 마음을 움직인 사람이 바로 남자주인공 휘욱이었습니다.

누구보다도 차갑고 정 없어 보이는 남자는 그녀의 마음을 얻지 않기 위해서만 노력하지만, 그런 삐뚤어진 언행은 인애의 마음을 더욱 자극할 뿐이었습니다.

겉으론 따뜻해 보이지만 오히려 기민하고 계산적인 여자주인공, 냉철한 듯 보이지만 마음에는 순정을 꼭꼭 숨기고 있는 남자주인공의 물인 듯 기름인 듯 어우러지는 사랑을 보여 드리고 싶었습니다.

흔히 로맨스 소설에서는 완전히 섞인 혼합물에 가까운 두 사람의 모습을 그리게 됩니다. 하지만 물과 기름은 절대로 섞일 수 없는 특질을 가지고 있습니다. 나와 상대의 모습을 고스란히 간직하면서 어우러질 수 있는 사랑이 건강한 사랑이라는 이야기를 어디선가 들은 적 있습니다. 물과 기름처럼 말이죠.

'결혼 먼저'는 생명의 근원이라 할 수 있는 물 같은 여자와 세상을 겉돌기만 하는 기름 같은 남자의 사랑이라고 할 수 있을 것 같습니다.

결혼 먼저에서 여자주인공 인애의 직업은 제가 미술관을 드나들면서 꼭 한 번 작업해 보고 싶었던 직업이었습니다.

작년 가을 유럽을 여행하면서 프랑스 파리의 루브르 박물관과 니스의 앙리 미술관과 샤갈 미술관, 툴루즈의 로트레크 전시관, 고흐의 여인숙과 지베르니에 있는 모네의 집, 보르도의 로스차일드 가문 개인 박물관, 영국 박물관, 런던 내셔널 뮤지엄 등을 방문했는데요. 그 과정에서 이 글을 마무리 지었던 기억이 납니다.

그림에 관한 이야기를 더 많이 하고 싶었는데, 그러지 못해서 아쉽습니다. 아마도 언젠가 다음 글에는 '결혼 먼저'에 등장했던 강 화백을 주인공으로 삼아 글을 쓰게 될 것 같습니다. 그때도 심미안 가득한 여자 주인공과 함께 아름답게 그린 이야기로 다시 찾아뵙겠습니다.

항상 완벽하게 일을 마무리해 주시는 심은지 대리님, 첫 종이책부터 지금까지 오랜 인연을 맺고 있는 뿔미디어 관계자분들, 그리고 제 책을 읽어 주시는 독자님들께 감사 인사 전합니다.

2019년 가을에 네이버 시리즈 연재로 찾아뵀던 글이 드디어 종이책으로 나왔습니다. 길고 긴 시간에 걸친 작품, 종이책 작업을 위해 다시 작품을 꺼내 보니 감회가 새롭네요. 막상 종이책으로 내보낼 생각을 하니…… 그때 이렇게 썼어야 했는데, 하는 생각이 들어서 아쉽기도 매우 아쉽습니다.

책의 목차를 정할 때, 작품의 번호를 매기듯 했습니다. 하지만 감히 Masterpiece라는 단어는 사용하지 않았습니다. 언젠가 스스로 Masterpiece라는 이름을 붙일 수 있는 글을 쓸 수 있기를 바라며 더욱 노력하는 작가가 되겠습니다.

읽어 주셔서 감사합니다.

2020년 가을
요안나 드림

결혼 먼저

1판 3쇄 찍음 2023년 4월 3일
1판 3쇄 펴냄 2023년 4월 10일

지은이 | 요안나
펴낸이 | 정 필
펴낸곳 | (주)뿔미디어

표지·디자인 | 우 물

출판등록 | 2002년 9월 11일 (제1081-1-132호)
주소 | 경기도 부천시 소향로 17, 303(두성프라자)
전화 | (032)651-6513 팩스 | (032)651-6094
E-mail | dahyangs@naver.com
블로그 | http://blog.naver.com/dahyangs
비북스 | http://b-books.co.kr

값 11,000원

ISBN 979-11-6565-491-7 03810